ANNA REITNER

Lillis Liebe

EIN SOMMER IN ENZIANBLAU

Roman

Ullstein

Besuchen Sie uns im Internet:
www.ullstein.de

Wir verpflichten uns zu Nachhaltigkeit
- Klimaneutrales Produkt
- Papiere aus nachhaltiger
  Waldwirtschaft und anderen
  kontrollierten Quellen
- ullstein.de/nachhaltigkeit

MIX
Papier
FSC FSC® C083411

Originalausgabe im Ullstein Taschenbuch
1. Auflage Juni 2022
© Ullstein Buchverlage GmbH, Berlin 2022
Umschlaggestaltung: bürosüd° GmbH, München
Titelabbildung: © Joanna Czogala / Arcangel (Personen auf der
Wiese); www.buerosued.de (Landschaft und Hintergrund)
Gesetzt aus der Albertina powered by *pepyrus*
Druck und Bindearbeiten: CPI books GmbH, Leck
ISBN 978-3-548-06488-8

Für Kathi

Prolog

Lilli strich mit ihrer Hand sanft über das Papier. Sie hatte sich lange Gedanken darüber gemacht, welches wohl das richtige war. An Weihnachten und zu Geburtstagen liebte sie es, Geschenke zu verpacken – in hübsches Papier mit goldenen Streifen oder Punkten, oder mit bunten Luftballons für Kinder. Sie freute sich immer, wenn sie dabei zusah, wie ihre Enkel gespannt die Päckchen öffneten. Und dann die Freude, wenn sie den Inhalt sahen! Ja, sie war gut im Schenken. Sie suchte Geschenke sorgfältig und passend aus und traf mit einem fast unheimlichen Gespür, für das sie in der Familie berühmt war, den Geschmack und die heimlichen Wünsche der anderen.

Bei dem Gegenstand, den sie heute einpackte, war es anders. Sie würde nicht sehen, wie der Empfänger es auspackte, wie sich seine Miene dabei verändern würde. Und sie war sich nicht sicher, ob das ein Vor- oder ein Nachteil war.

Nach langem Überlegen hatte sie sich bei diesem besonderen Paket für ein einfaches Papier entschieden. So lag jetzt ein schlichtes sandfarbenes Paket vor ihr auf dem Tisch.

Sie griff nach dem Stift, den sie schon bereitgelegt hatte,

und senkte die Spitze des Füllers auf das braune Packpapier, genau an die Stelle, an die eine Adresse bei einem Paket gehörte. Nur kurz zögerte sie, dann schrieb sie den Namen flüssig in ihrer geübten schwungvollen Handschrift. Der Name war in ihrem Gedächtnis eingebrannt. Ob das noch lange so bleiben würde? In den letzten Wochen und Monaten waren ihr immer häufiger Gedanken und Erinnerungen wie in Watte gehüllt erschienen, an einem Platz verstaut, den sie kaum noch erreichen konnte.

Nachdem sie das Paket adressiert hatte, steckte sie mit einem sanften Klicken die Kappe des Stifts wieder auf. Das Geräusch wirkte laut in der Stille, die zu dieser Nachmittagszeit in der Seniorenresidenz herrschte. Alle machten ihren Mittagsschlaf, nur sie war wach. Sie hatte ihr ganzes Leben lang tagsüber nicht geschlafen und sah nicht ein, warum sie jetzt damit anfangen sollte. Stattdessen saß sie vor ihrem Geschenk und dachte, dass noch etwas fehlte.

Nach einer Weile stand sie auf, ging zur Kommode hinüber und zog die oberste schmale Schublade auf. Ihr quollen Bänder um Bänder entgegen, dicke und dünne, solche mit Goldrand und solche, die sich kringelten. Sie entschied sich für ein breites weißes Stoffband, ging damit zurück zum Tisch und band es um das Paket. Früher hatte sie sich mit so etwas leichter getan, jetzt zitterten ihre Hände oft, und ihre Finger waren steif geworden. Sie brauchte einige Versuche, bis die Schleife perfekt saß. Aber dann war sie zufrieden.

Draußen vor ihrem Fenster schien die Sonne und vergoldete die alten Bäume im Park. Es war August, in ein paar Wochen würde die große Eiche gegenüber ihrem Fenster anfangen, sich bunt zu verfärben. Altweibersommer, dachte sie mit einem feinen Lächeln. Vor ihrem Fenster flatterte ein Grünfink. Ihre Enkelin hatte den Einfall gehabt, ein kleines Vogelhäuschen aufzuhängen. Lilli schaute gerne Vögeln zu. So hielt sie in dem Häuschen immer etwas Futter bereit, und die gefiederten Besucher im Park dankten es ihr und besuchten sie oft. Der Grünfink pickte ein paar Körner auf, dann legte er für einen Moment den Kopf schief, und ihr schien es, als würde er sie mit seinen runden Knopfaugen direkt ansehen.

»Bald wird es Herbst«, flüsterte sie dem Vogel durch die Scheibe zu. Sie freute sich darauf. Den Herbst hatte sie schon als Kind geliebt. Sie war gerne durch raschelndes Laub im Stadtpark gelaufen und hatte glänzende Kastanien gesammelt. Der Grünfink pickte noch ein Körnchen auf, dann spannte er seine grün-grauen Flügel aus und flatterte davon. Lilli drehte sich wieder zum Tisch, auf dem das Paket lag. Sie wusste, es war richtig. Es wurde Zeit.

I

Ricarda sah aus dem Fenster. Der Zug fuhr durch eine Landschaft, die ihr fremd war. Als sie vor Stunden ihre Reise begonnen hatte, hatte sie aus dem Zugfenster die dicht aneinandergereihten Hochhäuser Kölns gesehen. Sie waren zuerst durch weite Ackerlandschaften und Weinberge ersetzt worden, und schließlich, hinter München, war die Umgebung alpenländisch geworden. Jetzt zogen vor dem Fenster dicht bewaldete Berge mit felsigen Gipfeln, schmalen Tälern und Flüssen vorbei, die sich tief in den Stein eingegraben hatten. Ab und zu tauchte ein kleines Dorf auf, aber die meiste Zeit schien die Natur hier noch vollkommen unberührt. Ricarda, die ihr Leben bisher in großen Städten verbracht hatte, hatte das Gefühl, in die Wildnis zu fahren. Hinter die sieben Berge, dachte sie und sah hinauf zu den Gipfeln, die hoch über der Zugstrecke thronten. Wolken zogen über den Himmel, die Lampen an der Abteildecke flammten automatisch auf.

Ricarda hatte das Zugabteil beinahe für sich allein. Nur eine ältere Frau saß in der Sitzreihe ihr gegenüber und las. Vor ihren Füßen stand ein kleines Transportkörbchen, in dem eine weiße flauschige Katze lag und Ricarda mit bernsteinfarbenen Augen unverwandt ansah.

Ricarda warf einen Blick auf ihre Reisetasche im Gepäcknetz, die wie immer viel zu prall gepackt war. Seit sie denken konnte, packte sie viel zu chaotisch und unentschieden. Auch dieses Mal tummelte sich in der Reisetasche ein buntes Sammelsurium aus Turnschuhen und Badeschlappen, Pullovern und Sommerkleidern, dazu eine Fleecejacke, Shorts und Wollsocken. »Es heißt doch immer, dass sich das Wetter in den Bergen schnell ändert«, hatte Ricarda entschuldigend zu ihrer besten Freundin Mareike gesagt, die kopfschüttelnd und lachend dabei geholfen hatte, die schwere Tasche zum Zug zu bringen.

Außerdem war Ricarda zu einem Abenteuer unterwegs, sie hatte einen geheimnisvollen Auftrag zu erfüllen. Der Grund dafür lag vor ihr auf dem kleinen Zugtischchen: ein Paket, säuberlich verpackt in hübsches Papier und mit einer cremefarbenen Seidenschleife darum. Ricarda streckte die Hand aus und strich über das seidige Band, das sich kühl unter ihren Fingerspitzen anfühlte. Sie nahm das Paket zum wiederholten Male in die Hand und wog es. Es war rechteckig, mittelgroß, mittelschwer. Alles konnte darin sein.

»Oma macht es wirklich spannend«, murmelte sie gedankenverloren.

»Was haben Sie gesagt?«, fragte die Frau und nahm kurz ihre Nase aus dem Buch.

»Oh, nichts«, beeilte sich Ricarda zu sagen. Sie legte das Paket wieder zurück auf den Tisch und sah aus dem Fenster.

Die Berge, so hatte sie den Eindruck, waren inzwischen noch höher geworden.

...

Am Tag zuvor hätte sich Ricarda noch nicht träumen lassen, vierundzwanzig Stunden später mit dem Zug durch die Bayerischen Alpen zu fahren.

Am Morgen, eigentlich am späten Vormittag, hatte das Telefon geklingelt und Ricarda, die nach einem langen und weinreichen Abend mit ihrer besten Freundin nur ausschlafen wollte, aus ihren Träumen gerissen. Versuch es halt später noch mal, dachte sie und zog sich die Bettdecke über den Kopf. Aber das Handy wollte einfach nicht aufhören zu klingeln. Schließlich stand sie doch grummelnd auf und suchte nach ihrem Telefon, das sie schließlich unter achtlos über den Stuhl geworfenen Jeans fand.

»Hallo«, krächzte sie mit rauer Morgenstimme in den Hörer und räusperte sich dann schnell.

»Guten Morgen, Ricarda, hier ist Lilli«, antwortete eine sanfte Stimme am anderen Ende der Leitung. Nie hätte sich ihre Großmutter selbst freiwillig »Oma« oder »Omi« genannt.

»Oh, hallo!« Ricarda tappte einige Schritte hinüber in das Wohnzimmer ihrer hübschen, aber sehr kleinen und zugigen Altbauwohnung im Belgischen Viertel, die sie seit einem halben Jahr bewohnte. Sie zog die Jalousien vor den Fenstern nach oben und ließ sich dann in ihrem verwaschenen Schlafshirt mit Daisy-Duck-Aufdruck auf ihren Lieblingssessel fallen. Draußen schien die Sonne schon hell vom Himmel, und von der Straße dröhnte verärgertes Hupen zu ihr hinauf. »Alles in Ordnung, Oma?«, fragte sie besorgt. Eigentlich rief Lilli sie nie an, es musste also wirklich einen besonderen Anlass geben.

Tatsächlich klang Lilli etwas angespannt. »Kannst du heute zu mir kommen?«, fragte sie. »Es ist wichtig.« Ricarda stutzte. Ihre Großmutter wohnte in einem schicken Seniorenheim mit Ganztagsbetreuung, seit vor einigen Monaten eine rasch fortschreitende Alzheimererkrankung bei ihr diagnostiziert worden war. Ricarda konnte sich beim besten Willen nicht vorstellen, was in dem gemütlichen Heim Dringendes vorgefallen sein sollte. Sie wurde unruhig.

»Ja, natürlich kann ich kommen.«

»Gut. Dann heute Nachmittag um drei.« Es klickte in der Leitung.

Ricarda sah verblüfft ihr Handy an. Lilli hatte einfach aufgelegt.

Draußen hupte immer noch jemand; ein Auto, das wegen eines geparkten Umzugswagens nicht durchkam; das Geräusch dröhnte in Ricardas Kopf. Sie sah vom Fenster aus zu, wie unten ein paar Jungs Teppiche und Topfpflanzen ausluden; schließlich raffte sie sich auf und ging in die Küche. Dort trank sie ihre erste Tasse Kaffee im Stehen.

Langsam wurde sie wacher. Sie sammelte das benutzte Geschirr des letzten Abends ein und wusch es ab. Anschließend ging sie ins Badezimmer. Ihr Spiegelbild schien sie mit einem ernsten Blick zu mustern. Sie zog das Haargummi aus dem unordentlichen Dutt, mit dem sie geschlafen hatte, und schüttelte ihre schulterlangen hellbraunen Haare aus. Dank der Sonnenbräune, die sie in den letzten Wochen mit Mareike im Volksgarten gesammelt hatte, sah sie frischer aus, als sie sich fühlte.

Ricarda frottierte gerade ihre Haare, als es klingelte. Vor der Wohnungstür stand einer der Jungs, die sie beim Möbelausladen beobachtet hatte.

»Hallo!« Er musterte sie grinsend. Ricarda trug ihren geliebten rosa Bademantel, auf dem seit einem Missgeschick metallicblaue Nagellackflecken leuchteten. »Meine Kumpel und ich ziehen gerade hier ein, und einer von uns hat sich ein bisschen verletzt. Hast du vielleicht ein Pflaster?«

»Klar«, Ricarda ging ins Badezimmer und kramte eine Packung hervor. Die Pflaster waren mit bunten Regenbögen bedruckt.

»Ähm, super, danke.« Der Junge starrte zuerst auf die bunte Packung, dann lächelte er sie an.

»Bitte. Viel Erfolg noch beim Umzug.«

»Zu unserer WG-Einweihungsparty kommst du bestimmt, oder? Nur ein Stockwerk unter dir.« Er zwinkerte.

»Mal sehen«, antwortete sie vage und schloss die Tür. Grinsend hörte sie noch, wie er seinen Freunden stolz erzählte, er habe die Nachbarin von oben eingeladen.

Nachdem sie sich die Haare geföhnt und sich angezogen hatte, füllte sie ihre kleine Gießkanne mit Wasser und begann, die drei Kakteen zu gießen, die auf der Fensterbank im Wohnzimmer standen. Es waren die einzigen Pflanzen, die bei ihr überlebten. Anschließend rief sie in der Zeitungsredaktion an, für die sie als freie Fotografin arbeitete.

Sandra meldete sich, Ricardas Lieblingsredakteurin. Sie

trafen sich ab und zu auch außerhalb der Arbeit auf einen Kaffee, und Sandra versorgte Ricarda nur zu gerne mit Neuigkeiten aus den Zeitungsbüros.

»Hallo, Sandra, na, wie geht's?«

»Ach, na ja, wenig zu tun – Sommerloch eben. So wie jedes Jahr.« Ricarda konnte hören, wie Sandra herzhaft in einen Apfel biss. »Übrigens, hast du schon das von Tobias vom Sportteil und Franka vom Newsdesk gehört? Angeblich läuft da jetzt wirklich was.«

»War doch klar«, Ricarda klemmte sich das Telefon zwischen Schulter und Ohr, während sie begann, Wasser in ihre Kaffeetasse laufen zu lassen. »Sag mal, Sandra – heißt Sommerloch auch, dass es keine Fotoaufträge für mich gibt?«

»Leider«, Sandra klang zerknirscht. »Ich kann nichts für dich tun, Ricarda. Wir langweilen uns hier in der Redaktion auch alle. Fotos brauchen wir davon nicht.«

»Schade.« Ricarda dachte an die Miete, die sie in ein paar Tagen überweisen musste. Sie brauchte noch ein paar Aufträge in diesem Monat, sonst würde sie ihre Eltern anpumpen müssen, was sie vermeiden wollte. Seit beinahe zwei Jahren schlug sie sich nun schon als freie Fotografin durch. Es war immer ihr Traum gewesen, sie liebte das Fotografieren, das Einfangen besonderer Momente mit der Kamera – und das Sich-treiben-Lassen. Heute hier, morgen da; als Fotografin war sie unabhängig. Der Nachteil war allerdings, dass keine Aufträge auch kein Geld bedeuteten.

»Übrigens …«, Sandra legte eine gedehnte Pause ein. »Ich weiß nicht, ob ich es dir überhaupt sagen soll und ob du es wissen willst, aber: Jimmy ist wieder in der Stadt.«

Ricarda spürte einen Stich, ihr Herz wurde schwer. Sie bemühte sich, ihre Stimme normal klingen zu lassen.

»Seit wann denn?«

»Erst seit ein paar Tagen. Gestern ist er hier in der Redaktion aufgetaucht. Anscheinend lief es in Berlin nicht mehr so gut für ihn.«

Nach dem Gespräch stand Ricarda für einen Moment einfach nur da. Jimmy war wieder in Köln; ihr Ex-Freund. Sie hätte nicht gedacht, dass er zurückkommen würde. Schon deswegen war sie nach ihrer Trennung wieder nach Köln gezogen. Hier, hatte sie gedacht, würden sie sich sicher nicht mehr über den Weg laufen. Jimmy wollte in die Redaktionen nach London oder New York; Berlin war für ihn nur ein lästiger Zwischenschritt gewesen. Und sie war damals mit ihm in die Hauptstadt gezogen. Natürlich – sie war ja auch völlig verrückt nach ihm gewesen; vom ersten Moment an, als sie ihn auf einer Medienparty in Ehrenfeld kennengelernt hatte. Er war charmant, sehr gut aussehend und sehr umschwärmt gewesen, mit genau der Art von überbordendem Selbstbewusstsein, das Männer wie ihn unwiderstehlich machte. Er hatte sie angesprochen, und sie hatte sofort das Gefühl gehabt, dass sie zusammenpassten – beide abenteuerlustig, beide rastlos, beide völlig frei. Sie waren tatsächlich ein Paar geworden, ein Journalist und eine Fotografin, das war perfekt. Sie konnten überall arbeiten, bald darauf waren sie nach Berlin gegangen. Ricarda war glücklich gewesen. Ich war so blind damals, dachte sie nun. Ich habe einfach die Warnzeichen nicht gesehen. Er hatte ihr ständig etwas versprochen, aber nichts davon gehalten. Sogar die Weltreise mit einem alten VW-Bus, die sie unbedingt hatte machen wollen, hatte er nur immer weiter hinausgezögert, sie vertröstet. Und dann kam der Abend, an dem Ricarda früher als gedacht von einem Fototermin nach Hause gekommen war. Es hatte in Strömen geregnet, die geplanten Aufnahmen in Grunewald waren ins Wasser gefallen. Schon als sie die Wohnungstür aufschloss, hatte sie ein eigenartiges Gefühl beschlichen. Im Flur standen Frauenschuhe, die nicht ihr gehörten – teure Schuhe mit hohem Absatz, die ihr bekannt vorkamen. Dazu die Geräusche – ein leises Lachen, Flüstern. Sie hatte es gewusst, bevor sie sie sah. Im Wohnzimmer erwischte sie die beiden, Jimmy und seine Assistentin. Auf ihren überraschten Gesichtern war nicht besonders viel Reue zu entdecken. Ricarda hatte noch am selben Abend ihre Sachen gepackt und war nach Köln gefahren, wo sie sich tagelang auf Mareikes Sofa verkrochen hatte. Ihr Liebeskummer war schrecklich gewesen, aber noch schrecklicher war, dass Jimmy sich kein einziges Mal meldete. Kein »Tut mir leid«, kein »Lass uns reden«. Er nahm ihre Trennung einfach hin. »Weil er ein Mistkerl ist«, sagte Mareike.

Und jetzt war er wieder in Köln. Sie wollte ihm auf keinen Fall begegnen – oder doch? So vieles war unausgesprochen zwischen ihnen. Vielleicht konnte sie sich auch deswegen auf niemand Neues einlassen. Bei jedem Mann, den sie kennenlernte, nagte der Zweifel an ihr, ob er ihr nicht das Gleiche antun würde. Sie wollte auf keinen Fall noch einmal so verletzt werden.

Ricarda schüttelte sich, um die Erinnerungen und Gefühle zu vertreiben, die in ihr aufstiegen. Die nächsten Stunden lenkte sie sich damit ab, ihre Fotos der letzten Wochen zu sortieren.

Um kurz vor drei Uhr nachmittags stieg Ricarda in Marienburg aus dem Bus. Von der Haltestelle zu der Seniorenresidenz, in der Lilli wohnte, waren es nur ein paar Meter. Es war nicht irgendein Altersheim – die Fassade des alten Gebäudes hätte jedem Schloss alle Ehre gemacht. Dahinter dehnte sich ein schöner Park mit großen alten Bäumen aus. »Lilli wohnt im ›Ritz‹ unter den Seniorenheimen«, witzelte Ricardas Mutter Hannah manchmal.

Ricarda meldete sich am Empfang an. »Frau Beekmann ist auf ihrem Zimmer«, sagte die Rezeptionistin freundlich. »Sie erwartet Sie schon.«

Ricarda machte sich auf den Weg durch die langen Korridore zum Zimmer ihrer Großmutter im zweiten Stock. Sie klopfte und trat ein.

Wie immer, wenn sie hier zu Besuch war, war sie von dem vornehmen Zimmer beeindruckt. Es war groß, mit hohen Decken und gebohnerten Holzdielen, zu denen die geschmackvollen alten Möbel, die Lilli mitgebracht hatte, sehr gut passten. Immer stand eine Vase mit frischen Blumen auf dem Tisch, und alles war tadellos aufgeräumt.

Ricardas Großmutter saß aufgerichtet in einem cremefarbenen Sessel und sah aus dem Fenster hinaus auf den Park.

Zum Sessel gehörte auch ein cremefarbenes Sofa, das Lilli allerdings nie benutzte. Ricarda hätte sich eine Lilli auf dem Sofa, eine Vorabendserie im Fernsehen schauend, wie das die meisten anderen Großeltern taten, auch gar nicht vorstellen können. Lilli tat eigentlich nichts von dem, was typische

Großmütter taten. Sie kochte nicht, sie strickte nicht, und sie erzählte niemals von früher. Ricarda hatte sie als Kind oft angebettelt, ihr von ihrer Kindheit oder von der jungen Hannah zu erzählen, aber beides hatte Lilli immer abgewehrt. »Was sollen die alten Geschichten?«, sagte sie dann. »Es bringt doch nichts, alte Tage wieder aufzurühren. Wir leben heute.«

Lillis Frisur saß wie immer perfekt. Ihre Haare hatten im Alter ein kühles Weiß angenommen, das ihre stahlblauen Augen zur Geltung brachte. Heute trug sie eine weiße Bluse mit hohem Kragen und einen dunkelblauen Rock, dem man seine teure Marke ansah. Sie war immer noch schlank, und die Falten in ihrem Gesicht täuschten nicht darüber hinweg, dass Lilli einmal eine Schönheit gewesen war. An ihrem wachen Blick konnte Ricarda erkennen, dass ihre Großmutter einen guten Tag hatte, ohne Alzheimer und ohne Gedächtnislücken.

»Hallo, Oma – hier bin ich.«

Lilli wandte sich zu ihr um und lächelte ihr geheimnisvolles Lächeln. »Ricarda, schön, dass du kommen konntest. Die Schwester bringt uns gleich Kaffee.«

Lilli war immer eine sehr gute Gastgeberin gewesen, mit perfekt gedecktem Tisch und kleinen Törtchen, die sie aus ihrer Lieblingskonditorei liefern ließ und auf die Ricarda als Kind ganz wild gewesen war. Auch jetzt war der Tisch schön gedeckt. Ihre Großmutter überließ nichts dem Zufall. Ricarda hatte in ihrer Jugend unzählige hochgezogene Augenbrauen von ihrer Großmutter geerntet, wenn sie mit zerrissenen Latzhosen, T-Shirts mit witzigen Aufdrucken oder rosa gefärbten Haaren aufgetaucht war. Über die Jahre hatten sie sich stillschweigend geeinigt: Ricarda trug, was sie wollte, und Lilli ignorierte es.

Es klopfte, und eine zierliche blonde Frau in Schwesternkleidung balancierte ein Tablett mit Kaffeekanne, Tassen und Gebäckteller herein. »Schauen Sie, Frau Beekmann, ich habe hier sowohl Sahne als auch Milch – ich wusste nicht, was Ihre Enkelin lieber mag«, sagte die Schwester freundlich. »Oh, hat heute etwa jemand Geburtstag?«, unterbrach sie sich dann und deutete auf das hübsche Paket, das auf dem Tisch lag und das Ricarda selbst erst in diesem Moment wahrnahm. Die Schwester streckte Ricarda die Hand entgegen, um ihr zu gratulieren. Die schüttelte den Kopf. »Nein, ich habe im Dezember Geburtstag. Oma, für wen ist denn das Paket?«

»Danke, Schwester Birgit«, sagte Lilli statt einer Antwort und nickte der Frau zu.

Als Birgit gegangen war, schenkte Ricarda Kaffee in die zwei hauchdünnen Porzellantässchen ein und gab in eine der Tassen Zucker und ein wenig Milch, bevor sie sie Lilli reichte. Sie selbst trank den Kaffee schwarz.

»Also, Oma, was ist so dringend? Mach es nicht so spannend«, platzte Ricarda heraus, nachdem sie beide einmal an ihrer Tasse genippt hatten.

Lilli sah Ricarda an und wirkte beinahe, als müsse sie sich überwinden zu sprechen.

»Nun, ich habe eine Bitte.« Sie machte eine kleine Pause. »Ich möchte, dass du für mich nach Berchtesgaden fährst und dieses Paket hier abgibst.«

Ricarda starrte das Paket an, das mit der feierlichen Schleife in der Tat aussah wie ein Geburtstagsgeschenk.

»Wie bitte? Nach Berchtesgaden?«, fragte sie verwirrt. Ricarda war dort als Kind einmal einige Wochen lang mit Lilli im Urlaub gewesen, als ihre Eltern den Sommer über arbeiten mussten. Dunkel erinnerte sie sich an Berge, an einen kleinen See und an eine nette bayrische Pensionswirtin, die immer ein Bonbon für sie bereitgehalten hatte. Mehr verband sie nicht mit Berchtesgaden, aber sie war damals auch nicht älter als sechs gewesen.

Lilli beugte sich vor, nahm das Paket vorsichtig in beide Hände und reichte es Ricarda. »Bitte, es ist wichtig. Ich habe schon alles vorbereitet und bei Mitzi ein Zimmer für dich reserviert.« Richtig, Mitzi war der Name der Pensionswirtin gewesen – Ricarda fiel es in diesem Moment wieder ein.

»Und Schwester Birgit war so nett, dir Züge zu buchen. Es ist alles schon bezahlt, keine Sorge.« Sie griff nach ihrem Portemonnaie und nahm einige Geldscheine heraus. Es waren große Geldscheine, deutlich größere, als sie Ricarda momentan im Portemonnaie hatte. »Für deine sonstigen Ausgaben auf der Reise. Essen, Fahrkarten und so weiter. Vielleicht willst du dir ja auch ein Dirndl kaufen.«

Ricarda ging das alles zu schnell. »Moment – für wen ist das Paket denn überhaupt?«

Lillis Körper versteifte sich. »Die Adresse habe ich daraufgeschrieben. Gib es unbedingt persönlich ab.«

»Ähm, klar.« Ricarda schüttelte grinsend den Kopf. Sie fühlte sich plötzlich wie in einem James-Bond-Film. Scherzhaft beugte sie sich vor und raunte: »Oma … Ich schmuggle doch aber keine Drogen, oder?!«

Lilli verzog nicht einmal den Mund. »Sei nicht albern.«

Ricarda sah zwischen dem sorgsam verpackten Paket und Lillis undurchdringlicher Miene hin und her. Ein seltsamer Auftrag, aber sie wusste bereits, dass sie nicht Nein sagen würde. Es klang viel zu spannend, um ihn auszuschlagen. Außerdem war es verlockend, ein paar Tage aus Köln wegzukommen. Weg von Jimmy, weg von den Rechnungen und den fehlenden Fotoaufträgen.

Sie überlegte, ob sie trotzdem versuchen sollte, mehr Informationen aus ihrer Großmutter herauszubekommen. Allerdings war die Mühe wahrscheinlich vergeblich. Lilli war der verschwiegenste Mensch, den sie kannte. Wenn sie sagte, sie würde keine weiteren Fragen beantworten, meinte sie es ernst.

Jetzt sah Lilli sie erwartungsvoll an. »Nun? Tust du das für mich?«

Ricarda gab sich dem Blick aus den klaren blauen Augen geschlagen. Sie grinste. »Okay, ich bin dabei. Wann soll es losgehen?«

»Morgen.«

»Oma!«, rief Ricarda. »Was hättest du denn gemacht, wenn ich morgen keine Zeit gehabt hätte?«

»Du bist doch freie Fotografin. Da hat man immer Zeit.« Lilli lächelte. »Möchtest du ein Himbeertörtchen?«

Das war typisch für Lilli. Wenn sie ein Thema für beendet hielt, wechselte sie behände zu einem anderen. Lilli wartete Ricardas Antwort gar nicht ab, sondern legte mit einer kleinen Gebäckzange ein Törtchen und ein paar Schokoladenkekse auf einen Teller und reichte ihn Ricarda.

»Wann fährt denn mein Zug?«

»Mittags um zwölf. Ich weiß ja, dass du nicht gerade eine Frühaufsteherin bist.«

Ricarda biss in das Himbeertörtchen. Es schmeckte köstlich. Plötzlich hatte sie das angenehm prickelnde Gefühl, dass ein Abenteuer auf sie wartete.

...

Ein Schaffner betrat das Abteil. Sein Blick fiel auf die Katze, die hinter den Gittern ihres Körbchens saß und ihn musterte. »Oh, ein kleiner Passagier«, sagte er freundlich. »Wie heißt Ihre Katze denn?«

»Miss Flauschig«, antwortete die Frau und legte bedächtig ein Lesezeichen zwischen die Seiten, bevor sie das Buch zuklappte und nach ihrer Fahrkarte kramte.

Ricarda fing den Blick des Schaffners auf. Sie grinsten sich an. »Ähm, ein ausgefallener Name«, antwortete er und stempelte die Fahrkarte der Frau. Dann wandte er sich Ricarda zu.

»Wie lange fahren wir noch bis Berchtesgaden?«, fragte sie. Gemessen an der Alpenlandschaft, die vor dem Fenster vorbeiflog, konnte es nicht mehr lange dauern.

»Noch eine Viertelstunde.« Der Schaffner gab ihr die Fahrkarte zurück. Mit einem amüsierten Blick auf die Katze verließ er das Abteil.

Nachdem er gegangen war, kramte die Frau eine knisternde Tüte mit Katzenfutter hervor. »Darauf ist sie ganz wild«, sagte sie und hielt die Packung hoch. »Mit Geflügelgeschmack. Haben Sie auch eine Katze?«

Ricarda schüttelte den Kopf. Die Frau verlor dadurch offensichtlich das Interesse an einem Gespräch. Sie gab der Katze ein Leckerli und nahm dann wieder ihr Buch zur Hand.

Auch Ricarda wandte sich wieder dem Fenster zu. Die Berge wurden immer höher, die Tannen dichter. Das regelmäßige Rattern, das der Zug auf den Schienen verursachte, hatte etwas Einschläferndes. Wieder wanderte Ricardas Blick zu dem Paket vor ihr.

In Lillis schöner Handschrift stand der Adressat darauf: »Lois König« – und darunter: »Berchtesgaden«.

Lois, ein seltsamer Name, dachte Ricarda.

Lillis »L« war schwungvoll. Ricarda dachte beim Anblick ihrer Handschrift und des Pakets an die vielen Weihnachtsfeste, die sie gemeinsam in der alten Beekmann-Villa gefeiert hatten, die Lilli bis zu ihrem Umzug ins Seniorenheim bewohnt hatte. Immer waren Lillis Pakete die schönsten gewesen, mit hübschem Papier, großen Schleifen und selbst gemachten Anhängern, auf die in ihrer geschwungenen Handschrift »Frohe Weihnachten für Ricarda« stand. Wie würde es dieses Jahr werden, fragte sich Ricarda. Würden sie in Lillis Zimmer im Seniorenheim feiern? Und würde sie noch jeden erkennen, wissen, dass Weihnachten ist? Lillis Krankheit schritt sehr schnell voran, die Ärzte hatten ihnen keine Illusionen gemacht. Bald würden sich die schlechten Tage häufen, irgendwann würde sie Ricarda wahrscheinlich für eine Fremde halten.

Ricarda dachte an die Zeit, die sie als Kind mit ihrer Großmutter verbracht hatte. Ricardas Eltern waren Architekten, sie arbeiteten auf der ganzen Welt, bauten Wolkenkratzer in Tokio, ein Museum in New York oder ein ausgefallenes Wohnhaus in Madrid. Immer reisten sie den spannendsten Aufträgen hinterher, von einer Metropole zur anderen. Meist nahmen sie Ricarda mit, aber manchmal blieb sie auch für einige Wochen bei Lilli in Köln. Lilli war nie eine gemütliche Oma mit Katzen und Geranien gewesen, aber sie hatte Ausflüge mit Ricarda unternommen, war mit ihr zwischen den alten Platanen am Rhein entlangspaziert oder hatte mit ihr die Tiger im Zoo bestaunt. Als das Schokoladenmuseum im Rheinauhafen eröffnete und Ricarda unbedingt dort hinwollte, hatte Lilli es geschafft, eine Führung nur für sie beide zu organisieren, an deren Ende Ricarda so viel Schokolade essen durfte, wie sie wollte. Ricarda lächelte bei der Erinnerung – es war ein toller Tag gewesen.

»In wenigen Minuten erreichen wir Berchtesgaden«, dröhnte die Lautsprecherdurchsage durch den Zug. »Wir wünschen allen Fahrgästen, die dort aussteigen, einen schönen Aufenthalt und bedanken uns für Ihre Fahrt mit der Deutschen Bahn.«

Ricarda stand auf und sammelte ihre Sachen zusammen. Es kostete sie etwas Mühe, die Reisetasche aus dem Gepäcknetz zu hieven.

»Reisen Sie noch weit?«, erkundigte sie sich bei der Frau mit der Katze.

Die schüttelte den Kopf. »Nur noch bis Salzburg. Waren Sie schon einmal da?«

Ricarda schüttelte den Kopf.

»Eine wunderschöne Stadt. Sie sollten in Ihrem Urlaub auf jeden Fall einen Tag hinfahren.«

»Kommt darauf an, ob das hier überhaupt ein Urlaub wird …«, murmelte Ricarda. »Ich weiß ja noch gar nicht, was das hier alles soll.«

Die Frau sah sie verwundert an.

Ricarda verabschiedete sich, griff nach ihrem Ungetüm von Reisetasche, klemmte das Paket unter den Arm und ging den schmalen Gang des ruckelnden Zugs entlang zum Ausstieg.

Der Berchtesgadener Bahnsteig war beinahe leer. An einem stillgelegten Gleis saßen drei Jungen und ließen ihre Beine über dem Gleisbett baumeln, während sie einträchtig bunte Gummischlangen aßen. Eine Frau mit blondierten Haaren und Lodenjacke stieg zusammen mit Ricarda aus, eine Gruppe junger Wanderer sammelte sich vor einem Fahrplan.

Das Bahnhofsgebäude war ein lang gestreckter, etwas altmodischer Bau mit hellem Putz und vielen Fenstern. Ricarda zog ihre Reisetasche hinter sich her und drückte die schwere Tür zur Wartehalle auf. Nur ein paar Reisende verteilten sich auf den in Reih und Glied stehenden Sitzbänken, ein kleiner Zeitungsladen hatte geöffnet, ebenso wie ein Café. Der Kontrast zu dem riesigen geschäftigen und modernen Kölner Hauptbahnhof, an dem Ricarda am Morgen ihre Reise begonnen hatte, hätte kaum größer sein können. Staunend besah sich Ricarda die etwas altertümlichen Wandgemälde, die Jäger, Bauern, Frauen im Dirndl, Kühe und Berge zeigten. In einer Wolke erschien ein gemalter Heiliger über der großen Bahnhofsuhr.

Ricarda suchte den Ausgang zum Busbahnhof, der nicht

schwer zu finden war. Allerdings fuhr der einzige Bus, den sie entdecken konnte, gerade ab. An seiner Flanke war eine Werbung für Enzianschnaps aufgeklebt: »Unser Enzian – unser Berchtesgaden« stand darauf, daneben eine blaue Enzianblüte und das Emblem einer Schnapsbrennerei.

Ricarda stellte Reisetasche und Paket ab und ging zu den Fahrplänen der Busse, um nach der Linie zu suchen, die sie zu ihrer Unterkunft am Bergsee bringen sollte. Lilli hatte ihr alles fein säuberlich aufgeschrieben, was sich jetzt als nützlich herausstellte, denn Ricardas Handy hatte hier in den Bergen nur einen schwachen Empfang.

Nach einigem Suchen entdeckte sie die richtige Linie, allerdings würde der nächste Bus in diese Richtung erst in einer halben Stunde abfahren. Sie hatte also noch viel Zeit. Ricarda setzte sich kurzerhand auf ihre Reisetasche und sah sich um. Direkt vor ihr stiegen schon die Wiesen zu steilen Hängen an, hinter denen sich die Bergriesen der Berchtesgadener Alpen erhoben. Die Häuser, die sich auf den Hängen verteilten, sahen genauso aus, wie sich Ricarda bayrische Häuser vorgestellt hatte. Mit ihren weiß gestrichenen Fassaden, den Holzgiebeln und langen Holzbalkonen, die von vielen Blumenkästen voller Geranien geschmückt wurden, wirkten sie wie aus dem Werbeprospekt. Direkt neben dem Bahnhof war ein modernes Kaufhaus für Wander- und Skibedarf.

Der Himmel, der in Köln noch klar und sonnig gewesen war, war hier grau. Dunkle Wolkenberge quollen über die Gipfel, und Ricarda hoffte inständig, dass es trocken bleiben würde, bis sie bei Mitzi angekommen war. Mitzi. Ricarda war gespannt, ob sie sich verändert hatte – immerhin war es gute zwanzig Jahre her, seit sie sie zuletzt gesehen hatte. Würde sie sich noch an Ricarda erinnern? Als sie damals mit Lilli den Sommer über bei Mitzi gewohnt hatte, war sie noch ein kleines Mädchen gewesen, braun gebrannt, mit Zöpfen, Zahnlücken und blinkenden Turnschuhen, deretwegen sie ihren Eltern damals wochenlang in den Ohren gelegen hatte. Das war alles schon so lange her.

Ricarda zog ihr Handy aus der Jackentasche. Eine Nachricht von Mareike.

»Viel Spaß in den Bergen. Halte mich auf dem Laufenden, was deinen mysteriösen Paketdienst angeht! Lach dir einen netten Bergführer an – dann können wir nächsten Sommer eine Hüttentour machen. ;)«

Ricarda verdrehte die Augen, musste aber schmunzeln.

»Das mit dem Bergführer werden wir sehen, aber auf dem Laufenden halte ich dich natürlich«, tippte sie.

Nachdem sie die Nachricht verschickt hatte, schwebte ihr Daumen einen Moment lang unschlüssig über Jimmys Nummer. Sie hatte es nie über sich gebracht, sie zu löschen. Sollte sie es jetzt endlich tun? Oh Mann, Ricarda, vergiss ihn doch endlich, schimpfte sie mit sich selbst. Er hat es gar nicht verdient, dass du noch über ihn nachdenkst. Schließlich schloss sie die Liste ihrer Kontakte und steckte das Handy in ihre Jackentasche zurück.

Dann kam ihr Bus. Ricarda nahm ihr Gepäck und bugsierte es hinein. Der Busfahrer, ein dicker, gemütlicher Mann mit Bart, sah sie fragend an.

»In den Grünwinkel, bitte«.

»Sehr wohl, Fräulein.«

Ricarda grinste. Sie konnte sich nicht daran erinnern, schon einmal »Fräulein« genannt worden zu sein. In diesem weichen Bayerisch klang das altmodische Wort allerdings ganz nett.

Der Bus war beinahe leer, abgesehen von zwei älteren Paaren in beigen Wanderhosen und grellbunten Softshelljacken. Ricarda suchte sich einen Fensterplatz in der Mitte. Der Bus fuhr wieder an und kurvte aus dem Bahnhof hinaus auf die Landstraße. Schnell ließen sie die Häuser des kleinen Städtchens hinter sich. Vor ihnen, so schien es Ricarda, lagen nur Wiesen und dichter Tannenwald. Plötzlich spürte sie, dass sie aufgeregt war. Dies hier war wohl die eigenartigste der vielen Reisen, die sie in ihrem bisherigen Leben unternommen hatte.

Der Bus tuckerte gemächlich über die Landstraße. Ricarda lehnte den Kopf ans Fenster und sah hinaus. Die Tannen standen dicht an dicht, und die Berge rechts und links fielen schroff ab. Ab und zu lichtete sich der Wald in grüne saftige Wiesen, auf denen Kühe weideten, und hier und da entdeckte sie einen einsamen Bauernhof. »Frische Milch« hatte jemand auf ein großes Holzschild am Straßenrand geschrieben, darunter waren eine gefleckte Kuh und eine Milchkanne gemalt.

Die Wanderer verließen den Bus an einer Haltestelle im Nirgendwo, dafür stieg kurz darauf ein junger Mann ein. Er sah genauso aus, wie Ricarda sich einen Holzfäller vorstellte: riesig, breitschultrig, unordentliche blonde Haare, dazu einen Vollbart. Er trug eine schlammfarbene Funktionshose, ein kariertes Flanellhemd und eine abgetragene Wachsjacke.

Alles an ihm wirkte rustikal. Er schien den Busfahrer zu kennen, denn er blieb vorn neben dem Fahrersitz stehen, und die beiden unterhielten sich in polterndem Bayerisch.

Ricarda versuchte zu verstehen, worum es ging, aber sie konnte nicht einmal einzelne Sätze entschlüsseln. Es passte zu diesem Naturburschen, dass er auch noch einen unverständlichen Dialekt sprach.

Sie sah wieder aus dem Fenster. Der Bus fuhr weiter zwischen Kuhweiden entlang. Eine der Kühe hob den Kopf und sah Ricarda direkt an. Ihr Fell war zart hellbraun, und ihre großen dunklen Augen sahen aus, als trüge sie einen schwungvollen Lidstrich.

Schließlich hielt der Bus wieder. Die automatische Lautsprecheransage knarzte rauschend und unverständlich den Haltestellennamen. »Fräulein«, rief der Fahrer und unterbrach dafür kurz sein Gespräch mit dem Holzfäller. »Hier müssen Sie raus. Des hier is' Grünwinkel.«

»Oh ja, danke.« Ricarda stand auf und versuchte, ihre Reisetasche vom Sitz zu ziehen. Allerdings schien sie sich irgendwo verhakt zu haben.

»Darf ich?« Der junge Mann mit der Wachsjacke machte zwei große Schritte und stand neben ihr. Er nahm Ricarda die Henkel der Reisetasche aus der Hand und hob sie hoch, als wäre sie federleicht. Er sprang aus dem Bus und stellte die Tasche auf der Sitzbank an der Haltestelle ab. Ricarda folgte ihm. Der Mann zeigte auf die Reisetasche, die so groß war, dass sie beinahe die ganze Bank einnahm. »Bleibst du für ein Jahr?«, fragte er grinsend.

»Nein, ich kann mich nur schlecht entscheiden.« Ricarda

strich sich eine losgelöste Haarsträhne hinter ihr linkes Ohr. »Danke für die Hilfe.«

»Gerne«.

Ricarda fielen seine warmen braunen Augen auf. Er nickte ihr zu, sprang zurück in den Bus, und die Türen schlossen sich zischend hinter ihm. Einen Augenblick später stand Ricarda allein an der Haltestelle.

Sie sah sich suchend um. Laut Lillis Reiseplan müsste Mitzis Pension ganz nah sein. Aber Ricarda sah nur Bäume und Berge um sich herum. Nicht einmal den kleinen Bergsee konnte sie entdecken, der in ihrer Erinnerung unterhalb der Pension lag.

»Das fängt ja gut an«, murmelte sie.

Nach kurzem Suchen entdeckte sie zu ihrer Erleichterung einen Wegweiser. Er war an den Stamm einer Tanne genagelt, ein hölzerner Pfeil, auf dem schlicht »Mitzi« stand. Er zeigte in Richtung eines schmalen Wirtschaftswegs, der zwischen Bäumen und Wiesen bergauf führte.

»Na, dann mal los!« Ricarda schulterte ihre Tasche, wobei die sich unbequem mit dem kleinen Rucksack in die Quere kam, in dem Ricarda Portemonnaie und Lillis Paket verstaut hatte. So bepackt, machte sie sich an den Aufstieg.

Auch wenn ihr schnell der Riemen der Tasche in die Schulter schnitt, genoss Ricarda den Weg. Bald breitete sich vor ihr das Ende des Tals aus, das ringsum von Bergen eingeschlossen war. Der See tauchte unter ihr auf, sein Wasser wirkte bei dem bewölkten Himmel tief dunkelgrün und geheimnisvoll.

Wie hingewürfelt verteilten sich über die Wiesen und

Hügel am See ein paar wenige Häuser. Das Dorf im Tal war durch ein Waldstück vom See getrennt. Ricarda sah nur den weißen Kirchturm mit Zwiebelhaube hinter den Bäumen. Die dunklen Wolken, die über den Himmel jagten und beinahe an den Gipfeln der majestätischen Berge hängen zu bleiben schienen, die merkwürdige Geborgenheit, die dieses einsame Tal ausstrahlte … Ricarda konnte nicht anders – sie setzte ihre Reisetasche ab, zog den Reißverschluss auf und kramte ihre Kamera hervor. Sie hatte nur die wichtigsten Objektive mitgenommen und ihr kleines Reisestativ, das sie fürs Erste jedoch in der Tasche ließ. Für ein paar Schnappschüsse reichte es auch so.

Ricarda war so beschäftigt damit zu fotografieren, dass sie das leise Donnergrollen überhörte. Dann aber fielen plötzlich schwere Regentropfen. »Verdammt!«, schimpfte Ricarda und packte die Kamera schnell wasserdicht ein. Der Donner wurde lauter und klang, von den Bergwänden zurückgeworfen, bedrohlich. Ricardas Haare waren in Sekundenschnelle pitschnass, die durchnässte Jeans klebte unangenehm an den Oberschenkeln, während sie mit ihrem schweren Gepäck durch den Regen rannte. Gerade als der erste Blitz über dem Tal zuckte, tauchte vor ihr endlich Mitzis Haus auf. Ricarda seufzte erleichtert und setzte zu einem Endspurt an.

Die Pension sah unglaublich behaglich aus, wie sie da am Berghang stand. Ein altes großes Bauernhaus mit ausladendem Dach. Die oberen Stockwerke und der Giebel hatten eine Holzfassade, zu denen die altmodischen Sprossenfenster und die üppig bepflanzten Blumenkästen, die die Holzbalkone schmückten, gut passten. Ein säuberlich aufgesetzter Stapel Holzscheite versprach knisterndes Kaminfeuer. Sogar jetzt im Regen sah alles an Mitzis Haus freundlich und einladend aus.

Ricarda kämpfte sich die letzten Meter durch den Regen. Plötzlich öffnete sich die Haustür, und eine kleine, mollige Frau erschien im Türrahmen. Sie trug ein einfaches Dirndl, die grauen Haare waren aufgesteckt, aber Ricarda erkannte sie sofort.

»Ja mei, wie eine getaufte Maus«, rief Mitzi und schlug die Hände zusammen. »Jetzt aber g'schwind ins Trockene.« Sie kam Ricarda entgegen und half ihr mit dem Gepäck. »Was für a Wetter! Geh gleich nach oben, und trockne dich. Ich hab dich ins selbe Zimmer einquartiert wie damals. Begrüßen können wir uns auch später noch.«

Dankbar streifte Ricarda ihre Schuhe im Hausflur ab und stieg mit ihrem Gepäck die alte Holztreppe nach oben, wo die Gästezimmer lagen. Zu ihrer eigenen Überraschung erinnerte sie sich sofort wieder an alles. Die Pension war klein, es gab nur drei Gästezimmer, und sie hatte mit Lilli damals in dem mittleren übernachtet, das mit dem hübschesten Balkon und der schönsten Aussicht.

Sie öffnete die Tür und trat in das Zimmer. Sofort fühlte sie sich willkommen. Auf dem Tisch stand ein großer frischer Wiesenblumenstrauß in einer alten Vase, das Bett mit den aufgeplusterten Daunenkissen war mit Bauernbettwäsche bezogen, und der alte große Kleiderschrank mit den geschnitzten Türen stand noch an derselben Stelle wie vor zwanzig Jahren.

Ricarda ließ Reisetasche und Rucksack fallen, wo sie stand, und schälte sich aus den klitschnassen Kleidern. In dem kleinen Badezimmer stellte sie sich unter die heiße Dusche, bis ihr wieder warm wurde. Dann wickelte sie sich eines von Mitzis flauschigen Handtüchern als Turban um die nassen Haare, angelte sich aus ihrer Tasche frische Unterwäsche, Jeans und einen leichten Pullover.

Entsetzt stellte sie fest, dass der Regen ihren Rucksack vollkommen durchweicht hatte. Lillis Paket hatte einiges an Regenwasser abbekommen. Schnell befreite sie es aus dem Rucksack und beschloss, es mit nach unten zu nehmen. Vielleicht konnte sie es auf Mitzis Kachelofen trocknen.

In der Gaststube stand ein langer, einfacher Holztisch, dessen Macken und Kratzer von vielen Gästen und gemeinsamen lauten und lustigen Abendessen erzählten, die hier schon stattgefunden hatten. Unter den Fenstern zum Tal gab es eine einladende Sitzbank mit geblümten Kissen. An der einen Tischseite reihten sich Holzstühle mit Lehnen, aus denen jeweils ein Herz herausgeschnitzt worden war. Am anderen Ende des Tisches war mit zwei Tellern und zwei Kaffeetassen gedeckt, in der Mitte stand eine dampfende Kanne Kaffee.

An der gegenüberliegenden Wand befanden sich ein alter großer Kachelofen und ein Herrgottswinkel, auf dem ein kleines Kruzifix und ein getrockneter Strauß aus Kräutern und Blumen standen. Es war eine richtig gemütliche Bauernstube.

»Setz dich schon mal!«, rief Mitzi aus der Küche, »ich bin gleich da.«

Ricarda legte das Paket zum Trocknen auf den Kachelofen und genoss die angenehme Wärme, die er im Raum verbreitete. Dann setzte sie sich auf die Eckbank und sah aus dem Fenster. Draußen regnete es noch immer, die ganze Landschaft war eingehüllt in einen dichten Vorhang aus Tropfen, die über Tannen, See und Häuser fielen. Die Berge verschwanden fast vollständig in Regen und Nebel.

»Ja, das war schon als kleines Madl dein Lieblingsplatz.« Mitzi war mit einer Kuchenplatte in den Händen in die Stube gekommen.

Ricarda lachte. »Stimmt. Ich habe mir beim Essen immer den Hals verrenkt, weil ich gleichzeitig schauen wollte, was draußen passiert.«

»Ja. Und des hier mochtest du damals auch ganz besonders, wenn mich die Erinnerung nicht täuscht. Ich hoffe, daran hat sich nichts geändert.« Die Wirtin zwinkerte ihr zu und stellte die Kuchenplatte auf den Tisch. Darauf lag ein knusprig gebackener, mit viel Puderzucker bestäubter Apfelstrudel, der wunderbar duftete. »Ich dachte, zur Feier des Tages …«

»Wahnsinn, das sieht großartig aus! Vielen Dank!«

Ricarda musterte die Wirtin, die sich daranmachte, großzügige Scheiben vom Strudel abzuschneiden. Es war kaum zu glauben, dass so viele Jahre vergangen waren. Mitzi sah im Großen und Ganzen aus wie früher. Das verschmitzte Lächeln, die rundliche Figur, die tatkräftigen Arme und rührigen Hände, die ständig irgendetwas backten, kochten oder im Garten arbeiteten. Natürlich hatte sie Falten bekommen, und das ehemals braune Haar war jetzt grau, aber sie hatte nichts von ihrer Energie eingebüßt.

Jetzt reichte sie Ricarda einen Teller mit einem gewaltigen Stück Strudel und einem genauso großzügigen Klecks Schlagsahne. »Willkommen zurück«, sagte sie und lächelte. »Ich habe mich sehr gefreut, als der Brief von deiner Großmutter kam.«

Ricarda, die gerade die Kuchengabel zur Hand genommen hatte, hielt überrascht inne. »Sie hat dir einen Brief geschrieben? Ich dachte, ihre Pflegerin hätte das Zimmer gebucht.«

»Nein, es kam ein netter Brief, in dem sie mich bat, dir ein Zimmer zu reservieren und gut auf dich aufzupassen.« Mitzi schenkte den Kaffee ein. Dann stutzte sie. »Moment, wieso ›Pflegerin‹? Geht es Lilli nicht gut?«

Ricarda schüttelte den Kopf. »Die Ärzte haben vor ein paar Monaten Alzheimer diagnostiziert. Auch noch eine Form, die schnell voranschreitet.«

»Wie schrecklich.«

»Habt ihr denn immer Kontakt gehalten?«

Mitzi schüttelte betrübt den Kopf. »Nein, das hat sich irgendwann einfach verlaufen. Wir haben uns jedes Jahr gegenseitig Weihnachtskarten geschickt, aber mehr auch nicht. Ich habe hier immer so viel zu tun, und deine Großmutter war sicher auch beschäftigt.«

Mitzi musterte Ricarda und lächelte. »Du bist genauso eine fesche junge Frau geworden, wie ich es von dem wilden Madl erwartet habe, das du früher warst.«

»Fesch – ist das ein Kompliment?«

»Natürlich!« Mitzi legte ihr ungefragt noch ein Stück Apfelstrudel auf, kaum dass Ricarda den letzten Bissen des ersten verdrückt hatte. »Erzähl doch mal, wie geht es dir? Was ist aus dir geworden?«

Ricarda erzählte von ihrer Arbeit als Fotografin. »Ich habe natürlich auch hier meine Kamera dabei«, sagte sie. »Und schon ein paar Fotos geschossen. Bestimmt gibt es hier ein paar tolle Motive. Sobald das Wetter wieder besser ist, gehe ich auf Fotostreifzug.« Sie sah hinaus aus dem Fenster, wo es immer noch regnete. Allerdings war der Wolkenbruch inzwischen in ein feines Nieseln übergegangen.

»Bist du deshalb hier? Um Fotos zu machen?«

Ricarda sah sie erstaunt an. »Nein, Oma hat mich hierhergeschickt. Hat sie davon nichts in ihrem Brief geschrieben?«

Mitzi schüttelte den Kopf.

Ricarda deutete auf das Paket, das auf dem Kachelofen vor sich hin trocknete. »Darum bin ich hier. Lilli möchte, dass ich dieses Paket für sie abgebe. Sie macht ein großes Geheimnis darum, was darin ist. Ich weiß nur den Adressaten, einen gewissen Lois König. Kennst du ihn zufällig?«

Mitzi nickte. Ihre Miene war für Ricarda schwer zu deuten. »Ja, ich kenne ihn.«

»Und wer ist das?«

»Ein Maler. Seine Bilder sind ziemlich bekannt, vielleicht hast du ja auch schon irgendwo eines von ihm gesehen.«

»Oje, von Kunst habe ich wenig Ahnung. Fotografie liebe ich, aber bei gemalten Bildern … da muss ich passen.«

»Lois wohnt in den Bergen, auf einem alten Hof. Sehr abgelegen, du wirst einen weiten Weg haben, um das Paket abzugeben.« Mitzi rührte nachdenklich ihren Kaffee um. »Ich frage mich, woher deine Großmutter ihn kennt. Er ist ein Einsiedler, der mit kaum jemandem Kontakt hat, nicht einmal hier im Tal.«

»Das klingt wirklich alles seltsam.« Ricarda trank einen Schluck Kaffee. Sie spürte richtig, wie die Wärme sie von innen heraus weiter auftauen ließ. Die unfreiwillige Dusche im Regen war vergessen. »Morgen will ich zu ihm und ihm das Paket geben. Da werde ich ihn dann einfach fragen, woher er Oma kennt«, meinte sie unbekümmert.

Bald wandte sich das Gespräch anderen Dingen zu. Mitzi erzählte von den übrigen Gästen, die gerade in der Pension wohnten und die Ricarda sicher bald kennenlernen würde. »Im linken Zimmer wohnt ein Ehepaar aus Frankfurt, Sabine und Stefan. Sie sind hier zum Wanderurlaub. Im Zimmer rechts neben deinem wohnt ein alter Professor. Er wird dir bestimmt gefallen. Paul Grigol heißt er, ein etwas komischer Kauz, aber sehr nett. Der Oldtimer dort draußen vor dem Haus gehört ihm, und mit dem ist er meistens den ganzen Tag irgendwo unterwegs. Ich habe keine Ahnung, was er hier genau macht, aber er wohnt schon seit einigen Wochen bei mir. Zum Abendessen ist er aber immer pünktlich zurück.« Sie lachte.

»Paul Grigol …« Ricarda wiederholte den Namen nachdenklich. Sie war sich sicher, dass sie ihn tatsächlich schon einmal gehört hatte. »Ich glaube, in der Zeitung, für die ich arbeite, war einmal ein Artikel über ihn.«

»Das kann sein. Er ist Historiker und hat früher an verschiedenen Universitäten gearbeitet und Sachbücher geschrieben. Er hat mir einige davon geschenkt, aber ich glaube kaum, dass ich damit etwas anfangen kann. Historische Forschungen sind nichts, was ich bei einer gemütlichen Tasse Tee lesen will.« Mitzi trank den letzten Schluck Kaffee. »Er findet die Vergangenheit des Tals unglaublich spannend. Abends löchert er mich manchmal mit Fragen. ›Wildromantisch‹ nennt er die Berchtesgadener Geschichte immer.« Sie zwinkerte. »Nicht gerade ein Wort, das zu einem Geschichtsprofessor passt, oder?«

Mitzi machte eine Pause. »Apropos Romantik«, wechselte sie dann listig das Thema, »gibt es eigentlich jemand Besonderes in deinem Leben? Bisher hast du nur von deiner Arbeit erzählt.«

Ricarda schob sich das letzte Stückchen Strudel in den Mund und schüttelte den Kopf. »Na ja, bis vor einem halben Jahr gab es da jemanden«, sagte sie.

»Aber?«

»Aber das ist vorbei.« Sie zuckte die Achseln. »Jetzt halte ich mich vorerst von den Männern fern. Wer sich auf niemanden einlässt, dem kann auch keiner das Herz brechen, stimmt's?«

Mitzi lächelte nachsichtig. »Ach, Kind, das klingt fast ein bisschen nach Verbitterung. Und für Verbitterung bist du wirklich zu jung.«

»Quatsch, ich bin nicht verbittert.« Sie wollte dringend das Thema wechseln: »Kommen deine Gäste heute Abend auch alle zum Abendessen? Dann lerne ich sie kennen.«

»Natürlich. Übrigens – das ist mein Stichwort. Wenn wir heute Abend etwas essen wollen, muss ich mich jetzt in die

Küche stellen.« Mitzi stand auf und räumte die Teller zusammen.

»Kann ich dir helfen?«

»Untersteh dich. Du bist doch gerade erst angekommen«, sagte sie streng. »Ruh dich aus, und finde dich ein.«

Sie ging in Richtung Küche, drehte sich dann aber noch einmal um. »Es ist wirklich schön, dass du da bist, mein Mädchen«, sagte sie lächelnd. Dann verschwand sie, und bald war aus der Küche nur noch geschäftiges Töpfeklappern zu hören.

Ricarda sah wieder aus dem Fenster. Der Regen hatte beinahe aufgehört, das Grau des Himmels war heller geworden. An manchen Stellen zeigten sich blaue Flecken. Ja wirklich, dachte sie, es ist schön, hier zu sein. Obwohl sie so lange nicht mehr in den Bergen gewesen war und kaum etwas mit Berchtesgaden verband, fühlte sie sich auf eine eigenartige Weise geborgen.

Berchtesgaden, Sommer 1956

»Das ist der Letzte.« Ächzend wuchtete der junge Page einen großen eleganten Lederkoffer aus dem Kofferraum des schwarz glänzenden Mercedes und stapelte ihn auf den Berg an Koffern, der schon auf dem Gepäckwagen wartete. Er sah seinen Kollegen an. »Ich glaube, so viele Koffer hatte noch nie jemand dabei«, raunte er. Lilli konnte ihn trotzdem hören und drehte sich mit einem Lächeln zu ihm um. »Oh, passen Sie bitte auf diesen kleinen Koffer da auf. Darin sind meine Bücher.«

»Ja, Fräulein.« Der Junge wurde rot.

»Wilhelm, los.« Sein Kollege stupste ihn auffordernd an. Gemeinsam schoben sie den schweren Gepäckwagen zum Eingang.

Lilli lehnte sich zufrieden gegen die schwarz glänzende Limousine ihres Vaters und sah sich um. Das Hotel mit seinen Erkern, kleinen Türmen und ausladenden Balkonen war hübsch und sah fast aus wie ein kleines Schloss. Die Kiesauffahrt war penibel geharkt, und in einem Rondell vor dem Eingang wuchsen prächtige gelbe und rote Rosen, die sich jetzt im warmen Sommerabendwind wiegten. Aber das alles nahm Lilli nur flüchtig wahr. Ihr Blick lag wie gebannt auf den Bergen, die sich um sie herum in den Himmel reckten. Sie waren noch viel gewaltiger, als sie es sich ausgemalt hatte. Auf einigen der schroffen grauen Gipfel glitzerten auch jetzt im Sommer weiße Schneefelder. Die Wälder, die sich die Berghänge hinaufzogen, die hellgrünen Almwiesen, in die sie weiter oben übergingen, das alles fand Lilli auf Anhieb wunderschön.

Sie war noch nie in den Bergen gewesen. Einige Male war sie in den letzten Jahren mit ihren Eltern nach Spanien oder nach Südfrankreich gefahren, im letzten Sommer hatten sie eine Flugreise nach Rom unternommen. Aber die südfranzösischen Lavendelfelder, die sonnenverbrannte Landschaft Spaniens oder das riesige Rom mit seinen lebhaften Straßen war in Lillis Augen nichts gegen diese Berglandschaft.

Sie legte den Kopf in den Nacken. Am wolkenlosen Sommerhimmel zog ein Vogel träge seine Kreise über dem Tal. Der Wind strich ihr durchs Haar und löste eine Strähne aus ihrer ordentlich eingedrehten Frisur. Sie bemerkte es nicht einmal.

»Lilli.« Ihre Mutter erschien in einem violetten Kostüm und mit toupierter Hochsteckfrisur im Hoteleingang. »Lilli, träumst du? Komm, wir wollen endlich unsere Zimmer beziehen.«

Lilli seufzte und stieß sich vom Heck des Wagens ab. »Ja, Mutti. Ich komme schon.« Ihr letzter Blick, bevor sie das Hotel betrat, galt den Bergen in der Augustsonne.

Die Hotellobby war modern eingerichtet mit kleinen cremefarbenen Cocktailsesseln, niedrigen Beistelltischen und einem spiegelnden Marmorboden. Von einem Plattenspieler kam leise Musik. Ein livrierter Kellner ging herum und bediente die wartenden Gäste mit Getränken.

Vera Beekmann hatte sich in einem der Sessel niedergelassen, die am nächsten an der Rezeption standen. Lilli ging zu ihrer Mutter hinüber und setzte sich neben sie. »Wolltest du nicht, dass wir die Zimmer beziehen?«

»Doch, aber Vati ist beschäftigt.« Vera seufzte und zog ein kleines Duftwasserfläschchen und ein Tuch aus ihrer Handtasche und träufelte ein paar Tropfen der Flüssigkeit darauf. Sofort stieg Lilli der Duft von Kölnischwasser in die Nase. Ihre Mutter betupfte sich mit dem Tuch Hals und Stirn, das tat sie immer, wenn sie Kopfschmerzen bekam.

Lilli sah hinüber zur Rezeption, wo ihr Vater stand und telefonierte. Theo Beekmann trug wie immer einen dunklen Anzug und einen Hut. Es ließ ihn noch größer und eindrucksvoller erscheinen, als er ohnehin schon war. Sein breiter Rücken verriet in diesem Moment Anspannung; neben ihm stand eine etwas eingeschüchtert wirkende Hotelangestellte, die ihm auf seinen Wink hin einzelne Papiere aus seinem Aktenkoffer reichte. »Mit wem telefoniert er?«

»Mit Frau Schubert.« Vera verstaute das Tuch und das Fläschchen wieder in ihrer Krokodillederhandtasche und ließ den Verschluss zuschnappen. »Er diktiert ihr Briefe, die nicht warten konnten.«

Lilli nahm es leicht. Sie war daran gewöhnt, dass ihr Vater praktisch überall arbeitete. Theo Beekmann lebte für das Unternehmen. Schon sein Urgroßvater hatte sehr erfolgreich mit Zucker und Kakao gehandelt und war damit reich geworden, ebenso wie sein Großvater in den Zwanzigerjahren. Im Krieg dann, während der schlimmen Bombenangriffe auf Köln, die auch Lillis älteren und einzigen Bruder das Leben gekostet hatten, war das alte Handelskontor der Familie zerstört worden. Und als endlich Frieden herrschte, hatte Theo Beekmann die Firma wieder aufgebaut und schnell zu einem wahren Süßwarenimperium gemacht. Er war bekannt mit den wichtigsten Männern des Landes, war oft in der Zeitung als Vorzeigeunternehmer und großzügiger Stifter. Ein Mann des Wirtschaftswunders, hieß es in den Schlagzeilen. Lilli war stolz auf ihn.

Es dauerte noch eine Weile, bis er das Telefonat beendete, dann kam er zu ihnen.

»Na, mein Engel.« Er lächelte Lilli an. »Gefällt es dir hier?«

»Es ist wunderschön, Vati.«

»Das freut mich. Es gibt auch Tennisplätze und einen Swimmingpool. Du wirst dich mit Mutti hier bestimmt gut amüsieren, wenn ich unterwegs bin.«

Theo wollte den Aufenthalt in Berchtesgaden nutzen, um neue Geschäftskontakte in Bayern und Österreich zu knüpfen. »Jetzt, wo endlich die Grenze zu Österreich offen ist und die Amerikaner abgezogen sind, ist es die richtige Zeit«, hatte er gesagt.

Auf einen Wink von Theo kam ein junger Hotelpage, der sie zu ihren Zimmern bringen sollte. Es war derselbe, der auch das Gepäck ausgeladen hatte. Als Lilli ihn anlächelte, lief er rot an.

44

Lillis Zimmer lag direkt neben der Suite ihrer Eltern. Sie war sofort begeistert von dem großen Raum mit den antiken Möbeln, den sonnengelben Samtvorhängen und dem großen Panoramafenster, das zu einem kleinen Balkon hinausführte. Ein modern eingerichtetes Badezimmer mit einer großen Badewanne schloss sich an.

»Fräulein Beekmann, dürfen wir Ihr Gepäck einräumen?«

Im Türrahmen erschienen zwei sehr junge Zimmermädchen in grauen Kleidern und weißen Schürzen.

»Ja, gerne. Danke.« Lilli lächelte ihnen aufmunternd zu. Die beiden schienen sich beinahe vor ihr zu fürchten. Wahrscheinlich wussten sie, wer ihr Vater war. Mit dem Namen Beekmann konnte im Wirtschaftswunderland jeder etwas anfangen.

»Haben Sie besondere Wünsche?«

Lilli sah den Gepäckwagen mit ihren Koffern an, den der Page neben dem großen Kleiderschrank abgestellt hatte.

»Nein.« Sie schüttelte den Kopf. »Oder doch, diesen kleinen Koffer packe ich selber aus.«

»Selbstverständlich, Fräulein Beekmann.« Die beiden Mädchen machten sich an die Arbeit. Sorgsam legten sie jedes Stück in das richtige Schrankfach und achteten darauf, dass Lillis Kleider glatt auf den Bügeln hingen.

Lilli selbst durchquerte währenddessen den Raum und öffnete die Glastür zum Balkon. Als sie hinaustrat, wurde sie von der Abendsonne geblendet. Die Berge wirkten in diesem Licht beinahe golden. Lilli ließ den Blick schweifen, sie entdeckte den Kirchturm der kleinen Dorfkirche mit seinem bayerischen Zwiebeldach. Auf der Landstraße trieben gerade ein paar Kinder Kühe vor sich her. Der leise Klang der schweren Kuhglocken drang bis zu Lilli hinauf. Lilli lehnte sich gegen die Brüstung. Sie war froh um diesen Urlaub, raus aus Köln, das im Sommer so stickig war, weg vom aufgeheizten Rhein und seinen Stechmücken, weg aber auch von den ganzen Hochzeitsvorbereitungen. Sie sah auf den Ring an ihrer Hand. Ja, sie war verlobt. Obwohl die Feier schon einige Wochen zurücklag, fühlte sich das Wort noch fremd in ihrem Mund an. Verlobt. Mit Carl von Weidenstein. Die Hochzeit würde im Dezember stattfinden, zwei Wochen vor Weihnachten, das hatte sie sich gewünscht. Sie hatte Weihnachten immer geliebt, jedes Jahr war die Villa in Köln, die sie mit ihren Eltern bewohnte, prächtig geschmückt. Über jeder Tür und an jedem Kaminsims hängte Marianne, ihre Haushälterin, dann Girlanden aus duftenden Tannenzweigen auf, die sie mit goldenen und roten Kugeln schmückte. Die Villa war das ganze Jahr über schön, aber zu Weihnachten liebte Lilli sie besonders. Es kam ihr passend vor, in dieser Zeit auch zu heiraten.

Sie hielt ihr Gesicht in die Berchtesgadener Sonne. Noch war es nicht so weit, noch war es Sommer. Bis zum Dezember hatte sie noch einige Zeit, sich an den Gedanken ihrer Heirat zu gewöhnen. Es würde schon gut werden. Sie hatte sich richtig entschieden.

2

Ricarda erwachte von den Sonnenstrahlen, die durch die halb zugezogenen Vorhänge hindurch in ihr Zimmer fielen. Einen Moment lang wusste sie nicht, wo sie war. Dann fiel ihr der gestrige Abend in Mitzis Gaststube wieder ein. Er war lang geworden, mit einer Menge von Mitzis Kasnocken, Weißbier und lustigen Gesprächen mit der Wirtin und den übrigen Gästen. Paul Grigol, der Historiker, hatte sich als kräftiger alter Mann mit einer Vorliebe für dunkle Kleidung entpuppt. Dagegen trugen Sabine und Stefan quietschbunte funktionale Wanderkleidung und erzählten begeistert von den Wandertouren, die sie schon unternommen hatten.

»Die Hüttentour können wir dir besonders empfehlen. Drei verschiedene Hütten, drei Tage Wandern, das war einfach großartig!«, schwärmte Sabine.

»Oje, nein, ich glaube, ich bin nicht so fürs Wandern zu haben.«

»Aber du solltest es unbedingt ausprobieren!«, warf Stefan ein. »Wenn nicht hier, wo dann? Die Berge, die steilen Felsen, und wie stolz man ist, wenn man den Weg geschafft hat. Wandern ist toll.«

»Okay, okay. Ich probiere es vielleicht. Aber viel mehr freue ich mich darauf, hinunter an den See zu gehen. Ich habe so viele schöne Erinnerungen daran.«

»Der See mit den schwarzen Schlangen …« Pauls Stimme war tief und durchdringend. Sofort hatte er die Aufmerksamkeit aller.

»Wie bitte? Schwarze Schlangen?«, fragte Sabine entsetzt.

Mitzi winkte gleichmütig ab. »Da gibt es ein paar Ringelnattern, die sich an entlegenen Stellen auch mal ins Wasser verirren. Sie sind völlig harmlos, kein Grund zur Sorge.« Sie drohte Paul scherzhaft mit dem Zeigefinger. »Paul, hör auf, meine Gäste zu erschrecken.«

Paul lächelte. »Entschuldige. Ich wollte niemandem Angst machen. Ich finde Ringelnattern sehr interessant. Früher glaubte man, dass es Glück bringt, eine zu sehen.«

»Dann haben Sie bestimmt bald Glück, Paul«, sagte Ricarda.

»Ich hatte doch schon welches. Ich bin hier in diesem wunderschönen Tal und kann mit Ihnen allen Mitzis hervorragende Kochkünste genießen.«

»Hört, hört.« Mitzi hob ihr Glas. »Auf Pauls Glück und die nächsten gemeinsamen Tage.«

Es wurde noch ein langer Abend. Erst kurz nach Mitternacht war Ricarda todmüde ins Bett gefallen.

Jetzt stand sie auf und zog die Vorhänge vor dem Fenster beiseite. Draußen leuchtete ihr ein herrlich schöner Alpenmorgen mit klarem Sonnenschein entgegen. Am See wurden gerade die Sonnenschirme des Kiosks und des Tretbootverleihs ausgeklappt; ein einzelnes Ruderboot war schon auf dem Wasser unterwegs – vielleicht ein Angler.

Ricarda sah in den blitzblauen Himmel. Nichts erinnerte mehr an das Gewitter und den Regen des gestrigen Tages. Alles schien wie frisch gewaschen. Es war genau der richtige Tag, um zu Lois König zu wandern und Lillis Auftrag zu erfüllen.

Als Ricarda nach unten kam, saßen die übrigen Gäste schon beim Frühstück. Mitzi hatte den Tisch bei dem schönen Wetter auf der Terrasse gedeckt.

»Guten Morgen, Ricarda!« Sabine lächelte ihr entgegen. »Möchtest du Kaffee?«

»Ja, gerne.« Ricarda ließ sich neben Paul nieder, der ihr zuvorkommend den Korb mit frischen Brötchen reichte.

Eine Weile drehten sich die Tischgespräche um die geplante Wanderung, die Stefan und Sabine heute unternehmen wollten. »Von der Enzianhütte über den Eckersattel wollen wir hinauf zum Purtschellerhaus«, sagte Sabine. »Es soll traumhaft schön sein.« Sie wandte sich an Ricarda.

»Willst du nicht doch mitkommen? Wir würden uns freuen, und du würdest vielleicht doch auf den Geschmack kommen, was das Wandern betrifft.«

Ricarda schüttelte den Kopf. »Nein, danke. Ich werde heute Lois König besuchen.«

»Oh, den Maler? Wir haben von ihm gehört. Er muss sehr erfolgreich sein«, meinte Stefan.

Ricarda zuckte die Achseln. »Ehrlich gesagt kenne ich

den Namen erst seit vorgestern. Ich soll ein Paket meiner Großmutter bei ihm abgeben, mehr weiß ich nicht.«

Paul, der heute Morgen nur Tee trank, sah sie mit seinen felsgrauen Augen interessiert an. »Also ein Geheimnis.«

Ricarda lachte. »Na ja, das geht vielleicht ein bisschen weit. Meine Großmutter war eben noch nie besonders auskunftsfreudig. So ein seltsamer Auftrag passt zu ihr.«

»Wissen Sie, wir alle haben unsere Geheimnisse«, sagte Paul nach einer Pause. »Die ganze Geschichte ist voll davon.«

»Wahrscheinlich haben Sie an der Uni Ihre Geschichtsstudenten mit solchen Sätzen bei der Stange gehalten«, grinste Ricarda.

Er zwinkerte ihr gutmütig zu. »Möglich.«

In diesem Moment kam Mitzi auf die Terrasse. »Guten Morgen!«, rief sie fröhlich. »Braucht ihr noch etwas? Vielleicht mehr Kaffee?«

»Wir sind gut versorgt«, sagte Paul, »setz dich doch lieber zu uns.«

Eifrig rückte er ihr einen Stuhl zurecht, und Mitzi setzte sich. Er schenkte ihr auch Kaffee ein, aber als er ihr schließlich auch noch ein Frühstücksbrötchen aufschneiden wollte, protestierte sie lachend. »Nein, danke, das schaffe ich gerade noch selber.« Sie teilte eines der goldgelb gebackenen Brötchen, anschließend butterte sie es und belegte es großzügig mit Käse.

»Oh, Ricarda, du willst doch heute zu Lois gehen, nicht wahr?«, erkundigte sie sich beiläufig.

Ricarda, die gerade nach der Himbeermarmelade angelte, nickte. »Ja, gerade haben wir davon gesprochen.«

»Sein Haus ist ein bisschen schwierig zu finden und ziemlich abgelegen«, gab Mitzi zu bedenken.

»Ach, das schaffe ich schon. Ich schaue es mir vorher auf der Karte an, und außerdem habe ich ja noch mein Handy dabei.«

Sabine mischte sich ein. »Oh nein, auf dein Handy kannst du dich hier wirklich nicht verlassen. Je weiter du in die Berge und weg vom Dorf kommst, desto schlechter wird der Empfang, und manchmal gibt es gar keinen.«

Mitzi nickte. »Richtig. Darum habe ich mir auch etwas überlegt, was viel sicherer ist als ein Handy.«

Ricarda sah sie fragend an.

»Ich habe den Förster gefragt, ob er dich begleitet.«

Fassungslos ließ Ricarda das Brötchen sinken. »Mitzi! Ich brauche doch keinen Babysitter!«

»Du kennst dich hier nicht aus. Mir wäre es wirklich wohler, wenn du nicht alleine gehst. Außerdem habe ich ihn jetzt sowieso schon gefragt«, beharrte die alte Wirtin und sah Ricarda bittend an.

Ricarda hatte so gar keine Lust darauf, mit einem Wildfremden durch die Berge zu marschieren. Im Gegenteil – sie hatte sich darauf gefreut, heute allein unterwegs zu sein, vielleicht mit der Kamera einige Fotos zu machen – so, wie sie Lust hatte. Aber Mitzis Blick blieb stur auf sie gerichtet.

Sie seufzte. »Meinetwegen.«

»Gut. Und keine Sorge – der Förster ist wirklich nett.«

Ein Förster – Ricarda stellte sich unwillkürlich einen älteren Herrn mit Trachtenhut, Lodenmantel und Dackel vor. Das kann ja heiter werden, dachte sie.

Der Förster würde sie erst am Nachmittag abholen. Also beschloss Ricarda, den Vormittag für einen Streifzug mit der Kamera zu nutzen. Sie packte einige Objektive in ihren Rucksack und nahm den schmalen Wiesenweg, der von der Pension weg am Berghang entlangführte. Die helle Morgensonne ließ die Landschaft frisch und unberührt aussehen, die Berge im Sonnenschein zeigten ihr freundliches Gesicht. Alles, was gestern bei dem Gewitter gewaltig und wild gewirkt hatte, schien sich heute in ein Postkartenmotiv verwandelt zu haben. Ricarda machte einige Aufnahmen vom Tal, vom See unter ihr und dem Hochkalter, dem Berg, der sich direkt über ihr erhob. Sein Gipfel schien sich in gleich mehrere Spitzen zu teilen, mit einer felsgrauen Senke dazwischen, in der sie eine Hütte ausmachen konnte. Darüber erstreckte sich ein großes weißes Schneefeld. Über allem leuchtete der Himmel strahlend blau.

Nach einer Weile konzentrierte sie sich auf die kleinen Kostbarkeiten, die sich um sie herum als Motiv anboten. Die Wiesen waren mit Butterblumen, Schafgarbe und Flockenblumen übersät, die für gelbe, weiße und violette Farbtupfer sorgten. Ein Schmetterling mit cremefarbenen Flügeln, die schwarz und rot getupft waren, landete auf einer der Blüten, gerade als Ricarda das Motiv heranzoomte. Wie als ob er spüren würde, fotografiert zu werden, verharrte er dort. Ricarda setzte sich vorsichtig daneben ins Gras und wechselte das Objektiv. Der Schmetterling tat ihr den Gefallen und wartete, bis sie genau das Foto von ihm geschossen hatte, das sie haben wollte. Erst dann flatterte er über die Wiese davon.

Ricarda blieb im Gras sitzen und sah hinunter zum See

und über die Landschaft. Ein wunderschöner Aussichtsplatz, dachte sie. Sie hätte das Tal und die Berge stundenlang betrachten können. Eigenartig, dachte sie, man kommt hier ganz unwillkürlich zur Ruhe.

Nach einer Weile nahm sie ihre Kamera und holte den See mit der Zoomfunktion nahe heran. Die gelben Tretboote, die inzwischen darauf unterwegs waren, und die roten Sonnenschirme vom Kiosk bildeten einen reizvollen Kontrast zu den dunklen Tannen, die auf der einen Seite das Ufer säumten, und zu den hellgrünen Wiesen, die sich hügelig auf der anderen Seite erstreckten.

Ricarda erinnerte sich dunkel daran, dass sie oft mit Lilli den Weg hinunter zum See gegangen war, mit einer Tüte voller alter Brotstückchen, mit denen sie dann die Enten fütterten. Ein paarmal hatten sie sich auch mit dem kleinen hölzernen Fährboot über den See fahren lassen. Ricarda blickte durch den Sucher ihrer Kamera, der wie ein Fernglas wirkte, und entdeckte tatsächlich nach einiger Zeit das Holzhäuschen des Fährmanns am Ufer zwischen den Tannen. Es stand noch und sah so aus wie vor zwanzig Jahren. Ricarda beschloss, bald eine Fahrt mit dem Boot zu unternehmen, zu Ehren von Lilli und ihrer gemeinsamen Zeit damals hier am See.

Warum ist sie eigentlich überhaupt mit mir hierhergefahren?, fragte sie sich plötzlich. Eigentlich passen Berge und einsame Täler nicht wirklich zu der städtischen Lilli. Mit Ricardas Großvater war sie eher nach Spanien oder Frankreich gefahren. Vielleicht hatte sie geglaubt, dass es für ein kleines

Mädchen schön sein könnte in den Bergen, überlegte Ricarda.

Sie lächelte, als sie daran dachte, wie sie vor über zwanzig Jahren hier mit hüpfendem Pferdeschwanz über die Wiesen gerannt war. Lilli war eine gute Großmutter gewesen. Sie hatte auf Ricarda geachtet, hatte Zeit mit ihr verbracht, ihr zugehört, mit ihr Enten gefüttert. Ricardas Herz wurde schwer, als sie daran dachte, wie dieselbe Lilli nun in Köln in ihrem Zimmer des Seniorenheims saß und darauf wartete, dass ihre Erinnerungen verschwanden. Sie seufzte. Ja, es war richtig gewesen, hierherzukommen und Lillis Wunsch zu erfüllen, auch wenn er merkwürdig war. Vielleicht war es ihr letzter.

Ricarda saß noch lange im Gras, blickte über das Tal und betrachtete die mächtigen Berge ihr gegenüber. Sie war gespannt auf das, was sie heute Nachmittag bei Lois erwartete. Dass sie dabei von einem fremden Förster begleitet werden würde, hatte sie schon beinahe vergessen.

Nach dem Mittagessen mit Mitzi setzte sich Ricarda auf die Terrasse in die Sonne und las. Ihr Rucksack mit Lillis Paket und einer Wasserflasche darin stand bereit. Im Haus war es still. Mitzi war irgendwo im Inneren beschäftigt, Sabine und Stefan waren zu ihrer Wanderung aufgebrochen und Paul zu einem seiner geheimnisvollen Ausflüge. Sommerliche Stille lag über Mitzis Pension, als schließlich ein altersschwach tuckernder Land Rover auf dem Wirtschaftsweg zum Haus auftauchte. »Nationalpark Berchtesgaden« stand auf seiner Seite. Der Geländewagen hielt vor Mitzis Haus, etwas außerhalb von Ricardas Sichtfeld. Sie hörte eine Autotür zuschlagen, dann eine Männerstimme. Mitzi antwortete. Ricarda schnappte ihren Rucksack und ging um das Haus herum bis zur Haustür.

Dort stand Mitzi mit einem Mann, der ihr den Rücken zuwandte. Er trug eine Arbeitshose und ein unförmiges T-Shirt, dazu eine Baseballkappe. Als er sich umdrehte, schnappte Ricarda überrascht nach Luft. Es war der Holzfäller aus dem Bus!

»Du?«, platzte sie heraus.

Mitzi sah sie verwundert an. »Ihr kennt euch?«

»Nicht so richtig.« Ricarda ging auf die beiden zu. »Wir haben uns gestern kurz im Bus gesehen.«

Der Förster streckte ihr seine riesige Hand entgegen. »Max«, sagte er. »Ich hatte nicht gedacht, dass du es bist, die Begleitung braucht.«

»Ricarda«, stellte sich Ricarda vor. Ihre Hand verschwand beinahe in seiner. »Danke, dass du mitkommst, auch wenn ich immer noch glaube, dass Mitzi mit ihrer Sorge ein bisschen übertreibt.«

»Na ja, Lois König wohnt wirklich ziemlich abgelegen. Es ist ganz gut, wenn man sich da ein bisschen auskennt. Sonst verläuft man sich in den Bergen leicht.« Er musterte sie. »Können wir los?«

»Klar.« Sie hob ihren Rucksack zum Beweis hoch. »Alles Wichtige habe ich dabei.«

»Willst du wirklich mit diesen Schuhen los?« Der Einwand kam von Mitzi, die Ricardas bunte Turnschuhe entdeckt hatte.

»Klar, warum nicht?«

»Hast du denn keine Wanderstiefel?«

»Nö. Aber das wird schon gehen, wir geben ja nur etwas ab und machen keine Hüttentour.« Sie sah Max an. »Wollen wir los?«

Er nickte und machte eine einladende Geste zum Land Rover. »Ladies first.«

Der Wagen war außen mit getrockneten Schlammspritzern übersät, und die Räder wirkten, als sei Max damit durch eine Wildschweinsuhle gefahren. Als Ricarda die Beifahrertür öffnete, schlug ihr der Geruch nach Wald und Hund entgegen. Tatsächlich hechelte ein brauner Hund mit Schlappohren im Fond des Wagens.

»Das ist Emma.« Max stieg ebenfalls ein. »Sie ist ein Bayerischer Gebirgsschweißhund.«

»Passt ja.« Ricarda tätschelte dem Hund den Kopf, den er neugierig nach vorn zum Beifahrersitz streckte.

»Was ist denn das …«, murmelte sie dann, denn irgendetwas pikste ihr in den Oberschenkel. Sie griff danach und hielt ein längliches Etwas in die Höhe. Entsetzt starrte sie es an. »Ähm, ist das das, wonach es aussieht?«

»Ein getrocknetes Rehbein, ja. Sorry, das gehört Emma. Sie liebt das.«

Ricarda warf den Knochen mit spitzen Fingern nach hinten zu Emma, die sich sofort freudig darauf stürzte. Ricarda schluckte. Das konnte ja heiter werden.

Max lenkte unbeeindruckt den Wagen von der Pension weg in Richtung Landstraße. Der Motor röhrte.

»Woher kommst du denn?«, fragte er.

»Ich hab praktisch schon überall gelebt. Aber zurzeit wieder in Köln.«

»Also aus der Großstadt.«

»Ja. Warst du dort schon mal?«

Max schüttelte den Kopf. »Ich bin kein Stadtmensch. Hier draußen fühle ich mich am wohlsten. Ich bin hier im Tal aufgewachsen – da verträgt man auf Dauer keine Großstadt, glaube ich.«

Er wechselte das Thema. »Mitzi meinte, du willst zu Lois, weil du etwas abgeben musst?«

Ricarda nickte und erzählte von Lillis Paket und den Umständen, unter denen sie sie um diese Reise gebeten hatte.

»Das ist schlimm, Alzheimer«, sagte Max leise. »Mein Opa hatte das auch. Tut mir leid für dich. Es ist schrecklich, wenn jemand, den man liebt, langsam verschwindet.«

»Danke.« Ricarda sah aus dem Fenster. Nach einer Pause fügte sie hinzu: »Ich weiß gar nicht, ob ich meine Großmutter so gut kenne. Sie hat sich immer um mich gekümmert, aber sie ist sehr verschlossen.«

Oh Mann, warum erzähle ich ihm das?, dachte sie. Einem völlig Fremden?

»Sag mal, dieser Lois –«, begann sie nachdenklich, »kannst du mir etwas über ihn sagen?«

»Na ja, ich kenne ihn so, wie man ihn eben kennt, wenn man hier aufgewachsen ist. Seit ich denken kann, wohnt er allein auf dem Berghof. Früher war er öfter im Dorf, aber seit er alt geworden ist, kommt er kaum noch ins Tal. Eigentlich sitzt er die ganze Zeit dort oben und malt.« Er machte eine nachdenkliche Pause.

»Ich glaube, niemand wird so richtig aus ihm schlau. Er redet sehr wenig. Ich schaue ab und zu bei ihm vorbei, wenn ich in der Gegend unterwegs bin, und im Winter schippe ich ihm manchmal den Schnee vor der Haustür weg, aber da ist er auch nicht besonders gesprächig.«

»Nett von dir, dass du das machst.«

Max zuckte die Achseln. »Er ist nicht mehr der Jüngste. Irgendjemand muss nach ihm schauen, finde ich. Seine einzige Schwester wohnt in München und kommt nicht oft hierher.«

Er setzte den Blinker und fuhr von der Landstraße ab auf einen Forstweg, der in Richtung Talausgang führte.

Vor einem Hinweisschild des Nationalparks hielt er den Wagen an. »Von hier aus müssen wir laufen.« Er zog den Zündschlüssel ab und stieg aus. »Macht es dir etwas aus, wenn wir Emma mitnehmen? Sie kann nie genug Auslauf kriegen.«

»Nein, gar nicht. Ich mag Hunde.« Ricarda stieg ebenfalls aus und wurde sofort von der begeisterten Emma in Augenschein genommen. Sie kniete sich nieder, um die weichen Schlappohren der Hündin zu kraulen. »Als Kind wollte ich immer einen Hund haben, aber meine Eltern waren dagegen.«

»Warum das?«

»Ach, wir sind dauernd umgezogen und viel gereist. Da hätte ein Hund einfach nicht gepasst.«

Sie richtete sich wieder auf. Max zeigte auf einen schmalen Weg, der durch die Lärchen bergauf führte. »Das ist unserer.«

Ricarda legte den Kopf in den Nacken. Das Bergmassiv

über ihr wirkte riesig. Hoffentlich wohnt Lois nicht so weit oben, dachte sie. Allmählich kamen ihr selbst Zweifel, ob ihre Turnschuhe die beste Idee gewesen waren.

Der Weg war mehr ein Trampelpfad, der sich zwischen den Baumstämmen hindurchschlängelte. Max ging voran, Ricarda folgte ihm. Emma sprang freudig hin und her und schnupperte an den Baumstämmen.

Das Licht der Nachmittagssonne hatte leichtes Spiel damit, durch die lindgrünen Nadeln der Lärchen zu dringen, und wärmte den Waldboden. In der Luft lag der Duft nach Holz und Baumharz.

»Lärchen sind meine Lieblingsbäume hier im Bergwald«, erklärte Max. »Andere Nadelbäume sind immer grün, aber die Lärchen werden im Herbst leuchtend orange. Ich finde, das ist die schönste Zeit hier. An den meisten Touristen geht sie allerdings vorbei, die kommen im Sommer zum Wandern oder im Winter zum Skifahren.« Er drehte sich zu Ricarda um. »Fährst du Ski?«

»Mehr schlecht als recht. Mein Vater hat es mir beigebracht, aber ich habe es schon jahrelang nicht mehr gemacht. Lust dazu hätte ich allerdings.«

»Ich bin, glaube ich, mit Skiern unter den Füßen auf die Welt gekommen.« Max lachte. »Im Winter fahre ich oft das Revier mit Skiern ab.«

»Ist das nicht ziemlich einsam, immer allein im Wald unterwegs zu sein, bei Wind und Wetter?«

Max schüttelte den Kopf. »Nein, ich mag das. Und Emma begleitet mich ja, wenn der Schnee nicht zu tief ist.« Emma schnappte ihren Namen auf und drehte ihnen den Kopf aufmerksam zu.

»Wolltest du schon immer Förster werden?«, fragte Ricarda. »Es ist ja nicht gerade ein Durchschnittsberuf für unser Alter.«

»Mein Vater ist Förster, mein Großvater war es auch schon. Ich bin im Wald aufgewachsen, sie haben mich ständig mitgeschleppt und mir die Bäume und die Tiere gezeigt. Angeblich war mein erstes Wort nicht ›Mama‹ oder ›Papa‹, sondern ›Fuchs‹.«

Ricarda lachte.

»Und was machst du so?«, fragte Max.

»Ich bin Fotografin. Aber das war eher Zufall. Nicht Familienschicksal, wie bei dir.«

»Wieso Zufall?«

»Ich habe immer gerne fotografiert, und als ich mein Studium hingeschmissen habe, hat mich ein Bekannter von der Zeitung gefragt, ob ich übergangsweise ein paar Fotos für ihn machen könnte.« Sie machte einen großen Schritt über eine Wurzel, die quer über den Weg wuchs. »Na ja, und so bin ich da reingerutscht.«

»Macht es dir Spaß?«

»Klar. Es ist zwar nicht besonders gut bezahlt, aber ich finde es toll. Fotografieren ist immer aufregend, es gibt immer andere Motive, anderes Licht – das mag ich.«

»Hast du jetzt auch deine Kamera dabei?«

Ricarda schnitt eine Grimasse. »Nein, und ich ärgere mich schon die ganze Zeit darüber. Emma war schon mindestens viermal in einer Pose, die ein super Foto abgegeben hätte.«

Max lachte. »Na ja, ich kann sie dir ja bei Bedarf noch einmal als Model ausleihen.«

Der Weg stieg jetzt steiler an, einzelne Steine rutschten immer wieder unter Ricardas dünnen Sohlen weg und machten ihr den Weg beschwerlich. Sie war erleichtert, als sie schließlich aus dem Bergwald auf eine Wiesenfläche kamen, auf der der Weg breiter und flacher entlangführte. Sie hatten schon einige Höhenmeter hinter sich gebracht, der See unter ihnen wirkte deutlich kleiner als von Mitzis Pension aus.

Auf dem Bergwiesenhang summten und brummten die Insekten, Schmetterlinge flatterten von Blüte zu Blüte, und die Sonne schien warm auf Ricardas Haut. »Den Schmetterling dort habe ich heute schon einmal fotografiert.« Sie zeigte auf einen Falter mit cremefarbenen Flügeln mit Tupfen darauf.

»Das ist ein Apollofalter. Den gibt es hier oft.«

»Du kennst hier wahrscheinlich wirklich jedes Insekt und jeden Stein, oder?«, neckte Ricarda. »Warte, ein kleiner Test: Was ist das dort zum Beispiel?« Sie zeigte auf eine pinkfarbene Blüte.

»Eine Türkenbundlilie«, antwortete Max ohne Zögern. »Die ist ziemlich selten. Du hast Glück, eine zu sehen.«

»Na gut, eins zu null für dich.« Ricarda grinste. »Was kannst du mir sonst noch so über Berchtesgaden erzählen? Gibt es zum Beispiel Geschichten von hier, Sagen oder so etwas?«

»Ich kenne die Sage vom Watzmann«, begann er zögernd.

»Das ist der Berg dort drüben.« Er zeigte auf den höchsten und schroffsten Gipfel des ganzen Bergpanoramas. Seine graue Spitze schien sich fast wie ein Dorn in den Himmel zu bohren.

»Und wovon handelt sie?«

»Vom bösen König Watz und seiner Familie, die einmal über Berchtesgaden herrschten. Weil sie so furchtbar grausam waren und einmal eine arme Hirtenfamilie einfach zum Spaß umbrachten, wurden sie in Stein verwandelt. Deswegen gibt es den Watzmann, den höchsten Gipfel, die Watzfrau, den zweithöchsten und die Watzkinder. Das sind die kleineren Gipfel zwischen den beiden.«

Ricarda sah hinüber zu dem gewaltigen Bergmassiv. »Das ist keine besonders schöne Geschichte.«

»Nein.«

Aus irgendeinem Grund hatte Ricarda den Eindruck, in ein Fettnäpfchen getreten zu sein. Die nächsten Meter legten sie schweigend zurück.

Nach einer Weile bat Ricarda um eine Pause. Der Aufstieg und nun der Weg durch die sonnenbeschienenen Bergwiesen hatten sie angestrengt und durstig gemacht. Sie setzte ihren Rucksack ab und holte ihre Flasche heraus. Das kühle Wasser tat ihr gut. Ihr Gesicht fühlte sich heiß an, sie konnte sich ausmalen, wie rot ihre Wangen vor Anstrengung geworden waren. Max dagegen wirkte, als würde er nur einen gemütlichen Spaziergang machen, und Emma sprang weiter die Wiesenhänge hinauf und hinab. Ich bin doch eigentlich sportlich, dachte Ricarda, was ist denn mit mir los? Allerdings musste sie zugeben, dass sie in den letzten Monaten ziemlich eingerostet war. Sie war wie gelähmt vor Liebeskummer gewesen und davon, Jimmy zu vermissen. Sie hatte ihre Fotoaufträge erledigt und sich ansonsten eingeigelt, wie Mareike es nannte. Damit muss jetzt wirklich Schluss sein, dachte sie nun, als sie hier in diesen wunderschönen Bergen stand.

Sie trank noch ein paar Schlucke, dann steckte sie die Wasserflasche zurück in den Rucksack. »Ist es noch weit?«

Max schüttelte den Kopf. »Noch höchstens eine halbe Stunde.«

»Gut.« Sie schulterte den Rucksack. »Dann los.« Sie biss die Zähne zusammen und ignorierte das Brennen ihrer Fersen.

Schließlich kam tatsächlich ein Haus in Sicht. Es lag in einer kleinen Senke am Berghang, daneben erhob sich eine große einsame Kiefer. Das Haus schien sich neben dem Baum beinahe zu ducken. Es war alt, mit verwittertem Holzschindeldach, auf dem zur Beschwerung große Steine lagen. Die Wände waren sicher seit Jahrzehnten nicht gestrichen worden, ein verfallener Schuppen schloss sich an das Haus an. Es erschien Ricarda beinahe unwirklich, dass jemand in dieser Bergwildnis lebte.

»Bist du sicher, dass hier jemand wohnt?«, fragte sie zweifelnd.

»Ja, ganz sicher. Und er ist bestimmt zu Hause, das ist er immer.«

»Wie kann man so einsam leben?« Ricarda schüttelte den Kopf. »Ohne eine Menschenseele, mit der man reden kann, wenn einem danach ist.«

»Ich weiß es nicht. Ich glaube, das ist genau das, was er hier oben gesucht und gefunden hat: Einsamkeit.«

Ricarda holte Lillis Paket aus der Tasche. »Na gut, dann muss er heute eben einen kurzen Besuch verkraften.«

Zögernd ging sie auf das Haus zu. Irgendwas daran erschreckte sie, es strahlte Einsamkeit und eine Art Düsternis aus, selbst jetzt im warmen Sonnenschein.

Einige Fensterscheiben waren blind. Die altertümliche Haustür hatte schon einmal bessere Tage gesehen.

»Lois«, rief Max laut, »Lois, ich bin es, Max. Ich habe jemanden mitgebracht.«

Alles blieb still, im Haus schien sich nichts zu rühren. Max legte die Hände wie einen Trichter an den Mund. »Lois, hörst du mich?«

Ricarda beobachtete die Fenster im Erdgeschoss. Es schien ihr, als habe sie eine kurze Bewegung dahinter wahrgenommen. Wurden sie beobachtet? Ein Klingelknopf war nirgends zu entdecken. Ricarda schoss die Frage durch den Kopf, ob dieser abgelegene Hof überhaupt Strom hatte. Vielleicht lebte der alte Maler hier wie vor hundert Jahren, mit Petroleumlampe und ohne fließendes Wasser?

Sie klopfte an die Haustür. »Hallo? Herr König? Ich habe hier ein Paket für Sie! Machen Sie doch bitte auf!«

Wieder hatte sie den Eindruck, hinter einem der Fenster etwas gesehen zu haben. Ein Gesicht, Augen, die sie ansahen und dann wieder in der Dunkelheit des Hauses verschwanden. Irgendwo knarrte Holz, als würde jemand im Haus umhergehen. Langsam wurde es Ricarda unheimlich.

»Es ist von Lilli Beekmann«, rief sie trotzdem so laut sie konnte. »Ich soll es Ihnen persönlich übergeben.«

In diesem Moment wurde im oberen Stock ein Fenster aufgerissen. Ricarda schrak zusammen. »Schleicht's euch!«, schrie eine raue, sehr männliche Stimme. »Macht, dass ihr wegkommt!«

Ein Gewehrlauf reckte sich aus dem offenen Fenster senkrecht in den blauen Berghimmel hinauf; einen Augenblick später knallte ein Schuss – und noch einer, und noch einer.

»Okay, komm, weg hier!« Max zog Ricarda am Arm. »Das hat keinen Sinn.« Am Fenster tauchte indes ein wildes Gesicht eines alten Mannes auf, mit halblangen, wirren grauen Haaren.

»Na, wird's bald«, rief er.

Ricarda drehte sich um und lief den Abhang hinunter, hinter Max und der aufgeregt bellenden Emma her. Erst als das Haus nicht mehr in Sicht war, ließen sie sich ins Gras fallen.

»Verdammt!« Ricarda schüttelte den Kopf. »Was war denn das? Hättest du mich nicht vorwarnen können, dass dieser Lois gemeingefährlich ist?«

Max schnitt eine Grimasse. »Ich habe ihn so auch noch nie erlebt. Er ist sonst einfach nur verschroben und wortkarg, nicht so ...«

»Fuchsteufelswild?« Ricarda ließ sich ins Gras hintenüberfallen. »Vielleicht ist er ja verrückt geworden. Wundern würde es mich nicht, wenn er schon seit Jahrzehnten alleine dort oben haust.«

Sie sah in das Himmelblau über ihr. Langsam beruhigte sich ihr Puls wieder, dafür kam die Wut zurück. »Und meine Großmutter ist offensichtlich auch verrückt, wenn sie mich zu diesem Kerl schickt. ›Ricarda, du musst es persönlich abgeben‹, das hat sie gesagt.«

»Na ja, diesen Empfang konnte sie wohl kaum voraussehen.« Max legte sich neben sie. Eine Weile lagen sie einfach so da und schöpften Atem.

»Was machst du jetzt mit dem Paket?«, fragte Max schließlich. »Willst du es noch einmal versuchen?«

»Ich muss wohl. Ich habe es ihr versprochen.«

Er drehte seinen Kopf zu ihr und sah sie an. »Langsam würde ich gerne wissen, woher deine Oma Lois kennt. Wo können die beide sich denn getroffen haben?«

»Ich habe keine Ahnung. Als ich mit Oma früher hier Urlaub gemacht habe, haben wir jedenfalls keine schießwütigen Alm-Öhis besucht.« Ricarda grinste. »Ich denke, daran könnte ich mich erinnern.«

Im unendlichen wolkenlosen Blau über ihnen zog ein großer Vogel wie schwerelos seine Kreise. Die Silhouette kam ihr bekannt vor, auch wenn sie sich mit Vögeln kaum auskannte.

»Max, ist das ein Adler?«, fragte sie ungläubig.

»Ja, ein Steinadler. Die leben hier im Nationalpark.«

»Unglaublich. Ich habe noch nie einen wilden Adler gesehen; nur welche im Zoo.« Ricarda verfolgte den Flug des Vogels, der leicht dahinglitt. »Es sieht aus, als wäre Fliegen ganz leicht. Als Kind wollte ich immer ein Vogel sein. Einfach die

Flügel ausbreiten und hinfliegen, wohin man gerade Lust hat. Das habe ich mir schön vorgestellt.«

Sie sahen schweigend dem Adler zu, bis er irgendwo im Blau über dem Hochkalter verschwand.

Max rappelte sich hoch. »Wollen wir uns an den Abstieg machen? Wir haben ja noch ein Stück vor uns.« Er streckte ihr die Hand hin, um ihr aufzuhelfen.

Ricarda machte ein wenig begeistertes Gesicht. »Da ist wohl etwas, was ich dir sagen muss«, sagte sie kläglich. »Ich glaube nicht, dass ich es bis nach unten ins Tal schaffe.«

»Wie meinst du das?«

Ricarda winkelte ein Bein an und zog vorsichtig ihren Schuh aus. Darunter kam eine blutig geriebene Ferse zum Vorschein, an der zudem eine große Wasserblase prangte.

»Das brennt wie Feuer. Ich kann keinen Schritt mehr weiter. Und der andere Fuß sieht genauso aus.« Zum Beweis zog sie auch noch den anderen Schuh aus. Diese Ferse sah in der Tat fast noch schlimmer aus. Sie sah Max kleinlaut an. »Vielleicht waren die Turnschuhe doch nicht die beste Idee.«

Zu ihrer Überraschung machte er sich nicht über sie lustig. Er besah sich nur ihre Füße. »Sieht übel aus.«

»Ja«, Ricarda klemmte sich entschlossen die Schuhe unter den Arm. »Muss ich eben den Weg barfuß laufen.«

Max sah sie zweifelnd an, folgte ihr aber. Ein paar Hundert Meter versuchte sie es tatsächlich mit nackten Füßen und humpelnd, dann aber gab sie auf. Es tat einfach zu weh.

Max schnitt eine Grimasse. »Das hat wohl keinen Sinn. Steck die Schuhe in deinen Rucksack, und dann halte dich an meinen Schultern fest.« Er ging in die Hocke.

»Was?«, Ricarda starrte ihn an. »Du kannst mich doch nicht den ganzen Weg huckepack tragen.«

»Hast du einen anderen Vorschlag? Irgendwie müssen wir dich ja wieder ins Tal bekommen.«

Zögernd stand Ricarda auf ihren wunden Füßen und hielt sich an seinen Schultern fest. Dann schlang sie ihre Beine um seine Taille. Max richtete sich mit seiner Last auf dem Rücken beeindruckend mühelos auf.

Emma beobachtete das Ganze irritiert.

»Geht das so für dich?«, fragte Max.

»Die Frage ist eher, ob es für dich geht.«

»Keine Sorge, schwerer als ein Wildschwein bist du auch nicht.«

»Besten Dank.« Ricarda musste lachen.

Max machte sich daran, den schmalen Pfad bergab zu steigen. Das, dachte Ricarda, während sie sich an ihm festklammerte, ist das Netteste, was seit Langem jemand für mich gemacht hat.

Wenn sie geglaubt hatte, Max hätte auf dem Abstieg genug damit zu kämpfen, sie auf dem Rücken zu tragen, und könnte sich nicht mehr mit ihr unterhalten, wurde sie bald eines Besseren belehrt. Mal machte er sie auf einen besonderen Baum aufmerksam, mal auf eine Vogelstimme im Wald.

An einer Stelle, an der viele wilde Heidelbeeren wuchsen, machten sie eine Pause und aßen süße Beeren, bis ihre Zungen blau waren. Dann nahm Max Ricarda wieder auf den Rücken und trug sie den Rest des Weges bis ins Tal hinunter.

Als sie das Auto erreichten, öffnete Max die Beifahrertür und ließ Ricarda direkt auf dem Beifahrersitz nieder.

»Ich weiß gar nicht, wie ich dir danken soll«, seufzte sie.

»Besorg dir einfach für deinen nächsten Anlauf bei Lois Wanderschuhe, dann bin ich schon zufrieden.« Max zwinkerte.

»Abgemacht.« Ricarda betrachtete bekümmert ihre geschundenen Füße.

»Warte, ich habe irgendwo Pflaster.« Max kramte aus den Tiefen des Land Rover einen kleinen Verbandskasten hervor, in dem eine altmodische Heftpflasterrolle und eine Verbandsschere lagen. Er schnitt zwei großzügige Pflaster davon ab, die sich Ricarda über die wunden Fersen klebte.

»Schon besser.«

Emma sprang ins Auto. Kaum war der Motor angelassen, rollte sie sich auf einem alten Handtuch zusammen und schlief ein. Offensichtlich war auch sie von dem unvorhergesehenen Abenteuer erschöpft.

Max lenkte den Land Rover vom Parkplatz und fuhr auf der einsamen Landstraße am Seeufer entlang zurück zu Mitzi. Inzwischen hatte sich die Sonne abendlich verfärbt und tauchte das ganze Tal, den See und die Berge in einen rotgoldenen Schimmer.

»Dort drüben ist übrigens das Forsthaus, in dem ich wohne«, sagte Max plötzlich und zeigte auf ein Haus in den Wiesen am Seeufer. Ricarda gefiel es sofort. Der Giebel und das obere Stockwerk waren mit dunklem Holz verkleidet, die Fenster besaßen grüne Fensterläden, und am Dachfirst thronte ein Hirschgeweih.

»Sieht aus wie ein Forsthaus aus dem Bilderbuch«, sagte sie lächelnd. »Wohnst du dort alleine?«

»Ja. Seit zwei Jahren.«

»Und vorher?«

»Vorher war es anders.« Er schien das Thema nicht vertiefen zu wollen.

Den Rest der Fahrt sprachen sie nicht viel, beide waren müde und hingen ihren Gedanken nach, aber es war ein freundliches, angenehmes Schweigen. Das ist selten, dachte Ricarda, dass man mit jemandem so mühelos schweigen kann, den man erst ein paar Stunden kennt.

Bei Mitzi angekommen, bremste Max den Geländewagen mit ächzendem Getriebe vor dem Haus. Ricarda öffnete die Beifahrertür und stieg barfuß aus. Keine zehn Pferde hätten sie dazu gebracht, ihre geschundenen Füße heute noch einmal in Schuhe zu zwängen.

»Danke für deine Begleitung … Und alles andere.«

»Gerne. Melde dich, wenn du wieder einmal einen Bergführer brauchst. Oder einen Packesel.« Er grinste. »Und wie das mit dem Paket ausgeht, würde mich auch interessieren.«

Sie verabschiedeten sich. Ricarda sah dem schlammfarbenen Land Rover nach, wie er mit röhrendem Motor den holprigen Weg in das abendliche Tal hinunterfuhr. Dann drehte sie sich um und ging ins Haus.

In der Pension war alles still. Ricarda schaute suchend in Küche und Gaststube, aber nirgends war eine Menschenseele zu entdecken. Nur auf dem Tisch stand ein großer Teller, mit einem sauberen Geschirrtuch abgedeckt, dazu ein Zettel, auf dem in Altfrauenhandschrift eine Nachricht geschrieben war.

»Liebe Ricarda, ich bin bei der Chorprobe im Dorf. Die anderen sind auch alle ausgeflogen. Ich hoffe, du hattest Erfolg mit Lillis Paket und einen schönen Tag mit Max.« An dieser Stelle hatte Mitzi ein Zwinkersmiley gemalt.

Ricarda schüttelte grinsend den Kopf. Weder hatte sie vermutet, dass Mitzi Smileys kannte und benutzte, noch dass sie die Försterbegleitung als Kuppelversuch eingefädelt hatte, wonach dieser Satz nun ganz deutlich klang. »Das Essen ist für dich – ich hoffe, es schmeckt.« Ricarda hob das Geschirrtuch, darunter kam ein liebevoll angerichteter bayerischer Brotzeitteller zum Vorschein.

Ricarda ging auf ihr Zimmer, duschte und versorgte ihre Wunden. Dann holte sie sich eine kühle Limonade aus der Küche und balancierte Limonade und den Teller mit den Broten die Treppe hinauf in ihr Zimmer. Dort machte sie es sich auf ihrem Balkon gemütlich. Er zeigte zur Seeseite, und das ganze Panorama des Tals und der Berge breitete sich in der Abendsonne vor ihr aus. In diesem Licht schien es, als würden die Berge beinahe glühen.

Ricarda nahm einen Schluck von der Limonade und aß ein paar Bissen, dann griff sie nach ihrem Handy und scrollte entschlossen durch ihre Kontaktliste, bis sie die richtige Nummer fand.

»Ich weiß, Oma, du wolltest keine Fragen beantworten – aber dank deines Auftrags hat heute jemand auf mich geschossen. Da verdiene ich wohl doch ein paar Antworten«, murmelte sie und tippte auf »Wählen«. Das Freizeichen ertönte, schließlich meldete sich eine männliche Stimme.

»Seniorenresidenz Marienburg, Köln. Was kann ich für Sie tun?«

Es war einer der Pfleger. Ricarda nannte ihren Namen und bat darum, an Lilli weitergereicht zu werden.

»Tut mir leid, ich fürchte, Frau Beekmann ist gerade nicht zu sprechen.«

Ricarda stutzte. »Geht es ihr gut?«, fragte sie alarmiert.

»Nein, leider nicht. Die letzten beiden Tage waren sehr schlecht. Die Krankheit schreitet voran. Momentan würde Ihre Großmutter Sie wohl kaum erkennen.«

»Ich verstehe.« Ricarda schluckte. »Dann rufe ich morgen wieder an. Vielleicht ist es da schon wieder besser.«

»Tun Sie das. Aber machen Sie sich nicht zu viel Hoffnung – es kann sein, dass diese schlechte Phase länger andauert.«

Ricarda legte auf; wie mechanisch griff sie nach einer Radieschenscheibe und knabberte daran.

Ihr Blick wanderte hinüber zu den Berghängen jenseits des Sees. Irgendwo dort oben hauste Lois König, der Berggeist, wie sie ihn in Gedanken nannte. Wenn sie jetzt, auf ihrem sicheren hübschen Balkon mit den blühenden Geranien in den Blumenkästen, noch einmal über die Geschehnisse des Nachmittags bei Lois nachdachte, kam ihr die Begegnung vor wie aus einem schlechten Traum. Dieser Lois war rätselhaft. Was hatte ihn so wütend gemacht? Wenn Max recht hatte, dann war sein Verhalten heute gar nicht typisch für ihn gewesen. War es, weil Max jemand Fremdes mitgebracht hatte? Und was verband Lilli und den Berggeist miteinander? Wenn sie doch nur mit ihrer Großmutter sprechen könnte.

»Was soll das alles, Lilli?«, fragte sie halblaut. Sie stand auf, ging ins Zimmer und holte das Paket aus dem Rucksack. Auf dem Balkon legte sie es vor sich hin und strich mit der Hand über das Papier, das nach der unvorhergesehenen Flucht heute Nachmittag etwas mitgenommen und zerknittert aussah.

Sollte sie es einfach öffnen und nachsehen, was darin war? Vielleicht wusste sie dann, was das alles zu bedeuten hatte. Sie strich über die Schleife, die auch einiges an Perfektion eingebüßt hatte. Dann seufzte sie. Nein, sie konnte das Versprechen nicht brechen, das sie Lilli gegeben hatte. Für Lillis Geheimnistuerei gab es sicher einen Grund. Sie würde das Rätsel schon noch lösen.

»Verlass dich darauf, Oma«, sagte Ricarda leise und lehnte sich in ihrem Stuhl zurück.

Sie sah hinaus auf das schöne Berchtesgadener Tal, auf den See, den Wald, die Wiesen. Max' Forsthaus war aus der Ferne zu sehen. Er war wirklich nett gewesen, das musste sie zugeben, auch wenn sie grundverschieden waren. Er war so bodenständig, so pragmatisch und ein richtiger Naturbursche. In Ricardas Leben gab es diese Art von Mann gar nicht. Noch nie hatte sie jemanden wie Max kennengelernt. Er wirkte tief verwurzelt, ganz anders als sie. Langsam stieg der weiße Abendnebel zwischen den Tannenspitzen empor.

Berchtesgaden, Sommer 1956

»Ich wünschte, wir wären an die Adria gefahren. Da könnte er nicht arbeiten«, seufzte Vera Beekmann. »Ich weiß gar nicht, was ich hier wochenlang machen soll. Kühe und Berge, mehr gibt es nicht. Da wäre sogar ein Sommer in Köln besser gewesen, vor allem wegen der Hochzeitsvorbereitungen. Jetzt sitzen wir hier fest, und dabei gibt es noch so viel zu tun.« Sie saßen im Speisesaal zum ersten Abendessen. Der Saal, ein Traum in Weiß mit den weißen runden Tischen, der weißen stuckbesetzten Decke und den weißen großen Vasen, in denen ebenso weiße Gladiolen standen. Sogar einen weißen Flügel gab es, an dem ein Pianist leise spielte.

»Mutti, wir haben doch noch ein paar Monate Zeit«, beschwichtigte Lilli sie. »Bis Dezember ist es noch eine Weile.«

»Die paar Monate werden so schnell verfliegen, dass wir kaum hinterherkommen werden. Du hast dich noch nicht für ein Blumengesteck entschieden, deinen Brautstrauß, dein Kleid …« Vera bekam hektische Flecken im Ausschnitt, wie immer, wenn sie sich aufregte.

In diesem Moment kehrte Theo an den Tisch zurück. Er war vor ein paar Minuten vom Kellner ans Telefon gerufen worden. Jetzt zeigte seine fröhliche Miene, dass er gute Nachrichten hatte. »Die Österreicher wollen sich schon diese Woche mit mir treffen«, verkündete er, während er sich setzte. »Und morgen fahre ich nach München. In München gibt es einige kleinere Süßwarenfirmen, die zum Aufkaufen vielleicht interessant wären.« Er winkte dem Kellner, der sofort kam. »Filet mignon für meine Frau und mich, und Hühnchen mit Ananas für meine Tochter«, bestimmte Theo, dann ließ er sich die Weinkarte zeigen.

Lilli sah aus dem großen Panoramafenster, dem Schmuckstück des Speisesaals. Es gab den Blick frei auf den Hotelgarten und das Schwimmbecken, das nun, am Abend, verlassen dalag. Dahinter erstreckte sich der Hotelgarten mit Blumenrabatten und alten Bäumen. Und dahinter ragten die Berge in den Abendhimmel. Die Dämmerung hatte schon eingesetzt, alles hatte einen bläulich-rosa Schimmer. Die Tannen wirkten fast schwarz.

Die Gäste im Speisesaal unterhielten sich leise an ihren Tischen, aber es war unverkennbar, dass einige einen möglichst unauffälligen Blick in Theos Richtung warfen. Vielleicht hatten sie ihn erkannt. Erst vor Kurzem hatten alle großen Zeitungen wieder mit Foto über ihn berichtet, als er eine wichtige Auszeichnung des Landes für seine wirtschaftlichen Verdienste bekommen hatte. Theo überging die Blicke und redete über Österreich. »Österreich ist genau der richtige Markt. Die sind nach den letzten Jahren ausgehungert nach schönen Dingen. Man hat sie aber auch wirklich zu lange besetzt, es ist ein Skandal«, sagte er gerade, als ein stattlicher Mann im Anzug und einem dunklen Schnauzbart an ihren

Tisch trat. Er verbeugte sich und stellte sich als Direktor des Hotels vor. »Was auch immer Sie wünschen, bitte teilen Sie es mir mit«, sagte er. »Ich möchte Sie außerdem darauf aufmerksam machen, dass es heute – wie jeden Abend – Tanz nach dem Abendessen geben wird. Unser Tanzsaal wird gerade vorbereitet, es ist eine besondere Konstruktion, eine Trennwand, die zwischen diesem Saal und dem nächsten zurückgeschoben wird, und dann ist dort eine Bühne …« Er wirkte nervös.

»Danke. Aber ich denke, heute Abend sind wir zu müde, um zu tanzen«, sagte Vera. »Vielleicht morgen.«

»Natürlich, natürlich. Ich wünsche Ihnen einen guten ersten Abend und eine gute erste Nacht, und … oh, da kommt Ihr Essen.« Lilli beobachtete, wie sich auf der Stirn des Hoteldirektors kleine Schweißperlen bildeten. Theos und Lillis Blicke trafen sich. Ihr Vater lächelte sie an. Sie verstanden sich wie immer wortlos.

Die Kellner trugen das Essen auf, der Hoteldirektor verabschiedete sich.

Das Hühnchen mit Ananas schmeckte Lilli sehr gut. Sie liebte Ananas, die in den letzten Jahren in Mode gekommen war. Marianne, ihre Haushälterin, konnte ihr damit immer die größte Freude machen. Mindestens einmal in der Woche gab es für Lilli Toast Hawaii.

Zum Nachtisch bestellte Theo drei Schokoladensoufflés.

»Wir müssen Marianne Bescheid geben wegen des Hochzeitsfotografen. Sie soll ihn schon jetzt reservieren, dann ist es sicher, dass wir den besten bekommen«, sagte Vera plötzlich unvermittelt, einen Löffel Soufflé auf halbem Weg zum Mund.

»Ja, Mutti.« Lilli seufzte. Langsam hatte sie den Eindruck, alle um sie herum waren deutlich aufgeregter wegen ihrer Hochzeit als sie selbst. Sogar Theo, der sonst eine stoische Miene behielt, hatte sich bei der Verlobungsfeier zu einer begeisterten Rede hinreißen lassen. Carl war genau der Schwiegersohn, den er sich gewünscht hatte, das wusste Lilli. Ihr Bruder war viel zu jung gestorben durch diesen schrecklichen Krieg, es war doch nur natürlich, dass ihr Vater begeistert darüber war, nun doch wieder eine Art Sohn und begabten Nachfolger zu bekommen. »Carl ist der Richtige, mein Engel«, hatte er gesagt und Lilli an sich gedrückt. »Das weiß ich.«

Marianne war seit Wochen schon den halben Tag mit Hochzeitsanweisungen von Vera beschäftigt, und Vera selbst schien kaum einen Gedanken mehr fassen zu können, der nichts mit der Feier zu tun hatte. Sie war viel zu begeistert davon, nun bald Adelsglanz in der Familie zu haben. »Alle deine Freundinnen werden dich beneiden, Lilli. Ein Adeliger, das ist wie im Märchen.«

Nicht zuletzt beteuerte Carl bei jedem Telefonat und in jedem Brief, wie sehr er sich freute, wie glücklich er war, dass sie seine Braut sein würde. Nur Lilli selbst blieb in diesem Sturm der Euphorie so ruhig, dass es ihr Angst machte.

»Du könntest ein bisschen mehr Interesse zeigen«, hatte Vera erst letztens geschimpft, »immerhin ist es deine Hochzeit.«

Lilli hatte nur vage genickt. Sie wusste auch nicht, was

mit ihr los war. Normalerweise müsste sie als Braut Tag und Nacht an die Hochzeit denken. Aber so war es nicht. Vielleicht würde das noch kommen, wenn die Hochzeit näher rückte, beruhigte sie sich selbst. So begeistert, wie ihre Eltern von Carl und ihrer Verlobung waren, musste sie doch früher oder später von der gleichen Euphorie ergriffen werden. Sie brauchte sicher einfach nur Zeit.

Nach dem Essen vertrieb sich Lilli noch ein wenig die Beine, bis sie auf ihr Zimmer gehen und mit Carl telefonieren würde. Jeden Abend um halb zehn rief er sie an, das wollten sie auch während des Urlaubs beibehalten.

»Ich will doch auch im Urlaub wissen, wie dein Tag war, Liebling«, hatte er zum Abschied gesagt.

Lilli schlenderte in die Hotelbibliothek, einen schönen Raum mit hohen alten Bücherregalen. Bei den meisten der angebotenen Bücher handelte es sich um Liebesromane oder Krimis; ein paar Klassiker in Ledereinbänden und goldenen Lettern auf den Buchrücken und Sachbücher über die Berge oder die bayerische Geschichte gab es auch. Sie ging ziellos zwischen den Regalen umher. Schließlich fiel ihr Blick auf einen Bildband, der sich von den anderen Büchern abhob. »Max Liebermann« stand auf dem Buchrücken in goldenen Lettern. Ihr Großvater hatte ein Bild von Max Liebermann besessen. »Die Kinder am Meer« – sie hatte es geliebt; es war so lichtdurchflutet gewesen. Später hatten die Nazis behauptet, der jüdische Maler sei entartet gewesen. Lilli griff nach dem Band und zog ihn heraus. Erschrocken ließ sie im nächsten Augenblick das Buch beinahe fallen, als ihr von der anderen Seite des Regals ein Paar grüne Augen entgegensahen.

»Entschuldige«, sagte eine männliche Stimme, »ich wollte dich nicht erschrecken.«

Lilli lächelte. Die entstehenden Falten in seinen Augenwinkeln zeigten ihr, dass der Junge ebenfalls lächelte. Ihr fielen die braunen Einsprengsel im Grün auf, es waren besondere Augen, intensiv und irritierend.

»Nichts passiert«, sagte sie.

»Gut.« Er schob von seiner Seite aus ein Buch in die Lücke, und sein Gesicht verschwand. Einen Augenblick später hörte sie, wie sich die Tür der Bibliothek öffnete und wieder schloss. Sie war wieder allein. Lilli schüttelte den Kopf und schlug das Buch auf. Für die nächste halbe Stunde vertiefte sie sich in die schönen Kunstdrucke, die ihr von den Seiten entgegenleuchteten.

Nach einer Weile stellte sie es an seinen Platz zurück und ging einmal um das Regal herum, dorthin, wo der Junge gestanden haben musste. »Französischer Impressionismus«, las sie auf einem der Buchrücken, »Picasso«, »Englische Landschaftsmalerei«. Er hatte sich offensichtlich ebenfalls für Kunstbücher interessiert.

Sie sah auf ihre schmale goldene Armbanduhr. Kurz vor halb zehn, sie musste in ihr Zimmer, um Carls Anruf nicht zu verpassen. Lilli verließ die Bibliothek und ging hinüber zum Aufzug. Sie drückte den Knopf, aber der Lift ließ auf sich warten. Ein paar Frauen und Männer durchquerten die Lobby in Richtung des Tanzsaals. Als sie an Lilli vorbeigingen, sah einer der jungen Männer sie direkt an. Er war groß, beinahe schlaksig, mit blonden Haaren, von denen ihm ein paar Strähnen ins Gesicht fielen. Seine Haut war braun gebrannt, die Nase gerade, sein Mund hatte etwas Sinnliches. Aber das Schönste an ihm waren seine grünen Augen. Lilli zuckte zusammen. Kein Zweifel, das waren die grünen Augen, die sie in der Bibliothek erschreckt hatten. Sie konnte den Blick nicht abwenden, ihr Magen flatterte. Ein Gefühl, das sie noch nie gespürt hatte. Sie sah ihm nach, als er mit den anderen hinüber zum Tanzsaal ging. Kurz, bevor er dort verschwand, drehte er sich noch einmal um und lächelte sie an. Sie konnte kaum den Blick von ihm lösen.

Als endlich der Aufzug kam, stürzte sie beinahe hinein. Was war eben passiert? Sie war durcheinander. Was ist an diesem fremden Jungen, das mich so verwirrt?

Sie atmete tief durch. Sie nahm sich vor, bald nach dem Gespräch mit Carl schlafen zu gehen. Offensichtlich waren ihre Nerven von der Reise strapaziert.

Auf ihrem Zimmer angekommen, öffnete sie die Balkontür und ließ die frische Abendluft hinein. Sie brauchte nicht lange zu warten. Punkt halb zehn klingelte das Telefon auf ihrem Nachttisch. Carl war immer sehr korrekt und pünktlich. Sie setzte sich auf ihre Bettkante und nahm den Hörer ab.

»Ja, hallo?«

»Guten Abend, Fräulein Beekmann«, sagte eine Frauenstimme. »Ich habe einen Anruf für Sie von Herrn Carl von Weidenstein.«

»Ja, bitte verbinden Sie.«

Es klickte kurz in der Leitung.

»Guten Abend, Liebling«, sagte eine tiefe Stimme.

»Guten Abend, Carl.« Lilli streifte die Schuhe von den Füßen und legte sich aufs Bett.

»Seid ihr gut angekommen?«

»Ja. Es war nicht viel Verkehr – da konnte Vati natürlich wieder sehr schnell fahren. Du kennst ihn ja.«

Carl lachte. »Allerdings.«

Kurz herrschte Stille. Lilli hörte, wie Carl am anderen Ende der Leitung mit Papier raschelte. Sicher war er noch im Büro. Wenn ihr Vater auf Geschäftsreise war, musste er dafür sorgen, dass in den Werken alles reibungslos ablief. Als zukünftiger Geschäftsnachfolger war er besonders darauf bedacht, keinen Fehler zu machen, und arbeitete oft bis spät in die Nacht.

»Die Berge sind wunderschön«, erzählte Lilli. »So riesig, es ist überwältigend. Auf manchen liegt noch ein bisschen Schnee. Es sieht wirklich aus wie auf einer Postkarte.«

»Schön, dass es dir gefällt.« Er machte eine Pause. »Übrigens habe ich heute nachgedacht: Wie wäre es mit Griechenland für die Flitterwochen?«

»Ja, warum nicht«, sagte Lilli ohne rechte Begeisterung.

Carl schien es nicht zu bemerken. »Gut, dann lasse ich die Sekretärin buchen.«

Lilli zupfte an ihrer Bettdecke. Eine Daune löste sich aus der Füllung. Sie war weiß und leicht gebogen. Lilli drehte sie zwischen den Fingern. Sie erinnerte sich wieder daran, wie der Junge gelächelt hatte.

»Übrigens werden wir wohl nicht sofort nach der Hochzeit fahren können«, fuhr Carl fort. »Ich habe in dieser Zeit einfach sehr viel zu tun.«

»Meinetwegen. Das macht mir nichts aus.«

»Gut. Ich wusste, du hast Verständnis.« Wieder ein Blätterrascheln. »Wir werden ein gutes Gespann werden, Lilli, das weiß ich. Dir sind die Familie und das Unternehmen so wichtig wie mir, und ich werde alle Energie hineinstecken, der bestmögliche Nachfolger für deinen Vater zu werden, das verspreche ich.«

»Vati ist auch sehr glücklich darüber, wie alles gekommen ist.«

»Ich weiß.« Sie hörte, dass er lächelte.

Lilli legte die Daune auf ihre ausgestreckte Handfläche und pustete dagegen. Sie segelte sanft aus ihrer Hand und sank langsam zu Boden. Lilli sah ihr nach.

»Übrigens lässt meine Mutter fragen, ob du ihren Schleier zur Hochzeit tragen willst. Du weißt, in meiner Familie sind solche Traditionen immer sehr wichtig.«

Die von Weidensteins waren alter, allerdings nach dem Krieg verarmter Adel. Außer Carl, der damals zu jung gewesen war, um eingezogen zu werden, waren alle Söhne gefallen; die Güter im Osten enteignet worden.

»Natürlich, wenn sie es sich wünscht. Ich habe sowieso noch keinen Schleier, dann spare ich mir die Suche.«

Die Daune hatte den Boden erreicht.

»Du bist immer so pragmatisch, Liebling. Andere Frauen sind so furchtbar romantisch und gefühlsduselig, aber du bist zum Glück überhaupt nicht so«, sagte Carl. »Ich werde es ihr ausrichten, dann kann ihn die Schneiderin anpassen.«

Lilli rieb die Füße am Laken. Es fühlte sich kühl und glatt an.

»Was unternehmt ihr denn morgen an eurem ersten Tag, Liebling?«

»Vati muss nach München. Mutti und ich werden es uns im Hotel gemütlich machen. Es ist ein wirklich gutes Hotel – sogar eine Bibliothek gibt es. Ich habe eben dort erst ein wunderbares Buch über Max Liebermann gefunden – du weißt doch, der Künstler, den ich so mag …«

»Schön, schön.« Carl klang zerstreut. Lilli hörte das Geräusch eines Hefters, bei dem eine Heftklammer in ein Papier gedrückt wurde. Außerdem klingelte im Hintergrund ein zweites Telefon.

»Ich muss Schluss machen«, sagte er. »Hier ist jemand auf der anderen Leitung.«

»Ja, natürlich. Gute Nacht, Carl.«

»Gute Nacht. Ich rufe morgen wieder zur selben Zeit an.«

Lilli legte auf, zog sich für die Nacht um und putzte sich die Zähne. Dann legte sie sich ins Bett, knipste die Nachttischlampe aus. In der Nacht träumte sie von grünen Augen.

3

Am nächsten Morgen wurde Ricarda von aufgeregtem Gackern geweckt. Sie hatte nach der Hitze des letzten Tages die Balkontür über Nacht offen gelassen und nur die Vorhänge vorgezogen. Jetzt wehten die Gardinen im leichten Morgenwind, und das Gackern wollte einfach nicht aufhören. Ricarda warf sich zuerst murrend auf die Seite, dann aber gab sie auf, stieg aus dem Bett, zog die Vorhänge auf und trat auf den Balkon. Als sie sich über die Brüstung beugte, sah sie in Mitzis Gemüse- und Blumengarten ein paar gackernde Hühner durch das Gras stolzieren, die mal hier und mal dort pickten. Ab und zu flatterte eines der Hühner empört gackernd auf, wenn ein anderes seinem gefundenen Leckerbissen zu nahe kam. Mitzi selbst stand seelenruhig im Gemüsebeet und erntete einen prächtigen Salatkopf. »Also wirklich! Was ist denn das hier für ein Lärm am frühen Morgen?«, rief Ricarda scherzhaft.

Mitzi sah zu ihr auf und lachte. »Entschuldige – zuerst haben sich meine Hennen darüber aufgeregt, dass ich ihre frischen Eier einsammeln wollte, und dann hatten sie unbändige Lust, einen kleinen Gartenspaziergang zu machen.«

»Ach so, na dann …« Ricarda grinste.

»Komm doch runter zu mir, und trink hier im Garten deinen Kaffee. Ich habe gerne Gesellschaft und die gefiederten Damen sicher auch.«

»Okay, ich ziehe mir nur schnell etwas über.«

Kurze Zeit später saß Ricarda mit einer Tasse starkem Kaffee auf Mitzis kleiner, windschiefer Gartenbank. Die Hühner hatten sich inzwischen verteilt und pickten friedlich vor sich hin. Ein dickes braunes Huhn hatte sich in Ricardas Nähe verirrt und sah sie ab und zu misstrauisch an.

»Das ist Berta«, rief Mitzi zu ihr hinüber. »Keine Sorge, die ist eigentlich ganz lieb. Allerdings pickt sie manchmal nach den Zehen.«

Ricarda zog vorsichtshalber die nackten Beine an und behielt das Huhn im Auge.

In Mitzis Garten war alles in voller Blüte. Gurken, Tomaten, Erbsen, alles wuchs und gedieh. Sie schien wirklich einen grünen Daumen zu haben. Weiter hinten, beinahe beim Hühnerstall, wuchsen Himbeerbüsche, an denen so viele rote Früchte hingen, dass sich die Ranken schon nach unten bogen.

»Mitzi, du hast einen Garten wie aus dem Bilderbuch«, stellte Ricarda fest.

Mitzi, die gerade eine frische Gurke in ihren Korb zu dem Salatkopf legte, lächelte. »Das Gärtnern hat mir schon immer Spaß gemacht. Ich arbeite so gerne mit den Händen in der Erde, und etwas ernten zu können, das man selbst gepflanzt hat, ist immer wieder schön. Das wissen Leute in der Stadt, die alles im Supermarkt kaufen, gar nicht – was ihnen alles entgeht.«

Ricarda nippte an ihrem Kaffee und dachte an die Läden in Köln, in denen sie einkaufte. Wahrscheinlich war es wirklich etwas völlig anderes, Himbeeren aus der Packung zu nehmen oder sie hier selbst vom Strauch zu pflücken. Normalerweise dachte sie über so etwas gar nicht nach; sie hatte ihr ganzes Leben in Städten gelebt.

Mitzis Korb war gut gefüllt, sie nahm ihn auf und schlenderte damit zu Ricarda hinüber, wo sie ihn abstellte und sich neben sie auf die Bank setzte.

»Als ich gestern Abend zurückkam, hast du schon geschlafen, glaube ich …«, eröffnete sie das Gespräch.

Ricarda grinste in sich hinein. Sie hatte schon darauf gewartet, dass Mitzi auf gestern zu sprechen kommen würde. Wahrscheinlich platzte sie schon fast vor Neugier.

»Also wie war es denn bei Lois? Hat alles geklappt?«, fragte Mitzi gespannt.

»Nein, ehrlich gesagt hat gar nichts geklappt.« Ricarda berichtete von Lois' wütender Reaktion, als sie auf seinem einsamen Berghof aufgetaucht waren.

»Wie bitte?«, rief Mitzi. »Er hat um sich geschossen?«

»Na ja, eigentlich nur in den Himmel. Es waren eher Schreckschüsse; aber jedenfalls hat er damit eindrücklich gezeigt, dass er auf Besuch keinen Wert legt.«

Mitzi schüttelte den Kopf. Sie sah hinüber zu dem Bergmassiv, auf der anderen Seite des Sees, dort hinauf, wo Lois' Haus stand. »Merkwürdig. Ja, verschroben ist er. Aber aggressiv eigentlich nicht.«

»Ja, so etwas Ähnliches hat Max auch gesagt.«

»Es war wohl doch eine gute Idee, dass ich ihn mitgeschickt habe, oder?«

»Ja. Ich war wirklich froh, dort oben nicht alleine zu sein, als dieser Maler sein Gewehr aus dem Fenster gesteckt hat.« Sie grinste. »Außerdem würde ich ohne ihn vermutlich immer noch irgendwo dort oben sitzen.« Sie zeigte ihre verpflasterten Fersen vor. »Meine Schuhe waren wohl doch nicht so bergtauglich.«

»Oh nein, hast du schlimme Wasserblasen bekommen?«

Ricarda nickte. »Aber heute ist es schon besser. Und außerdem hatte ich einen sehr komfortablen Abstieg.« Sie erzählte von Max' selbstloser Heldentat.

Mitzi lächelte. »Ja, so ist der Max. Immer hilfsbereit und nett. Ein besonderer Mensch. Er liebt die Tiere und den Wald hier wirklich, die Berge, das Tal …« Sie wirkte gedankenverloren. »Schrecklich, dass ihm das Schicksal so mitgespielt hat damals. So etwas hat keiner verdient, aber er erst recht nicht.«

»Was meinst du denn?«, fragte Ricarda erstaunt.

Sie dachte an die Momente, in denen er merkwürdig abweisend reagiert hatte. Tatsächlich hatte sie ein paarmal den Eindruck gehabt, dass sie in ein Fettnäpfchen getreten war, dass es etwas gab, worüber er nicht reden wollte.

Mitzi schüttelte den Kopf. »Ach, nein, vergiss, was ich gesagt habe. Er soll es dir selbst erzählen, wenn er will.«

Sie stand auf und griff nach ihrem Korb. »So, und nun stellt sich die wichtigste Frage des Tages: Möchtest du Rührei oder Spiegelei zum Frühstück?«

Ricarda lachte. »Rührei, bitte. Aber dieses Mal helfe ich dir mit dem Frühstück – keine Widerrede.«

Nach dem Frühstück beschloss Ricarda, den Tag dazu zu nutzen, sich das kleine Städtchen anzusehen, das am offenen Ende des Tals lag und sich verwirrenderweise Markt Berchtesgaden nannte. Sie wollte ein wenig bummeln, sich umsehen, vielleicht ein paar Fotos machen und dabei überlegen, wie sie mit Lillis Auftrag weiter vorgehen wollte.

Also packte sie Geldbeutel, Handy, Kamera und Schlüssel in ihre Handtasche und ging hinunter zur Bushaltestelle. Sie musste nicht lange warten; nach ein paar Minuten kam der Bus. Dieses Mal war der Busfahrer ein junger Mann mit einem Edelweißtattoo auf dem Unterarm. »Einmal nach Markt Berchtesgaden, bitte«, sagte sie und gab ihm die passenden Münzen.

Heute war der Bus sehr voll. Mehrere Wandergruppen drängten sich in den Sitzreihen, dazu standen einige Mountainbiker mit ihren Rädern auf den freien Flächen des Busses. Ricarda schlängelte sich durch die Menge und fand einen Stehplatz neben einer jungen Familie. Die Kinder waren Zwillingsschwestern mit blonden Pippi-Langstrumpf-Zöpfen und froschgrünen Regenjacken.

»Hallo«, piepste eines der Mädchen. »Hallo«, echote ihre Schwester. Ricarda lächelte und grüßte ebenfalls.

»Wohin fährst du?«, fragte die linke Schwester, offensichtlich die Forschere der beiden.

»In das Städtchen, ein bisschen bummeln.«

»Da waren wir auch schon. Aber dort gibt es nur blöde

Geschäfte«, verkündete die Kleine. »Keine Barbies oder Flummis oder so, nur langweiligen Kram.«

»Ach ja?«, Ricarda verbiss sich ein Grinsen, allerdings konnte sie es dem kleinen Mädchen kaum verdenken. Für Kinder bot ein beschaulicher Alpenort vermutlich wirklich nicht viel Spannendes.

»Heute machen wir aber was ganz Tolles«, schaltete sich nun das schüchternere der beiden Mädchen ein. »Wir gehen ins Schwimmbad!«

»Oh, das ist ja toll«, Ricarda lächelte.

»Ja, in die Watzmann-Therme.«

Ricarda dachte an den mächtigen Watzmann und die düstere Sage, die ihr Max gestern erzählt hatte.

Der Bus füllte sich immer weiter. Ricarda war froh, als sie das Städtchen erreichten. Da sie kein besonderes Ziel hatte, stieg sie einfach an einem Platz in der Altstadt aus, der ihr gefiel. Die Zwillingsmädchen winkten ihr zum Abschied. Ricarda winkte zurück.

Eine Weile schlenderte sie ziellos durch den Ort und stellte fest, wie hübsch er war. Überall standen die großen alten, für Berchtesgaden typischen Häuser mit Giebeln aus dunklem Holz und hölzernen Fensterläden. Manche Fassaden waren mit kunstvoller Lüftlmalerei bemalt, vor vielen Fenstern prangten Blumenkästen. Die Straßen und Gassen waren fein säuberlich gepflastert, überall gab es Sitzbänke, liebevoll bepflanzte Blumenkübel, hier und da einen Springbrunnen, der vor sich hin plätscherte. Die Touristen, die unterwegs waren, schienen entspannt und gut gelaunt, hier und da mischten sich Einheimische darunter, die Ricarda nicht nur an ihrem Bayerisch, sondern auch an ihrer zielgerichteteren Gangart erkannte. Denn die Gäste des kleinen Städtchens bummelten von Schaufenster zu Schaufenster oder saßen auf einer der Sitzbänke und sahen dem Treiben auf den Gassen zu. Es war noch Vormittag, und vor den Gasthäusern wurden gerade erst die Tische unter freiem Sommerhimmel eingedeckt und Tafeln mit den jeweiligen Tagesmenüs beschrieben. Der Ort machte sich bereit für einen neuen Sommertag voller Urlaubsgäste und bayerisch-zünftiger Biergartenrunden.

In der Fußgängerzone reihten sich Geschäfte für Wanderzubehör neben urige Holzspielzeug- und Seifenläden, Postkartenständer, Souvenirauslagen und Trachtengeschäfte.

Ricarda ließ sich treiben, mal hierhin und mal dorthin. Das barocke Berchtesgadener Schloss mit seiner rosa und weißen Fassade gefiel ihr gut, auch die alte Stiftskirche mit den beiden spitzen Türmen, die in den blauen Himmel hineinragten, fügte sich gut in die alten Gassen. Man schien beinahe das frühere Leben hier in der Berchtesgadener Abgeschiedenheit zu spüren, Pferdehufe auf dem Kopfsteinpflaster klappern zu hören und elegante königliche Damen vor dem Schloss zu sehen.

Am Franziskanerplatz begegnete Ricarda einer Gruppe, die an einer Stadtführung teilnahm. Die Stadtführerin im Dirndl sammelte gerade ihre Schützlinge um sich. Ricarda blieb in einiger Entfernung stehen und hörte einen Augenblick zu.

»Berchtesgaden hat eine lange Geschichte«, erzählte die

Frau mit lauter, publikumserprobter Stimme und viel bayerischem Akzent. »Der Name Berchtesgaden ist uralt und kommt vermutlich von der Perchta. So hieß eine alte Sagengestalt, die ein bisschen der Frau Holle ähnelt …«

Ricarda ging lächelnd weiter. »Frau Holle« war als Kind ihr Lieblingsmärchen gewesen. Ihr hatte die Vorstellung so gut gefallen, dass es schneite, weil Frau Holle ihre Kissen ausklopfte. Sie sah hinauf zu den Gipfeln, auf denen jetzt im Sommer nur wenige Schneeflecken glänzten. Wie es hier wohl im Winter aussah? Bestimmt wirklich wie im Reich der Frau Holle, dachte sie.

Plötzlich fiel ihr Blick auf ein Plakat, das vor dem Rathaus angeschlagen war. Es ging um eine Kunstausstellung, und der Name des Künstlers stach ihr sofort ins Auge. »Ausstellungseröffnung in der Galerie Jobst. Neue Werke von Lois König«, stand da. Galerie Jobst, Ricarda erinnerte sich vage daran, diesen Schriftzug in einer der Seitenstraßen zum Marktplatz heute schon einmal gesehen zu haben. Kurz entschlossen machte sie kehrt und ging den Weg dorthin zurück. Die Werke von Lois König musste sie einfach sehen! Wer weiß, vielleicht verstehe ich dann ein bisschen mehr von dieser ganzen merkwürdigen Angelegenheit, dachte sie.

Nach ein wenig Suchen fand sie tatsächlich die richtige Seitenstraße. Sie hatte sich nicht getäuscht – »Galerie Jobst« stand in eleganten goldglänzenden Buchstaben über dem Eingang an der Hausfassade. Allgemein machte die Galerie einen sehr schicken und teuren Eindruck, der so gar nicht zu dem heruntergekommenen Berghof des Malers passen wollte, den sie gestern gesehen hatte. Ricarda öffnete die schwere gläserne Eingangstür.

Innen empfing sie ein schlichter Raum mit weißen Wänden, an denen einige großformatige Bilder hingen. Eine geschmackvoll gekleidete Frau mit schwarzem Pagenkopf sprach Ricarda an. »Kann ich Ihnen helfen?«

Ricarda sah sich unschlüssig um. »Ich würde gerne Bilder von Lois König sehen. Ich habe gelesen, es gibt hier gerade eine Ausstellung von ihm …« Sie sah sich suchend nach solchen Bildern um, wie sie sie von einem alten bayerischen Maler erwartete – mit Rehen und Bergidylle, verschwiegenen Seen und kleinen Kapellen. Nichts davon, was hier an den Wänden hing, sah auch nur entfernt so aus.

Die Frau lächelte. »Sie stehen schon inmitten lauter Lois-König-Originale. Dies hier«, sie wies auf die großformatigen Bilder an den Wänden, »sind seine Werke.«

Ricarda war verblüfft. Diese Bilder waren abstrakt, wild, schreiend bunt. Die Farbe war an manchen Stellen so dick aufgetragen, dass sie zu Farbtropfen getrocknet war. Hier und da hatte er offensichtlich einen Spachtel benutzt, dann wieder war die Leinwand eingeritzt, oder feinste Farbsprenkel verteilten sich über das Weiß. Es waren eigenartige Bilder, intensiv auf eine merkwürdige Art.

»Nun, was denken Sie?«, fragte die Galeristin und sah Ricarda erwartungsvoll an.

»Oh, na ja, ich habe nicht viel Ahnung von Malerei«, sagte Ricarda zögernd. »Und ich hatte etwas völlig anderes erwartet. Diese Linien und die Farben – es sieht irgendwie so … roh aus.«

Die Galeristin nickte. »Ganz richtig, sehr gut beobachtet. Es ist eine unmittelbare, ganz direkte Kunst. Sie gibt nicht vor, wie sie gesehen werden will, jeder sieht wahrscheinlich etwas anderes darin. Ich glaube, das ist es, was den Leuten so daran gefällt.«

»Also verkaufen sich seine Bilder gut?«

»Oh ja.« Die Frau beugte sich vertraulich vor. »Erst neulich haben wir eines nach Saudi-Arabien verkauft. Lois König hat seit Jahrzehnten Bewunderer in aller Welt.«

Ricarda trat etwas näher an eines der Bilder heran und las die Plakette, die daneben angebracht war. Darauf stand ein fünfstelliger Preis. Ricarda pfiff leise durch die Zähne. Auch der Titel des Werkes war vermerkt: »I've got you under my skin«. Sie trat einen Schritt zurück und betrachtete das Bild. Es war in Blautönen gehalten, eine wahre Explosion von Meerblau, Mitternachtsblau, Himmelblau. »Ein seltsamer Titel, finden Sie nicht?«, fragte sie. »Ich sehe beim besten Willen keinen Zusammenhang.«

»Oh, das ist typisch Lois König. Er benennt alle seine Bilder nach alten Liedern. Das ist eine Marotte von ihm. Künstler, wissen Sie …« Die Galeristin war neben sie getreten. »Vielleicht macht das auch einen Teil seiner Anziehung aus. Er ist ein Rätsel. Niemand kennt ihn wirklich oder weiß, was in ihm vorgeht.«

»Sie auch nicht? Obwohl Sie seine Bilder ausstellen?«

Die Frau lachte und schüttelte den Kopf. »Ob Sie es glauben oder nicht – ich habe noch nie mit ihm gesprochen. Er hat kein Telefon auf dem Berghof, auf dem er wohnt, und er kommt so gut wie nie herunter ins Tal und erst recht nicht hierher in die Stadt. Besuch möchte er auch nicht. Wenn er ein Bild fertig gemalt hat, schreibt er uns einen handschriftlichen Brief und hinterlegt das Bild in einem Schuppen neben seinem Haus. Dort holt es einer meiner Mitarbeiter ab – ziemlich mühsam, denn das Bild muss dann über Stock und Stein bergab getragen werden.« Sie sah Ricardas ungläubigen Blick. »Warten Sie, ich zeige es Ihnen.« Auf ihren eleganten Stöckelschuhen ging die Galeristin zu einem niedrigen Schrank, aus dem sie einen Stapel Papiere nahm. »Hier, sehen Sie, das sind die Briefe, die ich im Laufe der Jahre von ihm bekommen hab.« Sie zeigte sie Ricarda. Es waren einfache Zettel, auf die in einer überraschend weichen Handschrift mit Füller ein paar Sätze hingeworfen waren.

»Überflüssig zu erwähnen, dass er noch nie zu einer seiner eigenen Vernissagen gekommen ist.« Sie seufzte und verstaute die Briefe wieder. »Wir laden ihn natürlich trotzdem jedes Mal ein. Vielleicht ändert er ja eines Tages seine Meinung – es wäre eine Sensation, auch für die Presse. Er ist ja trotz seiner Zurückgezogenheit ein wirklicher Prominenter in Berchtesgaden.« Sie sah Ricarda erwartungsvoll an und wechselte zu einem geschäftlicheren Ton über. »Wie ist es, haben Sie Interesse an einem seiner Bilder?«

Ricarda schüttelte den Kopf. »Wenn ich mir das leisten könnte, würde ich wohl als Allererstes meinen Mietrückstand bezahlen.«

»Oh. Ich verstehe. Vielleicht möchten Sie ja eine Visitenkarte unserer Galerie mitnehmen, falls Sie es sich anders überlegen? Und einen Katalog mit Lois Königs Bildern?«

Ricarda bedankte sich und steckte beides in ihre Tasche.

Nachdem sie die Galerie verlassen hatte, schlenderte sie zurück zum Marktplatz und ließ sich dort am Tisch eines hübschen Straßencafés nieder. Von hier aus hatte man einen schönen Blick über den Platz, den mittelalterlichen Brunnen und die Berge, die sich hinter den Giebeln des Städtchens ringsum erhoben.

Ricarda bestellte bei der Kellnerin eine Cola und lehnte sich dann zurück. Die Sonne schien warm auf ihre Haut, angenehm nach der klimatisierten Kühle der Galerie. Sie war in Gedanken immer noch bei den Bildern, die sie gerade gesehen hatte, den schrillen Farben dieses eigenartigen Malers, der sich so gar nicht für den Rummel um ihn oder für das Geld, das mit seiner Kunst gemacht wurde, zu interessieren schien. Eigentlich sympathisch, dachte Ricarda. Kannte Lilli ihn daher? Ricardas Großvater hatte einiges an Kunst besessen, vielleicht auch etwas von Lois König? War so die Verbindung entstanden? War Lilli vielleicht sogar einmal in Berchtesgaden gewesen, um ein Bild zu kaufen?

Kurz entschlossen kramte Ricarda ihr Handy aus der Tasche und öffnete das Mailprogramm. Dann tippte sie eine kurze Nachricht an ihre Mutter. »Liebe Mama, viele Grüße aus Berchtesgaden. Eine Frage: Hat Oma dir jemals etwas von einem Lois König erzählt? Oder ob sie schon einmal in Berchtesgaden war, abgesehen von dem Urlaub damals mit mir? Umarmung und Grüße, auch an Papa – ich hoffe, es geht euch gut.«

Die Kellnerin brachte die Cola, und Ricarda trank einen Schluck. Das kühle Getränk an diesem warmen Sommertag tat gut. Dann wählte sie Mareikes Nummer.

»Mareike Schmidt?«

»Hallo Mareike, ich bin's. Viele Grüße aus den Alpen. Ich sitze hier gerade in einem Straßencafé und schaue auf den Watzmann.«

»Klingt sehr gut.«

Ricarda lächelte. »Ja, es ist wirklich wunderschön hier. Noch viel schöner, als ich es von früher in Erinnerung hatte.«

»Und wie läuft es mit deinem mysteriösen Auftrag?«

Ricarda erzählte von der missglückten Paketübergabe.

»Wie furchtbar!« Mareike klang schockiert. »Vielleicht stimmt das Klischee von den verschrobenen Älplern in ihren abgelegenen Tälern ja doch.«

Ricarda lachte. »Quatsch. Alle anderen hier sind sehr nett. Es ist nur dieser Kauz, der dort oben sitzt und Omas Paket nicht annehmen will.«

»Und was hast du jetzt vor?«

»Ich gebe auf jeden Fall nicht so schnell auf. Ich will mein Versprechen erfüllen, das ich Oma gegeben habe – es war ihr wirklich sehr wichtig, das habe ich gemerkt. Aber jetzt kann sie nicht mit mir sprechen, und ich weiß nicht, was ich unternehmen soll ... Wirklich – langsam werde ich neugierig, was genau hinter dieser ganzen Sache steckt.«

»Das kann ich mir vorstellen. Sag Bescheid, wenn ich dir von hier aus helfen kann.« Mareike machte eine Pause und fuhr dann etwas verlegen fort: »Übrigens, ich muss dir noch etwas sagen ...«

»Was denn? Du klingst so merkwürdig.«

»Ich weiß gar nicht, ob es klug ist, es dir zu erzählen, aber – Jimmy hat mich angerufen.«

Ricarda spürte einen scharfen Stich, wie immer, wenn jemand Jimmy erwähnte. »Was wollte er?«

»Er wollte wissen, wo du bist. Ich habe ihm gesagt, in Berchtesgaden. Aber nicht, wo genau und warum.«

»Okay.«

»Ist es in Ordnung für dich, dass ich das so gemacht habe?«

»Ja klar.«

Ricarda bemühte sich, ganz gelassen zu klingen, aber wenn sie ehrlich war, spürte sie eine innere Unruhe. Jimmy. Was wollte er?

Eine Weile telefonierten sie noch, dann musste Mareike zu einem Termin, und sie verabschiedeten sich. Ricarda trank ihre Cola aus. Sie seufzte. Seit sie von Jimmy gehört hatte, schien sich ein merkwürdiger Schleier auf den schönen Tag gelegt zu haben.

Eine Weile noch vertrieb sich Ricarda ihre Zeit in den Läden der Berchtesgadener Fußgängerzone. Halbherzig betrat sie einen Laden für Wanderschuhe, aber die klobigen braunen oder schwarzen Stiefel gefielen ihr nicht, und sie ging bald wieder. In einem Trachtengeschäft probierte sie einige Dirndl an, aber auch da fand sie keines, das sie so richtig überzeugte. Schließlich machte sie sich auf den Heimweg.

Als sie mit dem Bus an der Haltestelle Grünwinkel ankam, bei der sie hätte aussteigen müssen, blieb sie kurz entschlossen sitzen. Sie hatte noch keine rechte Lust, nach Hause zu gehen, und fuhr mit dem Bus weiter bis zur Endhaltestelle am See. Dort stieg Ricarda aus. Der See lag still da, ein paar Touristen in Tretbooten waren unterwegs, aber inzwischen hatte der zuvor strahlende Himmel sich zugezogen und sah aus wie graue Watte. Ricarda beobachtete einen Haubentaucher auf dem Wasser, der gemächlich dahinpaddelte, dann drehte sie sich um und sah hinüber zum Forsthaus. Max' Land Rover konnte sie nirgends entdecken, er war wohl nicht zu Hause. Sie schlug einen Weg über die Wiesen ein, aber immer wieder zog sie das Forsthaus magisch an. Wie Max wohl wohnte? Wahrscheinlich mit einer Menge Geweihe und Ölbildern mit Hirschen an der Wand, malte sie sich amüsiert aus. Immer noch schien sich im Haus nichts zu rühren; schließlich trieb sie die Neugier immer näher.

Freundlich sahen die Fenster mit den grünen Läden aus, neben der alten geschnitzten Haustür erhob sich ein knorriger Holunderbusch mit dichtem Laub und voller kleiner schwarzer Beerentrauben. Eine Sitzbank, zusammengezimmert aus rohen Baumstämmen, stand auf der Seeseite des Hauses. Eine rot getigerte Katze hatte sich darauf zusammengerollt und schlief. An das Haus schlossen sich ein alter Schuppen und ein Stall an, an dessen Wand ein Holzstoß aufgesetzt war. »Nur mal gucken«, murmelte sie. »Ich hab ja sonst sowieso nichts zu tun.« Schon als Kind hatte sie gerne in Fenster hineingespäht, hatte wissen wollen, wie die Leben von anderen aussahen. Die Neugier habe ich wohl nicht von der Beekmann-Seite, dachte sie, während sie nun die Hand so ans Gesicht legte, dass sie durch die spiegelnden Fensterscheiben sehen konnte. Auf dieser Seite der Familie hält man ja gerne alles schön geheim.

»Huch!«, sie zuckte zusammen und machte einen Satz

rückwärts. In dem vermeintlich leeren Haus war jemand. »Oh nein«, Ricarda spürte, wie sie bis zu den Haarwurzeln rot anlief. Das Fenster, durch das sie eben noch gespäht hatte, öffnete sich.

»Machst du das immer so?« Max grinste ihr entgegen. »Dass du bei Fremden ums Haus schleichst und wie ein drittklassiger Detektiv vor den Fenstern lauerst?«

»Ähm«, Ricarda räusperte sich. »Nicht direkt. Ich dachte, du wärst nicht da …«

»Gott sei Dank! Wenn du das machen würdest, obwohl du denkst, dass jemand zu Hause ist, wäre es ja noch merkwürdiger.« Er lachte. »Aber wenn du dich bequemst, den normalen Eingang zu benutzen, würde ich dich sogar reinlassen und dir einen Tee anbieten.«

Ricarda biss sich auf die Lippen. Peinlicher konnte es sowieso kaum noch werden. »Danke«, murmelte sie. »Ich nehm dann die Haustür.«

Die Haustür des Forsthauses war mit Schnitzereien verziert und passte mit ihrem Grün zu den Fensterläden. An ihrem oberen Rand hatten die Sternsinger mit Kreide die Buchstaben der Heiligen Drei Könige geschrieben. »Max Leitmayr« stand neben der Klingel, »Revierförster«. Die Tür öffnete sich und wurde beinahe vollständig von dem hünenhaften Max ausgefüllt, der Ricarda nun spitzbübisch anfunkelte.

»Ricarda! Das ist ja eine Überraschung.« Er trug heute Jeans und dazu eines seiner üblichen Flanellhemden, das allerdings dieses Mal aufgeknöpft war. Darunter blitzte ein weißes Shirt hervor, das eine eindeutig sportliche Figur erkennen ließ.

Ricarda musste nun doch lachen. »Tja, ich habe gehört, hier soll es Tee geben.«

Schon der Flur des Forsthauses sah genau so aus, wie sie es sich vorgestellt hatte. Eine alte Holztruhe, die offensichtlich als Sitzgelegenheit beim Schuhanziehen diente, war mit Tannen und einem Hirsch bemalt. Als Garderobenhaken dienten einige alte Geweihe, denen man ansah, dass sie schon seit vielen Jahren hier an der Wand angebracht waren. Im Moment hingen daran Max' Wachsjacke, die Ricarda schon kannte, ein dicker Strickpullover und Emmas Hundeleine.

»Emma ist im Wohnzimmer«, bemerkte Max, der ihrem Blick gefolgt war. »Hier entlang.«

Tatsächlich stürmte Emma schwanzwedelnd auf Ricarda zu, kaum, dass sie das Wohnzimmer betreten hatte. Der Raum gefiel ihr sofort. Er war mit knarrenden Dielen ausgelegt, an der Decke schauten zwischen dem weißen Putz einzelne dicke Balken hervor. Alles wirkte unglaublich warm und gemütlich.

Ein riesiges Sofa war das Schmuckstück des Raumes.

»Tannengrün – ich dachte, das passt zu einem Förster«, bemerkte Max.

An den Wänden entlang zogen sich gut gefüllte Buchregale. Es gab einen offenen Kamin und große Fenster zur Seeseite hin.

»Sehr schön«, Ricarda nickte anerkennend. »Ganz und gar keine bunt zusammengewürfelte Junggesellenbude.«

Max lachte. »Freut mich, wenn ich dich überraschen kann.«

Sie las neugierig ein paar Titel, die in seinen Buchregalen

standen. »Wir haben anscheinend einen ähnlichen Bücherge-schmack«, stellte sie fest. »Diese beiden Krimis habe ich da-heim auch im Schrank – und hier, diesen Bildband auch.

Sie griff nach einer kleinen Holzfigur, die auf einem der Regale neben den Büchern stand. Ein bunt bemaltes Pferd mit einem Reiter. Es war kunstvoll geschnitzt und sah nicht nach Massenware aus. »Das sieht ja lustig aus. Was ist das denn?«

»Ein Oaschpfeifenrössl.«

Ricarda starrte ihn an. »Ein was bitte?«

»Na ja, Oasch ist das, wonach es sich anhört. Vornehm auf Hochdeutsch gesagt: ein Hinternpfeifenpferd. Das gibt es nur in Berchtesgaden. Die Bergbauern hier haben es früher an den langen Winterabenden geschnitzt und verkauft.«

Ricarda sah sich das Pferd genauer an. Tatsächlich steckte dort, wo eigentlich der Schweif hätte sein sollen, eine Art ein-fache Holzpfeife. Sie grinste. »Funktioniert denn die Pfeife, wenn man hineinbläst?«

»Probier es aus.«

Ricarda pustete vorsichtig in das Mundstück. Tatsächlich erklang ein hoher Pfiff. Sie lachte.

»Ich hole den Tee«, sagte Max. »Schau dich währenddes-sen ruhig um.«

Das ließ Ricarda sich nicht zweimal sagen. Neugierig spazierte sie durch den großzügigen Raum. Auf dem Kamin-sims entdeckte sie einige gerahmte Fotografien. Lauter gut gelaunte Menschen, mal beim Wandern, mal am See, mal bei einem gemeinsamen Fest. Alle hatten blonde Haare und waren riesig. Sicher war es Max' Familie – die Ähnlichkeit war unverkennbar.

Ricarda stutzte. Neben dem Kamin stand ein geöffneter großer Karton, in dem einige weitere gerahmte Bilder lagen, allerdings alle verkehrt herum. Ohne sich dabei viel zu denken, griff sie hinein und drehte eines der Bilder um. Es war eine junge Frau darauf zu sehen, mit blonden Haaren und im Dirndl. Sie lachte in die Kamera. Ein hübsches Foto.

»Leg das wieder zurück.« Max war zurückgekommen, ohne dass sie ihn bemerkt hatte. Sein Tonfall war vollkommen verändert, fast schneidend.

Erschrocken fuhr Ricarda herum. Max stand im Türrahmen und hielt in jeder Hand eine dampfende Teetasse.

»Oh, tut mir leid. Ich wollte nicht herumschnüffeln oder so etwas.« Sie legte das Foto schnell wieder in den Karton zurück. Dann lächelte sie. »Der Tee riecht gut, was ist das?«

Sein Gesicht entspannte sich wieder. »Wiesenkräuter und Pfefferminze. Ich habe sie selbst gesammelt und getrocknet.«

Er reichte ihr eine Tasse, und sie setzten sich gemeinsam auf das Sofa.

»War das hier schon immer ein Forsthaus?«, fragte Ricarda weiter. Sie wollte von ihrem Fauxpas mit dem Foto ablenken.

»Ja, mindestens seit vier Generationen.« Während er erzählte, beobachtete sie ihn nachdenklich. Hatte dieses Foto etwas mit dem zu tun, was Mitzi angedeutet hatte – mit dem Schrecklichen, was ihm passiert war?

»Was ist los?«, fragte Max plötzlich. »Du schaust mich so komisch an.«

»Ach, nichts.« Ricarda schüttelte den Kopf. Sie erzählte ihm von ihrem Ausflug nach Berchtesgaden und der Galerie, wo sie Lois Königs Bilder gesehen hatte.

»Die Bilder waren so anders, als ich es erwartet hatte. Roh und grell.«

Max nickte. »Aber über die Bekanntschaft zwischen ihm und deiner Oma hast du nichts herausgefunden?«

»Nein. Ich habe schon überlegt, ob mein Großvater vielleicht ein Bild von Lois gekauft hat. Dabei könnten sie sich kennengelernt haben. Allerdings sagt die Galeristin, dass es gar keinen Kontakt zwischen den Käufern und Lois gibt – nicht einmal wirklich zwischen ihm und der Galerie. Und mit Oma kann ich gerade leider nicht reden.«

Er sah sie nachdenklich an. »Ich hätte vielleicht eine Idee …«, sagte er nach einer Weile.

»Welche? Ich bin für jeden Einfall dankbar.«

»Eine meiner Tanten arbeitet bei der Berchtesgadener Tageszeitung. Es gibt ein Zeitungsarchiv. Vielleicht könntest du dort mehr über Lois herausfinden. Möglicherweise gab es ja früher doch einen Kontakt nach Köln oder so etwas.«

Ricarda setzte sich lebhaft auf. »Das ist eine gute Idee! Kann ich da einfach so hineinspazieren und recherchieren?«

»Na ja, wenn ich ein bisschen Überzeugungsarbeit bei meiner Tante leiste, sicher.«

»Super. Falls du Zeit hättest, könntest du ja vielleicht mitkommen …? Vier Augen sehen mehr als zwei, und ich habe keine Ahnung, wie ich zu dem Archiv komme.«

»Das lässt sich bestimmt einrichten.«

Ricarda lächelte. Überrascht stellte sie fest, dass sie sich auf den neuerlichen gemeinsamen Ausflug freute.

Als sie ihren Tee ausgetrunken hatten, zeigte Max Ricarda das übrige Haus. Auch die restlichen Zimmer waren gemütlich und geschmackvoll eingerichtet, Ricarda fühlte sich überall wohl und entdeckte immer wieder etwas Besonderes. Max hatte viele der Möbel selbst gezimmert, sodass die Räume eine ganz persönliche Note bekamen.

»Wenn ich mal einen Tisch oder Schrank brauche, melde ich mich bei dir«, meinte Ricarda lachend. »Und wenn du mal keine Lust mehr darauf hast, Förster zu sein, sattelst du einfach um auf Tischler.«

»Ich glaube, das wird nie passieren. Übrigens, willst du mir bei meiner nächsten Försterpflicht helfen?«

»Was ist es denn für eine Pflicht?«

»Lass dich überraschen.«

Sie gingen gemeinsam in die gemütliche Küche des Forsthauses, wo Max mit einem weißen Pulver eine milchige Flüssigkeit anrührte, ihre Temperatur überprüfte und sie dann in eine Nuckelflasche füllte. »Ich muss Sepp füttern«, sagte er. »Komm, ich zeig es dir.«

Sie gingen aus dem Haus. Inzwischen war es Abend geworden, und die Luft war kühl. Ricarda rieb sich die nackten Arme, um sich zu wärmen. »Es ist nicht weit, wir müssen nur nach drüben«, sagte Max, als er ihr Frösteln bemerkte.

Er steuerte auf den alten Stall zu und öffnete die grobe Holztür. Sofort stieg Ricarda der Duft von Heu in die Nase.

»Sepp, komm, es gibt Abendessen.« Max schnalzte lockend mit der Zunge und ging in die Hocke. Er bedeutete Ricarda, es ihm nachzumachen.

Kurz darauf raschelte es im Stroh. Ricarda hielt den Atem an, ihr Frieren war vergessen. Durch raschelndes Heu und frische Tannenzweige, die Max im Stall ausgelegt hatte, stakste auf langen Beinen ein Rehkitz auf sie zu. Sein nussbraunes Fell war mit hellen Flecken durchsetzt, seine schwarze Nase glänzte, und es sah seine beiden Besucher mit großen, sanften Augen an.

»Darf ich vorstellen – das ist Sepp.« Max lächelte. »Ich habe ihn vor einiger Zeit verletzt gefunden, und seitdem wohnt er bei mir.« Er streckte dem Kitz das Milchfläschchen entgegen. Nach einigen scheuen Blicken in Ricardas Richtung fasste es sich ein Herz und begann zu nuckeln. »Am Anfang war es ein ziemlicher Stress – ich musste ihm alle paar Stunden die Flasche geben. Aber jetzt frisst er eigentlich schon Blätter und Obst. Nur morgens und abends kriegt er noch die Flasche.«

»Wow«, hauchte Ricarda und sah begeistert zu, wie das Kitz genussvoll trank. »Ich habe noch nie ein echtes Rehkitz gesehen.«

»Willst du auch mal die Flasche halten?«, fragte er.

Ricarda nickte. Als sie das Fläschchen in der Hand hielt, spürte sie, wie kräftig Sepp daran zog. Vorsichtig streckte sie die Hand aus und streichelte das Tier. Sein Fell fühlte sich so weich und warm an.

»Ist das süß«, hauchte sie. »Unglaublich, dass du ein Reh als Haustier hast.«

»Na ja, wenn er groß und kräftig genug ist, werde ich ihn auswildern.«

»Das wird bestimmt schwer, wenn du ihn doch so lange bei dir hattest.« Ricarda streichelte Sepps Flanke, er ließ es sich gerne gefallen. Sie hätte ewig hier in dem gemütlichen Stall bleiben können, wo es so gut duftete. Schließlich sah sie aber auf ihre Armbanduhr. »Oh nein, mein Bus fährt gleich.« Sie stand auf. »Ich muss los.«

»Ich kann dich auch zu Mitzi fahren.«

»Nein, Quatsch, das brauchst du nicht.« Sie streichelte Sepp noch einmal über das Fell, dann verabschiedete sie sich.

In der Ferne sah sie schon den Bus auf der Uferstraße heranfahren.

»Also gehen wir morgen zum Zeitungsarchiv?«, fragte sie.

»Klar. Ich hole dich ab.«

Der Bus kam näher, sie musste sich beeilen. Während sie den Wiesenpfad hinunter zur Haltestelle rannte, drehte sie sich noch einmal um und winkte Max zu. Er winkte zurück.

Etwas außer Atem sprang sie in den Bus. Als sie dort auf einen Sitz sank, sah sie zum Forsthaus, über dem der dunkle Abendhimmel lag. Aus den Fenstern schien warmes Licht. Was für ein schöner Platz zum Leben, dachte sie. Langsam konnte sie verstehen, warum Max hier nie weggegangen war. Dann dachte sie an das Zeitungsarchiv. Morgen, das sagte ihr ihr Bauchgefühl, würde sie bei Lillis Rätsel ein Stück weiterkommen.

Berchtesgaden, Sommer 1956

Lilli hatte unruhig geschlafen. Nun wachte sie noch vor dem bestellten Weckanruf auf, schlüpfte in ihren Seidenmorgenmantel und stellte sich barfuß auf ihren kleinen Balkon. Die Luft war klar, und in der hellen Morgensonne schienen Lilli die Farben der Wiesen und Tannen noch intensiver zu sein. Die schroffen Felsen der Berggipfel wirkten scharfkantiger, ihre Schneeflecken beinahe gleißend.

Unten harkten Gärtner die Auffahrt, ein Kastenwagen fuhr vor und lieferte frisches Obst an. Lilli blieb auf dem Balkon stehen, bis ihre nackten Füße kalt wurden, erst dann ging sie zurück ins Zimmer und putzte sich die Zähne. Ihre dicken blonden Haare, um die sie ihre Freundinnen beneideten, waren heute widerspenstig, und sie brauchte lange, bis sie mit der Frisur zufrieden war. Anschließend ging sie hinüber zum Kleiderschrank, den die Zimmermädchen gestern erst so fein säuberlich eingeräumt hatten, und nahm ein geblümtes Kleid heraus, in dem sie sich besonders gefiel. Sie wollte es sich selbst nicht eingestehen, aber insgeheim hoffte sie darauf, den Jungen aus der Bibliothek wiederzusehen. Aus ihrer Schmuckschatulle nahm sie goldene Ohrstecker. Als sie sich vor den Spiegel stellte und sie anlegte, fiel ihr Blick auf ihren Verlobungsring. Der große, aufwendig geschliffene lavendelfarbene Amethyst darauf wirkte an ihren schlanken Fingern überdimensioniert. Carl hatte geglaubt, dass sie sich so einen Ring wünschte, und sie hatte nicht widersprochen. Aber ich mag ihn nicht, dachte sie jetzt, ich mag ihn einfach nicht. Zum Glück würde der Ehering schlichter sein.

Theo war schon früh am Morgen nach München aufgebrochen, sodass Vera und Lilli den ersten Tag in Berchtesgaden zu zweit verbrachten. Nach dem Frühstück auf der Hotelterrasse gingen sie hinunter an den Pool. Dort waren schon einige Liegen belegt, der Tag versprach, heiß zu werden.

Lilli legte sich in die Sonne und genoss die Wärme. Ab und an ließ sie den Blick über die anderen Gäste am Schwimmbecken und auf der Liegewiese schweifen. Die meisten von ihnen waren deutlich älter als sie, gesetzte Damen und Herren in dunklen Badeanzügen und weiten Badehosen. Zwei jüngere Frauen saßen am Rand des Schwimmbeckens und unterhielten sich. Lilli kamen ihre Gesichter bekannt vor, nach einigem Nachdenken fiel ihr ein, dass die beiden gestern Abend mit dem Jungen an ihr vorbei in den Tanzsaal gegangen waren.

Nach einer Weile, als ihre Haut genug Wärme aufgenommen hatte, schlenderte sie hinüber zum Pool. Es war ein schlichtes, aber großes Schwimmbecken, das mit hellblauen Kacheln ausgekleidet war. An einer Seite führte eine geschwungene Leiter aus Metall ins Wasser.

Lilli fasste nach den von der Sonne aufgeheizten Stahl-
griffen und stieg Sprosse für Sprosse in das kühle Wasser
hinab. Die Frische war angenehm, das Wasser fühlte sich sei-
dig unter ihren Fingern an. Sie schwamm mit kräftigen Zügen und genoss dabei den Blick auf die Wiesen und Berge.
Der Watzmann stach wie ein Dorn in das Himmelblau hinein. Lilli malte sich aus, wie es wohl sein würde, auf so einem
Gipfel zu stehen und hinunter ins Tal zu blicken. Wie winzig
klein die Häuser und Straßen von dort oben sein mussten,
die gewaltigen Bäume des Bergwaldes nicht größer als
Streichhölzer.

Sie schwamm einige Bahnen. Die jungen Frauen saßen
immer noch am Beckenrand, hatten ihre Beine ins Wasser
getaucht und unterhielten sich. Die rechte trug einen roten
Badeanzug, die linke einen gepunkteten Bikini. Sie waren
hübsch. Ob der Junge das auch fand? Warum denke ich darüber überhaupt nach?, rief sich Lilli zur Ordnung. Es kann
mir egal sein. Er ist ein Fremder, den ich vermutlich nie mehr
sehen werde, und ich bin verlobt. Ihr Ring glitzerte in der
Sonne. Sie beschloss, die grünen Augen zu vergessen.

Zum Mittagessen bestellte Vera zwei Portionen Kaiser-
schmarrn, den sie auf der Terrasse aßen. Danach spielten sie
Tennis. Die Mittagssonne schien mit aller Kraft auf die beiden Tennisplätze des Hotels. Ein Kellner war eigens dazu ab-
bestellt, die Spieler mit kalter Limonade zu versorgen, in der
Zitronenscheiben und Eiswürfel schwammen.

Vera spielte für ihr Leben gern Tennis. Der Tennislehrer,

der den Platz betreute, lobte sie für ihre Rückhand, und sie gewann beinahe jedes Aufschlagspiel gegen Lilli.

Lilli machte sich nichts daraus. Sie war keine begeisterte Spielerin. In der Schule hatten sie Tennisunterricht bekommen, und auch dort war sie immer nur Mittelmaß gewesen.

Die stechende Sonne und die Hitze, die der rote Sand abstrahlte, machten ihr zusätzlich wenig Lust auf einen neuen Satz. So setzte sie sich an den Spielfeldrand auf die einzige Bank, die durch einen Sonnenschirm ein bisschen Schatten hatte. Von dort aus sah sie ihrer Mutter beim Spiel gegen den Tennislehrer zu und nippte an ihrem Limonadenglas, an dem das Wasser bei der Hitze kondensierte und langsam auf den Sand des Tennisplatzes tropfte.

Auf dem anderen Feld spielten zwei junge Männer gegeneinander. In einer Spielpause kamen sie zu Lilli herüber. »Hallo, schönes Fräulein, dürfen wir uns wohl einen Moment zu Ihnen in den Schatten setzen?«, fragte einer von beiden. Lilli nickte höflich und rutschte ein wenig zur Seite.

Die Männer stellten sich als Münchener Filmproduzenten vor und fingen bald an, ihr Komplimente zu machen.

»Sie könnten Schauspielerin sein. Findest du nicht, Jürgen?«, fragte der Kleinere der beiden.

Sein Freund nickte. »Ein Gesicht, das die Kamera ganz sicher liebt«, sagte er und beugte sich zu ihr vor. Er war Lilli unsympathisch. Seine dunklen Augenbrauen gaben ihm ein angriffslustiges Aussehen, und er roch stark nach einem aufdringlichen Parfüm.

Sie war froh, dass ihre Mutter in diesem Moment das Spiel beendete und nach ihr rief.

»Ich muss leider gehen«, sagte sie und stand auf. »Entschuldigen Sie mich.«

»Wie schade. Ich hoffe, wir sehen uns bald wieder. Wir sind noch ein paar Tage hier.«

Lilli lächelte unverbindlich und ging hinüber zu Vera, die gerade dabei war, sich mit einem kleinen weißen Handtuch das Gesicht zu tupfen.

»Wer war denn das?«, fragte sie misstrauisch.

»Zwei Männer aus München.«

»Was hattest du denn mit denen zu bereden?«

»Sie kamen doch zu mir und haben mit mir geredet«, verteidigte sich Lilli. »Keine Sorge, ich mag sie sowieso nicht.«

»Gut. Carl wird bald dein Mann sein, und ihm muss deine ganze Aufmerksamkeit gehören.«

»Ja, Mutti.«

Vera hängte sich bei ihrer Tochter ein, und gemeinsam gingen sie zurück zum Hotel.

Zum Abendessen zog Lilli sich um. Ihre Wahl fiel auf ein helles Kleid mit schwingendem Rock. Theo war noch nicht aus München zurück, aber eine Frau, die Vera am Vormittag auf der Liegewiese kennengelernt hatte, gesellte sich zu ihnen. Lilli war froh darum, so war ihre Mutter abgelenkt, und sie konnte ihren eigenen Gedanken nachhängen.

Nach dem Essen spielte die Tanzkapelle auf. Vera, ihre neue Bekannte und Lilli siedelten in den Tanzsaal über, wo einige Paare sich schon im Takt drehten. Sie bestellten Getränke und sahen von einem kleinen Tisch aus zu. Es herrschte Frauenüberschuss, an einigen anderen Tischen saßen ebenfalls Frauen ohne Männer und unterhielten sich. Schließlich wurde Vera von einem älteren Herrn aufgefordert und ging mit ihm Richtung Tanzfläche. Die Frau, die bei ihnen gesessen hatte, tanzte mit dessen Bruder. Die Tanzkapelle spielte »Ganz Paris träumt von der Liebe«; Lilli blieb am Tisch zurück und nippte an ihrer Cola.

»Na, so allein?«, sprach sie plötzlich jemand von der Seite an. Sie drehte sich um. Vor ihr stand der Filmproduzent mit den dunklen Augenbrauen vom Nachmittag. »Darf ich bitten?«, fragte er und hielt ihr seine Hand hin. An der Hand glänzte ein Siegelring, seine Finger waren wurstig. Lilli sah keine Möglichkeit abzulehnen, ohne unhöflich zu sein, also reichte sie ihm widerwillig die Hand und ließ sich von ihm zur Tanzfläche führen.

Sie begannen zu tanzen. Das nächste Lied war ein Foxtrott, und der Mann wirbelte sie viel zu schnell herum, sodass sie sich bald fühlte wie ein Mehlsack. Zudem kamen sie ständig irgendjemandem in die Quere. Ihren Tanzpartner schien das nicht zu stören.

»Und nun, meine Damen, darf ich unsere Eintänzer präsentieren. Handverlesen und tanzfest«, kündigte der Sänger der Tanzkapelle durchs Mikrofon an. Eine Gruppe von Männern, die meisten mittleren Alters, verteilte sich auf die übrigen Frauen an den Tischen und forderten sie auf. Die Tanzfläche füllte sich schnell. Während sie von dem Mann mit den dunklen Augenbrauen immer noch herumgeschleudert wurde, hatte Lilli den Eindruck, eine schlaksige, große Gestalt mit blonden Haaren unter den Eintänzern gesehen zu haben. Sie versuchte, noch einen Blick zu erhaschen, aber die Menge der Tanzenden machte es unmöglich.

»Entschuldigung, darf ich ablösen?«, fragte plötzlich jemand hinter Lilli, den sie aus ihrer Position heraus nicht sehen konnte. Der Filmproduzent kam aus dem Takt. Lilli drehte sich um und blickte in leuchtend grüne Augen. Ihr Herz setzte einen Schlag aus.

Der Junge streckte ihr die Hand hin.

»Unverschämtheit«, brummte der Filmproduzent. Aber Lilli achtete nicht mehr auf ihn.

»Gerne.« Sie lächelte. Ihr ehemaliger Tanzpartner verließ kopfschüttelnd die Tanzfläche.

»Danke!« Lilli lachte leise.

»Na ja, du wirktest, als bräuchtest du einen Retter.«

Er legte seinen Arm leicht an ihre Taille, und sie begannen zu tanzen. Mühelos drehten sie sich im Takt.

»Was war das eigentlich für ein Buch, das du gestern in der Bibliothek gelesen hast?«, fragte er.

»Oh, ein Bildband. Über Max Liebermann.«

Er lächelte. »Der malt wunderschön. Das Licht – niemand konnte besser Licht einfangen. Es leuchtet richtig.«

Sie sah ihn überrascht an. »Ja ... ja, das finde ich auch.«

»Ich will Maler werden, weißt du«, sagte er. »Du darfst ruhig darüber lachen.«

»Warum sollte ich?«

»Die anderen hier tun es. Ein Bauernsohn, der sich an der Kunstakademie bewirbt, das kann sich keiner vorstellen.«

»Ich finde, es klingt schön.«

Lilli genoss jede Sekunde, in der sie zusammen tanzten.

Seine Hand führte sie sanft, es war, als hätten sie schon immer miteinander getanzt. Ihre Blicke blieben aneinander hängen. Beide spürten, dass etwas Besonderes passierte, etwas Außergewöhnliches.

»Ich weiß nicht einmal, wie du heißt«, sagte er irgendwann.

»Lilli. Und wie heißt du?«

»Alois. Aber alle nennen mich Lois.«

»Gut, Lois …« Lilli lächelte ihn an. »Zeigst du mir deine Bilder?«

»Wenn ich hier genug verdient habe und mir wieder Farbe kaufen kann – gerne. Aber dazu müsstest du wohl noch ein paar Abende mit mir tanzen. Eintänzer bekommen nämlich nicht gerade viel Geld.«

Lilli lächelte. »Ich habe nichts dagegen.«

Er schwang sie behände herum, sie fühlte sich beinahe schwerelos in seinen Armen. Oh Gott, was ist das, was mit mir passiert?, dachte sie.

Er fing sie auf und hielt sie einen Moment in seinen Armen. Sie fühlte seine Wärme, seinen Herzschlag. Ihr wurde beinahe schwindelig. »Lois und Lilli«, sagte er. »Das klingt perfekt.«

4

Ricardas Handywecker klingelte am nächsten Morgen um acht. Als sie ihn ausschaltete, entdeckte sie eine Sprachnachricht von ihrer Mutter, die auf dem Display angezeigt wurde. Während sie sich zurück in die weichen Kissen fallen ließ, drückte sie auf »Abspielen«.

Die vertraute Stimme ihrer Mutter erfüllte den Raum, im Hintergrund war Straßenlärm zu hören und Stimmen, die Englisch sprachen.

»Hallo, mein Schatz«, hörte Ricarda die Stimme ihrer Mutter, »viele Grüße aus New York. Der Bau des Museums läuft gut, ich glaube, wir könnten sogar schneller fertig werden als geplant. Papa und ich erwarten dich auf jeden Fall zur Einweihungsfeier.« Ricarda hörte Hannahs Stimme an, wie glücklich sie war. »Nun zu deiner Frage: Leider kann ich dir nicht helfen. Mama hat mir gegenüber nie etwas von Berchtesgaden erzählt. Das muss aber nichts heißen, du kennst sie ja. Bei ihr ist immer alles schrecklich privat. Ehrlich gesagt habe ich mich damals gewundert, als sie mit dir in die Berge fuhr. Ich konnte sie mir schlecht in Wanderschuhen vorstellen. Na ja, jedenfalls – tut mir leid, dass ich dir nicht mehr sagen kann. Ich muss jetzt los. Halte mich auf dem Laufenden; das Heim hat angerufen, dass es Mama schlechter geht. Wir sehen zu, dass wir in ein paar Wochen nach Köln kommen. Viele Küsse«, Hannah machte Kussgeräusche ins Mikrofon des Handys, »… auch von Papa. Hab einen schönen Tag! Ach ja, schau dir das Foto an.«

Dann war die Sprachnachricht zu Ende. Ricarda tippte auf das angehängte Foto. Es zeigte ihre strahlende Mutter mitten in New York City zwischen Wolkenkratzern. Im Hintergrund fuhr eines der typischen gelben Taxis vorbei. Hannah trug einen Bauhelm. Ricarda lächelte. Ihre Mutter war glücklich, wenn sie ein neues Bauprojekt in einer aufregenden Stadt hatte – und ihr Vater war genauso. Sie waren ständig unterwegs, immer auf dem Sprung zum nächsten spannenden Auftrag irgendwo auf der Welt. Ricarda kannte gar nichts anderes.

Sie legte das Handy beiseite, stand auf und ging duschen. Während sie das warme Wasser auf sich regnen ließ, dachte sie über das nach, was Hannah gesagt hatte. »Bei ihr war immer alles schrecklich privat.« Zum Glück war Hannah überhaupt nicht so. Ricarda konnte sich vorstellen, dass es nicht so einfach gewesen war, Lillis Tochter zu sein. Allerdings hatte sie sich bis zu dieser Reise nie gefragt, warum Lilli eigentlich war, wie sie war. Warum wollte sie nichts erzählen? Warum ließ sie einen kaum hinter die Fassade blicken, nicht einmal ihre eigene Familie? So viele Fragen, die sie ihrer Großmutter gerne gestellt hätte. Es wurde wirklich Zeit, dass sie verstand, was Lilli mit diesem Maler verband.

Um zehn fuhr Max' klappriger Land Rover vor. Ricarda verabschiedete sich von Mitzi. »Bringt Schwammerl fürs Abendessen mit!«, rief die ihr nach.

Ricarda ging nach draußen, begrüßte Max und richtete ihm Mitzis Wunsch aus. »Was sind denn Schwammerl?«, fragte sie, während sie sich anschnallte.

Max lachte. »Pilze, auf Hochdeutsch. Vielleicht finden wir Pfifferlinge.«

Ricarda starrte ihn an. »Wie kommt man bitte von Pfifferling auf Schwammerl? Die beiden Wörter haben ja wirklich gar nichts gemeinsam.« Sie schüttelte den Kopf. »Bayerisch versteht doch kein Mensch.«

»Ach ja, und was ist mit Kölsch?«

Ricarda lachte. »Das verstehe ich auch nicht.«

Sie fuhren los.

»Ist es auch wirklich in Ordnung, wenn du heute mit mir mitkommst? Du musst keine Bäume fällen oder was auch immer Förster so tun?«, fragte Ricarda mit einem Anflug von schlechtem Gewissen. Andererseits hatte er seine Begleitung ja angeboten.

»Nein, keine Sorge. Ich war heute schon um fünf Uhr morgens wach, habe Sepp gefüttert und die erste Waldrunde gedreht. Außerdem fällt man im Sommer keine Bäume. Es sind nämlich zu viele Säfte im Baum, und das Holz ist zu nass.«

»Aha.«

Max lenkte den Wagen geschickt die kurvige Landstraße entlang in Richtung Markt Berchtesgaden, das bald vor ihnen auftauchte. Der Ort zog sich über einige Hügel und an Berghängen hinauf. Die Straße zum Verlagshaus der Zeitung war sehr steil und endete in einer Sackgasse. Dort parkte Max.

»Oh, das sieht hier aber völlig anders aus als in der Fußgängerzone.« Ricarda sah sich um. Hier gab es keine alten Berchtesgadener Häuser oder Kopfsteinpflaster, sondern nur neue Gebäude, schlicht und modern. Das auffälligste war das der *Berchtesgadener Tageszeitung* mit viel Glas und Betonwänden.

»Na ja, der Entwurf hat auch für einige Diskussionen gesorgt. Aber inzwischen haben sich alle damit arrangiert.«

»Sichtbeton und Fensterbänder«, bemerkte Ricarda. »Sieht ein bisschen nach Bauhausstil aus.«

Max sah sie überrascht an. »Kennst du dich mit Architektur aus?«

»Ein bisschen. Meine Eltern sind Architekten.«

Sie gingen gemeinsam hinüber zum Eingang, und Max drückte auf die Klingel. Das leise Surren einer Kamera verriet, dass der Eingang videoüberwacht war. Einen Augenblick später ertönte der Türsummer.

Drinnen, im modernen Foyer, wurden sie begeistert begrüßt. Eine ältere Frau in zitronengelbem Kostüm eilte ihnen entgegen. »Oh Max, wie schön! Waren wir verabredet?«

»Nicht direkt.« Max stellte Ricarda vor.

»Freut mich, Sie kennenzulernen!« Agnes schüttelte Ricarda die Hand. Die hatte den Eindruck, von Tante Agnes eingehend gemustert zu werden.

»Seid ihr nur zu Besuch hier, oder gibt es einen Grund?«, forschte Agnes nach.

»Na ja, wir haben ein Anliegen.« Max erklärte, warum sie hier waren.

»Ins Archiv? Oje, dazu muss man sich eigentlich anmelden ...« Agnes zwinkerte. »Aber ich werde für euch sicher eine Ausnahme machen können.«

Sie wandte sich an Ricarda. »Er ist mein absoluter Lieblingsneffe, wissen Sie ...« Sie tätschelte Max die Wange. Ricarda grinste. »So ein Netter, und er kümmert sich sogar um seine alte Tante Agnes. Da haben Sie einen guten Fang gemacht. Wo habt ihr euch eigentlich kennengelernt?«

»Oh nein, wir sind nicht ...«, begannen Ricarda und Max wie aus einem Mund abzuwehren.

»Ach, nicht?« Agnes sah von einem zum anderen. »Schade.«

Es entstand eine etwas unangenehme Pause. Warum habe ich gerade so besonders empört abgewehrt?, dachte Ricarda. Nur weil Max so gar nicht so ist wie die Männer, mit denen ich bisher zu tun hatte? Ja, Jimmy würde über einen Förster, der kaum einmal aus seinem Heimattal herausgekommen war, nur spotten, und auch ihre Freunde könnten mit so jemandem nicht viel anfangen. Aber sie musste zugeben, dass sie sich mit Max wohlfühlte, dass sie seine entspannte Art und seine warmen Augen mochte.

»Na, dann wollen wir mal los, nicht wahr?«, rettete Agnes die Situation. »Kommt mit.«

Ein paar Augenblicke später waren sie schon per Aufzug auf dem Weg in den Bauch des Gebäudes.

Ricarda hatte sich unter einem Archiv einen düsteren Keller vorgestellt, vollgestopft mit alten Papieren, auf denen der Staub der Jahrzehnte lag. Umso erstaunter war sie, als Agnes sie in einen mit Neonröhren hell ausgeleuchteten großen Raum führte, in dem sich schwere moderne Regale mit blinkenden Knöpfen daran aneinanderreihten. Nirgends war Staub oder altes vergilbtes Papier, im Gegenteil, der Raum wirkte beinahe steril.

»Das«, sagte Agnes stolz, »ist unser Archiv. Es war ein ganz schöner Aufwand, es in den harten Felsenhang zu bauen, das könnt ihr mir glauben. Das ist halt der Preis, wenn man in den Bergen wohnt. Umso glücklicher sind wir nun, dass wir es haben. Wir haben ziemlich oft Besucher, meistens Heimatforscher.«

Sie ging mit klappernden Absätzen zu zwei Schreibtischen hinüber, die an einer Ecke des Raumes aufgestellt waren. Auf einem stand auch ein Computer, den Agnes nun einschaltete. Piepsend fuhr er hoch, und einen Augenblick später poppte ein Suchprogramm auf. »Ich erkläre euch kurz, wie die Suche funktioniert.« Agnes tippte einen Begriff in die Suchmaske ein. Zu Max' Schrecken wählte sie seinen Namen. Dann klickte sie auf »Suche«. Sofort listete das Programm eine ansehnliche Menge an Einträgen auf. »Neuer Förster wechselt vom Watzmann in unser Tal«, stand dort, »Pilzsprechstunde bei Max Leitmayr«, »Kinderforsttage mit unserem engagierten Jungförster« und so weiter. Ricarda überflog lächelnd die Schlagzeilen.

»So, und wenn man nun auf einen der Einträge klickt …« Agnes suchte ein Beispiel aus: »Max Leitmayr vom Naturschutzbund ausgezeichnet«. Agnes' Tantenstolz war unverkennbar. » … dann seht ihr hier eine Kombination aus Buchstaben und Zahlen, anhand derer man den entsprechenden Artikel oder die betreffende Zeitungsausgabe in den Regalen findet.«

Max räusperte sich. »Super, danke. Den Rest schaffen wir bestimmt allein.« Schnell übernahm er die Maus und schloss den Artikel.

»Na gut, ich bin oben, falls ihr Fragen habt.« Agnes verabschiedete sich. Nachdem sie gegangen war, sah Ricarda grinsend Max an. »Was ist denn eine Pilzsprechstunde?«

»Da kommen Leute mit ihren gesammelten Pilzen, und ich sage ihnen, ob giftige darunter sind«, erklärte Max knapp. »Komm, lass uns anfangen.«

»Okay.« Ricarda setzte sich an den Schreibtisch und tippte Lois Königs Namen in die Suchmaske ein. Sofort listete der Computer eine lange Liste von Treffern auf.

»Puh, wenn wir die alle auf eine mögliche Verbindung nach Köln durchsehen wollen, sitzen wir ja übermorgen noch da.«

»Wir können uns ja auf die älteren Artikel konzentrieren. Deine Großmutter und Lois haben sich ja vermutlich nicht in den letzten Jahren kennengelernt.«

»Gute Idee.« Ricarda nahm Stift und Papier und notierte die Kennungen der betreffenden Artikel. Anschließend suchten sie gemeinsam die Fundstücke aus den Regalen. Schließlich stapelte sich eine ansehnliche Menge alter Zeitungen auf dem Schreibtisch.

Max nahm die obere Hälfte ab und schob die untere Ricarda zu. »Auf die Plätze, fertig, los!« Ricarda schnappte sich ihren Teil.

Eine Weile lasen sie beide still vor sich hin. Nur das Geräusch vom Umblättern der Seiten war ab und an zu hören.

Ricarda las sich durch Artikel zu Lois Königs Studium in München und seinem hervorragenden Abschluss, zur ersten Vernissage seiner Bilder in Berchtesgaden. Auf keinem der abgedruckten Fotos war er selbst zu sehen. Schade, dachte Ricarda, es hätte mich doch interessiert, wie dieser zerzauste alte Maler als junger Mann ausgesehen hat.

Es folgten Berichte über die ersten Verkäufe ins Ausland, Einschätzungen seiner Kunst von Experten, Spekulationen über sein Privatleben – es war von Jahr zu Jahr und von Artikel zu Artikel geradezu spürbar, wie er immer berühmter und geheimnisumwobener wurde. Nirgends war auch nur ein einziger Satz zu finden, der von ihm selbst stammte, nirgends ein Foto von ihm. Er ist wie ein Phantom, dachte Ricarda. Allerdings ein Phantom, dessen Karriere steil bergauf ging. Immer wieder gab es berühmte Käufer. Angeblich hatte sogar Bundeskanzler Adenauer dazugehört, wie eine Zeitung aus den späten Fünfzigerjahren spekulierte. Konrad Adenauer … stammte aus Köln. Es gab sogar irgendwo in der Kölner Familienvilla der Beekmanns ein Foto, auf dem er Ricardas Urgroßvater Theo die Hand schüttelte. War hier die Verbindung zu Lilli?

Na ja, ziemlich viel Rätselraten, Ricarda, dachte sie.

Nach einer Weile blickte sie auf. Sie musste lächeln, als sie sah, wie konzentriert Max den Artikel las, der vor ihm lag.

Laut fragte sie: »Hast du bisher etwas Interessantes gefunden?«

Max schüttelte den Kopf. »Nein, gar nichts.«

»Lois ist ein richtiges Phantom«, sagte Ricarda. »Nirgends steht etwas Privates, es gibt kein Interview, keinen Auftritt von ihm, nicht einmal seine Kunst erklärt er irgendwo selbst.« Frustriert klappte sie die Zeitung zu, die vor ihr lag.

»Tut mir leid – meine Idee mit dem Archiv war wohl doch nicht so gut, wie ich dachte.«

»Ach was, immerhin hattest du eine Idee.«

Ricarda sah nachdenklich die langen Regalreihen an.

Max schwieg eine Weile. »Und was, wenn wir den Spieß umdrehen?«, fragte er. »Wie heißt deine Großmutter mit vollem Namen?«

»Lilli Beekmann. Zumindest war das ihr Mädchenname. Den verwendet sie seit dem Tod meines Großvaters auch wieder. Aber wieso sollte …«

Aber Max hatte schon »Beekmann« in die Suchmaske eingegeben und auf »Enter« geklickt.

»Das gibt es doch nicht!« Ricarda starrte auf die Anzeige. Zwei Treffer.

»Warum taucht meine Großmutter in der *Berchtesgadener Tageszeitung* auf?«, rief Ricarda verblüfft aus.

Schnell schrieb sie die Kennnummern heraus und suchte die entsprechenden Ausgaben.

Die Artikel, die angezeigt worden waren, waren über sechzig Jahre alt. Sie waren auf billigem Papier gedruckt und hatten inzwischen einen Gelbschleier bekommen. Grobkörnige Fotos waren hier und da abgedruckt, dazu Werbeanzeigen für Produkte, die es schon lange nicht mehr gab. Mit fliegenden Fingern blätterte sich Ricarda durch die erste der beiden Zeitungsausgaben, in denen der Name ihrer Großmutter stehen sollte. Sie war auf den 29. Juli 1956 datiert. Zuerst fand sie nichts, aber dann entdeckte sie eine kleine Meldung unter »Vermischtes«. Der Text erwähnte nicht Lilli selbst, dafür aber ihren Vater.

»Wie uns aus sicherer Quelle bekannt ist, ist der bekannte Kölner Süßwarenkönig Theo Beekmann seit gestern mit Gattin und Tochter im Hotel Alpenschlösschen auf Urlaub«, las Ricarda laut vor. Ihr Herz schlug aufgeregt. »Die *Berchtesgadener Tageszeitung* wird weiter berichten.«

»Theo Beekmann?«

»Das ist mein Urgroßvater«, erklärte Ricarda. Sie las die Meldung noch einmal. »Sie war also tatsächlich schon früher einmal hier gewesen! Im Sommer 1956!«

Gespannt schlug sie die zweite Zeitung auf, die knapp zwei Wochen nach der ersten erschienen war. Dieses Mal fand sie den entsprechenden Artikel sofort. Die Meldung war viel größer als die erste. »Bundesdeutsche Prominenz bei den Salzburger Festspielen«, lautete die Schlagzeile, darunter folgte ein Text, der verschiedene bekannte Namen nannte, die bei den Festspielen dieses Sommers Gäste gewesen waren. Darunter auch gegen Ende der Satz: »Theo Beekmann, Vera Beekmann, Lilli Beekmann. Familie Beekmann beehrte die Salzburger Festspiele mit einem Besuch der *Zauberflöte*.« Daneben ein grobkörniges Foto der Opernaufführung.

Sie ließ sich auf den Stuhl fallen. »Ich glaube es nicht!« Sie rechnete nach. »Im Sommer 1956 war meine Großmutter neunzehn. Ende September dieses Jahres hat sie geheiratet.«

»Ganz schön jung.«

»Ich glaube, für die damalige Zeit nicht unbedingt. Mein

Großvater war ein paar Jahre älter als sie. Er war die rechte Hand meines Urgroßvaters und später sein Nachfolger.«

Max blätterte noch einmal in dem Stapel der Meldungen über Lois. Dann tippte er auf einen Artikel. »Lois ging erst im Oktober 1956 nach München an die Kunsthochschule«, sagte er.

Ricarda nickte. »Vorher war er also wahrscheinlich noch hier im Tal. Sie müssen sich in diesem Sommer begegnet sein. Das ist die Verbindung!«

Sie holte ihr Handy aus der Jackentasche und fotografierte die beiden Zeitungsartikel.

Mit Max' Hilfe sortierte sie dann ihre Fundstücke zurück in die Regale, wo sie hingehörten. Dann fuhren sie wieder nach oben ins Erdgeschoss.

Agnes telefonierte gerade hinter dem Empfangstresen. Als sie sie sah, legte sie auf.

»Habt ihr gefunden, was ihr gesucht habt?«

»Ja, ich glaube schon.«

»Schön.« Agnes strahlte. Wieder klingelte das Telefon. »Entschuldigt mich, heute Morgen ist hier die Hölle los.« Agnes eilte zum Telefon. Während sie den Hörer abnahm, winkte sie ihnen zum Abschied zu.

»Nett, deine Tante.«

»Ja.« Max zog eine Grimasse. »Nur vielleicht ein bisschen übereifrig, wenn es darum geht, den Neffen anzupreisen.«

Ricarda lachte. »Ach was, ist mir gar nicht aufgefallen.«

Sie stiegen beide wieder ins Auto. Max steckte den

Schlüssel ins Zündschloss und sah Ricarda fragend an. »Und was jetzt, Frau Holmes?«

»Ich weiß nicht. Ich muss mir überlegen, was mein nächster Schritt sein könnte. Meine Oma war 1956 hier in Berchtesgaden, so viel wissen wir jetzt. Und sie hat von diesem Familienurlaub nie jemandem erzählt. Warum nicht? Liegt es nur an ihrer verschwiegenen Art, oder steckt mehr dahinter?«

Max nickte. »Alles gute Fragen. Ich habe auch eine: Willst du, während du nachdenkst, mit mir zusammen im Wald Schwammerl suchen? Immerhin wartet Mitzi darauf, dass wir ihr eine ordentliche Menge liefern.«

Ricarda sah ihn verblüfft an. »Du willst sie selbst suchen? Ich dachte, wir kaufen sie irgendwo.«

»Auf keinen Fall. Pilze zu kaufen ist gegen meine Försterehre – außerdem weiß ich, wo die allerbesten wachsen. Wenn du mitkommst, zeige ich dir meinen geheimen Schwammerlplatz.«

»Na gut. Aber ich warne dich – ich war noch nie Pilze sammeln. Du kannst wahrscheinlich froh sein, wenn ich nicht aus Versehen einen Fliegenpilz pflücke.«

Sie fuhren aus dem Ort hinaus, wieder zurück in Richtung See. Kurz vor der Abzweigung zu Mitzis Pension bog Max nach links in einen Waldweg ein, den sie ein ganzes Stück entlangfuhren. »Ist das alles Wald, für den du zuständig bist?«, fragte Ricarda.

Max nickte. »Von hier über den Hochkalter und bis zur Reiteralpe.«

Er parkte auf einer Art Ausbuchtung des Waldweges, auf

der auch einige Baumstämme gestapelt lagerten. »Das ist ein großes Gebiet, aber ich kenne mich hier gut aus.«

Er ging um den Wagen herum und öffnete die Flügeltüren zur Ladefläche. Er beugte sich halb hinein und förderte einen Korb zutage.

»Wie Rotkäppchen«, neckte ihn Ricarda. »Hast du denn immer einen Korb dabei für den Fall, dass du ganz unverhofft ein Kilo Pilze sammeln willst?«

»Natürlich. Ach ja – wie geht es deinen Füßen? Ich muss dich doch nicht wieder tragen, oder?«

»Nein, keine Sorge, alles schon fast wieder verheilt.«

»Gut.« Max deutete in den Wald hinein. »Hier geht es lang.«

Eine Weile gingen sie quer durch den Wald. Die Tannen und Fichten standen dicht, aber noch locker genug, dass immer wieder der Himmel dazwischen aufblitzte. Hier und da lagen riesige Felsbrocken zwischen den Stämmen, die wirkten, als hätte sie ein Riese vor langer Zeit hier abgeladen. Sie waren mit Moos bewachsen und verwittert. An manchen Stellen wuchs Farn, hier und da spannten sich knorrige Wurzeln, sodass Ricarda aufpassen musste, wohin sie trat. Es sah ganz und gar verwunschen aus. Als würde hier gleich ein Hexenhäuschen aus Lebkuchen auftauchen, dachte sie. Die Luft roch gut, nach Tannennadeln und Erde. Vögel zwitscherten in den Bäumen, irgendwo trommelte ein Specht.

Eine Weile gingen sie schweigend. Ricarda genoss die Ruhe, die sie umgab. Sie konnte sich nicht daran erinnern, wann sie in den letzten Jahren einmal im Wald gewesen war, und jetzt fragte sie sich, warum. Wenn sie ins Grüne wollte, hatte sie bisher mit Stadtparks vorliebgenommen, wo die Wege angelegt und gepflegt waren und der Rasen regelmäßig gemäht wurde. Das hier war etwas völlig anderes, wild und uralt. Geheimnisvoll fand sie es beinahe, während sie immer tiefer in den Wald eintauchten.

Nachdem sie eine Weile schweigend gegangen waren, durchbrach Max die Stille. »Darf ich dich etwas fragen?«

»Natürlich.«

»Was ist das für eine Familie, aus der du kommst?« Er zögerte. »Ich frage nur, weil über die Urlaube meiner Urgroßeltern nicht in der Zeitung berichtet wurde – wenn sie Urlaub gemacht hätten. Also … was ist dein Geheimnis?«

Ricarda lachte. »Das ist gar kein Geheimnis. Mein Urgroßvater war der größte Süßwarenhersteller damals in den Fünfzigern und Sechzigern. Ich glaube, er hat wirklich ganz Deutschland mit Schokolade beliefert.«

»Heißt das, du bist die reiche Erbin eines Schokoladenimperiums?«

»Nicht wirklich. Mein Onkel leitet die Firma. Meine Mutter hat zwar viel Geld ausbezahlt bekommen, aber sie macht sich nichts daraus und hat das meiste in Stiftungen gesteckt oder gespendet. Das ist okay für mich; zur eleganten Dame bin ich sowieso nicht geboren.«

»Wozu dann?«

»Gute Frage«, Ricarda lächelte. »Zum rastlosen Zugvogel, anscheinend. So war es schon immer. Meine Eltern sind beide Architekten, bauen auf der ganzen Welt und haben mich immer mitgenommen. Das war aufregend – ständig neue Städte, neue Leute, neue Sprachen.«

Max musterte sie aufmerksam. »Und wo war dein Zuhause?«

»Hm, ich glaube, ich hatte eigentlich nie wirklich eines.« Sie sagte es nachdenklich. »Köln ist zwar die Stadt, aus der meine Familie kommt. Aber mit meinen Eltern habe ich dort nur zwischen jeweils zwei Bauaufträgen gelebt, immer nur ein paar Wochen oder Monate. Ab und zu haben sie mich auch bei meiner Großmutter gelassen, wenn sie mich kurzzeitig nicht mitnehmen konnten.«

Max schüttelte den Kopf. »Verrückt. Ich kann es mir nicht vorstellen, keinen Ort zu haben, an dem meine Wurzeln sind. Ich kenne hier jeden Stein und jede Tanne.« Er sah sich im Wald um. »Ich glaube, das tut einem gut.«

Ricarda antwortete nicht sofort. Schließlich sagte sie: »Vielleicht. Ehrlich gesagt habe ich darüber vor dieser Reise noch nicht viel nachgedacht.« Jimmy war genauso gewesen wie sie, ewig rastlos. Es hatte sie verbunden. Doch plötzlich fragte sie sich, ob diese Rastlosigkeit wirklich so erstrebenswert war.

Ricarda sah sich um. Überall war nur Wald zu sehen, so weit das Auge reichte. Sie stellte fest, dass sie vollkommen die Orientierung verloren hatte.

»Sag mal, du weißt sicher, dass wir noch auf dem richtigen Weg sind?«

»Ja, keine Sorge. Es ist nicht mehr weit.« Er deutete auf einen unbestimmten Punkt vor ihnen. »Dort drüben, wo die Fichten stehen.«

Ricarda schnitt eine Grimasse. Für sie sah ohnehin jeder Baum gleich aus. »Ich könnte deinen geheimen Platz nicht einmal verraten, wenn mein Leben davon abhinge«, flachste sie, während sie weiterstapfte und in einem Satz über eine große Wurzel sprang. »Was sollte ich als Beschreibung sagen? An irgendeiner Tanne vorbei und dann am Farn links?«

Max lachte. »Gleich sind wir da.«

Kurz darauf blieb er stehen. »Hier«, sagte er, »hier ist es. Siehst du sie?«

Zuerst konnte Ricarda keinen Unterschied zum umliegenden Wald feststellen. Aber als sie dann genauer hinsah, erkannte sie es – vor ihnen leuchteten überall gelbe Flecken auf dem Waldboden, zwischen Moos und Laub: Pfifferlinge. Sie blieb wie angewurzelt stehen. Je länger sie hinsah, desto mehr entdeckte sie. »Unglaublich! Das müssen ja Hunderte sein. Jetzt verstehe ich, warum das dein Geheimplatz ist.«

Max zeigte ihr, wie sie die Pilze richtig aus der Erde befreite. Dann begannen sie, um die Wette zu sammeln. Nach ein paar Versuchen hatte Ricarda heraus, wie sie die Pfifferlinge zwischen Laub, alten Tannennadeln, Moos und Erde herausbekam. Sie fühlten sich fest und kühl an. Ricarda schnupperte an einem »Schwammerl«, wie Max es beharrlich nannte. Es roch nach frischem Waldboden und etwas anderem, Aromatischem, das sie nicht benennen konnte. Bald waren ihre Finger erdig, an den Schuhen klebten Blätter und Tannennadeln, aber Ricarda kümmerte sich nicht darum. Es machte ihr viel zu viel Spaß, die schönsten und größten Pfifferlinge zu suchen und sich darin einen Wettbewerb mit Max zu liefern. Es war schön, mit ihm hier zwischen den Tannen zu sein, die Vögel zwitschern zu hören, den duftenden Waldboden unter den Fingern zu spüren. Sie hatte sich schon lange nicht mehr so wohlgefühlt. Bald war der Korb voll mit wunderschönen goldgelben Pfifferlingen.

»So, das sind bestimmt genug Schwammerl«, sagte Ricarda schließlich und gab sich Mühe, das Wort bayerisch auszusprechen.

Max nickte anerkennend. »Schon gar nicht so schlecht.« Er hob den Korb an, und sie machten sich gemeinsam gut gelaunt auf den Rückweg.

Als sie mit dem Korb voller Pfifferlinge in Mitzis Küche kamen, begrüßte sie sie begeistert. Prüfend hob sie einen Pilz hoch. »Die sind ja wirklich besonders schön! Wo habt ihr die denn gefunden?«

»Das ist ein Geheimnis«, sagte Ricarda und zwinkerte Max zu.

»Meinetwegen. Mir ist alles recht, solange ich solche Prachtexemplare bekomme!« Die Wirtin legte den Pfifferling zurück zu den anderen und wandte sich um. »Danke fürs Sammeln. Ich hätte jetzt allerdings noch eine zweite Bitte.«

»Und welche?«

»Ich will unbedingt heute zum Abendessen Semmelknödel und Pfifferlinge servieren, aber das ist eine Heidenarbeit, und ich könnte dringend Küchenhelfer gebrauchen. Was sagst du? Und Max – wer mithilft, darf natürlich auch zum Essen bleiben.«

Ricarda betrachtete Mitzi misstrauisch. Sie vollbrachte normalerweise Wunderwerke allein in der Küche und konnte es überhaupt nicht leiden, wenn ihr jemand in ihr heiliges Handwerk pfuschte.

»Ähm, Mitzi …«, begann sie. Die Wirtin sah sie vollkommen unschuldig an.

»Klar helfen wir dir«, unterbrach Max. »Stimmt doch, Ricarda? Und der Deal mit der Essenseinladung klingt gut.«

Er griff nach einer Küchenschürze und band sie sich um. Zu seinem Unglück hatte er ausgerechnet eine Schürze mit einem knallgelben lächelnden Küken darauf erwischt. An dem hünenhaften Jungförster sah sie zudem aus wie eine Kinderschürze.

»Süß.« Ricarda prustete los. »Doch wirklich, das solltest du öfter tragen.«

Max grinste. »Würde ich ja gern, aber leider verschrecke ich damit die Rehe.«

Ricarda lachte. Sie hatte noch nie einen Mann kennengelernt, der sich selbst so gut auf die Schippe nehmen konnte. Max schien sich einfach selbst nicht so furchtbar wichtig zu nehmen. Eine angenehme Abwechslung zu Jimmy.

»Also, Mitzi, was sollen wir tun?«, fragte sie und band sich ebenfalls eine Schürze um.

In der nächsten halben Stunde erklärte Mitzi ihnen ganz genau, wie man Semmelknödel herstellte, und überwachte ihre ersten Schritte. Als sie sich sicher war, dass die beiden alles verstanden hatten, wandte sie sich selbst den Pfifferlingen zu, die sie sorgfältig putzte und von Resten des Waldbodens befreite.

Ricarda und Max würfelten einen Berg alter Semmeln streng nach Mitzis Anleitung und gaben sie dann zum Einweichen in warme Milch.

»Jetzt die Zwiebeln«, kommandierte Mitzi. Ricarda und

Max gaben sich die größte Mühe, die Zwiebeln, die Mitzi aus dem eigenen Garten geerntet hatte, nach Anweisung fein zu würfeln, aber bald rannen ihnen beiden dicke Tränen herunter. »Mitzi, kann es sein, dass deine Zwiebeln wesentlich schärfer sind als die aus dem Supermarkt?«, stöhnte Ricarda und wischte sich über die Augen.

»Freilich«, gab Mitzi gut gelaunt zurück. »Zwiebeln, die nicht scharf riechen, schmecken nach nichts.«

Ricarda war froh, als sie endlich dazu übergehen konnten, die Petersilie zu hacken und Eier von Mitzis Hühnern in die große Schüssel zu den eingeweichten Brotwürfeln zu schlagen. »Und jetzt?«, fragte sie, als das letzte Ei in der Schüssel gelandet war.

»Alles vermengen«, rief Mitzi knapp.

»Okay. Ich hole einen Rührlöffel.«

»Nein, nein, Semmelknödelteig muss man mit den Händen kneten.« Mitzi legte das kleine Pilzmesser zur Seite und machte es pantomimisch in der Luft vor. »Richtig zulangen. Am besten macht ihr das zu zweit, weil die Schüssel so riesig ist.«

»Natürlich, das war ja klar«, murmelte Ricarda, die zunehmend den Verdacht hegte, dass Mitzi sich gerade mehr als Kupplerin denn als Köchin betätigte.

»Was hast du gesagt?«, fragte Max.

»Ach, nichts«, Ricarda holte Luft und steckte dann beide Hände in die Schüssel. Die rohen Eier zusammen mit den aufgeweichten Brotwürfeln boten ein seltsames Gefühl unter ihren Fingern.

Max sah, wie sie das Gesicht angeekelt verzog, und kam

ihr zu Hilfe. Seine großen Hände schafften es bald, alles gut miteinander zu vermischen.

»Warte, hier ist noch viel Petersilie.« Ricarda griff beherzt in die Teigmenge und stieß dabei an Max' Hand.

»Oh, entschuldige.«

»Nichts passiert.«

Ihre Blicke trafen sich. Ricarda fühlte wieder diese Wärme.

Sie war erleichtert, als in diesem Moment Sabine und Stefan in die Küche platzen.

»Oh, das verspricht ja, ein Festmahl zu werden«, rief Sabine begeistert und wies auf den Berg Pfifferlinge, die inzwischen gesäubert und geputzt darauf warteten, mit Butter und Zwiebeln in der Pfanne zu landen. »Und was zaubert ihr beide da, wozu man vier Hände braucht?«

»Ähm, Semmelknödel«, sagte Ricarda schnell und zog ihre Hand aus der Schüssel. Als hätte sie sich verbrannt, eilte sie zum Spülbecken und säuberte ihre Hände unter dem Wasserstrahl.

Das Abendessen wurde laut und lustig und zog sich bis in die Nacht hinein. Paul, der gerade rechtzeitig zum Abendessen von einem seiner langen Tagesausflüge nach Hause kam, erzählte unterhaltsame Geschichten, und Mitzi gab ein paar Berchtesgadener Volkslieder zum Besten, unterstützt von Max, der sich als überraschend guter Sänger entpuppte.

Ricarda erwischte sich immer wieder dabei, dass sie sich so wohlfühlte wie seit Ewigkeiten nicht mehr. Am liebsten wäre sie einfach die ganze Nacht in der gemütlichen Gaststube geblieben, in der in den kühleren Abendstunden der Kachelofen angezündet worden war und in der die Geschichten, Scherze und Lieder geradezu durch die Luft flogen. Es ist so ein heimeliges Gefühl, dachte Ricarda, und ihr fiel wieder Max' Frage vom Nachmittag ein. »Und wo war dein Zuhause?« War sie wirklich so ein Zugvogel wie ihre Eltern, die es nirgends lange hielt, die nie ankommen wollten, sondern immer wieder aufbrachen?

Was war es, das sie hier an diesem Tal und an diesen Bergen so anzog? In Mitzis Stube, in dem verwunschenen Wald, am Seeufer, überall hier fühlte sie sich so merkwürdig aufgehoben.

Als sie aufsah, bemerkte sie, dass Max sie beobachtete. Sie errötete.

Erst nach Mitternacht löste sich die Runde schließlich auf. »Danke, Mitzi, für den schönen Abend und das leckere Essen«, sagte Max.

»Warte, ich bringe dich noch zur Tür.« Ricarda stand ebenfalls auf.

Im Flur, als sie allein waren, sah Max sie an.

»Du siehst so glücklich aus.«

»Ich bin es auch«, sagte Ricarda. »Das war ein schöner Abend.«

»Ja, das war es.« Er sah sie lange an. Dann nickte er ihr zu. »Gute Nacht.«

»Gute Nacht.«

Ricarda sah ihm nach, wie er zum Auto ging und davonfuhr.

Als sie auf ihr Zimmer kam, zeigte das Display ihres Handys eine neue Mailboxnachricht an. Sie tippte auf »Abhören«, stellte auf Lautsprecher und ging ins Badezimmer, während die Mailbox begann abzuspielen.

»Hey, Baby, ich bin's. Mareike sagt, du bist in den Bergen.«

Ricarda erstarrte. Sie drehte sich um und ging ins Zimmer zurück. Sie musste nicht überlegen, wem die Stimme gehörte. Sie hätte sie aus Zehntausenden heraus erkannt. »Ich rufe nur an, weil … ach, das sage ich dir lieber persönlich. Wann bist du wieder in Köln? Meld' dich mal.« Aufgelegt.

Ricarda ließ sich aufs Bett sinken und starrte ihr Handy an. Dann tippte sie auf »Erneut abspielen«. Ihr Magen flatterte. Sie ließ sich nach hinten aufs Bett fallen und hörte noch einmal der Stimme zu. Einer Stimme, die sie ein halbes Jahr lang nicht gehört hatte. Jimmy.

Berchtesgaden, Sommer 1956

Von nun an sehnte Lilli an jedem Tag den Abend herbei, denn dann konnte sie mit Lois tanzen. Er forderte nur sie auf. »Bekommst du keinen Ärger, wenn du nicht mit anderen tanzt?«, fragte sie einmal.

»Willst du denn, dass ich mit anderen tanze?«

»Nein.«

Vera schien kaum zu bemerken, was vor sich ging. Sie hatte in den letzten Tagen am Swimmingpool und auf dem Tennisplatz eine Menge Bekanntschaften mit anderen Frauen geschlossen und saß nun abends nach dem Essen oft auf der Terrasse und spielte Brettspiele oder unterhielt sich. Theo fuhr jeden Morgen nach München oder über die österreichische Grenze und kam erst spätabends zufrieden mit seinem ledernen schwarzen Aktenkoffer und neuen unterschriebenen Geschäftsverträgen zurück.

So blieb Lilli genug Zeit, ungestört mit Lois zu tanzen. Sie erzählten sich dabei alles – von ihren Familien, von Köln, vom Leben hier im Berchtesgadener Dorf, von Freunden. Es war, als müssten sie so viel aufholen und hätten nur so wenig Zeit. Nur von Carl, mit dem sie jeden Abend nach dem Tanzen pünktlich um halb zehn telefonierte, erzählte Lilli nie. Einmal fragte Lois nach dem Ring an ihrem Finger.

»Bist du verlobt?«, fragte er.

Sie nickte.

Er zog sie näher zu sich, sodass sie seinen Herzschlag und seine Wärme spüren konnte. Sie tanzten schweigend. Danach redeten sie nie mehr davon.

Am Sonntag war im Hotel ein bayerischer Abend geplant. Deswegen ließen sich Vera und Lilli einen Tag vorher von einem der Hotelchauffeure nach Markt Berchtesgaden fahren, um dort passende Dirndl für den Abend zu kaufen. Lilli gefiel das Städtchen mit seinen verwinkelten Gassen und den alten großen Häusern mit ihren breiten Giebeln auf Anhieb. Obwohl es ein größerer Ort war, waren Bauern auf den Straßen unterwegs, ein Ochsenfuhrwerk manövrierte sich durch eine enge Kurve, Kinder in einfachen Hängerchen und nackten Füßen spielten in der Sonne auf dem Pflaster Ball, und eine alte Frau in Tracht saß im Schatten eines Hauses auf einem Schemel und fädelte grüne Bohnen ab. Dazwischen gingen die Touristen wie Fremdkörper in ihren schicken städtischen Kleidern, hellen Sommeranzügen und Sonnenbrillen.

Vera hatte sich im Hotel ein Trachtengeschäft empfehlen lassen, das in der Altstadt nahe der Stiftskirche lag.

Als sie es betraten, mussten sich Lillis Augen erst von der gleißenden Helligkeit der sonnenbeschienenen Stadt an das schummrige Licht des Geschäfts gewöhnen. Eine große hölzerne Ladentheke stand an einer Seite das Raumes, dahinter erhob sich ein hohes Regal über die ganze Wand, in dem verschiedene einfarbige und bunte Stoffballen gestapelt waren. Auf der anderen Seite des Raumes waren fertige Dirndl und Trachtenjacken, Hosen und Lodenmäntel auf Kleiderstangen gehängt, dazu gab es eine Vitrine mit Schmuck.

Hinter der Theke stand ein kleines, hutzeliges Persönchen im dunklen Dirndl und schnitt Stoff zu. Sie sah auf, als Vera und Lilli eintraten.

»Grüß Gott«, sagte sie und lächelte. »Was kann ich für Sie tun?«

»Guten Tag«, antwortete Vera steif. An das bayerische »Grüß Gott« konnte sie sich auch nach einigen Tagen nicht recht gewöhnen. »In unserem Hotel gibt es einen bayerischen Abend, und wir suchen dafür das passende Dirndl für mich und meine Tochter.«

»Freilich, freilich.« Die Verkäuferin nickte. »Was schwebt Ihnen denn vor? Etwas Einfarbiges oder lieber bunt mit Mustern? Warten Sie, ich hab ein Auge dafür.« Sie ging um die Ladentheke herum und griff nach zwei fertigen Dirndln. Das eine war in einem dunklen Violett gehalten mit einer seidigen, glänzenden Schürze. »Das hier vielleicht für die Dame?« Sie reichte es Vera. »Und das hier für das Fräulein Tochter?«

Das Kleid, das sie Lilli entgegenstreckte, war rot mit tausend winzig kleinen weißen Blümchen darauf, dazu eine blaue Schürze mit einem weißen Spitzenband. »Na, wie würde Ihnen das gefallen?«

»Oh, das ist wirklich sehr hübsch. Darf ich es anprobieren?«

»Natürlich. Dort drüben ist die Umkleidekabine.« Sie

zeigte auf einen schweren braunen Vorhang, der eine kleine Ecke des Ladenraums abtrennte.

Die Verkäuferin hatte tatsächlich ein Gespür für Dirndl. Als Lilli wieder hinter dem Vorhang hervortrat, saß das Kleid wie angegossen. Das Rot stand ihr gut, und die gebundene Schürze betonte ihre schmale Taille.

»Als wären Sie eine echte Berchtesgadenerin.« Die Verkäuferin klatschte begeistert in die Hände. »Hier, schauen Sie sich im Spiegel an.«

Lilli hätte sich selbst kaum wiedererkannt, als sie sich in dem großen Standspiegel betrachtete. Sie fühlte sich wie verwandelt. In dem Dirndl sah sie aus wie ein bayerisches Mädchen, nicht wie die Tochter von Theo Beekmann aus Köln. Es war, als hätte sie eine völlig neue Identität angezogen. »Es gefällt mir sehr.« Sie drehte sich von einer Seite zur anderen.

Vera nickte. »Gut, das nehmen wir. Und das hier für mich, aber mit einem Seidenband in der Schnürung.«

»Sehr wohl, die Dame.« Die Verkäuferin nahm beide Dirndl mit zur Theke und packte sie zusammen mit dem gewünschten Band ein.

»Darf es noch etwas sein?«

»Wir sollten Vati noch etwas mitbringen, damit er morgen auch etwas Bayerisches hat«, schlug Lilli vor. »Vielleicht einen Hut?«

Sie suchte einen grünen Filzhut mit Gamsbart aus. »Und für Carl denselben als Mitbringsel?« Vera sah Lilli fragend an.

Die zuckte die Achseln. »Ich weiß nicht, ob ihm so etwas gefällt.«

»Natürlich. Wenn Vati einen hat, bekommt dein Carl auch einen.«

Theo hatte den ganzen Sonntag frei. Morgens gingen sie zu dritt zur Messe in die Dorfkirche. Die Kirche gefiel Lilli. Sie war klein und weiß verputzt, mit einem geschwungenen Zwiebeldach auf dem Turm. Die grünen Wiesen und der Gebirgsbach, der an der Kirche vorbeifloss, vervollständigten das Bild. Das Innere der Kirche mit den alten ausgetretenen Sandsteinplatten auf dem Boden und den knarrenden geschnitzten Holzbänken erzählte von den vielen Jahrhunderten, in denen die Kirche schon hier im Tal stand, und den vielen Sonntagen, in denen sich das Dorf hier versammelt hatte.

Die Kirche war gut gefüllt. Viele der Berchtesgadener trugen ihre Sonntagstracht. Die alten Frauen, die in ihren dunklen Dirndln mit dunklen Kopftüchern aufgereiht in den Kirchenbänken saßen, erinnerten Lilli an kleine gebückte Krähen, die geübt und in sich versunken die Rosenkränze durch die Finger gleiten ließen.

Sie drehte sich um zu der hölzernen Empore. An der Brüstung reihten sich alte Holzfiguren. Lillis Augen wanderten von einer zur anderen, jede sah unterschiedlich aus.

Plötzlich fing sie seinen Blick auf. Sie hatte danach gesucht, ohne es sich einzugestehen, und da saß er und sah zu ihr herunter. Sie lächelten sich an, einen kurzen Moment nur. Dann drehte sich Lilli wieder nach vorn. Ihr Herz raste, wie jedes Mal, wenn sie Lois sah. Anfangs hatte sie gedacht, es würde sich legen, doch mit jedem Abend, an dem sie tanzten, an dem sie sich weiter kennenlernten, war es schlimmer geworden. Es war, als wären sie wie Magneten, die sich unweigerlich anzogen, immer stärker und stärker, je näher sie sich kamen.

Den ganzen Gottesdienst über wagte Lilli nicht mehr, sich noch einmal umzudrehen. Aber sie wusste, dass er sie ansah.

Der bayerische Abend begann mit einem Weißwurstessen. Lange Tische mit karierten Tischdecken waren im Speisesaal aufgestellt worden, darauf Körbe mit Brezen, weiße Porzellanterrinen, in denen die Weißwürste schwammen, und kleine irdene Töpfe mit süßem Senf. Dazu gab es Weißbier, das aus einem kleinen Holzfass gezapft wurde. Statt der Klaviermusik spielte heute eine Trachtenkapelle die Tischmusik.

Zu Beginn hielt der Hoteldirektor eine kleine Ansprache, dann hob er einen Bierkrug und prostete damit den Gästen zu. »Prosit – auf einen schönen Abend! Genießen Sie unser Bayern!«

Theo hatte tatsächlich den Trachtenhut aufgesetzt, den sie ihm gekauft hatten. Es hatte allerdings einiger Überredungskunst von Lilli bedurft. »Vati, bitte, das war meine Idee. Du trägst doch immer Hut, da macht das doch wenig Unterschied, und es ist schließlich ein bayerischer Abend.«

»Na gut, mein Engel, wenn du darauf bestehst.«

Nun trug Theo also den Hut, der zu seinem eleganten, teuren Anzug allerdings tatsächlich etwas seltsam wirkte.

Vera im Dirndl plauderte mit ihrer neuen Bekannten, die mit am Tisch saß.

»Eine Weißwurst, die Dame?« Ein Kellner mit pickeliger

Haut war neben Lilli aufgetaucht, auf seinem Tablett balancierte er eine der Weißwurstterrinen.

Lilli sah unschlüssig auf die angebotene Wurst. »Na gut, meinetwegen.«

Die weiße dicke Wurst sah in Lillis Augen nicht gerade appetitlich aus. Der Kellner erklärte der Tischrunde, wie man sie fachgerecht von der Haut befreite, dann verteilte er Senf und Brezen.

Nachdem es ihr schließlich gelungen war, sie zu pellen, schmeckte Lilli die Wurst besser als erwartet. Sie war ganz anders gewürzt als die Würste, die es in Köln zu kaufen gab, und der süße Senf dazu schmeckte beinahe exotisch.

Theo dagegen bestellte beim Kellner ein Cordon Bleu und einen Cognac. »Weißt du, Engel, diese Weißwurst habe ich in den letzten Tagen ständig essen müssen«, schmunzelte er. »Die Münchener glauben, dass sie mir eine Freude damit machen, wenn sie die beim Geschäftstreffen servieren.«

Er nippte an dem bernsteinfarbenen Cognac, den der Kellner eilig gebracht hatte.

»Liefen die Geschäfte gut, Vati?«

»Sehr gut. Du kennst mich, zu mir sagt keiner Nein.«

Lilli lachte. »Da hast du recht.« Sie sah ihn an, wie er dasaß mit seinem scharf geschnittenen Gesicht, der geraden aristokratischen Nase und dem dunklen Haar, und fühlte wieder einmal, wie stolz sie auf ihn war. Sie betete ihn an, seit sie ein kleines Mädchen war. Ein Leben ohne ihn konnte sie sich nicht vorstellen.

Die Trachtenkapelle spielte schließlich zum Tanz auf. Lilli

konnte Lois im Saal voller verkleideter Hotelgäste in Dirndl, Lederhosen und Lodenjacken nicht entdecken, aber plötzlich tippte ihr jemand von hinten auf die Schulter. Sie musste sich nicht erst umdrehen, um zu wissen, dass er es war.

»Fräulein«, sagte er förmlich, aber mit einem Blitzen in den Augen, und verneigte sich tief, »darf ich um einen Tanz bitten?«

Sie spürte, wie sie rot anlief. Ihr Vater beobachtete die Szene.

»Sehr gerne«, beeilte sie sich zu sagen. »Entschuldige mich bitte, Vati.«

Sie hakte sich bei Lois unter und ging mit ihm hinüber zur Tanzfläche, um dem misstrauischen Blick ihres Vaters zu entkommen.

»Das Dirndl steht dir«, flüsterte Lois leise an ihrem Ohr, während sie begannen zu tanzen.

»Danke.« Sie lächelte. »Die Verkäuferin im Laden sagte, ich sehe darin aus wie eine echte Berchtesgadenerin.«

»Damit hatte sie recht.«

»Und ich mag Weißwürste. Das ist doch ein zweites Anzeichen für eine echte Berchtesgadenerin, oder?«

»Oh ja.« Er lachte. »Du machst dich gut.«

»Fehlt nur noch ein Ausflug in die Berge, bei denen ich meine Wanderkünste unter Beweis stelle und am besten noch ein Edelweiß pflücke«, scherzte Lilli.

Er sah sie an. »Würdest du das gerne? In den Bergen wandern?«

»Ja, sogar sehr gerne! Jeden Tag schaue ich mir sie vom Pool aus an und denke, wie herrlich es sein muss, einmal dort

oben zu sein, beim Gipfelkreuz, und hinunterzuschauen.«
Er drehte sie und fing sie dann wieder auf. »Na, dann lass uns
wandern.«

»Meine Eltern würden nie erlauben, dass ich mit dir allein
in die Berge gehe.«

»Lass das meine Sorge sein, ich denke mir was aus.«

Als sie auf ihr Zimmer ging, lächelte sie. Es musste einfach klappen – sie freute sich auf einen Tag in den Bergen mit
Lois.

5

Das Hotel lag versteckt hinter Bäumen und strahlte den etwas angestaubten Charme vergangener Jahrhunderte aus. Die vanillegelb gestrichenen Türmchen und Erker wirkten verwunschen, die Rosen im Vorgarten hatten etwas Altmodisches an sich, und die Steinstufen der Freitreppe waren ausgetreten. »Hotel Alpenschlösschen« stand in goldenen Buchstaben über dem Eingang, daneben vier Sterne. Ricarda stand in der Einfahrt und sah an der Fassade hinauf. Irgendwo, hinter einem dieser Fenster, hatte Lilli damals gewohnt. Es war ein eigenartiges Gefühl – so als würde sie einer Fremden auf der Spur sein und nicht ihrer eigenen Großmutter. Sie atmete tief durch und ging dann zur Treppe, die hinauf zum Hoteleingang führte. Unter ihren Schritten knirschte der Kies der Auffahrt.

Die Lobby im Inneren sah aus, als wäre die Zeit stehen geblieben. Überall Gold, Marmor und altmodische Möbel. Der Boden glänzte, schwere Perserteppiche lagen hier und da darauf.

Es waren nur wenige Gäste in der Lobby, vermutlich waren die meisten unterwegs oder lagen bei dem schönen Wetter am Pool.

Ricarda ging zur Rezeption, hinter der eine junge Frau in blauem Kostüm stand und gerade etwas in den Computer vor ihr eintippte. Der Computer wirkte in dieser nostalgisch-eleganten Atmosphäre zwischen all den antiken Möbeln beinahe fehl am Platz. Viel passender erschien das mahagonifarben glänzende Schlüsselbrett mit goldenen Zimmernummern und altmodischen Schlüsseln, das hinter der Frau an der Wand hing.

»Entschuldigung«, sprach Ricarda sie an. Die Rezeptionistin hob den Kopf. Sie hatte ein sehr gepflegtes Gesicht mit großen Augen. »Hallo, wie kann ich Ihnen helfen?«

»Guten Morgen. Ich bin Fotografin und durch Zufall gerade auf Ihr schönes Hotel gestoßen«, improvisierte Ricarda und hielt zum Beweis ihre mitgebrachte Kamera hoch. »Ich fotografiere für Zeitschriften« – das war immerhin nicht gelogen – »und ich würde gerne ein paar Aufnahmen hier machen, wäre das möglich?«

Die Frau sah sie zögernd an.

»Ich würde sie natürlich zur Reiseempfehlung verwenden und Ihnen vor der Veröffentlichung alles zur Bestätigung vorlegen«, beeilte sich Ricarda hinzuzufügen.

Die Frau überlegte kurz, dann griff sie zum Telefon und sprach mit einem Vorgesetzten, wie Ricarda sich aus dem Gespräch zusammenreimte. Nachdem sie aufgelegt hatte, lächelte sie. »Gut, einverstanden.« Sie winkte einen Hotelangestellten herbei, einen jungen Mann mit Allerweltsgesicht. »Robin, könntest du bitte die Dame im Haus herumführen?

Sie ist Fotografin. Zeig ihr einfach, was sie gerne sehen möchte.«

Der junge Mann lächelte ein höfliches Hotelangestellten-lächeln, das offensichtlich zum Berufsstand gehörte. »Selbst-verständlich.« Er wandte sich um. »Nun, das hier ist natürlich unsere Lobby. Die Möbel stammen alle original aus den Zwanziger- bis Fünfzigerjahren.« Er strahlte. »Wir sind sehr stolz darauf.«

»Ja, wirklich sehr schön.« Ricarda machte pflichtschul-digst ein paar Fotos.

Als Nächstes führte er sie in den Speisesaal, der einen starken Kontrast zur Lobby bildete. Der Saal war ein mo-derner Traum aus Glas und Schieferboden, abstrakte Kunst hing an den Wänden, und Ricarda fragte sich, ob einiges da-von nicht Lois Königs Arbeit war. »Der Speisesaal wurde vo-riges Jahr umgebaut«, erklärte Robin. »Hier sehen Sie, wie anders er früher aussah.« Er zeigte auf ein gerahmtes Foto, das am Eingang des Speisesaals hing. Darauf zu sehen war ein eleganter, vollkommen in Weiß gehaltener Raum mit rie-sigen weißen, antik anmutenden Vasen, einem weißen Flü-gel. Über allem hingen große, blitzende Kronleuchter. Das Foto sah aus, wie sich Ricarda den Speisesaal auf der Titanic vorstellte. Ihr Blick wanderte zu der Beschriftung unter dem Bild. »Speisesaal Alpenschlösschen, 1963« stand da. Vermut-lich hatte er, als Lilli hier war, ebenso ausgesehen. Ricarda stellte sich ihre Großmutter als junges Mädchen an einem der Tische vor. Sie schloss die Augen, hörte geradezu die Ge-räuschkulisse. Das Klirren der Gläser, Gespräche, die leise Klaviermusik. Wo hatte Lilli gesessen? Vielleicht am Fenster?

Dort saß sie heute noch gern. Ricarda öffnete die Augen wieder, beinahe sah sie die junge Lilli an einem der Tische sitzen.

»Möchten Sie nun unsere Bibliothek sehen?«, unterbrach Robin ihren Tagtraum. »Die ist wieder eher im klassischen Stil eingerichtet.«

»Ähm, ja, natürlich.« Ricarda wandte sich von dem Bild ab und folgte Robin durch die langen Hotelflure.

In der nächsten halben Stunde besichtigte sie die Bibliothek, den Aufenthaltsraum und ein Kaminzimmer. Von allem machte sie Fotos. »Möchten Sie auch eines der Zimmer sehen?«

Ricarda dachte nach. Sie wollte nicht irgendein Zimmer sehen – wenn sie schon hier war, wollte sie das sehen, in dem Lilli geschlafen hatte. Ihr Urgroßvater war sehr reich gewesen, er hatte sicher die besten Zimmer für sich und die Familie gebucht.

»Haben Sie auch Suiten?«, fragte sie. »Wenn ja, würde ich da gerne einen Blick hineinwerfen.«

Robin schien durch die Frage beinahe beleidigt worden zu sein. »Natürlich haben wir Suiten. Eine Präsidentensuite, eine Prinzessinnensuite und eine Juniorsuite. Letztere ist gerade bewohnt, aber die anderen beiden werden erst am Wochenende wieder bezogen«, zählte er auf, während er durch die langen Gänge eilte, sodass Ricarda Mühe hatte, Schritt zu halten. Sie nahmen den Aufzug in den zweiten Stock, wo sich wieder lange, mit dicken Teppichen ausgelegte Gänge erstreckten.

Robin ging zielgerichtet einen der Flure entlang und blieb dann vor einer imposanten doppelflügeligen Tür stehen.

»Dies hier ist unsere Präsidentensuite«, sagte er und öffnete eine der Flügeltüren. Die Zimmer dahinter waren so eingerichtet, wie Ricarda es erwartet hatte. Weitläufig, mit antiken Möbeln und cremefarbenen Lampenschirmen. Es sah luxuriös aus. Ganz sicher hatten damals Theo und Vera Beekmann hier übernachtet. »Wow, das ist ja wirklich ein Traum!« Ricarda nahm ihre Kamera und machte einige Aufnahmen.

Robin nickte. »Ja, die Suite ist wirklich schön. Allerdings gefällt mir persönlich die Prinzessinnensuite beinahe noch besser. Sie ist kleiner, aber der Blick ist noch hübscher. Kommen Sie, sie ist direkt nebenan.«

»Prinzessinnensuite?«, fragte Ricarda, während sie ihm folgte. »Wie kommt man auf den Namen?«

»Ach, es wird gesagt, dass hier einmal Sisi übernachtet hat, als sie bayerische Prinzessin und noch nicht österreichische Kaiserin war. Aber ich glaube, das ist nur ein Gerücht.« Während er sprach, öffnete er die entsprechende Tür und ließ Ricarda eintreten.

Die Möbel hier waren ebenfalls antik, aber graziler, nicht so imposant. Das Bett besaß ein geschnörkeltes Gestell, die Vorhänge aus gelbem Samt waren mit einer gewundenen Kordel gerafft. Alles war pudrig und leicht. Ein Strauß Teerosen stand auf dem kleinen Sekretär mit den langen, geschwungenen Beinen. Ricarda hatte das Gefühl, Lillis Anwesenheit geradezu spüren zu können.

»Und der Raum wurde nicht verändert in den letzten Jahrzehnten?«, fragte sie.

»Nein. Ab und zu wird natürlich neu gestrichen, und die Installationen im Badezimmer sind selbstverständlich auf dem neuesten Stand. Aber das Parkett, die Möbel, sogar die Vorhänge sind original so seit den 1920er-Jahren, in denen das Hotel gegründet wurde. Früher war es ein …«

»Ein Jagdschloss, das habe ich schon gelesen«, unterbrach ihn Ricarda.

Lilli hatte also wirklich in diesem Bett geschlafen, hatte aus diesem Fenster gesehen.

»Darf ich auf den Balkon?«, fragte sie.

»Natürlich, gerne.« Robin ging voran und öffnete die Glasflügeltür zu dem Steinbalkon mit der schmiedeeisernen, weiß gestrichenen Balustrade. Der Blick über Wiesen, Tannen und Berge war wunderschön. Der Wind wehte den Duft der Rosen in der Einfahrt zu ihr hinauf. Vor Ricardas innerem Auge sah sie Lilli neben sich stehen, an die Balustrade gelehnt, sechzig Jahre jünger, in einem geblümten Sommerkleid mit schwingendem Rock. Sie sah zu den Bergen hinüber. Was hast du hier empfunden?, fragte Ricarda sie in Gedanken. Hast du hier Lois kennengelernt? Aber wie sollte ein einfacher Bauernjunge in dieses Hotel kommen? Wo hatte sie ihn zum ersten Mal getroffen?

Sie seufzte. Nein, diese Räume zu durchschreiten würde ihr nicht weiterhelfen. Sie musste mit jemandem reden, der ihr wirklich etwas über diesen Sommer erzählen konnte.

Ricarda machte ein Foto von der Aussicht, drehte sich dann um und ging zurück ins Zimmer. Robin wartete in respektvollem Abstand an der Tür.

»Wer ist denn hier im Hotel der älteste Mitarbeiter?«, unternahm Ricarda einen Schuss ins Blaue. »Ich meine, welcher Mitarbeiter arbeitet schon am längsten hier? Mit wem könnte ich mich am besten über die Geschichte des Hotels unterhalten?«

»Ist das für den Artikel?«, fragte Robin.

»Ähm, natürlich.« Ricarda bekam zunehmend ein schlechtes Gewissen, weil sie dem netten Robin so ein Märchen auftischte. Allerdings hätte ihr wahres Anliegen wohl etwas zu verrückt geklungen. Sie beschloss, später wirklich einen Artikel über das Hotel in der *Kölner Zeitung* unterzubringen. Sandra konnte sie dazu sicher überreden, dann war das Ganze hier gar nicht so sehr geschwindelt.

»Wahrscheinlich wäre Wilhelm der Richtige«, antwortete Robin nach kurzem Überlegen. »Er hat hier schon seine Ausbildung gemacht und müsste eigentlich längst in Rente gehen. Aber er kann ohne das Hotel nicht leben, sagt er. Deshalb hilft er immer noch, wo er kann.«

»Ist er heute hier?«

Robin nickte. »Im Garten. Ich bringe Sie hin.«

Der Garten des Hotels war weitläufig. Im vorderen Teil gab es einen Pool und eine große Wiese, auf der sich einige weiße Liegen verteilten. Die meisten davon waren an diesem warmen Sommertag belegt. Der hintere Gartenteil war wie ein kleiner Park angelegt, mit alten Bäumen und Blumenrabatten.

Ein alter Mann stand dort und harkte ein Blumenbeet.

»Hallo, Wilhelm«, rief Robin schon von Weitem. »Hier ist eine Dame, die gerne mit dir reden möchte.«

Der alte Mann drehte sich um. Sein Gesicht war faltenzerfurcht, aber er sah wach und freundlich aus.

»Das ist Wilhelm«, stellte Robin vor, »unser guter Geist des Hauses. Wir sind sehr froh, dass wir ihn haben.«

Der alte Mann lachte ein raues Lachen. Man konnte ihm ansehen, dass er sich über das Lob freute.

Robin verabschiedete sich. Ricarda drückte dem alten Mann die Hand und stellte sich vor. Ihm musste sie nun reinen Wein einschenken. Also erklärte sie, warum sie hier war und was sie erfahren wollte.

»Sie wollen also etwas über Ihre Großmutter wissen, die hier einmal zu Gast war?«

»Ja, falls Sie sich noch erinnern, natürlich. Ich weiß, die Chance ist gering.«

»Oh, Fräulein, täuschen Sie sich nicht. Ich habe ein sehr gutes Gedächtnis. Also – wann soll das denn genau gewesen sein?«

»Im Sommer 1956.«

»1956, 1956 …« Auf der Stirn des alten Mannes bildeten sich noch mehr Falten, als sie ohnehin schon hatte. »Damals hatte ich gerade meine Ausbildung hier abgeschlossen und war richtiger Hotelpage geworden. Ich war sehr stolz.« Er lächelte. »Es war also ein besonderer Sommer für mich.«

»Und können Sie sich an einzelne Gäste von damals erinnern? Meine Großmutter hieß Lilli Beekmann, ihr Vater war Theo Beekmann, der Süßwarenfabrikant.«

Eine Weile dachte der alte Gärtner nach, während er weiter das Beet harkte. Gerade als Ricarda schon die Hoffnung aufgab, blickte er plötzlich auf. »Lilli Beekmann aus Köln, richtig? Ein blondes hübsches Mädchen.«

»Ja, genau!« Ricarda schrie fast. Sie konnte es kaum glauben. »Sie können sich also an sie erinnern?«

»Ja. Sie war ruhig. Etwas reserviert.«

Ricarda nickte. »Das klingt nach meiner Großmutter.«

»Wir Burschen haben uns alle den Hals nach ihr verrenkt«, Wilhelm lachte.

»Erinnern Sie sich noch an andere Dinge im Zusammenhang mit ihr?«

Wieder dachte er nach. Vom Pool kamen die Geräusche von vergnügtem Kreischen und spritzendem Wasser herübergeweht.

»Jetzt, wo Sie danach fragen – etwas war tatsächlich seltsam.«

Ricarda spürte, wie ihr Puls sich beschleunigte.

»Inwiefern seltsam?«

»Nun ja, sie war plötzlich weg. Das war merkwürdig.«

»Wie meinen Sie das? Ist sie ausgerissen?«

»Nein, nein. Ihre ganze Familie fuhr nur einfach ab. Viel früher als geplant und bei Nacht und Nebel. Daran erinnere ich mich, denn …« Er lächelte verlegen. » … natürlich haben wir sie am nächsten Tag vermisst.«

»Wann war das etwa?«

Wilhelm zuckte die Achseln. »Also, Fräulein, ganz so gut ist mein Gedächtnis dann auch wieder nicht. Aber es war noch sehr warm. Wahrscheinlich Mitte August. Doch, das könnte passen.« Er schüttelte den Kopf. »Mehr weiß ich wirklich nicht mehr.«

»Das war doch schon sehr viel. Vielen Dank, Sie haben

mir sehr geholfen – und Ihr Gedächtnis ist wirklich phänomenal!« Ricarda lächelte.

»Oh, wissen Sie, da habe ich eben Glück. Dafür gehe ich inzwischen gebückt, und im Winter tun mir meine Finger weh.« Er zwinkerte ihr zu. »Das Alter ist kein Spaß, Fräulein. Andererseits – wer will schon ewig zwanzig sein? Ich jedenfalls nicht.«

Ricarda verabschiedete sich. Als sie zurück durch den Garten zum Hoteleingang ging, drehte sie sich noch einmal um. Die leicht gebeugte Gestalt des alten Gärtners berührte sie. Er hatte so viel Geschichte dieses Hotels und des Gartens erlebt, so viele Gäste kommen und gehen sehen. Er wirkte, als gehöre er zu dem Hotel, wirklich wie ein guter Geist. Und er hat meine Großmutter gekannt, dachte Ricarda, er hat sie in diesem Sommer vor sechzig Jahren gesehen. Was ist hier passiert, Lilli? Warum musstest du so plötzlich weg?

Nach ihrem Besuch im Hotel streifte Ricarda ziellos durch das Dorf. Es bestand nur aus wenigen Straßenzügen, an denen alte große Bauernhäuser standen. Vor allem in den Seitenstraßen gab es auch neuere Häuser, die im alpenländischen Stil mit breiten, flachen Dächern und lang gestreckten Holzbalkonen gebaut waren. Hinter den Häusern zogen sich Wiesen die Berghänge hinauf, die bald in Wald übergingen.

Überall wurden Gästezimmer und Ferienwohnungen vermietet. »Pension Edelweiß«, »Pension Watzmannblick«, »Pension Alpenglühen« stand an den Hauswänden. Die meisten Häuser hatten große Gärten, die Grundstücke lagen weit auseinander. Es sah vollkommen anders aus als im dicht bebauten Köln, wo sich Haus an Haus reihte. Hier können die Häuser richtig atmen, dachte Ricarda.

Sie stellte sich vor, wie das Dorf zu der Zeit ausgesehen hatte, als Lilli hier zum ersten Mal gewesen war. Sicher war alles viel einfacher gewesen, bäuerlicher. Es war ein merkwürdiges Gefühl, durch die Straßen zu laufen und sich vorzustellen, dass ihre Großmutter sie vor sechzig Jahren vielleicht auch gegangen war. Hatte sie das Dorf gemocht? War sie glücklich hier gewesen? Warum hatte sie nie erzählt, dass sie schon einmal hier gewesen war, vor dem Urlaub mit Ricarda?

Als Ricarda nach einer Weile an einem kleinen Lebensmittelladen vorbeikam, knurrte ihr Magen. Kurz entschlossen ging sie hinein. Es war ein richtiger Tante-Emma-Laden, der kreuz und quer alles verkaufte: Nudeln, Tee, Kaffee, Marmelade, es gab ein kleines Kühlregal mit Butter, Käse und Milch, es gab geräucherten Schinken und Dauerwurst, einige Fertiggerichte und Tütensuppen, aber auch Pflaster, Sonnenbrillen, Wanderführer und faltbare Regencapes. Ricarda entschied sich für ein Käsebrötchen, einen Schokoladenriegel und einen Apfel und reihte sich damit in der Schlange hinter einigen Touristen ein. Die Frau an der Kasse trug einen altmodischen Kittel und begrüßte jeden freundlich.

»Die nächsten Tage bleibt das Wetter schön«, sagte sie im Plauderton zu Ricarda, als diese an der Reihe war. »Ganz sicher. So etwas spüre ich.«

»Hoffentlich haben Sie recht, ich will nämlich unbedingt noch im See baden, solange ich hier bin.«

»In unserem Bergsee? Uh, der wäre mir zu kalt … Das

Gletscherwasser ist sogar im Sommer eisig.« Sie zog Ricardas Schokoladenriegel über die Kasse, es piepte kurz, sie tippte etwas ein. »Aber na ja, wenn man jung ist, macht einem so etwas natürlich nicht so viel aus.« Sie unterbrach sich und nannte den Preis, den ihre altmodische Kasse anzeigte.

Ricarda reichte ihr das Geld.

»Sagen Sie, sind Sie nicht das Mädchen, das mit Max unterwegs ist?«, fragte sie dann. »Ich habe Sie in seinem Auto gesehen.«

Unglaublich, hier kennt wirklich jeder jeden, dachte Ricarda und musste sich ein Lachen verbeißen. Ein richtiges Dorfklischee. Allerdings hatte es auch etwas für sich. In Köln kannte sie nicht einmal ihre Nachbarn.

»Wissen Sie, ich wohne neben seinen Eltern. Ich kenne ihn, seit er ein kleiner Bub war«, fuhr die Kassiererin fort und lächelte. »So ein Netter. In den letzten zwei Jahren hatte er es ja schwer. Darum ist es jetzt so schön, dass Sie …« In diesem Moment betrat eine junge Frau mit einem kleinen Mädchen auf dem Arm den Laden.

»Oma!«, rief das Kind und streckte die Ärmchen begeistert aus. Die Kassiererin beendete das Gespräch, schob Ricarda schnell ihre Einkäufe zu. »Entschuldigung, aber ich muss mein Enkelkind begrüßen.«

Ricarda nahm ihre Einkäufe und verließ nachdenklich den Laden. Schon wieder so eine Andeutung über etwas, was in Max' Leben passiert zu sein schien. Eigenartig. Er wirkte so gut gelaunt und bodenständig, nur ab und zu war da dieser Schatten auf seinem Gesicht. Und dann seine unterdrückte

Wut, als sie sich das Foto von der Frau im Dirndl angesehen hatte …

Ricarda schlenderte am Bach entlang, der durch das Dorf floss, und hielt die Augen auf nach einem guten Platz für ein improvisiertes Picknick. Das Wasser plätscherte glasklar in seinem sandfarbenen Flussbett, immer wieder spannten sich kleine Holzbrücken darüber. Zusammen mit dem Bergpanorama, das sich zu allen Seiten erhob, und der kleinen Kirche wirkte das ganze Dorf wie eine Postkartenidylle.

Schließlich entdeckte Ricarda eine Parkbank am Bach vor einer riesigen Linde. Sie setzte sich und packte ihre Schätze aus. Während sie aß, beobachtete sie die Wanderer, die immer wieder in kleinen Grüppchen an ihr vorbeigingen, die Einheimischen, die zum Laden liefen oder zur Post. Es ist so friedlich hier, dachte sie, es ist beinahe mit den Händen zu greifen. Sie stellte sich dagegen das laute Köln vor und war froh, hier zu sein. Vielleicht bin ich ja doch nicht so ein Stadtmensch, dachte sie. Auch wenn ich das immer gedacht habe.

Als Nachtisch wickelte sie den Schokoladenriegel aus seiner Verpackung. Die süße Schokolade, die in ihrem Mund schmolz, zusammen mit den Haselnüssen darin, erinnerten sie an die Tafel Nussschokolade, die immer in Lillis Süßigkeitenschublade auf sie gewartet hatte, wenn sie sie als Kind besuchte. Immer hatte Lilli sich zu ihr vorgebeugt und ihr ins Ohr geflüstert, sie solle im Versteck nachsehen, und nie war sie enttäuscht worden. Ach, Lilli, dachte sie, ich will nicht, dass du verschwindest und mit dir alle Erinnerungen. Sie spürte, wie die Tränen in ihr hochstiegen. Lilli war in den letzten Tagen so präsent in ihren Gedanken gewesen, sie hatte das Gefühl, einen Teil ihrer Vergangenheit zu entdecken, von dem sie nichts gewusst hatte und von dem sie noch nicht abschätzen konnte, wohin er sie führte. Dass gleichzeitig Lilli einige Hundert Kilometer entfernt langsam diese Vergangenheit vergaß, machte sie traurig. Ob sie überhaupt noch einmal aus ihrer Krankheit auftauchen würde? Ob sie Lilli noch nach Lois würde fragen können? Erst jetzt wurde ihr klar, wie wenig sie ihre Großmutter eigentlich kannte, und die Zeit, sie noch kennenzulernen, wurde immer kürzer. Die riesige uralte Linde hinter ihr schien ihr zuzuwispern, und der Wind bewegte die vielen Tausend kleinen grünen Blätter.

Ricarda biss erneut ein Stück Schokolade ab. Als sie hinüber zur Dorfstraße sah, fuhr dort gerade ein alter VW-Bus entlang. Genau so einen hatte sie sich immer gemeinsam mit Jimmy kaufen und ausbauen wollen. Und dann wollten sie auf große Fahrt gehen, eine Weltreise machen. Sie hätte fotografiert, er über ihre Erlebnisse geschrieben – ein Buch wollten sie daraus machen.

Sie seufzte, während der VW-Bus um die Ecke bog und verschwand. Die Nachricht von Jimmy klang in ihren Ohren nach. Sie hatte sie am vorherigen Abend noch dreimal angehört und dann gelöscht. Immer noch wusste sie nicht, ob sie antworten sollte, und wenn ja, was sie ihm sagen könnte. Und solange sie nicht wusste, wozu sie bereit war, sollte sie sich wahrscheinlich nicht bei ihm melden. Trotzdem konnte sie nicht verhindern, dass er den ganzen Tag immer wieder in ihren Gedanken auftauchte und sie in merkwürdige Unruhe versetzte.

Um sich abzulenken, stand sie schließlich auf und schlenderte weiter die Dorfstraße entlang talaufwärts in Richtung See. Auf dem Dorfplatz, an dem sie vorbeikam, herrschte jetzt am Nachmittag gähnende Leere. Nur zwei Männer standen vor einer kleinen Postfiliale und unterhielten sich.

Auf einer kleinen Anhöhe lag die Dorfkirche, die Ricarda schon von Weitem gesehen hatte. Kurz entschlossen schlug sie den Weg dorthin ein, der zunächst allerdings über den kleinen, von einer weiß getünchten Mauer eingefassten Friedhof führte. Das schmiedeeiserne Tor, durch das man ihn betrat, quietschte leise, als Ricarda es öffnete.

Staunend sah sie sich um. Der Friedhof sah anders aus, als sie es aus Köln kannte. Anstatt wuchtiger Grabsteine besaßen die Gräber Holzkreuze, viele mit einer Art Dächlein versehen. An den Querbalken der Kreuze waren Plaketten mit den Namen und Lebensdaten der Verstorbenen angebracht. Manche trugen außerdem frische Blumenkränze.

Die Alpenkulisse, die sich hinter dem Friedhof erhob, machte die Atmosphäre besonders – der Gegensatz zwischen den flachen, mit niedrigen Blumen bunt bepflanzten Gräbern und der mächtigen Berglandschaft wirkte auf eine merkwürdige Art schön. Ricarda konnte nicht widerstehen und nahm ihre Kamera zur Hand. Sie schoss ein paar Bilder und verstaute dann die Kamera wieder.

Während sie zur Kirche hinüberging, las sie einige der Namen auf den Gräbern. Viele klangen ungewöhnlich: Korbinian, Creszentia, Apollonia. Auch einen Josef König entdeckte sie. Ob er mit Lois verwandt gewesen war? Bestimmt – wahrscheinlich gab es in einem so abgeschiedenen

Tal nicht mehrere Familien mit diesem Namen. Vielleicht war Josef also Lois' Vater gewesen – die Lebensdaten wären passend. Merkwürdig, dachte sie, ich kann mir kaum vorstellen, dass dieser wütende Einsiedler dort oben auf dem Berg einmal ein ganz normales Leben hier im Tal geführt hat.

Bei der Kirche angekommen, drückte sie probehalber die von der Sonne gewärmte eiserne Klinke der Tür herunter. Die Kirche war offen. Als sie eintrat, war außer ihr nur noch ein älteres Ehepaar in dem kleinen Kirchenraum. Die Frau zündete gerade eine Kerze an und warf dann klirrend eine Münze in den Opferstock. Der Mann, der eine beigefarbene Funktionsweste über dem kurzärmeligen Sommerhemd trug, hatte eine kleine Digitalkamera um den Hals gehängt und fotografierte den prächtigen, mit Gold besetzten Altar.

Ricarda sah sich um. Sie hatte mit Kirchen wenig Erfahrung. Nur zu Weihnachten ging sie mit ihrer Familie zur Messe, manchmal auch zu Hochzeiten oder Taufen.

Aber dieser Kirchenraum hier gefiel ihr. Die Wände waren weiß gestrichen, die Fenster ließen genug Sonnenstrahlen in die Kirche und tauchten das Schiff in ein angenehmes Licht. Ricarda ging den Mittelgang entlang und entdeckte dabei einzelne eingravierte Namen auf den Kirchenbänken. Moosner, Huber, Schwarz – es waren Familiennamen. Vermutlich zeigten sie an, welche Familie traditionell in welcher Bank saß. Nach einer Weile fiel ihr Blick auf einen Namen, den sie kannte. »Leitmayr« stand dort auf einer Bank recht weit vorn. Wie es wohl sein musste, an einem Ort so verwurzelt zu sein, dass sogar der Name auf der Kirchenbank stand?

Neugierig ging sie weiter nach vorn zu dem barocken Altar voller Gold und Schnörkel. Dicke nackte Engelchen flogen an ihm empor, die gar nicht zu der grausamen gemalten Szene eines jungen Mannes passen wollten, der an einen Baum gebunden mit Pfeilen beschossen wurde. Ricarda blätterte im kleinen Prospekt zur Kirche, den sie am Eingang gefunden hatte. »Das Martyrium des heiligen Sebastian«, las sie darin. »Der heilige Sebastian ist Namensgeber dieser Kirche. Im Mittelalter wurde er gegen die Pest angerufen, er ist der Schutzheilige der Gärtner und Jäger.«

Der Jäger, Ricarda lächelte. Das musste sie Max erzählen.

Sie betrachtete das Bild des heiligen Sebastian genauer. Er wirkte weich, die Haut erinnerte an Marzipan. Seine Augen waren riesig und mandelförmig, schicksalsergeben sah er nach oben, von wo ihm ein Engel zu Hilfe eilte.

»Unser Sebastian«, sagte eine alte knarrende Stimme plötzlich hinter ihr. »Ist er nicht schön?«

Ricarda fuhr erschrocken herum. Hinter ihr stand eine alte, hutzelige Frau im schwarzen Kleid, die sich schwer auf einen Gehstock stützte. »Jeden Tag komme ich hierher und bete für die Seelen im Tal und auf den Bergen.«

Ricarda spürte, wie sie eine Gänsehaut bekam. »Die Seelen?«, fragte sie.

»Natürlich. Die Seelen … Manche Seelen sind füreinander bestimmt.« Die alte Frau packte Ricardas Arm. »Wer daran nicht glaubt«, sie sah sie mit aufgerissenen Augen an, »der hat es nicht erlebt. Der weiß nicht, wie es ist …«

Plötzlich fing sie an zu lachen. Sie sah wirr aus.

Ricarda gelang es, sich loszureißen.

»Ähm, ja, guten Abend«, sagte sie und beeilte sich wegzukommen. Als sie sich an der Kirchentür umsah, stand die alte Frau immer noch vor dem Altar des heiligen Sebastian und murmelte vor sich hin.

Ricarda reichte es für heute. Genug mit den Rätseln und den Geistern der Vergangenheit, dachte sie. Sie hatte Lust auf ein bisschen Spaß, Mitzis ansteckendes Lachen und einen entspannten Abend.

Als sie in der Pension ankam, setzte sie sich mit Mitzi auf die Terrasse. Bei einem kühlen Weißbier und einer Runde Karten sah die Welt schon wieder viel heiterer aus. Während Mitzi ein Spiel nach dem anderen gewann, erzählte sie gut gelaunt Geschichten aus ihrer Kindheit. »Ich war Hütemädchen«, sagte sie, »drüben am Königssee. Im Sommer habe ich die Kühe auf der Weide gehütet. Da saß ich dann den ganzen Tag irgendwo im Gras und passte auf, dass keine abhaute.« Sie lachte. »Ich finde heute noch Kühe toll, mit ihren sanften Augen und ihren Kuhglocken, die man schon von Weitem hört.« Mitzi lächelte. »So ein Almsommer, das würde mir noch einmal gefallen.«

»Warum machst du es nicht noch mal?«

»Ach nein, ich hab doch hier die Pension. Außerdem – Kühe sind nett, aber meine Gäste würden mir schon fehlen.«

Ricarda sah über das sonnendurchflutete Tal im Abendlicht. »Du hast es wirklich so schön hier.«

»Stimmt. Ich will nicht mehr weg.« Mitzi zwinkerte.

»Das kann ich verstehen«, seufzte Ricarda. »Das Tal, der Wald, die Berge … man fühlt sich irgendwie so –«

Mitzi mischte die Karten erneut. »So – was? Warum

sprichst du nicht weiter?«

»So wohl«, beendete Ricarda ein wenig lahm den Satz. Angekommen, dachte sie, das habe ich in Wirklichkeit gedacht. Aber das ist verrückt. Ich wollte doch immer unterwegs sein, von Stadt zu Stadt ziehen. Sie schüttelte den Kopf, wie um die eigenen Gedanken abzuschütteln.

Mitzi lächelte. »Noch eine Runde?« Sie deutete auf den Kartenstapel. »Ich will dir ja eine Chance lassen, doch noch ein Spiel gegen mich zu gewinnen.«

Ricarda lachte laut auf. »Denkst du, ich sehe nicht, wie du schummelst?«

Mitzis verschmitztes Grinsen zeigte, dass sie ins Schwarze getroffen hatte.

Während sie die Karten neu mischte, erzählte Ricarda von ihrem Besuch auf dem Friedhof und in der Kirche und von der merkwürdigen alten Frau, die ihr einen Schrecken eingejagt hatte.

»Ach, das war sicher nur die alte Anni«, sagte Mitzi und winkte gelassen ab. »Sie ist vielleicht ein bisschen verrückt, aber harmlos.«

»Sie hat etwas von Seelen geredet, die füreinander bestimmt sind.«

»Ja, sie hat einen Hang zur Dramatik. Eigentlich untypisch für uns Berchtesgadener.« Mitzi teilte die Karten aus und lachte plötzlich. »Wusstest du, dass es in Bayern die Geschichte vom Sensenmann gibt, der gerne Karten spielt, dazu Kirschlikör trinkt und darüber ganz vergisst, seine Opfer zu holen?«

Ricarda schüttelte verwundert den Kopf.

»Das ist eines meiner Lieblingsbeispiele dafür, dass wir die Dinge hier etwas gelassener nehmen. Eine ganz besondere Weltsicht.« Mitzi hob ihr Blatt auf und betrachtete es zufrieden. »Oje, tut mir leid Ricarda, ich glaube, diese Runde gewinne ich auch.«

Berchtesgaden, Sommer 1956

Zwei Tage später wartete in der Lobby eine Überraschung auf Lilli, als sie mit ihren Eltern aus dem Speisesaal kam. Ein rotblondes hübsches Mädchen stand an der Rezeption und winkte sie zu sich herüber. Über dem Arm trug sie einen sportlichen Rock und eine grobe Strickjacke und in der Hand ein Paar Wanderschuhe.

Neugierig ging Lilli auf sie zu. Ihr Vater, der das Mädchen ebenfalls bemerkt hatte, folgte ihr. »Guten Tag, ich bin Sophie.« Das Mädchen streckte Theo ihre schmale Hand entgegen. »Ich würde gerne Ihre Tochter zum Wandern abholen.«

Lilli starrte sie verblüfft an, dann entdeckte sie draußen vor der gläsernen Eingangstür des Hotels Lois in Lederhose und Wanderschuhen, der einen Rucksack auf dem Rücken trug. Er grinste ihr zu. Sie hatte Mühe, nicht loszulachen. Gespannt wandte sie sich wieder dem Mädchen zu, das auf Theo einredete. »Ihre Tochter hat sich doch so sehr gewünscht, einmal hier in den Bergen unterwegs zu sein.«

»Tatsächlich, hat sie das?«

»Vati, es ist wahr. Jeden Tag schaue ich mir die Berge an

und finde sie so schön, und es wäre doch eine Verschwendung, wenn ich schon mal hier bin, nicht zu wandern.«

Er musterte Sophie. »Sie glauben doch nicht, dass ich zwei Mädchen allein in die Berge ziehen lasse?«

Sophie schüttelte den Kopf. »Nein, natürlich nicht. Mein Bruder kommt mit. Er kennt sich in den Bergen gut aus.« Sie wies hinaus auf Lois.

Theo betrachtete den Jungen mit dem Rucksack, der geduldig draußen wartete, misstrauisch. »Arbeitet er nicht als Eintänzer hier im Hotel?«, fragte er. »Du hast mit ihm am Bayerischen Abend getanzt, Lilli.«

Lilli nickte. »Ja, das stimmt.«

»Über ihn habe ich Ihre Tochter kennengelernt«, sagte Sophie schnell und zwinkerte Lilli zu. Das war nicht wirklich gelogen, dachte Lilli. Nur dass ich Sophie heute zum ersten Mal sehe.

»Oh bitte, Vati.« Sie hängte sich bei ihrem Vater ein und sah ihn flehend an. »Ich würde wirklich so gerne … Ich bin bestimmt auch pünktlich heute Nachmittag wieder hier und trinke mit Mutti Kaffee.«

»Hol deinen Bruder herein«, sagte Theo barsch. Sophie winkte Lois zu.

»So, du willst also die Mädchen in die Berge begleiten?«, fragte Theo, als Lois vor ihm stand.

»Ja, gerne, wenn Sie erlauben.«

»Welche Strecke wollt ihr wandern?«

»Am Hochkalter. Der ist nicht weit, und der Weg ist einfach.«

»Hm.« Lilli spürte, wie Theos Widerstand langsam schmolz.

»Hast du genug Proviant für die Mädchen dabei?«

»Natürlich, und auch Verbandszeug.«

»Ich will nicht hoffen, dass ihr das braucht, Junge«, Er sah ihn streng an, dann wandte er sich an Lilli. Sein Gesicht wurde weicher, wie immer, wenn er seine Tochter ansah. »Na gut, mein Engel, dann erlaube ich es dir. Du wirst ab Dezember genug Pflichten haben, und wenn dir die Berge doch so sehr gefallen …«

»Oh danke, Vati.« Sie fiel ihm um den Hals.

»Gerne.« Er küsste sie auf die Wange. Dann wandte er sich an die Geschwister. »Ihr bringt sie pünktlich und unversehrt um vier Uhr heute Nachmittag zurück.«

»Natürlich, Herr Beekmann«, beteuerte Sophie.

Lilli strahlte. Sie würde in die Berge gehen – mit Lois!

Nachdem sie sich auch von ihrer Mutter verabschiedet hatte, probierte Lilli die Wanderschuhe an, die Sophie ihr entgegenstreckte. »Sie gehören Mama«, sagte sie, »Lois meinte, sie müssten dir passen.«

Tatsächlich passten sie gut. Lilli machte ein paar Probeschritte. Die Schuhe waren schwer und klobig, es dauerte etwas, bis sie sich daran gewöhnt hatte.

»Können wir los?«, fragte Lois und sah sie an.

Sie nickte. »Und Lois – danke. Ich kann kaum glauben, dass du Vati überredet hast.«

Er zwinkerte ihr zu. »Ich hatte es dir doch versprochen.«

Sie gingen los. Das Wetter war perfekt, um zu wandern – sonnig, aber nicht allzu heiß. Ein paar weiße wattige Wolken flogen hier und da über den blauen Himmel. Zuerst führte ihr Weg im Tal entlang auf einem schmalen Wiesenpfad. Auf den Wiesen rechts und links von ihnen wuchsen Butterblumen, Löwenzahn, Schafgarbe. Hier und da leuchteten sattblau Kornblumen auf.

Lois nannte Lilli die Namen der Blumen, die sie nicht kannte, und Sophie zeigte ihr, wie sie daraus einen Kranz flocht. Sie setzte Lilli übermütig den fertigen Kranz auf. »Eine Bergwiesenprinzessin.« Sie lachte. »Das solltest du tragen, wenn du mal heiratest.«

Lillis Herz bekam einen Stich. Sie tastete nach dem Kranz auf ihrem Haar, den zarten bunten Blütenblättern. Sie dachte an den opulenten Schleier von Carls Mutter, den sie stattdessen tragen würde. Lois bemerkte ihr bleiches Gesicht. Sie war ihm dankbar, dass er sie schnell mit einigen Scherzen aufheiterte.

Bald bogen sie in den Wald ein, der Weg stieg an. Zwischen den gerade gewachsenen Stämmen der dunklen Nadelbäume, die sich mit den helleren von Buchen und Eichen abwechselten, lagen große bemooste Felsbrocken.

Über den Baumwipfeln tauchte immer wieder der geteilte Gipfel des Hochkalters auf, mit einer Senke, in der ein breites Eisfeld glitzerte. Der Weg dorthin schien so unendlich weit.

»Was ist das für ein großes Schneefeld dort oben?«, fragte Lilli.

»Der Blaueisgletscher«, antwortete Lois.

»Ein richtiger Gletscher? Ich dachte, so etwas gibt es nur in Grönland oder Island.« Lilli kam aus dem Staunen nicht mehr heraus.

»Nein, es gibt ihn auch hier.«

»Blaueis, das klingt so geheimnisvoll. Wie ein Märchen.« Genau so fühlte sich das alles für Lilli an – wie ein Märchen.

Nun führte der Weg immer steiler nach oben den Berghang hinauf. Wurzeln und Felsen spannten sich darüber, manchmal musste sich Lilli an einem Stamm oder einem Felsen abstützen, um nicht abzurutschen. Die Schuhe taten ihr allerdings gute Dienste mit ihren schweren Gummisohlen und tiefem Profil.

»War eure Mutter einverstanden damit, dass ihr mit mir wandern geht?«, fragte sie.

»Wir haben ihr gesagt, dass wir einer Kölnerin die Berge zeigen.« Sophie lachte. »Da war sie gleich begeistert. Sie liebt die Berge so wie wir und mag es, wenn andere sie auch sehen.«

Eine Weile noch unterhielten sie sich, Sophie fragte einiges über Lillis Leben in Köln, über ihre Schule, über die Geschäfte, die es dort gab.

»Ich will irgendwann auch einmal in der Stadt wohnen«, sagte sie. »Die Berge und das Tal sind schön, aber ich will studieren.«

»Wirklich? Was willst du denn studieren?«

»Ich weiß es noch nicht, aber dass ich es will, das weiß ich. Willst du es nicht?«

»Nein, ich …« Lilli hatte sagen wollen, dass sie heiraten würde, aber die Worte blieben ihr im Hals stecken, und sie biss sich auf die Lippen.

Irgendwann wurde es Lilli zu anstrengend, sich beim Wandern zu unterhalten. Sie war genug damit beschäftigt, auf ihre Schritte zu achten und gleichzeitig die Aussicht zu genießen. Immer wieder teilte sich der Bergwald, und der See am Fuß des Hochkalters war zu sehen. Je höher sie stiegen, desto kleiner wirkte er. Hier am Berg war es so schön, wie sie es sich die ganzen letzten Tage ausgemalt hatte. Der Bergwald war eine wilde, einsame Landschaft. Hier und da stürzten kleine klare Gebirgsbäche hinab in Richtung Tal, Vögel sangen, und die Luft war klar und frisch. Sie hätte trotz aller Anstrengung ewig so weitergehen können.

Immer wieder sah sie nach oben, hinauf zur felsigen Spitze, die mit jeder Stunde näher kam.

Schließlich lichtete sich der Wald und machte Platz für große Wiesen. Inmitten der Wiesen stand eine alte, verwitterte Almhütte, und hellbraune Kühe grasten auf den Weiden.

»Das sieht aus wie bei ›Heidi‹, rief Lilli begeistert. »Es fehlt wirklich nur der Alm-Öhi.«

Lois lachte, als er ihre leuchtenden Augen sah. »Warte, den Alm-Öhi wirst du gleich kennenlernen.«

Er ging zielstrebig auf die Hütte zu und klopfte an die Tür. Es dauerte ein paar Augenblicke, dann öffnete ein alter Senner mit langem grauen Bart.

»Grüß Gott, Severin!«, rief Lois.

Der Alte nickte und brummte etwas Unverständliches.

»Hast du Buttermilch für uns?«

Severin schlurfte, ohne eine Antwort zu geben, in die Hütte hinein, und Lois, Sophie und Lilli folgten ihm.

Lilli sah sich staunend um. Die Hütte war vollkommen aus Holz gezimmert: hölzerne Wände, eine Holzdecke und ein Boden aus breiten abgetretenen Holzdielen. Das ebenfalls hölzerne Mobiliar wirkte ärmlich und zusammengewürfelt, aber alles war sehr sauber. Ein kleiner Ofen stand in einer Ecke des Raumes, an den Wänden hingen ein paar Heiligenbilder und ein gerahmtes altes Hochzeitsfoto in Schwarz-Weiß, auf dem ein strahlendes junges Paar zu sehen war.

Der alte Senner verschwand in einer kleinen Kammer und kam kurz darauf mit einem Holzbrett heraus, auf dem drei Gläser und ein irdener Krug standen. Er stellte alles auf den Tisch und setzte sich dann schweigend. Seine drei Gäste taten es ihm nach. Lilli spähte in den Krug; darin war sahnig-weiße dicke Buttermilch. Lois schenkte drei Gläser voll und schob eines Lilli zu.

»Ich habe noch nie Buttermilch getrunken«, sagte sie zögerlich.

»Probier mal.« Lois nickte ihr aufmunternd zu. »Severin hat die beste Buttermilch, die ich kenne.«

Sie nippte daran. Die dickflüssige, säuerliche Milch war kalt und erfrischend. Sie nickte dem Senner zu.

»Wirklich sehr lecker«, sagte sie, wobei sie sich nicht sicher war, ob er sie verstand.

Er nickte ihr jedoch zu.

»Wohnen Sie hier das ganze Jahr lang oder nur im Sommer?«, fragte sie, ermutigt durch seine Reaktion.

»Sommer«, nuschelte er in tiefstem Bayerisch.

»Und Sie machen hier oben Käse?«

Er stand etwas mühsam auf und schlurfte zu einer verschlossenen Tür. Als er sie öffnete, lagen dahinter auf einfachen Regalen große gelbe Käselaibe.

»Er ist nicht gerade gesprächig«, stellte Lilli fest, als sie ihre Buttermilch ausgetrunken und sich von Severin verabschiedet hatten.

»Nein, aber er ist der beste Senner im ganzen Tal.« Sophie lächelte. »Außerdem – wenn man den ganzen Sommer hier oben ist, nur mit dem Berg, dem Wald und den Kühen, dann wird man wahrscheinlich ganz von selbst einsilbig.«

»Fühlt er sich nicht einsam hier oben?«

»Nein, ich glaube, ihm ist die Einsamkeit recht. Seine Frau ist vor vielen Jahren gestorben, früher hat sie mit ihm hier oben gelebt. Der Severin gehört hier herauf.«

Nach der Pause schraubte sich der Weg immer weiter in die Höhe. Langsam veränderten sich die Bäume, knorrige Kiefern übernahmen jetzt den Wald. Dazwischen lagen Grasflächen mit kurzem Gras, aus denen ab und an blauer Enzian aufleuchtete.

Sophie ließ sich nun etwas zurückfallen, sodass Lois und Lilli beinahe allein waren. Sie sprachen wenig. Stillschweigend fühlten sie die Gegenwart des anderen, den Atem, die Wärme.

Als sie der Geröllsenke zwischen den einzelnen Spitzen des Hochkalters näher kamen, veränderte sich auch der Boden unter ihren Füßen. Er wurde immer felsiger. Zwischen Latschenkiefern und Felsbrocken stiegen sie bis zu der kleinen Schutzhütte auf, die notdürftig zusammengezimmert in der Senke unterhalb des Gletschers stand. Etwas außer Atem, blieb Lilli stehen und sah hinüber zu dem winzigen Häuschen aus windschiefen Brettern.

»Die letzte Hütte wurde von einer Lawine mitgerissen«, sagte Lois. »Es soll bald eine neue, größere gebaut werden. Aber ich dachte, die hier ist für unsere Mittagspause gut genug.«

Lilli sah ihn an und lächelte. »Sie ist perfekt. Wie dieser ganze Tag.«

Sie gingen zu dritt die letzten Meter über Fels und Gras zur Hütte und ließen sich auf der einfachen Holzbank nieder, die im Windschatten an der Hüttenwand stand.

Lilli lehnte sich glücklich gegen das raue Holz. »Dieser Ausblick!«, schwärmte sie. Unter ihnen breitete sich der Bergwald und das Tal aus. »Was für ein schöner Platz.«

Lois packte den Proviant aus, den er im Rucksack getragen hatte. Es gab eine Flasche Limonade, außerdem Brote mit Käse und Schinken, hart gekochte Eier und ein Stück Rührkuchen für jeden. Eine Weile ließen sie es sich schmecken und genossen das Bergpanorama, das sich vor ihnen ausbreitete.

Als sie fast alles aufgegessen hatten, sah Lois Lilli an. »Ich weiß, dass das noch nicht das ist, was du wolltest. Ich habe dir ein Gipfelkreuz versprochen. Wenn du willst, gehen wir beide noch weiter.«

»Wir beide?«

»Ja, geht nur, ich ruhe mich hier lieber ein bisschen aus.« Sophie grinste. »Ich bin froh, wenn ich meine Ruhe habe. Also los, weg mit euch.«

»Und wohin gehen wir?«

»Zur Schärtenspitze.« Lois zeigte auf einen schroffen Felszacken, der über ihnen aufragte. »Es ist vielleicht nicht der höchste Gipfel, aber ein Gipfelkreuz gibt es.«

Sie lächelte. »Gerne. Wenn du denkst, dass ich das schaffe.« Der Felsen sah steil aus.

»Ich bin ja da.«

Sie aßen die letzten Bissen ihrer Brote, dann brachen Lilli und Lois auf.

Es gab nun keinen erkennbaren Weg mehr. Sie gingen über Geröll, karge Bergwiesenflecken und Felsen.

Plötzlich blieb Lilli stehen. Sie hatte den Eindruck, eine Bewegung zwischen den Felsen wahrgenommen zu haben.

»Lois, da ist etwas«, flüsterte sie. Er blieb stehen und sah in die Richtung, in die sie zeigte. Sie mussten nur ein paar Augenblicke warten, dann kletterte ein braunes Tier auf einen der Felsen. »Ein Murmeltier«, flüsterte Lois zurück. »Warte ab, das bleibt nicht lange allein.« Er hatte kaum ausgesprochen, da tauchte ein weiterer brauner Kopf zwischen den Felsen auf. Und noch einer und noch einer. Bald war eine ganze Gruppe Murmeltiere über die Felsen vor ihnen verteilt.

»Unglaublich!« Lilli war ganz gebannt.

Eines der Murmeltiere richtete sich plötzlich auf und sah in unsere Richtung.

»Achtung«, wisperte Lois, »gleich sind sie weg.«

Das Tier starrte sie aufmerksam an, dann stieß es einen durchdringenden Pfiff aus. In der nächsten Sekunde waren alle verschwunden.

»Das war offensichtlich der Wächter. Alles hört auf sein Kommando«, meinte Lilli schmunzelnd.

Während sie weitergingen, drehte sie sich immer wieder um in der Hoffnung, noch einmal ein Murmeltier zu entdecken. Aber sie blieben verschwunden.

Der Anstieg wurde steiler. Hier und da waren Drahtseile zwischen den Felsen gespannt, an denen man sich entlanghangeln konnte. Auch wenn Lillis geborgte Wanderstiefel fest waren, verlangte ihr der Weg nun viel ab. Ständig musste sie aufpassen, nicht zu stolpern oder abzurutschen. Gleichzeitig war sie ganz gebannt von der Felsenwüste um sich herum. Auch ein paar kleinere Schneeflecken breiteten sich nun hier und da aus. Lilli bückte sich und fasste in die glitzernden weißen Kristalle. »Schnee im August! Es kommt mir vor wie ein Wunder.« Sie formte eine Kugel und warf sie ausgelassen in Richtung Lois. Er duckte sich in letzter Sekunde und lachte. »Kein schlechter Wurf. Na warte!« Bald waren sie mitten in der schönsten Schneeballschlacht, die sie erst beendeten, als ihre Finger rot vor Kälte geworden waren.

Tatsächlich war auch die Luft eisiger geworden. Der Wind pfiff, je weiter sie nach oben stiegen. Eine Weile kletterte Lilli verbissen, aber an einer besonders schwierigen Stelle verlor sie den Halt, und ihr Fuß rutschte in eine Lücke zwischen den Felsen. Sie fühlte, wie ihre Haut aufschürfte.

»Lois«, schrie sie erschrocken auf. Er war sofort bei ihr.

»Ganz ruhig.« Er half ihr, das Bein zwischen dem Fels hervorzuziehen. Ihr Knie blutete stark.

»Das ist nur eine Schürfwunde.« Er kramte in seinem Rucksack und nahm einen leichten Verband, eine Kompresse und Jodtinktur heraus. »Das brennt jetzt ein bisschen.« Er träufelte Jod auf die Wunde. Lilli biss die Zähne zusammen. Dann verband er das Knie mit ein paar sicheren Handgriffen.

Schließlich half er ihr auf. »Kannst du auftreten?«, fragte er besorgt.

Sie versuchte es, und es ging gut. »Ja. Wir können weiter.«

»Du bist ja ganz schön hart im Nehmen.«

Sie lachte. »Ja, ich entdecke gerade neue Seiten an mir.«

Die Schärtenspitze war nun direkt über ihnen. Es war nicht mehr weit; ein letztes steiles Stück mit Drahtseilen, eine letzte Anstrengung, dann standen sie oben.

Lilli war überwältigt. Sie konnte sich kaum sattsehen. Ringsum reichte der Blick auf die Welt unter ihnen, auf die Berge, Täler, Dörfer und Städte.

»Du sagst gar nichts«, meinte Lois nach einer Weile.

»Mir fällt nichts ein, was ich sagen könnte. Es ist einfach zu schön. Schau, wie klein die Welt in Wirklichkeit ist. Hier oben kommt mir plötzlich alles so unwichtig vor, was dort unten von Bedeutung ist.«

Sie legte den Kopf in den Nacken. »Und dieser Himmel – man hat das Gefühl, einfach die Hand ausstrecken zu können, und dann würde man das Blau berühren. Unten ist man so klein, die Berge so riesig. Aber hier ist über uns nur noch der Himmel.« Sie sah in das unendliche Blau, das sich über sie erstreckte.

Lois lächelte, als er die Begeisterung in ihren Augen sah. Das Blau des Himmels schien sich in ihren Augen zu spiegeln. Er stand dicht hinter ihr, sie konnte seine Wärme fühlen, fühlte seinen Herzschlag.

»Bist du glücklich?«, fragte er. »Jetzt, in diesem Moment?«

»Sehr.« Sie lehnte sich vorsichtig an ihn. Er zögerte kurz, dann legte er seine Arme um ihre Taille, zog sie an sich.

»Und du? Bist du glücklich?«, fragte sie leise.

»Mit dir bin ich immer glücklich.«

Lilli wandte den Kopf, sodass sie ihn ansehen konnte. Sein Gesicht war nah an ihrem, ihre Blicke trafen sich. Für einen Moment schwiegen sie beide. Dann beugte er sich vor und küsste sie. Über ihnen lag der unendliche Berchtesgadener Himmel. Die Zeit stand still.

6

Der Tag versprach, heiß zu werden. Die Sonne schien schon am frühen Morgen mit aller Kraft in Ricardas Zimmer und weckte sie. Gut gelaunt stand sie auf. Es würde ein richtiger Hochsommertag werden, perfekt, um ihn am See zu verbringen.

Nach dem Frühstück packte sie Badesachen ein, schlüpfte in ein luftiges Sommerkleid und ging den Fußweg hinunter zum See. Auf den Wiesen lag noch ein bisschen Tau, die Luft roch nach Sommer. Ein richtiger Traumtag, dachte sie. All die Geheimnisse und die Geister der Vergangenheit schienen wie von der strahlenden Sonne weggefegt zu sein. Ricarda nahm sich vor, sich heute keine Minute den Kopf über Lilli oder Lois zu zerbrechen und auch nicht über Jimmy. Heute wollte sie einfach nur Urlaub haben.

Am See war noch nicht viel los. Der Tretbootverleih und der Kiosk hatten gerade erst aufgemacht, das Wasser lag still da, und auf der Straße fuhr nur selten ein Auto vorbei. Ricarda sah hinüber zum Forsthaus. Max' Land Rover konnte sie nirgends entdecken, er schien unterwegs zu sein. Seit dem Abendessen bei Mitzi hatte sie nichts mehr von ihm gehört.

Sie musste sich eingestehen, dass sie ihn vermisste. Sie fühlte sich wohl mit ihm, er brachte sie zum Lachen, war hilfsbereit und nahm an der Geschichte mit Lilli Anteil.

Aber dann war da auch diese versteckte Traurigkeit in ihm, die sie nicht richtig greifen konnte; etwas, wovon er ihr noch nicht erzählt hatte. Sie nahm sich vor, ihm am Abend einen Besuch abzustatten. Vielleicht würde sie ja auch noch einmal dabei helfen dürfen, Sepp zu füttern – das Rehkitz war wirklich zu süß!

Ricarda suchte sich auf der Wiese am Ufer einen sonnigen Platz und breitete ihr Handtuch im Gras aus.

Nachdem sie sich mit Sonnenmilch eingecremt hatte, legte sie sich eine Weile einfach nur faul auf den Rücken und lauschte auf die Geräusche um sie herum. Ein paar Bienen summten, am Tretbootverleih unterhielten sich zwei Männer miteinander, und vom Kiosk her hörte sie leise Radiomusik. Ab und zu plätscherte das Wasser, wenn ein Haubentaucher oder eine Ente auf dem See untertauchte oder aus der Tiefe wieder an die Wasseroberfläche ploppte.

Keine einzige Wolke war am Himmel zu sehen. Sie konnte nicht erklären, warum, aber Ricarda schien der Himmel hier anders als über Köln – blauer und weiter. Hoch oben flog ein Vogel, allerdings viel kleiner als der Adler, den sie mit Max beobachtet hatte. Kaum zu glauben, dass das erst drei Tage her war. Es kam ihr so vor, als sei sie schon ewig hier. Der Vogel kreiste einige Male in einem sanften Segelflug, bei dem er kaum mit den Flügeln schlug, dann verschwand er aus ihrem Sichtfeld.

Nach einer Weile füllte sich die kleine Liegewiese zunehmend mit Badegästen, vor allem vielen Familien mit Kindern. Der schmale Uferabschnitt mit kurzem Gras und grobem Sand würde spätestens heute Nachmittag bis auf den letzten Platz belegt sein. Der Sommer neigte sich dem Ende zu, die letzten heißen Tage wollten alle ausnutzen. In Ricardas Nähe ließen sich ein paar ältere Damen mit Klappstühlen und Kühltaschen häuslich nieder. Auch einen Sonnenschirm hatten sie mitgebracht, den sie jetzt aufspannten. Sie trugen Badeanzüge mit Leopardenmuster und Strasssteinen, dazu grellen Lippenstift und unterhielten sich lauthals in bayerischem Dialekt. Ricarda lächelte. So bin ich hoffentlich auch einmal, wenn ich alt bin, dachte sie. Laut und lustig. Sie dachte an Lilli, die still und würdevoll in ihrem Zimmer saß und die Vögel beobachtete. Ob sie jemals so glücklich war wie diese ausgelassene Runde neben ihr? Etwas lastete auf ihr, schon ihr ganzes Leben. Der Sommer 1956? Ach, Ricarda, jetzt denkst du ja schon wieder darüber nach, rief sie sich zur Ordnung. Um sich abzulenken, nahm sie das Buch, das sie im Bücherregal in Mitzis Stube gefunden hatte, und begann zu lesen. Sie hatte wahllos eines herausgegriffen und eingepackt, nun stellte sie fest, dass es ein alter Liebesroman war; die kitschige Geschichte einer Lehrerin in einem Mädcheninternat, die im neu angestellten Lehrer den Mann ihrer Träume fand. Ricarda verdrehte die Augen, klappte das Buch wieder zu und sah lieber hinaus auf den See.

Der Tretbootverleih kam langsam in Schwung, knallgelbe Boote waren auf dem See unterwegs. Auch das kleine hölzerne Fährboot, das Fahrten über den See anbot, fuhr unermüdlich, immer mit Touristen an Bord, die Fotos machten oder den Leuten am Ufer zuwinkten. Ein kleines Fährhaus stand auf der anderen Seite des Sees am Ufer zwischen den Tannen.

Ricarda bedauerte es, ihre Kamera in ihrem Zimmer gelassen zu haben. Das Boot auf dem See, das Fährmannshäuschen, der Wald dahinter und in der Ferne der Watzmann, die Farbtupfen der Tretboote – es gäbe ein schönes Motiv ab. Sie beschloss, in den nächsten Tagen noch einmal mit der Kamera hier an den See zu kommen.

Auch am Ufer herrschte nun Betrieb. Im seichten, flachen Wasser planschten einige Kinder, ausgestattet mit orangefarbenen Schwimmflügeln. Das Wasser war heute grünblau, von einer intensiven Farbe, die gerade dazu verlockte hineinzuspringen. Als Kind hatte Lilli ihr nicht erlaubt, im See zu schwimmen. »Das ist viel zu kalt, Ricarda«, hatte sie gesagt. Dafür hatten sie zusammen am hölzernen Steg gesessen, mit hochgekrempelten Hosen, und hatten die Füße ins Wasser baumeln lassen. Eigentlich undenkbar für Lilli, dass sie sich auf den Boden setzte und die Hosen hochkrempelte. Wie ungewöhnlich das für ihre Großmutter gewesen war, fiel Ricarda allerdings erst jetzt im Nachhinein auf. Als wäre sie hier mit einem Mal freier und jünger gewesen, nicht ganz so streng und elegant wie sonst.

Die Sonne brannte inzwischen mit aller Kraft auf das Tal, und sie fühlte sich aufgeheizt genug, um ein Bad im Bergsee zu wagen.

Beim ersten Schritt ins Wasser zuckte sie kurz zusammen. Es war wirklich Gletscherwasser, kalt und klar, nicht mehr als fünfzehn Grad. Sie biss die Zähne zusammen. Weiter draußen schwammen ein paar Badegäste – was die konnten, konnte sie auch. Tapfer lief sie weiter in den See hinein, unter ihren Füßen Sand und kleine Kieselsteine. Als das Wasser ihr bis zur Hüfte ging, zählte sie bis drei und stürzte sich dann beherzt in die Fluten.

Kurz war die Kälte wie ein Schock. Ricarda schnappte nach Luft, das kalte Wasser schien ihr für einen Moment die Brust abzuschnüren. Aber dann, nach zwei oder drei Schwimmzügen, wurde es besser. Ihre Körper gewöhnte sich an den Temperaturunterschied, während sie ein paar Meter schwamm. Als sie sich endgültig an das Wasser gewöhnt hatte, wagte sie sogar unterzutauchen. Die Kälte umfing sie ganz, ihre Kopfhaut prickelte. Es war wie ein Glücksrausch. Als sie prustend wieder auftauchte, schüttelte sie sich wie ein Hund. Die Tropfen flogen. Sie legte sich auf den Rücken und ließ sich treiben, dachte an gar nichts. Als sie sich schließlich wieder umdrehte, entdeckte sie in ihrer Nähe eine Ente. Sie paddelte ein wenig ziellos herum, dann tauchte sie mit einem Mal ab und streckte den Bürzel in die Höhe. Als sie wieder auftauchte, sah sie Ricarda mit freundlichen kleinen Augen an, bevor sie in die andere Richtung davonschwamm.

Schließlich wurde es Ricarda doch kalt, und sie schwamm mit ein paar kräftigen Zügen ans Ufer zurück. An ihrem Platz schnappte sie sich ihr Handtuch und rubbelte sich kräftig trocken. Dann legte sie sich hin und ließ sich von der Sonne wieder aufwärmen. Ein perfekter Moment, dachte sie. Schließlich döste sie ein.

Als sie wieder aufwachte, war es schon Mittag. Sie ließ sich ein bisschen Zeit, ihren Träumen nachzuhängen, dann streifte sie ihr Sommerkleid über und schlenderte zum Kiosk. Dort herrschte Hochbetrieb, eine ganze Traube von Kindern hatte sich davor versammelt und bestellte eine Eistüte nach der anderen. Ricarda vertrieb sich die Wartezeit, indem sie sich die am Kiosk angebotenen Souvenirs und Postkarten ansah. Die Souvenirs beschränkten sich auf Teddybären mit Trachtenhüten und Lederhosen, Feuerzeuge mit aufgedrucktem Edelweiß und kleine, versiegelte Fläschchen mit Enzianschnaps. Auf den meisten Postkarten war der Watzmann zu sehen oder die kleine Kirche im Dorf, in der sie gestern gewesen war. »Grüße aus Berchtesgaden« stand in gedruckten Spruchbändern darunter oder darüber, »Grüß Gott aus dem Berchtesgadener Land«, »Wunderschönes Berchtesgaden«. Ricarda suchte sich die drei am wenigsten kitschigen Kartenmotive aus. Eine würde sie an ihre Eltern schicken, eine an Mareike und eine – sie dachte es zögernd – an Lilli. Sie schrieb ihrer Großmutter eigentlich immer Postkarten, wenn sie auf Reisen war. Damit hatte sie schon als Kind angefangen, weil sie mit ihren Eltern so viel unterwegs gewesen war. Eine ganze Kiste voller Postkarten aus den Metropolen dieser Welt hatte Lilli gesammelt, alle beschrieben mit Ricardas Kinderschrift und bemalt mit Buntstiftblümchen.

Es kam ihr zwar eigenartig vor, Lilli eine Postkarte von dieser sehr speziellen Reise zu schicken, aber sie wollte mit der Tradition nicht brechen.

Als Ricarda schließlich an der Reihe war, reichte sie dem Verkäufer die Postkarten.

»Und zwei Kugeln Eis bitte.« Es duftete unwiderstehlich nach den Eiswaffeln, die der Verkäufer selbst auf einem Waffeleisen backte und kunstvoll rollte.

»Welche Sorten dürfen es denn sein?«

»Pistazie und Schokolade bitte.«

Der Verkäufer reichte ihr zwei großzügige Eiskugeln in der selbst gemachten Waffel. Sie brachte die Postkarten zurück zu ihrem Liegeplatz und beschloss dann, einen kleinen Spaziergang am See entlang zu machen, während sie ihr Eis aß.

Sie folgte dem Weg am Ufer entlang, erst durch die Wiesen, dann, hinter dem Tretbootverleih, hinein in den Wald. Obwohl es ein lichter Nadelwald war, in dem die Bäume nicht besonders dicht standen, war es hier um einiges kühler als in der Sonne.

Der Fußweg, der weiter am Ufer entlang durch den Wald führte, gefiel ihr besonders gut. »Zauberwald« hieß dieser Uferabschnitt, das hatte ihr Max erklärt, und sie verstand, wie er zu seinem Namen gekommen war. Hier sah es wirklich besonders verwunschen aus, mit Tannen, Moos, alten Wurzeln und Farn. Immer wieder führten Trampelpfade zwischen den Stämmen direkt zum Wasser hinunter, wo ein paar große Felsen im Wasser lagen. Als hätte ein Riese Murmeln gespielt und ein paar davon sind ihm aus Versehen ins Wasser gerollt, dachte Ricarda. Auf einer dieser Felseninseln wuchs sogar ein kleines Tännchen, dessen Wurzeln sich am Stein festkrallten. Fehlt nur noch eine Nixe, dann wäre das Bild komplett, dachte Ricarda.

Später, zurück am Liegeplatz, schlug sie doch noch den

Liebesroman auf. Zu ihrer Überraschung war die Geschichte ganz hübsch, und sie vergaß alles um sich herum, bis die Liegewiese sich langsam leerte.

Die Sonne war golden geworden, und die Berge begannen, Schatten zu werfen. Außer Ricarda waren nur noch ein paar Jugendliche und ein älteres Ehepaar am Ufer. Mitzis Liebesroman war beinahe zu Ende. »Am Ende kriegen sie sich sowieso«, murmelte sie und klappte das Buch zu. Sie packte ihre Sachen zusammen. Dann ging sie den Weg hinüber zum Forsthaus. Max' Land Rover war immer noch nicht zu sehen, also ging sie zu Sepps Stall hinüber. Sie spähte durch das kleine Stallfenster; das Rehkitz war gerade dabei, ein paar Blätter zu fressen, die es von einem Ast zupfte, den Max für es an die Wand gelehnt hatte. Es reckte den Hals, um an die besten Blätter zu kommen. Als es Ricardas Gesicht vor dem Fenster entdeckte, schien es kurz zu erschrecken, dann aber fraß es ruhig weiter.

In diesem Moment hörte Ricarda ein vertrautes Motorengeräusch. Max kam nach Hause. Er parkte vor dem Haus und öffnete die Autotür. »Hey, willst du Sepp besuchen oder mich?«, rief er zu ihr hinüber.

Sie drehte sich um. »Beide, würde ich sagen. Darf ich dir wieder helfen, ihn zu füttern?«

»Klar, komm rein.«

Sie bereiteten gemeinsam das Milchpulver für Sepps Flasche zu. Währenddessen erzählte Ricarda von ihrer getarnten Hotelbesichtigung.

»Das Alpenschlösschen kenne ich. Das ist ziemlich schick. Meine Eltern waren dort zu ihrer goldenen Hochzeit.«

»Ich bin mir sicher, dass ich heute in dem Zimmer war, das Lilli damals bewohnt hat.« Ricarda erzählte von dem Gespräch mit dem Gärtner.

»Seltsam, dass sie einfach so abgereist sind. Aber vielleicht steckt ja auch gar nichts dahinter, vielleicht hatte dein Urgroßvater nur irgendetwas zu tun. Du hast doch gesagt, dass er so ein großes Tier war.«

»Ja, vielleicht.« Ricarda nahm die Milchflasche, die Max ihr entgegenstreckte. »Aber vielleicht auch nicht. Vielleicht gab es einen ganz anderen Grund.«

Sie gingen zum Stall zurück, und Max schob den Riegel der Stalltür beiseite. Sepp war dieses Mal schon viel zutraulicher, er schien Ricarda akzeptiert zu haben. Sie hielt ihm die Flasche entgegen, und bald trank er gierig.

»Hast du keine Angst, dass du ihn irgendwann, wenn er erwachsen und ausgewildert ist, auf der Jagd erschießt?«, fragte sie, während sie das Fell des Kitzes streichelte. Es war warm und weich.

Max schüttelte den Kopf. »Ich jage nicht mehr«, sagte er. »Natürlich gehört es zur Ausbildung, und ich habe auch den Jagdschein, aber ich habe damit aufgehört, als ich das Revier hier übernommen habe. Es ist nichts für mich. Ich sehe die Tiere lieber lebendig auf den Wiesen und im Wald. Ein paar Jäger haben hier eine Pacht in meinem Revier, die sorgen dafür, dass die Wildschweine nicht überhandnehmen.«

Ricarda nickte. Sie machte es sich bequemer und lehnte

sich gegen die Stallwand. »Ich könnte hier für immer bleiben. Das Heu duftet so gut, das süße Reh …«

»Ich kann dir einen Schlafsack und Abendessen herausbringen, wenn du willst.« Er grinste.

»Klingt verlockend«, beteuerte sie lachend.

Sepp hatte seine Flasche leer getrunken. »Bleibst du zum Abendessen?«, fragte Max. »Ich habe nicht viel im Haus, aber Spaghetti müssten noch da sein.«

»Spaghetti klingen gut.«

In der gemütlichen Küche des Forsthauses setzte Max einen Topf mit Nudelwasser auf. »Spaghetti aglio e olio, die Dame?«

»Sehr gern, der Herr.«

Sie alberten herum, während sie kochten. Ricarda drückte den Knoblauch durch die Presse, Max achtete auf die Spaghetti. Zum Test angelte er eine Nudel aus dem Wasser und hielt sie Ricarda hin.

»Warte!« Er schleuderte sie etwas in der hohlen Hand hin und her. »Sonst ist es zu heiß.«

Ricarda probierte.

»Fertig?«

»Fertig.«

Max mischte die Spaghetti mit reichlich Olivenöl und Knoblauch und verteilte zwei großzügige Portionen auf Pastatellern. Vom Basilikum, das in einem Blumentopf am Küchenfenster stand, pflückte er ein paar Blätter und verteilte sie auf der Pasta.

Anschließend machten sie es sich mit ihren Tellern auf Max' großem tannengrünen Sofa gemütlich. Draußen war es beinahe dunkel, die Tannen standen schwarz gegen den nachtblauen Himmel. Nur im Fährmannshäuschen am See brannte noch Licht. Es spiegelte sich golden im dunklen Wasserspiegel des Sees.

»Und, wie schmeckt es?«

»Lecker!« Ricarda fing mit dem Mund eine Nudel auf, die ihr gerade von der Gabel rutschen wollte.

Sie lehnte sich zufrieden in das weiche Polster. »Das war ein schöner Tag«, sagte sie. »Ein richtiger Urlaubstag. Und ein Tag, an dem ich kaum an meinen Paketauftrag und Lilli und Lois gedacht habe.« Sie sah gedankenverloren hinaus auf den See. Das Licht im Fährmannshaus erlosch gerade. »Aber ab morgen geht es weiter mit meiner Spurensuche.«

»Und wie?«

Sie zuckte die Achseln. »Eigentlich habe ich keinen wirklichen Anhaltspunkt mehr, außer die Festspiele in Salzburg. Wir wissen, dass Lilli dort mit meinen Urgroßeltern war. Also werde ich morgen nach Salzburg fahren.«

Er nickte. In diesem Moment klingelte sein Handy.

Er nahm ab.

»Leitmayr.«

Eine ganze Weile hörte er nur zu. Sein Gesicht wurde ernst. »Ja, ich komme. Danke, dass du Bescheid gesagt hast.«

Er legte auf. Seine Miene war besorgt.

»Ist etwas passiert?«, fragte Ricarda.

»Das war ein Bekannter aus Markt Berchtesgaden. Auf der Landstraße ist ein Hirsch angefahren worden, ziemlich übel. Da muss ich jetzt hin.«

»Soll ich mitkommen?«

Er sah sie überrascht an. »Klar … Ich meine, wenn du willst.«

Ein paar Minuten später saßen sie schon im Land Rover und fuhren über die abendliche Landstraße.

»Da vorne muss es sein.« Max hielt an einer Stelle der Landstraße irgendwo im Nichts zwischen Markt Berchtesgaden und dem Dorf. Er fuhr an den Straßenrand und setzte den Warnblinker. »Der Hirsch muss sich weggeschleppt haben.« Er ließ Emma, die er aus diesem Grund mitgenommen hatte, aus dem Auto und gab ihr das Kommando, die Fährte aufzunehmen. Kurz schnüffelte sie in alle Richtungen, dann schlug sie ziemlich schnell und zielgerichtet den Weg in den Wald ein. Der Mond schien hell, der Himmel war sternenklar, sodass sie auch ohne Taschenlampe im lichten Wald genug sahen. Auch wenn der Anlass kein schöner war – Ricarda genoss bald die Atmosphäre, die im nächtlichen Wald herrschte. Alles war so anders als bei Tag. Das silbrige Mondlicht flutete dort, wo die Kronen der Bäume nicht zu eng beieinanderstanden, den Waldboden, ließ die Felsen, Wurzeln und Pflanzen wie verzaubert erscheinen. Ein Käuzchen rief, hier und da raschelte es. »Es ist wie eine andere Welt«, wisperte sie, »bei Nacht ist alles so friedlich und geheimnisvoll.«

Der Watzmann wirkte im Mondlicht noch erhabener als sonst. Er erhob sich über dem Wald wie ein uralter Koloss.

»Unglaublich, wie riesig er ist«, sagte Ricarda. »Warst du mal ganz oben?«

Max schüttelte den Kopf. »Ich gehe nie über die Baumgrenze«, sagte er.

Sie sah ihn verwundert an und erkannte im Halbdunkel zwischen den Bäumen, dass er die Zähne zusammenbiss. Sie ließ das Thema fallen.

Ein Fuchs huschte zwischen den Bäumen entlang. Als er sie näher kommen hörte, blieb er stehen und witterte. Der helle Fellfleck unter seinem Hals leuchtete in der Dunkelheit. Kurz lauschte er, dann verschwand er geschmeidig im Unterholz. Ricarda sah nach oben in den Himmel. Er war über und über voll mit funkelnden Sternen. So etwas hatte sie in den Städten, in denen sie gelebt hatte, noch nie gesehen.

Schließlich fanden sie den Hirsch. Er lag leblos auf einer kleinen Lichtung.

»Verblutet«, stellte Max knapp fest. »Ich muss mich morgen bei Tageslicht mit ein paar Helfern darum kümmern.«

»Oh nein.« Ricarda ging mitleidig neben dem toten Tier in die Hocke. Sie sah sein gewaltiges Geweih. »Was für ein schönes Tier das war.«

»Wenn ich den erwische …«, knurrte Max grimmig. »Wie kann man einfach weiterfahren, wenn einem ein Hirsch ins Auto läuft? Abgesehen davon muss man schon sehr schnell fahren, um so ein großes Tier so übel zu erwischen. Und das im Nationalpark.«

Schweigend machten sie sich auf den Rückweg. Es dauerte eine Weile, bis Ricarda den Anblick verdaut hatte. Erst als Emma im Auto versuchte, ihr auf den Schoß zu springen, musste sie wieder lachen. Im Mondschein fuhren sie zu Mitzis Haus hinauf.

»Viel Spaß morgen in Salzburg«, sagte er. »Halte mich auf dem Laufenden.«

»Warum kommst du nicht einfach mit?« Ricarda hatte über den Vorschlag nicht nachgedacht; die Frage kam ihr spontan über die Lippen. »Wir machen uns doch gut als Miss Holmes und Dr. Watson, oder nicht?« Sie grinste ihn an.

»Na ja, eigentlich …« Er überlegte. »Ja, doch, das müsste klappen.«

»Super. Dann morgen Vormittag?«

»Klar. Wenn ich das mit dem Hirsch gelöst habe, können wir los.«

Sie sahen sich an. Plötzlich herrschte eine Spannung zwischen ihnen. Wenn ich es nicht besser wüsste, würde ich denken, dass er mich jetzt küsst, schoss es Ricarda durch den Kopf. Plötzlich fühlte sie ein lange vergessen geglaubtes Gefühl in der Magengrube. Kleine Schmetterlinge.

In diesem Augenblick sprang Emma ungeduldig an ihr hoch und leckte ihr über Wange. Der Moment war vorbei.

Berchtesgaden, Sommer 1956

Lilli schlief in dieser Nacht schlecht. Ihr Knie schmerzte noch ein wenig, aber immerhin hatte sie es geschafft, den Verband vor ihren Eltern zu verbergen. Sie wollte nicht, dass Lois Ärger bekam.

Lois. Sobald sie an ihn dachte, klopfte ihr Herz. Alles in ihr war in Aufruhr. Die Zeit mit ihm dort oben auf dem Berg, hoch über allem. Ihr Kuss …

Sie wälzte sich auf die andere Seite. Mit Carl hatte es sich noch nie so angefühlt wie mit Lois. Bisher hatte sie geglaubt, zwischen ihr und Carl sei es so, wie es sein sollte. Sie war zufrieden, sonst hätte sie seinen Antrag doch nicht angenommen.

Jetzt aber wusste sie, wie sich Gefühle wirklich anfühlten. Wie es war, jemanden zu treffen, zu dem man sich mit jeder Faser seines Herzens hingezogen fühlte, dessen Berührungen auf der Haut brannten, dessen Küsse einen schwindelig werden ließen.

Nach Carls Küssen hatte sie sich nie gesehnt. Jeden Freitag hatte er sie abends um sieben abgeholt und in einem Restaurant zum Essen ausgeführt. Danach waren sie ins Kino gegangen. Meist suchte Carl den Film aus. Jedes Mal brachte er sie pünktlich um zehn nach Hause, wie Theo es ihm gesagt hatte, und jedes Mal küsste er sie zum Abschied. Während des Abends berührte er sie nie, nur dieser eine Kuss vor der Haustür. Es war nett – aber nie waren ihr davon die Knie weich geworden.

Sie hatte Carl durch ihren Vater kennengelernt. »Ich habe einem alten Schulfreund einen Gefallen getan und seinen Sohn eingestellt. Er hat in England studiert und scheint mir ein guter Bursche«, das war das Erste, was sie über Carl gehört hatte.

Wenig später hatte Theo Carl einmal zum Abendessen mitgebracht. Er war ein attraktiver Mann, fünf Jahre älter als Lilli, mit fast schwarzen Haaren und einer etwas gedrungenen Gestalt. Theo machte ihn bald zu seinem Assistenten. »Wie ein zweiter Sohn«, sagte er manchmal, und dann glitt für einen kurzen Moment ein Schatten über sein Gesicht, der von der Bombennacht herrührte, bei der Lillis Bruder ums Leben gekommen war. »Lilli erbt natürlich die Firma, aber irgendjemand muss sie ja auch leiten, und dafür gefällt mir Carl am besten.«

Immer öfter war Carl zum Abendessen zu Gast gewesen. Er hatte sich dabei viel mit Lilli unterhalten, hatte nach ihrer Schule gefragt, nach ihren Freizeitbeschäftigungen. Sie war sich dumm vorgekommen, darauf zu antworten – Carl war dreißig und hatte in Oxford studiert, was interessierten ihn da ihre Schulmädchengeschichten?

Dann, an einem kalten Februarabend, hatte er ihr völlig überraschend einen Heiratsantrag gemacht. Sie sah sich noch dort in der Kälte auf der Terrasse seines Elternhauses stehen. Es war der sechzigste Geburtstag seines Vaters, und die Beekmanns waren eingeladen. Vor der stickigen, zigarrenrauchgeschwängerten Luft und der trockenen Heizungswärme war sie für einen Moment nach draußen geflohen. Die von Weidensteins lebten in einer Villa, die ganz anders war als das Haus der Beekmanns. Wo Lillis Großvater weißen Zuckerbäckerstil bevorzugt hatte, hatten Carls Vorfahren sich für eine Art nachgebaute Burg entschieden, mit Zinnen und dunklen Türmchen. Über Lilli, die in den dunklen Winternachthimmel sah, bogen sich die langen Schnäbel grimmiger Wasserspeier.

Während sie hinaufblickte, öffnete sich die Terrassentür hinter ihr.

»Du holst dir ja noch den Tod«, sagte Carl. Wie immer wirkte er unglaublich erwachsen, viel älter, als er war.

»Wie geht es dir?«, fragte er und legte ihr sein Jackett um die Schultern, um sie vor der kalten Luft zu schützen.

»Gut. Es ist ein schönes Fest«, sagte sie höflich. »Nur die Luft ist etwas warm. Darum stehe ich hier draußen.«

Er schwieg kurz. Dann sagte er: »Ich bin froh, dich einmal allein zu treffen, Lilli.«

Erstaunt sah sie ihn an. »Wirklich? Warum das?«

»Weil ich dich etwas fragen will, bei dem ich nicht die halbe Geburtstagsgesellschaft als Publikum haben möchte.« Er wirkte angespannt. Dann sah er sie an und nahm ihre Hand. »Lilli, wir kennen uns nun schon seit einigen Monaten, und ich bin gerne mit dir zusammen.«

»Danke«, sagte sie etwas verwirrt. »Aber warum sagst du mir das so förmlich?«

Er lächelte. »Kannst du das nicht erraten?« Er holte tief Luft. »Lilli, ich will dich fragen, ob du meine Frau werden möchtest!«

»Oh … Carl!« Ihr fehlten die Worte.

»Ich weiß, das kommt überraschend für dich. Aber denk doch einmal nach: Wir mögen uns, wir passen gut zusammen, oder etwa nicht? Magst du mich nicht auch?«

»Doch«, stotterte sie. »Doch, natürlich mag ich dich.«

»Na, siehst du. Ist da mein Vorschlag so abwegig? Du kannst natürlich darüber nachdenken.«

Kurz herrschte Stille. Der gedämpfte Lärm der Feier aus dem Haus drang zu ihnen. »Gut, ich denke darüber nach«, sagte sie dann.

Er lächelte. »Das ist für mich vorerst als Antwort genug.«

In den nächsten Tagen dachte sie nach, und je länger sie nachdachte, desto mehr hatte sie das Gefühl, dass es richtig war. Carl war freundlich, intelligent, attraktiv – er war alles, was sie sich von einem Mann wünschen konnte. Theo war überzeugt von ihm, und er irrte sich bestimmt nie. Wie konnte sie sich nicht in ihn verlieben? Nein, sie musste in ihn verliebt sein. Ihre Freundinnen hätten sie für verrückt erklärt, wenn sie es nicht war. Jede von ihnen hätte einen Mann wie Carl liebend gerne geheiratet.

Eine Woche nach der Geburtstagsfeier schrieb Lilli Carl einen Brief, in dem sie seinen Antrag annahm. Alle waren begeistert gewesen.

Es hatte einfach keinen Sinn, sie schlief und schlief nicht ein. In ihrem Kopf schien sich alles zu drehen. Lilli stand seufzend auf und öffnete die Balkontür. Die Luft, die hereinströmte, war warm und süß, eine richtige Sommernacht. Lilli schob die Vorhänge weiter beiseite und trat auf den Balkon hinaus. Da es spätnachts war, kümmerte sie sich nicht darum, dass sie nur ein Nachthemd trug. Sie würde ohnehin keiner sehen.

Sie sah hinaus in die nächtliche Landschaft. Hier war es so viel dunkler als in Köln, wo ständig die Straßenbeleuchtung und bunte Neonreklamen leuchteten. Über dem Tal lag ein tiefer Frieden, die alten großen Bauernhöfe, die sich auf den Wiesen und Berghängen verteilten, schienen zu schlafen. Nirgends brannte Licht, nur der Mond schien, und die Sterne funkelten über ihr. Lillis Gedanken flogen zu Lois. Ob er auch nicht schlafen konnte? Vielleicht stand er ebenfalls gerade am Fenster und sah hinauf zum Mond.

Die Verlobungsfeier hatte an einem warmen Maiabend stattgefunden. Vera scheuchte Marianne und einige Helferinnen den ganzen Tag herum, die Gärtner mussten die Blumenbeete noch einmal frisch harken und Lampions im Garten aufhängen. Lilli trug, passend zum Verlobungsring, ein lavendelfarbenes Kleid, das Vera extra für diesen Abend hatte schneidern lassen. Es war lang, mit wehendem Chiffon. »Ja, das sieht elegant aus«, sagte Vera zufrieden, als sie Lilli bei der letzten Anprobe beobachtete. »Zieh noch die goldenen Ohrringe und das Collier dazu an.«

Gegen sieben kamen die ersten Gäste, bald war die Villa

der Beekmanns voller Menschen, Musik und Stimmen. Carl erschien zwischen seinen Eltern und gab Lilli zur Begrüßung einen Kuss auf die Wange. »Du siehst sehr schön aus«, sagte er und lächelte. Lilli war nervös. Sie mochte es nicht, im Mittelpunkt zu stehen, aber heute musste sie es. Alle gratulierten ihr und bewunderten den Ring. Auf einem eigens aufgestellten Tisch stapelten sich die Briefe und Geschenke, vor allem Porzellan und Glasschalen. Lilli kannte die meisten Gäste nicht, es waren Freunde ihrer Eltern oder Geschäftspartner ihres Vaters.

Als die meisten Gäste eingetroffen waren, bat Theo Lilli und Carl zu sich vor den Kamin im Salon, der jetzt, an diesem warmen Abend, kalt war. Er klopfte an sein Champagnerglas.

»Verehrte Gäste«, sagte er und lächelte. »Ich möchte Sie als Brautvater heute begrüßen und mit Ihnen auf das Wohl meiner lieben Tochter trinken – und natürlich auf das meines zukünftigen Schwiegersohns, der einst meinen Posten übernehmen und die Firma Beekmann in die Zukunft leiten wird.« Aufgeregtes Gemurmel folgte dieser Ankündigung. »Ich hätte es mir also nicht besser wünschen können – nie hätte ich es mir träumen lassen, dass ausgerechnet meine begabte rechte Hand – Carl – meine wunderbare Tochter heiraten würde. Das Schicksal meinte es besonders gut mit mir und mit der Zukunft der Firma. Auf Lilli und Carl!« Er hob sein Glas. »Und auf das Unternehmen Beekmann!« Alle riefen ein dreifaches Hoch auf das Brautpaar. Carl griff nach Lillis Hand und küsste sie.

Lilli erinnerte sich an diesen Moment, als wäre es gestern

gewesen. An das Glück ihres Vaters, an die Gäste, die ihr ein Hoch zuriefen.

Sie sah hinauf zu dem Berg, von dem aus sie heute Nachmittag hinunter auf die Welt gesehen hatte. Dort oben war ihr das alles so weit weg, plötzlich so unwichtig erschienen. Aber das war es nicht. Es war real – sie war immer noch Carls Braut.

Was soll ich nur tun, flüsterte sie in die Dunkelheit, was soll ich nur tun?

Schließlich ging sie zurück ins Bett und fiel nach einer Weile endlich in einen unruhigen Schlaf.

Am nächsten Tag ließ sie Lois heimlich eine Nachricht zukommen. Sie musste sich mit ihm treffen.

Am Nachmittag sagte sie ihrer Mutter, dass sie einen kleinen Spaziergang ins Dorf unternehmen wollte, und ging auf Umwegen die paar Hundert Meter vom Hotel zur Kirche. Als sie das alte Kirchenportal öffnete, schlugen ihr staubige Luft und die Kühle alter Mauern entgegen. Wie sie gehofft hatte, war niemand außer ihnen hier. Lois stand vor dem Altar und wartete auf sie. Als sie eintrat, drehte er sich zu ihr um. »Warum treffen wir uns ausgerechnet hier?«, fragte er. »Heute Abend sehen wir uns doch ohnehin beim Tanz im Hotel.«

Sie ging zu ihm durch die Reihe der Kirchenbänke. Innerlich fühlte sie sich schwach, sie wusste, dass ihr Gesicht blass war. Aber ich muss das hier tun, dachte sie, ich muss einfach.

»Ich werde heute nicht mit dir tanzen können«, sagte sie. »Und an den anderen Abenden auch nicht mehr.«

Sein Gesicht wurde ernst. »Was ist los, Lilli?«

»Wie kannst du das fragen?«, rief sie. »Du weißt, was los ist. Ich bin verlobt.« Sie hob die Hand mit dem Verlobungsring. »Ich werde im Dezember heiraten.«

Er schluckte.

»Gestern Nacht konnte ich nicht schlafen. Ich musste immer wieder an Carl denken. Er ruft mich jeden Abend an, er glaubt, alles ist in bester Ordnung. Und ich …, ich …« Die Tränen kamen. Sie brach ab.

Lois schlang die Arme um sie und zog sie an sich. Sie legte ihren Kopf an seine Brust.

»Lois, was machen wir nur?«, flüsterte sie. »Wie konnten wir so dumm sein?«

»Wir haben uns doch nicht dafür entschieden. Das hier, mit uns, das ist etwas Besonderes. Das passiert wahrscheinlich nur alle hundert Jahre einmal.« Er hob mit der Hand ihr Kinn hoch, sodass sie ihn ansah. Sein Blick ließ sie zittern. »Du fühlst das doch auch, oder nicht?«

Sie nickte. »Ja. Aber es hat keinen Sinn, Lois. Wir können uns nicht küssen und so tun, als wäre ich frei. Ich bin es nicht.«

»Hat dir der Kuss nichts bedeutet?«

»Er war perfekt. Ich war so glücklich mit dir dort oben auf dem Berg, wie ich noch nie in meinem Leben glücklich war. Aber er darf sich nie wiederholen.«

»Sag mir, liebst du ihn?«

Sie sah zu Boden. »Ich glaube, ich wusste gar nicht, wie sich das anfühlt, bis …« Sie biss sich auf die Lippen. Es hatte keinen Sinn. Sie würde Carl heiraten. Sie hatte es versprochen. Sie musste es tun, für ihren Vater, für die Firma, die ganze Familie.

Wieder zog Lois sie an sich. Sie spürte seinen Herzschlag, er ging schnell. »Ich liebe dich«, sagte er rau, »ich liebe dich, ich liebe dich, ich liebe dich. Und ich weiß, dass du mich auch liebst.«

Sie hob den Kopf, berührte mit den Fingerspitzen sein Gesicht. »Ich …« Ich liebe dich auch, schrie es in ihr. Aber das durfte sie nicht sagen. »Ich kann nicht. Verzeih mir.«

Sie machte sich von ihm los und rannte aus der Kirche. Ihr Herz tat ihr so schrecklich weh.

7

Die Straße nach Salzburg führte in sanften Kurven durch die herrlichen Bergwiesen der Täler. Ricarda konnte sich kaum sattsehen an der sonnendurchfluteten Landschaft, den einzelnen Bauernhöfen, den kleinen Dörfern, die hier und da am Weg lagen, und den Gebirgszügen, die sie zu begleiten schienen.

»Du fährst nicht oft in die Stadt, oder?«, fragte sie Max.

»Nein. Ich bin lieber hier draußen. Aber Salzburg ist schön, das muss ich zugeben.«

Bald passierten sie die österreichische Grenze.

»Komisch, oder? Man fährt ein paar Minuten, und plötzlich ist man in einem anderen Land. Die Berge scheren sich nicht darum, wo die Grenze ist, sie stehen irgendwo dazwischen.«

»Ja, über die verschwiegenen Bergwege konnte man früher auch leicht etwas schmuggeln. Und heimliche österreichdeutsche Liebschaften gab es natürlich auch.«

»Wirklich?«

Max nickte. »Klar, sogar in meiner Familie. Eine meiner Großtanten verliebte sich in einen Salzburger. Nach dem

Krieg wurden die Grenzen besonders scharf bewacht, sie konnten sich eigentlich nicht treffen.«

»Und was haben sie gemacht?«

»Es gibt eine Hütte in den Bergen, zu der ein Weg von der österreichischen und einer von der Berchtesgadener Seite führt. Dort haben sie sich getroffen. Später, als die Grenze geöffnet wurde, haben sie gleich geheiratet. Die Hütte gibt es heute noch.«

»Ziemlich romantisch.« Ricarda grinste. Ihr spukte der Moment vom vorherigen Abend im Kopf herum, als sie das Gefühl hatte, dass er sie küssen wollte – und sie nicht sicher gewesen war, ob sie sich nicht genau das gewünscht hatte.

Nach einer weiteren Viertelstunde Fahrt kamen sie in das Stadtgebiet von Salzburg. Max lenkte den Land Rover geschickt durch den dichter werdenden Verkehr in Richtung Innenstadt.

Waren die Randviertel noch nicht besonders aufregend gewesen, reihten sich hier nun Häuser aus der Jahrhundertwende aneinander. Die meisten Gebäude waren aus hellem Stein gebaut, auch die Kirchen reckten weiße Türme in den Himmel, und die Festung Hohensalzburg, die auf einem Hügel über der Stadt thronte, leuchtete ihnen mit Wänden wie Schnee entgegen. Ricarda hatte beinahe den Eindruck, die ganze Stadt sei mit Zuckerguss überzogen.

Max parkte auf einem Seitenstreifen vor Schloss Mirabell, wie ein Straßenschild verriet. Ricarda gefiel der Name sofort. »Mirabell ... das klingt wie der Name einer hübschen Balletttänzerin, in die sich der König verliebte.«

»Und dann baute er für sie dieses Schloss?«

»Genau.«

Max lachte. »Du hast ziemlich viel Fantasie, aber ich muss dich enttäuschen. Schloss Mirabell hat ein Erzbischof erbaut, und früher hieß es anders.«

»Oh.«

»Aber es hat einen wirklich schönen Garten. Komm, wir schauen ihn uns an, er gefällt dir bestimmt.«

Ein paar Minuten später standen sie in einem weitläufigen barocken Schlosspark.

»Wow!« Ricarda war begeistert. »Was für eine Pracht.«

Niedrige, geschwungene Beete mit bunten Blumen wechselten sich mit Springbrunnen und Skulpturen römischer Gottheiten ab. Eine Reihe gestutzter Bäume bildete im Hintergrund eine Allee. Das Schönste waren aber die vielen Rosen, die um die Wette blühten und dabei ihren Duft verströmten. Ricarda konnte nicht anders, sie musste an jeder Sorte schnuppern.

Leise erklang von irgendwo her Musik. »Ist das ein besonderer Service der Stadt?«, schmunzelte sie. »Mozart zu den Rosen?«

»Nein, aber dort drüben ist die Musikuniversität. Vielleicht üben sie.«

Ricarda machte sich eigentlich nichts aus klassischer Musik, aber Lilli hätte es gefallen, dachte sie. Sie liebte alles Klassische. Bestimmt war sie auch gerne zu den Festspielen gegangen. Ricarda dachte an den eigentlichen Grund für diesen Salzburgtrip. Sie war gespannt, ob sie im Festspielhaus tatsächlich irgendetwas über Lilli herausfinden würden.

»Was ist denn das für ein Stück?«, fragte sie, »Irgendwie kommt es mir bekannt vor.«

»Das ist ›Der Vogelfänger‹ aus der *Zauberflöte*.«

Ricarda blieb stehen und starrte ihn an. »Ach, komm, willst du mir sagen, dass du auch noch Ahnung von Opern hast?«

»Nein, kein Stück. Aber der österreichische Mann der Großtante, von der ich dir vorhin erzählt habe, der mochte Mozart. Wenn wir sonntags mit meinen Eltern dort eingeladen waren, lief nichts anderes.«

Sie durchquerten den Schlossgarten und schlugen dann den Weg in die Altstadt auf der anderen Seite des Flusses ein, der Salzburg teilte.

An der Brücke waren eine Menge Liebesschlösser angebracht. Ricarda las einige Aufschriften, als sie vorübergingen. »Martin und Lisa für immer«, »Beate und Heiner Silberhochzeit«, »T. Und J. in love«. Manche waren schon halb verrostet, andere nagelneu. Ricarda erinnerte der Anblick an ein anderes Liebesschloss, eines, das an der Kölner Hohenzollernbrücke hing. Beim zweiten Date mit Jimmy hatte er spontan ein rotes Vorhängeschloss gekauft und mit Filzstift »Ricarda und Jimmy« daraufgeschrieben. Gemeinsam hatten sie es an die Brücke gehängt und den Schlüssel in den Rhein geworfen. Es war typisch Jimmy – er war immer gut in großen Gesten gewesen. Damals hatte sie es toll gefunden, dass ihm ständig etwas Neues einfiel, später erst hatte sie sich gefragt, ob seine Gefühle nicht genauso sprunghaft waren.

Ricarda lehnte sich an die Brüstung und sah hinunter in die gemächlich fließende Salzach. Sogar der Fluss schien in dieser Stadt hell; das Wasser floss in einem merkwürdigen Jadegrün über die hellen Steine seines Betts. Am anderen Ufer erhoben sich die Häuser und Kirchen der Altstadt, alle in Pastelltönen oder Weiß gehalten, und darüber thronte die Festung Hohensalzburg. Die schroffen Berge dahinter machten die Kulisse perfekt.

Über die Brücke kamen sie in die Altstadt. Dort tauchten sie in die schmalen Kopfsteinpflastergassen ein, die gesäumt waren mit eleganten kleinen Geschäften und bonbonfarbenen alten Bürgerhäusern mit weißen Fensterläden. Ein buntes Gemisch aus Einheimischen und Touristen füllte die Straßen; die einen eilig und zielstrebig, die anderen bummelten langsam und zückten ständig das Handy oder den Fotoapparat, um Bilder aufzunehmen.

In der Getreidegasse gab es Mozarts quietschgelbes Geburtshaus zu sehen. Vor dem Einlass bildete sich eine lange Schlange. Überhaupt schien die ganze Stadt verrückt nach Mozart zu sein. In vielen Läden hing irgendetwas, das mit ihm zu tun hatte: Geigen, Scherenschnitte seines Kopfes mit dem unverkennbaren Mozartzopf, Partiturblätter als Dekoration. Vor allem aber schien es überall Mozartkugeln zu geben.

Ricarda spähte in die Schaufenster jedes Süßwarenladens, an dem sie vorbeikamen, und überall entdeckte sie die kleinen runden Pralinen, eingepackt in goldenes, rotes oder silbernes Papier.

»Schau dir das an«, rief sie und zeigte in eines dieser Schaufenster. »Eine richtige Pyramide aus Mozartkugeln.«

»Ja, die gibt es hier überall. Und alle streiten sich, welche die besten sind und wer das Originalrezept hat.«

»Wirklich? Das schreit ja beinahe nach einer Verkostung.« Ricarda drehte sich vergnügt um. »Los – von jedem Laden eine Mozartkugel für dich und eine für mich, und dann machen wir den Test!«

Sie nahm Max' Hand und zog ihn mit in den Laden, der mit poliertem Holz, rotem Teppich und goldgeränderten Vitrinen aussah wie aus einem alten Film entsprungen. Hinter der Theke stand eine Frau mit Häubchen und Schürze.

»Was darf's denn sein?«, fragte sie.

»Zwei Mozartkugeln bitte«, sagte Ricarda. »Und sagen Sie – ist das das Originalrezept?«

»Natürlich!« Die Frau wirkte beinahe aufgebracht. »Das sind originale Salzburger Mozartkugeln.« Sie steckte zwei Pralinen in ein kleines Papiertütchen und reichte es Ricarda.

»Vielen Dank.«

Ricarda drehte sich zu Max um und hielt das Tütchen hoch. »Probe eins.«

»Du bist verrückt.« Max schüttelte grinsend den Kopf. »Wahrscheinlich ist uns beiden später schlecht.«

Sie schlenderten weiter. Boutiquen stellten elegante Kleider aus, es gab Uhren- und Juweliergeschäfte, ab und zu einen Laden für Spielzeug.

Ricarda gefielen vor allem die alten Torbögen, die immer wieder den Blick in einen Innenhof oder in eine unverhoffte schmale Gasse freigaben. Dann wieder öffneten sich die Straßen auf einen Platz mit barocken Häusern und Straßencafés, auf dem die Leute in der Sonne saßen. Ricarda hatte heute die

Kamera dabei und fotografierte begeistert. Nur Max konnte sie nicht dazu überreden, auf einem der Bilder zu sein.

Während ihres Streifzugs machten sie an jedem Süßwarengeschäft und jeder Konditorei halt, die Mozartkugeln anboten, und kauften zwei davon.

»Hier, zu dieser müssen wir noch.« Max zeigte auf ein kleines Geschäft in einem Torbogen. »Die Confiserie Fürst. Angeblich haben sie die Mozartkugel wirklich erfunden.« Er kaufte zwei Pralinen, dieses Mal in silbernes und blaues Papier verpackt. »Ich glaube, jetzt ist unsere Auswahl komplett.«

»Gut, dann können wir ja …« Ricarda hielt inne. Pferdehufe hallten durch die Straße, und eine Kutsche fuhr an ihnen vorbei. Der Kutscher auf dem Bock trug ein historisches Kostüm, in der Kutsche saß offensichtlich eine Gruppe Touristen.

»Gibt es hier etwa Stadtrundfahrten per Kutsche?«, fragte sie begeistert.

»Oh nein, Ricarda.«

»Ach, komm, bitte. Lass uns Kutsche fahren – ich bin schließlich vielleicht nur einmal hier. Und da drin können wir auch ganz bequem unsere Mozartkugeln essen.«

Er musste lachen, als er ihren flehenden Blick sah. »Na schön. Du hast es wirklich drauf, deinen Kopf durchzusetzen. Aber erzähl es bloß keinem – wer nimmt mir sonst noch den raubeinigen Förster ab?«

Sie gingen zu einer der Kutschen, vor die zwei Schimmel gespannt waren, bezahlten für eine Rundfahrt und stiegen ein.

»Wie bei Cinderella.« Ricarda grinste, als die Pferde anzogen. »Aber du musst schon zugeben, man fühlt sich ein bisschen königlich.«

»Aber klar doch.« Max winkte elegant mit der Hand, wie es die englische Queen tat. Ricarda prustete los.

»So, und jetzt zu unserem Experiment.« Ricarda packte aus ihrer Tasche alle gekauften Mozartkugeln aus und reihte sie paarweise auf den leeren Kutschensitz ihnen gegenüber. »Es ist angerichtet, Herr Leitmayr!«

Bald hatten sie sich durch die Hälfte der Mozartkugeln durchgefuttert und vergaben Punkte. »Diese hier hat ganz klar am meisten Nougat«, sagte Ricarda mit vollem Mund. »Aber diese …«, sie hielt das leere Stanniolpapier einer schon verspeisten Praline hoch, »hat das beste Marzipan.«

»Quatsch. Das beste Marzipan hatte die in der rot-goldenen Verpackung.«

»Welche? Es gibt mehrere rot-goldene. Die mit dem Notenschlüssel darauf oder die mit Mozarts Scherenschnitt?«

Max sah sie ratlos an. »Ich weiß es nicht mehr.«

Ricarda lachte. »Okay, ich glaube, wir haben den Überblick über unsere Testreihe verloren. Lassen wir das, sie sind alle gut.« Zufrieden lehnte sie sich zurück und knabberte an der letzten Mozartkugel.

Sie fuhren über einen Platz, auf dem ein großes weißes Gebäude stand, vor dem sich eine Traube von Menschen versammelt hatte, die alle zum Turm hinaufsahen. Der Kutscher drehte sich um.

»Das ist die Neue Residenz«, sagte er, »und wir haben

Glück, gleich beginnt das Glockenspiel.« Er hatte kaum den Satz zu Ende gesprochen, da hörte Ricarda tatsächlich eine Melodie, gespielt von vielen kleinen Glöckchen.

»Ach, das Lied kenne ich, glaube ich, das ist doch …« Einen Augenblick später lachte sie. »Stimmt, das ist ›Oh, du lieber Augustin‹.« Sie summte mit. » … alles ist hin.« Die zarte, klingelnde Musik folgte ihnen durch die Gassen, während sie auf den Salzburger Dom mit seiner großen Kuppel zufuhren.

Der Kutscher erzählte ein bisschen etwas zu seiner Geschichte. »Heute ist der Domplatz traditionell die Freilichtbühne bei den Salzburger Festspielen«, beendete er seinen kleinen Vortrag.

»Werden hier auch die Opern aufgeführt?«, fragte Ricarda interessiert und dachte an den Zeitungsartikel und Lilli.

Der Kutscher lachte. »Oh nein, dafür haben wir das Festspielhaus. Dorthin fahren wir jetzt.«

»Sehr gut. Da müssen wir dann sowieso aussteigen.«

Sie nutzte den kurzen Halt noch und fotografierte den Dom. Dann wandte sie sich an den Kutscher. »Sagen Sie, könnten Sie vielleicht ein Foto von uns beiden machen?«

»Natürlich, Fräulein.« Er nahm die Kamera, und sie erklärte ihm die Tasten. »Und jetzt bitte recht freundlich.« Er hob den Apparat vors Gesicht. Max legte den Arm um Ricarda.

»Sehr schön.« Er gab ihr die Kamera zurück, und die Fahrt ging weiter durch die Altstadt, vorbei an der Franziskanerkirche und über den Mozartplatz. Schließlich gelangten sie zu einem lang gezogenen, wuchtigen Gebäude, das beinahe in den dahinter aufragenden Felsen hineingebaut zu sein schien. »Das hier ist es. Das Salzburger Festspielhaus«, verkündete der Kutscher stolz.

»Das ist ja riesig!« Ricarda hatte sich nach den vielen kunstvollen Barockfassaden auch das Festspielhaus irgendwie zierlicher vorgestellt.

Auf großen Fahnen, die an der Fassade herabgelassen waren, konnte man die aktuellen Opern und Theaterstücke lesen.

»Wir sollten uns Karten kaufen. Dann könnten wir heute auch in der Oper sitzen, auf Lillis Spuren.«

»Hast du zufällig eine Menge Geld und ein teures Abendkleid dabei?«, fragte Max grinsend.

»Nein.«

»Dann sehe ich schwarz.«

Ricarda stellte sich die junge Lilli in ihrem eleganten Cocktailkleid vor, wie sie neben ihren Eltern in das Festspielhaus ging, vielleicht hatte es Fotografen gegeben, Blitzlicht. Wenn ja, hatte Lilli das sicher gehasst. Sie mochte keine Aufmerksamkeit und kein Rampenlicht. Hatte ihr der Abend hier gefallen?

Der Kutscher hielt die Pferde an. Ricarda und Max verabschiedeten sich, und die Kutsche fuhr wieder an. Ricarda und Max standen etwas verloren vor dem riesigen Festspielhaus. Dahinter erhoben sich die schroffen Wände des Mönchsbergs.

»Denkst du, wir können einfach so hinein?«, fragte Ricarda.

»Ich weiß es nicht. Ich war noch nie dort.«

»Na ja, versuchen wir es.« Ricarda ging beherzt auf eine

der hohen Eingangstüren zu und öffnete sie. Obwohl sie so groß war, schwang sie leicht auf. Im Inneren war Ricarda für einen Moment wie erschlagen. Das große Foyer, in dem sie nun stand, war mit glänzendem roten Marmor ausgelegt. Die Wände waren über und über bunt bemalt. Sie sah eine Art Picknick im Wald, an einer anderen Wand saßen Figuren an einem langen Tisch.

»Kann ich Ihnen helfen? Haben Sie eine Führung gebucht?«

»Wie bitte?« Ricarda drehte sich verwirrt um. Vor ihr stand eine freundlich aussehende Frau mittleren Alters mit einem Namensschild an der Brust. »Elvira Sinn« stand darauf.

»Gehören Sie zu einer der Gruppenführungen durch die Festspielhäuser?«, wiederholte Frau Sinn geduldig. »Haben Sie beide sich verlaufen?«

»Nein, nein. Wir wollen uns nur einfach … umschauen.«

»Ach so. Aber bei einer Führung würden Sie viel mehr erfahren, und eigentlich …«, begann Frau Sinn.

»Okay, ehrlich gesagt, es gibt doch einen bestimmten Grund, warum wir hier sind.« Ricarda hatte den Eindruck, dass sie bei Frau Sinn mit vagen Andeutungen nicht weiterkam. Sie würden sonst in ein paar Minuten entweder hinauskomplimentiert werden oder eine Führung machen müssen.

»Oh, und wie lautet der?« Die Frau sah erwartungsvoll zwischen Max und Ricarda hin und her.

»Ich bin auf der Suche nach meiner Großmutter … gewissermaßen jedenfalls. Sie war 1956 hier bei den Festspielen mit ihren Eltern, Theo und Vera Beekmann. Und na ja, das ist vielleicht ein bisschen seltsam, aber ich hatte gehofft, dass es hier vielleicht Fotos oder Filme aus dieser Zeit gibt, die ich mir mal ansehen könnte.« Ricarda seufzte. »Ich weiß, es ist unwahrscheinlich. Leider habe ich nur noch das Festspielhaus als Anhaltspunkt.«

Zwischen Frau Sinns Augenbrauen bildete sich zuerst eine steile Falte, dann aber strahlte sie. »Sie sind also auf den Spuren Ihrer Oma. Das finde ich schön. Wissen Sie, ich werde selbst bald eine, da bin ich schon ziemlich aufgeregt. Nun, es ist eigentlich nicht für Touristen zugänglich, sondern eine Sache unter uns Mitarbeitern, aber wo Sie doch schon mal hier sind und so ein nettes Paar ...«, dieses Mal korrigierten sie den Eindruck nicht, sondern ließen die Frau einfach weiterreden. »Jedenfalls gibt es da einen besonderen Raum. Kommen Sie mal mit. Vielleicht entdecken Sie Ihre Oma dort.«

Elvira Sinn ging ihnen zielstrebig voran durch einen der Bögen, die die bemalten Wände des Foyers unterbrachen. Sie führte sie einen Gang entlang und dann durch einen prächtigen Saal, der mit blank poliertem Parkett ausgelegt war. Von den überdimensional hohen Decken hingen riesige moderne Kronleuchter. Eine barocke Balustrade verlief an der Kopfseite des Saales, dahinter schien die nackte Felswand zu liegen, in die ein Kamin gehauen worden war.

»Unglaublich.« Ricarda sah sich mit offenem Mund um, während sie Elvira durch den Raum folgte. »Max, hast du das riesige Gemälde da gesehen? Das sieht doch aus wie ein ...«

»Lois König«, vervollständigte Max ihren Satz. »Ich glaube, du hast recht.«

»Oh ja, das ist ein echter König. Wir haben ihn vor ein

paar Jahren gekauft, ein Spezialauftrag an den Künstler, wegen der Dimensionen – das kann man sich ja vorstellen«, erzählte Elvira gut gelaunt. »Aber sehr hübsch, finden Sie nicht? Ein Kontrast zum uralten Parkett und dem alten Deckengemälde.« Sie unterbrach sich. »Hier geht es lang.« Sie bog ab und steuerte auf eine dunkle Holztür zu, die im Vergleich zu den vorangegangenen Dimensionen beinahe zwergenhaft wirkte. »Hier gibt es einige verborgene Winkel und Geheimnisse, und das hier ist eines davon.« Sie öffnete die Tür.

Der dahinterliegende Raum war klein und dunkel. Die Lampe, die von der Decke baumelte, war altersschwach und verbreitete nur schummriges Licht. Fenster gab es nicht. Was aber Ricardas Blick sofort fesselte, waren die Fotos, die über und über die Wände bedeckten. »Das war in den Dreißigerjahren einmal ein Raum für die Hausmeister. Und einer von ihnen hat wohl damit angefangen: Fotos aus Zeitungen ausgeschnitten oder den Paparazzi welche abgeluchst, und heraus kam über die Jahrzehnte das hier. Wir machen immer noch weiter, obwohl natürlich alle Fotos der prominenten Gäste inzwischen digital sind. Aber es ist doch irgendwie eine schöne Tradition ...« Elvira lächelte zufrieden, als sie auf die Wände voller Fotos wies. »Es ist natürlich eine Suche nach der Nadel im Heuhaufen, aber vielleicht finden Sie Ihre Oma ja. Die Fotos aus den Fünfzigerjahren sind alle an dieser Wand.«

Tatsächlich waren dort nur alte Schwarz-Weiß-Fotografien, während es an den anderen Wänden zunehmend bunter wurde.

»Sie dürfen sich ein bisschen umsehen. Ich gehe zurück

zum Empfang, der Festspielhaus-Shop betreut sich nicht von selbst. In einer halben Stunde sehe ich wieder nach Ihnen. Ach ja, und die Tür machen wir besser zu. Das hier ist ja kein Raum für Touristen – ich habe nur für Sie eine Ausnahme gemacht.« Sie zwinkerte ihnen schelmisch zu. »Viel Erfolg.« Dann schloss sie die Tür hinter sich, Max und Ricarda waren allein. »Hast du schon einmal so einen verrückten Raum gesehen?«, fragte Ricarda. »Kein einziges Fleckchen Wand ist mehr frei.«

Max kramte sein Handy aus der Tasche, ein ziemlich robustes Outdoorgerät. »Da ist eine richtige Taschenlampe dran, nicht nur das normale kleine Blitzlicht«, verkündete er triumphierend. Einen Moment später leuchtete eine kleine, sehr helle Lampe auf. »Aus dem Försterbedarf«, grinste er. »Nicht schön, aber praktisch.«

Nun begann eine Fleißarbeit. Jedes alte Foto musste Ricarda einzeln ansehen, und Max konnte ihr kaum helfen, da er Lilli nicht kannte.

»Und, findest du etwas?«, fragte er nach einiger Zeit, in der Ricarda langsam und sorgfältig die Fotos Reihe für Reihe betrachtet hatte.

»Nein. Überall herausgeputzte Leute, schöne Kleider, Schmuck und Champagnergläser, Frauen mit eingedrehten Haaren …«, Ricarda hielt inne. In diesem Moment war ihr ein Gesicht auf einem Foto ganz rechts etwa auf mittlerer Wandhöhe bekannt vorgekommen. »Moment mal!« Sie leuchtete mit Max' Handytaschenlampe darauf. »Hier!« Sie schrie es fast. »Hier sind sie! Ich glaube es nicht!«

Vorsichtig löste sie die Reißzwecke, mit der das Foto befestigt war, und stellte sich damit direkt unter die Deckenleuchte. Max trat hinter sie und sah ebenfalls auf das Foto.

»Schau mal, das ist mein Urgroßvater.« Sie tippte auf den groß gewachsenen Mann, der in der Mitte der Gruppe stand. Er schien das Zentrum der Unterhaltung zu sein. Links von ihm stand eine Frau in glitzerndem Abendkleid und mit kurzen, in Locken gelegten Haaren. »Das ist meine Urgroßmutter, Vera Beekmann.« Ricardas Finger fuhr weiter. »Und das, das ist Lilli! Kein Zweifel.« Max sah auf die zarte, elfenhafte Gestalt. Lilli war von einer pudrigen, puppenhaften Schönheit, mit weißer Haut und hellen Haaren. Ihr Cocktailkleid sah teuer aus und fiel in einem bauschigen Rock. Er verglich sie mit der sportlichen großen, braunhaarigen Ricarda. »Ihr seht euch nicht besonders ähnlich«, stellte er fest.

Ricarda schüttelte den Kopf. »Nein, wirklich nicht. Ich komme nach meiner Mutter, und die kommt auch nicht nach Lilli.« Sie betrachtete das junge Mädchen, das ihre Großmutter war. »Sie sieht nicht glücklich aus, oder?«

Tatsächlich wirkte Lillis feines Gesicht starr. Die anderen um sie herum schienen zu lachen und sich zu unterhalten, aber sie stand stocksteif da. »Was war da los?«, fragte Ricarda. »Ehrlich gesagt, so einen Ausdruck habe ich auf dem Gesicht meiner Großmutter noch nie gesehen. Es sieht fast aus, als hätte sie einen Schock.«

Max nickte. »Vielleicht hängt das ja mit der überstürzten Abreise zusammen. Wann wurde das Bild denn aufgenommen?« Er drehte es um. Schwach ließ sich das Datum erkennen: 16. August 1956.

»Wer ist eigentlich der Mann, mit dem sich mein Urgroßvater unterhält?«, fragte Ricarda und zeigte auf einen Herrn im Anzug mit einem markanten Gesicht und buschigen Augenbrauen. Max lachte und klang beeindruckt.

»Ehrlich gesagt ist das der Einzige darauf, den ich erkenne. Das ist Herbert von Karajan – der damalige Leiter der Festspiele.«

In diesem Moment öffnete sich die Tür. »Na, haben Sie etwas Schönes gefunden?« Elvira Sinn steckte ihren Kopf hinein.

»Ja, sehen Sie, das hier ist sie.« Ricarda reichte ihr den Zeitungsausschnitt.

»Oh, Ihre Familie war mit Herrn von Karajan bekannt?«, Elvira klang mindestens so beeindruckt wie Max.

»Scheint so.« Ricarda zuckte die Achseln. »Ich glaube, mein Urgroßvater kannte ziemlich viele Leute. Darf ich das Foto schnell mit meinem Handy abfotografieren? Dann hänge ich es gleich wieder zurück an seinen Platz.«

»Natürlich. Aber dann husch.« Elvira lächelte etwas unangenehm berührt. »Die letzte Führung durchs Haus ist nämlich bald zu Ende, und dann schließen wir.«

Ein paar Minuten später standen Ricarda und Max wieder im luftigen Sonnenschein vor dem Festspielhaus.

»Wissen wir nun mehr?«, fragte Max, während sie durch die Altstadt zurück zum Auto schlenderten.

»Schwer zu sagen. Wir wissen jetzt auf jeden Fall, dass es Lilli an diesem Augustabend hier in der Oper nicht gut ging. An der Oper selbst kann es kaum gelegen haben, sie mag klassische Musik. Irgendetwas muss sie aus der Fassung gebracht haben.«

»Glaubst du, es war etwas, das Lois getan hat?«

»Ich weiß nicht. Schickt man jemandem nach so vielen Jahren ein Paket, der einem etwas Schreckliches getan oder gesagt hat? Eher nicht.«

»Stimmt. Aber was war es dann?«

Sie hängte sich bei ihm ein. Er sah sie überrascht an, ließ es aber geschehen.

Auf der Rückfahrt redeten sie nicht viel. Beide hingen ihren Gedanken nach, aber es war ein angenehmes Schweigen. Ricarda dachte an die Fotos in der Kammer, an Lillis Gesicht. Was war an diesem Abend passiert?

Als sie zu Mitzis Pension kamen, parkte ein alter VW-Bus in einem verwaschenen Blau vor der Tür. Zwei Surfbretter waren auf das Dach geschnallt, auf der Heckscheibe klebten ein paar Aufkleber. Das Kennzeichen stammte aus Köln.

»Was ist das denn?« Ricarda stutzte. »Ein neuer Gast? Auch aus Köln?«

Max bremste den Land Rover. »Hat Mitzi ein Zimmer frei?«

»Nein. Wir alle bleiben noch eine Weile.«

Max wandte sich zu ihr. »Sehen wir uns morgen? Wenn ich Feierabend habe, könnten wir noch einen Spaziergang um den See machen oder so etwas in der Art.«

Ricarda lächelte. »Gerne. So was in der Art.« Für einen Moment sahen sie sich einfach nur an. Max' warme Augen strahlten. Ricarda fühlte, wie ihr Herz ein wenig schneller schlug. Sie wartete darauf, dass er noch etwas sagte oder tat, aber er sah sie nur an. Sie räusperte sich. »Gut, dann bis morgen.« Sie stieg aus und sah ihm nachdenklich nach. Dann drehte sie sich um und ging zum Haus hinüber.

Im Vorbeigehen musterte sie den fremden Bus. Blau, mit Surfbrettern darauf, genau so, wie sie es sich immer mit Jimmy ausgemalt hatte. Die Aufkleber auf der Heckscheibe stammten aus aller Herren Länder. Australien, Tasmanien, Kuba. Ricarda ging näher heran, um sie sich anzusehen.

»Gefällt es dir?« Vollkommen unerwartet tauchte ein Mann hinter dem Bus auf. Er wischte sich die Hände an einem Lappen ab, offensichtlich hatte er gerade an einem der Reifen herumgewerkelt.

Er trug Jeans, denen man die teure Marke ansah, dazu ein weißes T-Shirt, das die darunterliegenden Muskeln erkennen ließ. Seine dunklen Haare fielen ihm in die Stirn, sein Dreitagebart stand ihm. Ein Frauenheld, einer, für den alle schwärmten. Er grinste sie an. »Überraschung.«

Ricarda stand da wie angewurzelt. »Jimmy!«

»Baby, sag doch was«, sagte er, nachdem ein paar Momente Stille geherrscht hatten. »Freust du dich?«

Ricarda ging auf seine Fragen nicht ein. Es kam ihr so absurd vor, dass er plötzlich vor ihr stand, mitten in dieser anderen Welt, die sie in den letzten Tagen kennengelernt hatte. »Was machst du hier?«

»Na, was wohl? Ich hole dich ab für deine Weltreise. Die, die du immer mit mir machen wolltest. Du hast immer gemeckert, dass ich es nicht anpacke.« Er wies auf den Bus.

»Jetzt ist alles da: du, ich und unser Fahrzeug. Wir können heute noch los, wenn du willst.«

»Jimmy, was soll denn das? Woher weißt du überhaupt, in welcher Pension ich wohne?«

»Ja, das war ein bisschen knifflig. Mareike wollte es mir nicht sagen. Seit gestern bin ich hier in diesem gottverlassenen Tal und frage mich durch. Und das ist nicht so einfach, weil man hier ja kaum Einheimische trifft. Nur Wanderer aus Hamburg, die natürlich auch nicht wissen, wo die hübsche Braunhaarige wohnt, die ich suche.« Er lachte. »Aber ich bin hartnäckig geblieben.«

Er ging auf sie zu. Einen Moment stand er dicht vor ihr, dann streckte er die Arme aus und zog sie an sich. Ricarda ließ es für einen Moment geschehen. Sie war vollkommen durcheinander. Dann stemmte sie sich gegen ihn.

»Jimmy! Das geht so nicht. Du kannst nicht einfach hier auftauchen und denken, alles wäre wieder wie früher. Nicht nach allem, was war.«

Er ließ sie los und hob die Hände. »Du hast recht, du hast recht. Tut mir leid. Es ist nur so schön, dich zu sehen, Baby.« Er musterte sie. »Du siehst toll aus.«

»Danke«, sagte Ricarda widerstrebend. Er sah auch toll aus, unbestritten der schönste Mann, den sie kannte.

»Ich habe einen Vorschlag. Bitte hör mir zu.« Er lehnte sich lässig an den Bus. »Ich habe in diesem kleinen Städtchen einen Tisch in einem schönen Restaurant reserviert. Würdest du mit mir zu Abend essen und mich anhören? Mehr verlange ich gar nicht.«

»Nur ein Essen?«

Er nickte. »Und du kannst natürlich jederzeit aufstehen, mir den Wein ins Gesicht schütten und das Restaurant verlassen.«

Sie seufzte.

»Na gut.«

Auf der Fahrt in das Städtchen sah sich Ricarda im Bus um. Er war genau so, wie sie es sich gewünscht hatte. Mit einem gemütlichen Bett auf der Ladefläche, einer kleinen, ausklappbaren Küchenzeile, einer Halterung für eine Campingdusche. Am Autohimmel entdeckte sie Leuchtsterne, kleine, fluoreszierende Aufkleber. »Süß«, rutschte es ihr heraus. Sie sah Jimmy von der Seite an. Wenn er wirklich Leuchtsterne aufklebte, dann musste er sich geändert haben. So etwas mochte er nicht. Aber er weiß, dass ich es mag, dachte sie. Sie spürte, wie ihr Widerstand anfing zu schmelzen. Nur wegen ein paar Leuchtsternen?, rief sie sich selbst zur Vernunft. Aber sie konnte nichts dagegen tun. Der Jimmy, den sie gekannt hatte, hätte sich eher die Hand abgehackt, bevor er so einen kitschigen künstlichen Sternenhimmel angeklebt hätte. Es hatte etwas zu bedeuten, es war ein Beweis.

»Tja«, sagte er nur und lächelte zufrieden.

In der Stadt kurvte er etwas ziellos umher, bis er die richtige Straße gefunden hatte. »Sorry, ich kenne mich hier nicht aus«, sagte er. »Und jede Straße sieht irgendwie gleich aus – Geranien und Bauernhäuser.«

Das Restaurant, das Jimmy ausgesucht hatte, war sehr schick und sehr teuer. »Bauernhaus« war sicher eine Untertreibung für das prächtige Anwesen an einem großzügigen gepflasterten Platz. »Goldener Fuchs«, las Ricarda in Schnörkelschrift über dem Eingang. Ein kurzer roter Teppich war ausgerollt, rechts und links brannten moderne Fackeln mit Glasmantel. Es war deutlich, dass Jimmy für diesen Abend tief in die Tasche griff.

»Hätten wir uns dafür nicht erst noch umziehen müssen?«, fragte sie leise, während sie den alten steinernen Torbogen ins Innere passierten.

»Quatsch. Sei doch nicht so spießig. Außerdem siehst du gut aus in Jeans.«

Ein livrierter Kellner begrüßte sie mit einem Kopfnicken. In dem Restaurant vereinte sich alpenländischer Stil mit sehr offensichtlich teuren Einrichtungsgegenständen. Sogar Kronleuchter hingen von der Decke, was in Ricardas Augen nicht so recht zu den Holzmöbeln mit Schnitzereien passen wollte.

Der Kellner führte sie zu einem reservierten Tisch in der Mitte des Raumes. Ein Blick auf die übrigen Gäste verriet Ricarda, dass sie mit der Kleiderordnung recht gehabt hatte. Sie waren die Einzigen in Jeans, viele Frauen waren im Kleid gekommen.

»Bitte, nehmen Sie Platz.« Der Kellner rückte höflich Ricardas Stuhl zurecht. Sie erwartete, dass er ihr als Nächstes eine Speisekarte reichte, aber Jimmy zwinkerte dem Kellner nur zu und sagte: »So wie bestellt.«

Der Kellner nickte und verschwand.

Ricarda sah ihn irritiert an. »Kann das sein, dass du hier einen ganzen Abend für mich geplant hast? Und nicht nur einfach einen reservierten Tisch?«

»Ich weiß doch, wie schwer du dich bei Essen entscheiden kannst. Da dachte ich, ich nehme es dir ab. Aber keine Sorge, es schmeckt dir bestimmt.« Jimmy griff über den Tisch nach ihren Händen. Sie zog ihre weg.

Jimmy nahm die Zurückweisung sportlich und lächelte.

»Danke, dass du mit mir hergekommen bist«, sagte er ruhig. »Das bedeutet mir viel.«

»Na ja, ich sollte dich ja anhören. Also … ich höre.« Der Kellner unterbrach sie und brachte einen Aperitif.

Jimmy hob das Glas und prostete ihr zu. »Auf diesen Abend und auf dich, Baby«, sagte er. Ricarda nippte an ihrem Glas. Es war Champagner mit irgendeinem exotischen Fruchtsaft darin. Über ihr Glas hinweg sah sie Jimmy an. Er brachte sie aus dem Konzept. Sie war einmal so unglaublich verrückt nach ihm gewesen …

Jimmy stellte sein Glas ab, nachdem er einen Schluck getrunken hatte. Er holte Luft. »Hör zu, ich weiß, dass du jedes Recht hast, auf mich böse zu sein. Das mit der anderen Frau tut mir leid, und wie du es herausgefunden hast, auch.« Ricarda schloss die Augen. Für einen Moment stand sie wieder in Berlin im Türrahmen und sah Jimmy und die hübsche Frau in seinen Armen.

»Ich war damals einfach blöd und blind und habe nicht gesehen, dass ich schon die tollste Frau von allen hatte«, fuhr Jimmy fort.

Ricarda sah ihn an. »Und für diese Erkenntnis hast du sechs Monate gebraucht, in denen du dich nicht gemeldet hast?«

»Na ja. Anscheinend war ich nicht unbedingt von der

schnellen Truppe.« Er grinste gewinnend. »Aber besser spät als nie.«

»Bist du deswegen wieder nach Köln gekommen? Wegen mir?«

Jimmy nickte. »Natürlich. Aber du warst ja leider nicht da, sondern hier zwischen Kühen und Käse.«

Der Kellner brachte die Vorspeise, elegant und winzig klein, dazu schenkte er Wein ein.

»Guten Appetit, Baby.« Jimmy widmete sich mit Lust seinem Teller. Ricarda hatte keinen Hunger. Sie war viel zu durcheinander. Ein Jimmy, der sich entschuldigte – die ganzen letzten Monate hatte sie sich das gewünscht, und jetzt saß er vor ihr, und sie fühlte sich so verwirrt, so anders, als sie es erwartet hatte.

»Schmeckt es dir nicht?«

»Ähm, doch.« Ricarda nahm einen Bissen.

»Jetzt erzähl doch mal – wie waren denn deine letzten Monate? Was hast du gemacht?«, fragte er.

Ricarda erzählte von ihrem Leben in Köln, ihrer Wohnung, die sie sich nach ihrer Trennung gemietet hatte, den Fotoaufträgen, die nur spärlich kamen.

Er erzählte seinerseits von den Jobs, die er gehabt hatte. »Ach, weißt du, ich glaube, das mit der Zeitungsschreiberei, das schmeiße ich hin«, sagte er dann leichthin.

Ricarda starrte ihn überrascht an. Bisher war er doch immer so besessen davon gewesen, ein erfolgreicher Journalist sein zu wollen.

Er winkte ab. »Mit Schreiben verdient man einfach zu wenig Geld, das macht keinen Spaß.«

»Und was willst du stattdessen machen?«

»Ich will jetzt lieber vor die Kamera. Was mit Film machen. Ich habe schon ein paar Ideen«, sagte er unbekümmert. Dann griff er wieder nach ihrer Hand. Dieses Mal ließ sie es geschehen.

»Aber ich will mit dir gar nicht über den Job reden. Heute soll es um uns gehen.« Er strich mit dem Daumen über ihren Handrücken. »Baby, ich habe dich vermisst. Weißt du noch, wie verrückt wir nacheinander waren? Jeder Tag ein Feuerwerk, jeder Tag anders.«

Ricarda nickte zögernd. Ja, das Leben mit ihm war wie eine bunte, wahnsinnige Achterbahnfahrt gewesen.

Die nächsten Minuten vergingen in gemeinsamen Erinnerungen. Jimmy hatte ein Talent dafür, Geschichten lustig zu erzählen, und jetzt, als er ihre gemeinsamen Erlebnisse wieder hervorzauberte, fing Ricarda bald an zu lachen. Sie spürte, wie ihr Schutzpanzer bröckelte.

Der Hauptgang kam; Jakobsmuscheln mit Safranrisotto und Trüffeln, wunderschön angerichtet.

Sie fingen an zu essen. Währenddessen bemerkte Ricarda die Blicke der anderen Frauen an den Nachbartischen. So war es immer, wenn man mit Jimmy irgendwo in der Öffentlichkeit war – er fiel auf und zog die Blicke auf sich. Es war nicht nur sein Aussehen, es war auch seine Ausstrahlung. Sie las die Bewunderung in den Augen der anderen Frauen.

Um nicht mehr darüber nachzudenken, erzählte sie von ihrer Aufgabe hier in Berchtesgaden, von Lillis Paket und ihrer Spurensuche.

»Hm.« Er sah sie zweifelnd an, als sie geendet hatte. »Und wie willst du weitermachen?«

»Ich weiß nicht so recht. Eigentlich habe ich keinen Ansatzpunkt mehr …«

»Na ja, du wirst schon einen finden.« Er lächelte leichthin und wechselte das Thema.

Nach dem Dessert bezahlte Jimmy und reichte Ricarda galant den Arm. In solchen Gesten war er immer gut gewesen. Sie verließen gemeinsam das Restaurant.

Draußen empfing sie die Dämmerung. In der Stadt waren immer noch einige Touristen unterwegs. Auf dem Platz vor dem Restaurant saß ein älteres Paar auf einer Bank und unterhielt sich. Eine Gruppe Jugendlicher zog lachend und lärmend vorbei. Die Straßenlaternen verbreiteten warmes Licht in der bläulichen Sommerabendluft. Sie schlenderten zum Bus zurück.

»Und jetzt?«, er sah sie an und zog spielerisch die Augenbraue nach oben.

»Jetzt fährst du mich heim.«

»Gerne, Madame.« Jimmy gab ihr einen übertriebenen Handkuss. Wieder dieses umwerfende Grinsen.

Als sie am Bus angekommen waren, klopfte er mit Besitzerstolz gegen den Wagen. »Aber gib es wenigstens zu – er ist genau so, wie du es immer wolltest.«

»Ja, das stimmt.«

»Und er könnte uns überall hinbringen.« Jimmy breitete die Arme aus. »Heute noch zwischen Semmelknödeln und Alphörnern, morgen schon in Rom, oder Madrid, oder wo auch immer es uns hin verschlägt.«

Er streckte die Arme aus und zog sie an sich. »So sind wir, du und ich, wie Zugvögel. Jeden Tag woanders, immer weiter und weiter. Das ist es doch, was du immer wolltest.«

Sie ließ seine Umarmung zu. Sein Parfüm war dasselbe wie vor einem Jahr. Sofort stürmten die Erinnerungen auf sie ein, sie konnte gar nichts dagegen tun. »Baby, ich will wieder mit dir zusammen sein«, flüsterte Jimmy. »Lass uns noch einmal von vorne anfangen.«

»Glaubst du, das geht so einfach? Du kommst hierher, gehst mit mir essen, und schon ist alles wie früher?«

»Nein, aber ich glaube auch, dass zwei Leute, die so verrückt nacheinander waren wie wir, eine zweite Chance verdient haben.« Seine Stimme hatte etwas Hypnotisches. »Glaubst du nicht auch?«

Er streichelte über ihre Wange. Langsam, ganz langsam kam sein Gesicht näher, bis seine Lippen ihre berührten.

Tief in ihr war etwas, das sich nach seinem Kuss sehnte. Sie hatte ihn immer gerne geküsst. Er spürte, wie ihr Körper ihm nun entgegenkam, und küsste sie richtig. Kurz ließ sie es zu, dann löste sie sich und schlang ihre Arme um ihn. Alles war so vertraut.

Ricarda fühlte sich, als sei das alles unwirklich. Als sei es ein wirrer, absurder Traum, in dem sie steckte und von dem sie nicht wusste, ob sie daraus aufwachen wollte oder nicht.

»Ricarda!«

Sie sah auf. Jimmy hielt sie immer noch umschlungen. So gut es in dieser Umarmung ging, drehte sie sich um. Im Halbdunkel des Platzes stand ein hünenhaft großer Mann und starrte sie an.

»Max.« Sie befreite sich von Jimmy. »Das ist ja ... eine Überraschung.«

Sie sah ihn verlegen an. In seinem Blick lag etwas, das sie nicht deuten konnte.

»Ähm, das hier ist Jimmy. Ein alter Freund von mir.« Sie wusste nicht, warum sie log.

»Alte, aber sehr große Liebe, besser gesagt«, korrigierte Jimmy grinsend und gab Max die Hand. »Und du bist Holzfäller?«

»Er ist Förster.« Ricarda schaute Jimmy wütend an. »Und er hat mir in den letzten Tagen sehr geholfen.«

»Danke, Mann.« Er nickte Max zu und legte seinen Arm um Ricarda. »Schön, dass du dich gut um sie gekümmert hast.«

»Schon okay«, Max' Miene wirkte wie erstarrt. »Das habe ich gerne gemacht.« Er musterte Ricarda, dann glitt sein Blick aus irgendeinem Grund über den Bus. »Na ja, ich will nicht weiter stören.« Er nickte ihnen zu und wandte sich zum Gehen, drehte sich dann aber noch einmal zu Ricarda um: »Ich habe übrigens Lois' Schwester erreicht. Sie will mit dir reden. Übermorgen um drei im Café Huber im Dorf.« Er nickte noch einmal, dann ging er.

»Max ...« Ricarda stand da und sah ihm nach. Plötzlich fühlte sie sich so merkwürdig verloren.

»Lass doch den Förster.« Jimmy zog sie wieder an sich. Sein Kuss ließ sie schwindelig werden. »Wusstest du übrigens, dass das Praktische an so einem Bus ist, dass man das Bett schon dabeihat?«

Berchtesgaden, Sommer 1956

In den nächsten Tagen mied Lilli den Tanzsaal. Sie hatte Erfolg, kein einziges Mal lief sie Lois über den Weg. Abends, sobald Theo von seinen Terminen zurück war, spielte sie nun mit ihrem Vater im Aufenthaltsraum Schach, während Vera sich mit ihren neuen Freundinnen vergnügte.

Jeden Abend bestellte Theo für sich einen Cognac und für Lilli eine Zitronenlimonade, dann baute er bedächtig das Schachbrett auf. Er hatte es von seinem Vater geerbt, der es von einer Reise nach Ägypten mitgebracht hatte. Das Holz war erlesen und hatte eine feine Maserung, die Figuren waren kunstvoll geschnitzt. Immer spielte Lilli die weißen Figuren, Theo die Schwarzen.

»Schön, mein Engel, dass wir diese Stunden haben«, sagte er an diesem Abend. »Wenn du erst einmal mit Carl verheiratet bist, wirst du andere Dinge zu tun haben, als mit deinem alten Vater Schach zu spielen.«

»Oh nein, Vati, sag so etwas nicht. Bestimmt kann ich oft zu euch zu Besuch kommen, und dann spielen wir.«

»Ja, aber du wirst dich um einen großen Haushalt zu

kümmern haben. Und dann natürlich um die Kinder, die ihr hoffentlich bald bekommt.«

Er zog einen seiner Türme in Richtung der weißen Dame. Lilli beobachtete ihn aufmerksam, versuchte herauszufinden, welchen Zug er als Nächstes machen würde. Theo hatte früh begonnen, ihr Schach beizubringen. »Damit ich in einigen Jahren eine geeignete Gegnerin habe«, hatte er immer gesagt. »Man muss alles vorausschauend und auf lange Sicht planen. Das ist so bei den Geschäften, beim Schachspiel und auch, wenn es darum geht, sich einen Schachgegner heranzuziehen.«

Lilli sah ihrem Vater in die Augen. Er lächelte ihr gelassen zu, nichts in seinem Gesicht deutete an, welchen Zug er als Nächstes plante. Er war ein hervorragender Schachspieler, Lilli war es beinahe noch nie gelungen, ihn zu schlagen. Und die wenigen Male, in denen sie es geschafft hatte, war sie sich nicht sicher gewesen, ob er sie absichtlich hatte gewinnen lassen. Eines Tages, dachte sie bei sich, eines Tages schaffe ich es. Ob Carl Schach spielt? Sie nahm sich vor, ihn später zu fragen. Er würde wie jeden Abend auch heute um halb zehn Uhr anrufen. Immer rechtzeitig um fünf Minuten vor halb zehn beendete Theo die Partie, damit Lilli nicht zu spät auf ihr Zimmer und ans Telefon kam.

»Übrigens habe ich das passende Haus für euch gefunden«, sagte Theo nun beiläufig, während er dabei zusah, wie Lilli einen weißen Bauern zog. »Ich habe heute Morgen die Verträge unterschrieben, ihr könnt noch vor Weihnachten einziehen.«

Lilli sah überrascht auf. »Wirklich? Weiß Carl das schon? Er hat keine Silbe davon gesagt.«

»Ich habe ihm deswegen ein Telegramm geschickt. Vielleicht will er dich damit überraschen.« Er nickte. »Sei so lieb und tu so, als wüsstest du von nichts, wenn er es dir erzählt. Ich will ihm nicht die Freude nehmen, seine Braut zu überraschen.«

»Natürlich.« Lilli nickte.

»Und, mein Engel, willst du nicht wissen, welches Haus es ist, in dem du bald wohnen wirst?« Theo zog einen der schwarzen Türme. Lillis äußerster Bauer wurde geschlagen.

»Doch, natürlich.«

»Es ist die Backsteinvilla, die dir schon als Kind immer so gefallen hat. Ich sah, dass sie verkauft werden sollte, und da dachte ich: Das ist das perfekte Haus für meine Lilli.«

»Wirklich? Die Backsteinvilla?« Ihre schlanke Hand mit dem weißen Springer darin schwebte in der Luft. Sie vergaß ganz das Spiel. Die Backsteinvilla, nur ein paar Straßen von ihren Eltern entfernt, hatte sie als kleines Mädchen wirklich geliebt. Ihr Kindermädchen hatte bei Spaziergängen immer eine Pause vor dem Haus einlegen müssen, damit Lilli es bewundern konnte. Die rote Backsteinfassade bildete einen schönen Kontrast zu den cremefarbenen Steineinfassungen der Fenster, ein geschwungener Balkon zeigte zur Straße. Soweit Lilli als Mädchen über die Mauer, die das Grundstück einfasste, hatte spähen können, war der Garten dahinter groß und so wie der ihrer Eltern voller alter Bäume.

»Freust du dich, mein Engel?«

»Ja, natürlich. Ich kann nicht glauben, dass du dich erinnert hast, wie sehr ich das Haus mag.« Sie stand auf, ging um den Schachtisch herum, legte ihre Arme um seinen Hals und küsste ihn leicht auf die Wange. »Danke, Vati, das ist sehr großzügig von dir.«

»Alles für dich.« Er tätschelte ihr den Arm. »Es ist außerdem purer Eigennutz. Schließlich will ich dich nahe bei mir behalten, und wenn ihr dort wohnt, wirst du es nie weit zu uns haben.«

Sie spielten weiter. Die Musik der Tanzkapelle drang aus dem Saal gedämpft bis zu ihnen. Lilli verschloss ihre Ohren davor. Sie bemühte sich, an das Leben zu denken, das sie bald führen würde. In ihrem Garten würde sie Hortensien pflanzen lassen, dachte sie, rosa und blaue Hortensien. Oder nur die blauen? Carl mochte sicher Blau lieber. Die Musik, schon wieder kam die Musik ihren Gedanken in die Quere. Nein, sie durfte nicht an ihn denken, sie durfte sich nicht ausmalen, dass sie nur ein paar Meter zu gehen bräuchte, um mit ihm tanzen zu können. Ich habe mich entschieden, dachte sie, es gibt nichts mehr zu grübeln.

»Lilli, träumst du? Ich habe den Eindruck, du achtest überhaupt nicht auf deine Türme.« Theo sah sie eindringlich an. In der Tat besaß sie nur noch einen Turm. Der zweite weiße stand auf Theos Seite des Tischs, wo er die von ihm geschlagenen Figuren sammelte. »Mein Engel, ich weiß zwar, dass ich wahrscheinlich ohnehin gewinnen werde, aber ganz so leicht brauchst du es mir nicht zu machen.« Er zwinkerte ihr zu.

»Ja, entschuldige, Vati. Ich konzentriere mich jetzt wieder ganz auf dich.«

»Und auf Carl, wie ich hoffe. Sage mir, behandelt er dich gut?«

»Er ist immer sehr höflich und freundlich.« Aber er lässt nicht meine Knie weich werden und mein Herz flattern, fügte sie in Gedanken hinzu. Er berührt mein Innerstes nicht. Jedes Mal, wenn sie einen hochgewachsenen jungen Mann im Hotel sah, zuckte sie zusammen in der Angst und gleichzeitig der Hoffnung, Lois könnte es sein. Jedes Mal, wenn nach dem Abendessen zum Tanz gebeten wurde, war ihr Herz schwer. Ich wünschte, ich hätte Lois nie getroffen, dachte sie. Erst seit ihm kenne ich den Unterschied. Vorher war ich doch zufrieden.

»Ihr werdet ein gutes Leben haben, Lilli. Darum habe ich mich schon immer gekümmert, und ich werde weiter dafür sorgen.«

Er kramte seine Taschenuhr hervor. »Es ist beinahe halb zehn; wir sollten unser Spiel auf morgen vertagen. Oder willst du gleich aufgeben?«

Auf dem Spielfeld standen nur noch halb so viele weiße wie schwarze Figuren. Lilli verzog den Mund. »Vielleicht sollten wir morgen von vorne beginnen.« Sie stand auf, küsste ihren Vater noch einmal auf die Wange. »Gute Nacht, Vati.«

»Gute Nacht. Und bestell Carl schöne Grüße.«

Als Lilli in ihr Zimmer kam, öffnete sie die Balkontüren weit. Dann setzte sie sich auf ihr Bett und wartete, wie jeden Abend. Und wie jeden Abend läutete das Telefon pünktlich. Sie nahm das Gespräch entgegen.

»Liebling, rate mal. Wir haben ein Haus«, sagte Carl am Telefon.

»Wirklich? Welches denn?«

»Kennst du die alte Backsteinvilla in Marienburg? Nicht weit von deinen Eltern? Sie stand zum Verkauf.«

»Oh Carl, das ist ja wunderbar.« Sie hörte ihren Worten nach. Nahm er ihr die Überraschung ab? Doch das war es nicht, was sie ihm eigentlich vorspielte. Die Überraschte zu spielen war leicht. Es war schwer, die glückliche Braut zu spielen, wenn man jede einzelne Minute darum kämpfte, sich jemanden aus dem Herzen zu reißen, den man einfach nicht vergessen konnte.

Zwei Tage später fuhren die Beekmanns zu den Salzburger Festspielen. In den Stunden vor der Fahrt machte sich Lilli sorgfältig zurecht. Die Presse würde da sein und Freunde ihrer Eltern. Es war wichtig, dass sie einen guten Eindruck machte.

Vera hatte vor der Abreise eigens für diesen Abend ein Kleid für Lilli schneidern lassen und eines für sich. »Wunderschön, mein Kind«, sagte sie nun zufrieden, während sie Lilli beim Ankleiden zusah. Das Kleid war aus blutroter schwerer Seide mit einem weit ausgestellten schwingenden Rock. »Sicher werden sich alle Kameras auf dich richten.« Sie hauchte Lilli einen Kuss auf die Wange, bei dem sie aufpasste, dass ihr Lippenstift nicht in Mitleidenschaft gezogen wurde. Vera war schon vollkommen bereit, in ihrem dunkelvioletten Kleid, das über und über mit Pailletten bestickt war. »Man muss an die Fotos denken, die von uns gemacht werden. Es ist immer gut, wenn etwas darauf glitzert und glänzt. Darum habe ich der Schneiderin auch gesagt, dass sie auf jeden Fall glänzende Seide für dein Kleid nehmen muss.« Vera betrachtete Lilli zufrieden. »Gefällst du dir?«

Lilli drehte sich vor dem großen Wandspiegel in ihrem Zimmer.

»Es ist wunderschön, Mutti.«

»Oh bitte, Fräulein Beekmann. Stehen Sie noch für einen Moment still.« Die Friseurin, die Vera für sich und ihre Tochter ins Hotel bestellt hatte, tat ihr Bestes, um Lillis Haar erneut zu ordnen. Es fiel in weichen blonden Wellen, die Stunden gekostet hatten.

»Egal, was Sie heute tun, Fräulein Beekmann, damit wird die Frisur sitzen.« Die Friseurin hob eine große Sprühflasche Haarlack und sprühte eine großzügige Portion auf Lillis Haar. »Sehen Sie, so glänzt es auch noch mehr.« Sie betrachtete zufrieden ihr Werk. »Und wenn Sie jetzt bitte Platz nehmen, kümmern wir uns noch um ihr Make-up.«

Vera hob eine Augenbraue. »Vergessen Sie aber nicht, dass sie ein junges Mädchen ist. Nicht zu viel, alles dezent.«

»Natürlich, Frau Beekmann.«

Vera stand auf und ging zu Lillis Schmuckschatulle. »Die Perlenkette, die Vati dir zu Weihnachten geschenkt hat, wird sicher am besten dazu passen«, sagte sie gedankenverloren. »Und vielleicht diese Ohrringe? Das Einzige, was nicht zum Kleid passt, ist dein Verlobungsring. Carl hätte dir einen Diamanten schenken sollen, die passen zu allem.«

Lilli sah hinunter auf ihre Hand, die auf ihrem Oberschenkel lag. Tatsächlich biss sich der lavendelfarbene Amethyst mit dem Rot des Kleides.

» … aber na ja, trage einfach die meiste Zeit Handschuhe,

dann fällt es nicht auf.« Vera legte die Perlenkette und die Ohrringe auf den Schminktisch. »Gott sei Dank bist du bald verheiratet. Eheringe passen zu allem.«

Schließlich gingen sie zum Wagen, den ein Page schon in die Auffahrt gefahren hatte. Theo wartete daneben im Frack.

»Du siehst wunderbar aus«, sagte er, als Lilli die Treppe hinabstieg, und reichte ihr die Hand. »Wie eine Prinzessin.«

»Dann bist du der König.« Lilli lächelte. Er zwinkerte ihr zu.

Während sie durch das Dorf fuhren, sah Lilli aus dem Fenster. Sie hielt Ausschau nach Lois, obwohl sie es sich selbst nicht eingestehen wollte. Ein paar Bauernkinder in schmutzigen Kleidern spielten am Straßenrand. Vor der Kirche standen zwei Männer mit geschulterter Sense und unterhielten sich. Lilli sah an sich hinunter, die teure Seide, die feinen Handschuhe. Sie sah die bewundernden Blicke der Kinder, als das elegante Auto vorbeifuhr. Es sind zwei Welten, dachte sie traurig. Zwei Welten, die sich nur ganz kurz berührt haben.

Die Stadt Salzburg begrüßte sie im warmen Licht des frühen Abends. Die weißen Wände der Festung über der Altstadt schienen beinahe zu glühen. Lilli war ganz verzaubert von der Atmosphäre der Stadt. Die alten prächtigen Bauten strahlten den Glanz vergangener Jahrhunderte aus.

»Das Rom des Nordens, so nennt man Salzburg«, sagte Theo, während er den Wagen durch die engen Gassen der Altstadt in Richtung des Festspielhauses lenkte. »Zu Recht.

Diese barocken Kirchen und Plätze, die Opern passen zur Stadt.«

Theo liebte Opern. Er fuhr oft nach Bayereuth zu den Aufführungen der Wagneropern. Seine Opernschallplatten füllten einen ganzen Schrank im Salon, und wenn er gut gelaunt war, dann klang »Tosca« oder der »Lohengrin« durch die ganze Villa in Marienburg.

»Die Zauberflöte sehen wir heute. Kennst du die Geschichte, Lilli?« Er sah sie fragend im Rückspiegel an.

»Nein, Vati.«

»Es wird dir gefallen. Dabei geht es um einen jungen Prinzen, der seine Liebste vor dem Bösen befreit.«

»Das klingt schön, Vati«, antwortete Lilli automatisch.

Schon als das Festspielhaus in Sicht kam, sah Lilli die Menschenmenge, die sich vor dem Eingang versammelt hatte. Ein eleganter Wagen nach dem anderen reihte sich in die Schlange vor dem imposanten Gebäude ein. Der jeweils vorderste hielt vor dem Eingang, ein livrierter Page stand bereit, um die Autotür mit einer Verbeugung zu öffnen.

»Wir hätten einen Chauffeur nehmen sollen wie jeder andere auch«, bemerkte Vera spitz, als sie sich in der Warteschlange von Limousinen einreihten.

»Du weißt, dass ich niemand anderen ans Steuer lasse«, sagte Theo hart. »Und das wirst auch du nicht ändern, liebe Vera.«

Kurz herrschte Stille im Wagen. Dann sagte Vera: »Magda und Romy Schneider sollen auch da sein. Ich hoffe, wir lernen sie kennen. In ›Sissi‹ haben sie mir beide so gut gefallen.«

Kurz darauf waren sie an der Reihe. Der Page öffnete zuerst Theo die Tür, dann ging er um den Wagen herum und riss den Wagenschlag auf der anderen Seite auf. Lilli stieg aus. Sofort wurde sie geblendet von den Blitzen der Fotoapparate. »Theo Beekmann«, hörte sie aus der Menge immer wieder. »Das ist Theo Beekmann, der Süßwarenmagnat.« Theo reichte Vera rechts und Lilli links seinen Arm, und gemeinsam schritten sie über den weichen roten Teppich auf den Eingang zu. Es waren nicht nur Fotografen und Presseleute da, sondern auch Schaulustige. Schulmädchen, die sich die Hälse nach bekannten Schauspielern verrenkten, Hausfrauen, die sich für die aufwendigen Kleider interessierten, die auf dem roten Teppich zu sehen waren, einfache Salzburger, die ein bisschen von dem Glanz der Oper und der Festspiele abbekommen wollten. Lilli kamen die paar Meter bis zum Eingang ewig vor. Zwar sorgten Absperrbänder und Polizisten dafür, dass die Schaulustigen genügend Raum ließen, trotzdem fühlte sie sich unwohl, so begafft und angestaunt zu werden. Vera dagegen schien das Bad in der Menge richtig zu genießen. Sie drehte sich vor dem Eingang noch einmal den Fotografen zu und forderte Lilli mit einem Wink auf, es ihr gleichzutun. »Lächeln, mein Kind«, sagte sie. Lilli gehorchte. »Theo Beekmanns Tochter«, hörte sie von irgendwoher eine tiefe Stimme mit zynischem Klang. »Heiratet angeblich dieses Jahr noch den Nachfolger. Einen von und zu. Perfekt fürs Geschäft, Adel trifft Geld und so weiter.« Sie sah in die Richtung, aus der die Stimme kam, aber in der Menge und durch die Blitzlichter konnte sie niemanden genau erkennen. Theo blieb wie immer vollkommen unbeeindruckt vom Rummel um ihn herum. Was wollte der Mann andeuten?

»Komm, Lilli.« In diesem Moment schob ihr Vater sie durch die Eingangstür, die von zwei Männern in Uniform beflissen aufgehalten wurde. Sie vergaß sogleich wieder, was sie eben gehört hatte.

Das Festspielhaus empfing sie in seinem Inneren mit Prunk und Ruhe. Die Besucher in ihren festlichen Roben und Fracks standen in kleinen Grüppchen, Kellner liefen mit Tabletts herum und boten Champagner und Häppchen an, gedämpfte Gespräche wurden geführt. Ein bisschen wie im Museum, dachte Lilli. Lachen, Gläserklirren, gezierte Küsschen schwebten durch den riesigen Raum mit seinen großen Leuchtern und seinem prachtvollen Parkett. Vera hielt einen Kellner an und nahm sich ein Glas Champagner, Lilli reichte sie einen Orangensaft. »Hier, Kind, die Oper wird lang, und bis zur Pause sollst du keinen trockenen Hals bekommen.«

Lilli trank in kleinen Schlucken und sah sich um. Einige Gesichter kannte sie aus Zeitschriften. Die aufwendigen Kleider der Frauen, manche mit kleinen Hütchen, an denen Federn wippten, der Schmuck, es gab viel zu sehen. Theo unterhielt sich mit einigen Bekannten, denen er Lilli vorstellte. »Meine Tochter, mein ganzer Stolz«, sagte er. Lilli gab den Männern die Hand. Einer gab ihr sogar einen Handkuss. »Ganz reizend«, sagte er und sah sie mit einem prüfenden Blick an, den sie nicht mochte. Sie nickte und wandte sich ab, sobald es die Höflichkeit erlaubte. Ihre Mutter war ins Gespräch mit einer dicken Frau im schwarzen Perlenkleid vertieft. Lilli stand etwas verloren da und war froh, dass der Beginn der Oper angekündigt wurde und sie sich auf ihre Plätze begaben.

»Ich habe Herbert gesagt, wir wollen Plätze in seiner Loge«, sagte Theo, während sie auf den Eingang des Opernsaals zugingen. »Er hat immer die beste Loge als Leiter dieses ganzen Festspielzaubers.«

Tatsächlich saßen sie ein paar Minuten später in der Loge von Herbert von Karajan. Theo und er hatten sich einmal in Bayreuth kennengelernt. Er war ein drahtiger Mann mit beeindruckend vielen Haaren, die leicht ergraut waren. Er küsste Lilli und Vera die Hand und begann dann, sich mit Theo in ein fachkundiges Gespräch über die Akustik des Opernsaals zu vertiefen. Lilli nahm zwischen ihren Eltern in einem der roten weichen Sessel Platz. Sie kam aus dem Staunen kaum heraus, als sie den Raum auf sich wirken ließ. Es war sicher der erstaunlichste Saal, den sie je gesehen hatte. Zwei Seiten waren durch nackte, natürliche Felswände geschlossen. In den Felsen waren mehrere übereinanderliegende Reihen von Bögen geschlagen, hinter denen die Zuschauerlogen lagen, von denen aus man auf die riesige Bühne unter sich sah. Wir sitzen im Felsen, dachte Lilli und schaute zur Decke. Im schummrigen Licht der Loge war das Gestein deutlich zu sehen. Es sah geheimnisvoll aus.

»Die Felsenreitschule ist immer ein Erlebnis«, sagte die Frau in Schwarz hinter ihr. Lilli drehte sich zu ihr um. »Früher wurden dort unten Tiere aufeinandergehetzt, oder die Pferde des Erzbischofs führten Kunststückchen vor. Grausame Zeiten.« Die Frau zwinkerte. »Da ist es doch schön, heute am Leben zu sein.«

Lilli nickte.

Die Dunkelheit, das schummrige Licht, das Gemurmel der Zuschauer in ihren Felsenlogen, der riesige Saal, die blutroten Sessel, die sich kaum von ihrem Kleid unterschieden, plötzlich fühlte Lilli eine eigenartige Beklemmung. Als würde etwas Schweres auf mir lasten, dachte sie, etwas, das ich nicht benennen kann. Sie war erleichtert, als die Oper begann und sie mit ihrem bunten Treiben ablenkte.

Die *Zauberflöte* gefiel Lilli. Sie verfolgte die Geschichte der entführten Prinzessin Pamina, die von ihrem Geliebten Tamino und dessen Begleiter, dem Vogelhändler Papageno, gesucht wurde. Langsam vergaß sie das Gefühl von Schwere, das sie empfunden hatte, und überließ sich der Musik. Einige der Stücke kannte sie, vor allem das Lied des Vogelfängers. »Ein Vogelfänger bin ich ja«, Theo neben ihr summte leise mit. Als sie zu ihm sah, lächelte er sie an und legte seine große Hand auf ihren Arm. »Gefällt es dir, mein Engel?«

»Es ist wunderschön.«

Die Königin der Nacht, die Mutter der entführten Prinzessin, trat auf. Ihr ausladendes nachtblaues Ballkleid und die silberne Krone begeisterten Lilli. Über ihr glitzerten tausend Lichter auf der dunklen Bühne, die die Sterne darstellen sollten. Kurz darauf verwandelte sich die Bühne in einen prächtigen Raum, der Lilli an Zeichnungen von ägyptischen Tempeln erinnerte, die sie in der Schule gesehen hatte. Sie war vollkommen in den Bann gezogen; für eine kurze Zeit waren ihre Sorgen und ihr schmerzendes Herz vergessen.

Nach dem ersten Akt gab es eine Pause. Die Lichter im Saal flammten auf, und Theo und Herbert von Karajan begannen sofort damit, über die Inszenierung zu sprechen.

»Beekmann, passen Sie auf, was Sie sagen. Ich bin schließlich der Leiter hier«, drohte von Karajan lachend.

»Es ist großartig, und das sage ich nicht nur, weil Sie mein Freund sind und ich Angst habe, beim nächsten Mal keine so hervorragenden Plätze mehr zu bekommen …« Die beiden Männer standen auf und gingen auf den Ausgang der Loge zu. Auch Vera war aufgestanden und folgte Theo gemeinsam mit der Dame in Schwarz.

Lilli verließ die Loge als Letzte. Mit dem weit ausgestellten Rock ihres Kleides streifte sie dabei Theos Jackett, das er achtlos auf seinem Sitz hatte liegen lassen. Es fiel herunter. »Huch.« Lilli bückte sich und wollte es aufheben. Dabei fiel ein beschriebenes Blatt Papier heraus. Es war so gefaltet, dass die Schrift nach außen zeigte. Lilli wollte es gerade wieder zurück in die Innentasche des Jacketts stecken, als ihr Blick auf ihren Namen fiel. Sie stutzte. Es ging um sie. Und jetzt, wo sie genauer darauf achtete, kannte sie die Schrift: Carls schöne, korrekte, beinahe weibliche Handschrift. Sie hatte in den letzten Monaten so viele Briefe von ihm bekommen, dass es ganz unmöglich war, sie zu verwechseln. Was schrieb Carl über sie an ihren Vater? Ging es um das Haus? Die Hochzeit? Bevor sie wirklich nachdachte, hatte sie schon den Brief entfaltet und las.

»Lieber Theo, ich will dich im Urlaub nicht stören, aber ich bräuchte dringend einen Vorschuss. Die Abmachung waren 15.000, wenn ich mich mit Lilli verlobe, und noch einmal

15.000 nach unserer Hochzeit. Aber ich habe jetzt Schulden zu bezahlen, nicht erst im Dezember. Und dass die Hochzeit stattfindet, ist ja nun sicher. Darum frage ich mich, ob es nicht möglich wäre, jetzt schon einen Teil der zweiten Rate zu bekommen. Wir sind und bleiben uns ja trotzdem in allem einig, du hast mein Wort ...«

Lilli ließ den Brief sinken. Um sie herum drehte sich alles. In ihren Ohren rauschte es. Die Felsenwände schienen mit einem Mal auf sie zuzukommen. Die vage Beklemmung, die sie vorhin gefühlt hatte, steigerte sich jetzt zu einer Panik, wie sie sie noch nie gefühlt hatte. Sie bekam keine Luft mehr, ihr Hals schien so merkwürdig eng zu werden. Sie zerrte mit ihren behandschuhten Fingern am Kragen des Kleides. Luft, Luft. Ihr Herz raste. Sie musste sich beruhigen, wenn sie nicht hier oben in dieser furchteinflößenden Felsenloge ohnmächtig werden wollte. Durch pure Willenskraft gelang es ihr schließlich, tief durchzuatmen. Mit zitternden Fingern faltete sie den Brief wieder zusammen und steckte ihn in die Tasche, aus der er gefallen war. Das Jackett hängte sie ordentlich über die Sessellehne. Dann floh sie aus der Loge.

Wie sie die Pause überstand, wusste sie später nicht mehr. Vom erstbesten Kellner, der an ihr vorbeikam, nahm sie ein Glas Champagner und trank es in einem Zug aus. »Lilli«, zischte ihre Mutter, als sie sie dabei erwischte, »was soll denn das?«

Lilli antwortete nicht. Verschwommen zogen Gesichter an ihr vorbei, Ballkleider, Hüte, teure Schals, lächelnde, rot geschminkte Lippen. Sie schüttelte Hände, nickte, wenn sie nicken sollte. Aber sie sprach kein Wort. Niemand schien es zu bemerken, diejenigen nicht, denen sie vorgestellt wurde, Theo nicht, der sich mit einer langen Reihe von Herren in schwarzen Anzügen unterhielt, ständig flankiert von Herbert von Karajan, dessen gut gelaunte Stimme Lilli immer wieder durch das Gewirr hörte. Sie reagierte auf nichts. In ihrem Kopf herrschte so ein unerträgliches Durcheinander, so ein Druck, als müsste er platzen oder als sollte sie schreien.

Den zweiten Akt sah sie in einer Art Schockstarre. Erst an der Stelle, an der die Königin der Nacht als die eigentlich Böse entlarvt worden war und ihre berühmte Arie sang, rollte eine einzelne Träne ihre Wange herab. Lilli bemerkte es kaum.

8

Als Ricarda am nächsten Morgen erwachte, fiel fahles Morgenlicht durch die Fenster des Busses. Die Sterne am Autohimmel über ihr leuchteten nicht mehr, sondern sahen im Tageslicht wieder einfach nur aus wie weiße Aufkleber. Jimmys Arm war locker um sie geschlungen. Gestern Abend, nachdem er sie zu Mitzis Pension gefahren hatte, hatte sie seinen Vorschlag, nicht hinauf in ihr Zimmer zu gehen, sondern hier im Bus zu schlafen, noch wildromantisch gefunden. Jetzt jedoch sehnte sie sich nach ihrem weichen Bett und einer warmen Dusche; im Bus war es über Nacht kalt geworden. Ricarda fühlte sich wie zerschlagen. Und Jimmy neben ihr kam ihr plötzlich unwirklich vor. Er war zwar da, sie hatte ihn wieder, aber sie wartete vergeblich darauf, dass sie in sich ein Glücksgefühl spürte. Was war mit ihr los? Monatelang war dies hier ihr größter Wunsch gewesen.

Jimmy wachte nun ebenfalls auf. Er brummte schlaftrunken und zog sie an sich. »Guten Morgen, Baby«, murmelte er.

Ricarda drehte sich zu ihm um. Jimmy sah selbst jetzt noch, verschlafen und verstrubbelt, in diesem kalten Morgenlicht, umwerfend aus, das musste sie zugeben. »Ist das hier wirklich passiert?«, fragte sie ihn.

»Natürlich«, er küsste sie. »Und ich bin froh, Baby.« Er stützte sich auf den Ellbogen und zeichnete mit der freien Hand spielerisch Kreise auf ihrer nackten Schulter. »Wenn ich es nicht mit dir hinkriege, dann werde ich es auch mit keiner anderen hinkriegen.« Er lächelte. »Du bist meine Rettung. Ohne dich würde ich in ein paar Jahren verbittert und einsam in Bars herumsitzen, das weiß ich.«

Ricarda sah ihn an. Die Worte hallten in ihrem Kopf nach. Ganz schön viel »ich«, dachte sie. War er immer schon so gewesen, und sie hatte es nur nicht gehört? Oder war sie überempfindlich? Sie sah hinauf zum Autohimmel. Der Bus, die Sternchen, dass er sie gesucht hatte, das musste doch etwas bedeuten. Es zeigte, dass er sich geändert hatte.

Sie lächelte. »Es ist schön, dass du diesen Sternenhimmel extra für mich aufgeklebt hast«, sagte sie. »Ich weiß doch, dass du so etwas gar nicht magst.«

»Na ja …«, sagte Jimmy gedehnt und lachte. »Jetzt kann ich es dir ja sagen: Direkt aufgeklebt habe ich die nicht. Das war schon so, vom Vorbesitzer. Ich habe den Bus einfach so gekauft, wie er war.«

»Aber du hast doch gestern gesagt …«

»Nein, ich habe dir nur nicht widersprochen.« Er küsste sie. Sie machte sich steif in seinen Armen. »Ach, jetzt komm, mach doch nicht so einen Wind um eine Kleinigkeit.«

Ricarda setzte sich auf. Plötzlich wollte sie nur noch weg. Sie öffnete den Kofferraum, kalte Morgenluft strömte in den Bus.

»Bist du verrückt, das ist eiskalt.« Jimmy zog die Decke enger um sich. Ricarda streifte sich ihr T-Shirt über und schlüpfte in ihre Jeans, dann kletterte sie aus dem Bus, ging ein paar Schritte zur Kante des Berghangs und sah ins Tal hinunter. Über allem lag heute Morgen eine graue fahle Stille. Es war noch so früh, dass die ganze Welt schlief. Sie hörte Schritte. Jimmy kam ihr nach.

»Was ist denn?« Er umarmte sie von hinten, küsste ihren Nacken. »Wieso bist du denn plötzlich so seltsam? Gestern Abend war doch noch alles gut.«

»Ja, aber jetzt ist es das nicht mehr.«

»Nur wegen der dummen Leuchtsterne?«

Sie schüttelte den Kopf. »Als ich die Sterne sah, dachte ich, du hättest dich geändert. Du würdest Dinge für mich machen, einfach nur für mich. Und jetzt hast du mich schon wieder angelogen ...« Sie drehte sich zu ihm um. Damit sie ihm nicht in die Augen sehen musste, sah sie hinüber zum Bus. Für einen Moment blieb ihre Miene glatt, dann runzelte sie die Stirn.

»Sag mal, was ist das für eine Delle da vorn an der Schnauze?« Sie hatte den Bus gestern nicht von vorn gesehen, darum war sie ihr nicht aufgefallen.

»Ach das ...« Jimmy winkte ab.

Sie ging hinüber und fuhr mit den Fingerspitzen über die lang gestreckte Einbuchtung. Sie lag ziemlich hoch, etwa auf Brusthöhe.

»Hattest du einen Unfall?« Sie wandte sich zu ihm um.

»Nein«, brummte er verstimmt. »Mir ist nur so ein blödes

Vieh ins Auto gelaufen. Scheißabgelegenes Tal, hier ist einfach zu viel Natur.«

Ricarda starrte ihn an. »War das zufällig ein Hirsch?«

»Keine Ahnung. Ist doch auch egal.«

»Nein, ist es nicht. Du bist viel zu schnell gefahren und hast den Hirsch böse erwischt. Und du bist einfach weitergefahren, anstatt den Förster zu rufen.«

Jimmy sah sie verwirrt an. »Moment, woher weißt du, was ich gemacht oder nicht gemacht habe?« Seine Miene hellte sich auf. »Ach so, der Holzfäller von gestern, stimmt's? Hat er dich zu seiner Wildtierbeauftragten gemacht, oder was? Oh mein Gott, es ist doch nur ein blöder Hirsch.«

Sie starrte ihn wütend an. »Ich fasse es nicht.«

Er schüttelte lachend den Kopf. »Du hast dich ganz schön verändert, Ricarda.«

»Vielleicht. Von dir kann ich leider nicht dasselbe behaupten.«

»Was soll das heißen?«

Sie musterte ihn kühl.

»Fahr zurück nach Köln oder wohin du willst. Ich werde nicht mitkommen. Und ruf mich bitte nicht mehr an.« Sie ging an ihm vorbei in Richtung Haus.

»Hey!« Er trat wütend gegen den Bus.

Ricarda hörte es, aber sie drehte sich nicht mehr um.

In Mitzis Haus war es vollkommen still. Ricarda streifte die Schuhe im Flur ab und schlich barfuß die Treppe nach oben. Auf keinen Fall wollte sie jemanden wecken und erst recht nicht mit jemandem reden müssen.

In ihrem Zimmer angekommen, stellte sie sich unter die heiße Dusche. Lange ließ sie das Wasser auf sich herunterprasseln. Erst als die Haut an ihren Fingerspitzen langsam schrumpelig wurde, stellte sie das Wasser ab und wickelte sich in ein großes Handtuch. Dann setzte sie sich aufs Bett. Sie konnte immer noch nicht glauben, was in den letzten zwölf Stunden passiert war. In Salzburg hatte sie sich noch so wohlgefühlt. Es kam ihr vor wie eine Ewigkeit, seit sie mit Max zusammen in der Kutsche durch die Stadt gefahren war. War das wirklich erst gestern gewesen?

Jimmy war einfach so in alles hineingeplatzt.

Ricarda dachte an Max, an seinen Gesichtsausdruck gestern Abend vor dem Restaurant, als er sie mit Jimmy gesehen hatte. Er hatte traurig ausgesehen und enttäuscht. Und dabei hatte er sich extra um einen Termin mit Lois' Schwester für sie gekümmert. Er tat alles für sie, nahm sie ernst, brachte sie zum Lachen …

Ricarda ließ den Tränen freien Lauf. Wie hatte sie nur innerhalb von zwölf Stunden alles kaputt machen können?

Den ganzen Vormittag verließ sie ihr Zimmer nicht. Mitzi versuchte, sie mit dem Mittagessen zu locken, aber Ricarda hatte keinen Hunger. Irgendwann wusch sie sich ihr verweintes Gesicht mit kaltem Wasser und setzte sich mit einem großen Glas Eistee auf den Balkon. Der Himmel war ein wenig aufgerissen, immer wieder kam die Sonne durch und tauchte das Tal in freundliches Licht.

Ricarda sah hinüber zum Forsthaus, das so ruhig und friedlich auf dem Wiesenhügel am See stand, als sei gar nichts passiert. Was Max wohl gerade machte? Ob sie ihn anrufen sollte? Aber was sollte sie schon sagen? Ich war gestern kurzzeitig wieder mit meinem Ex-Freund zusammen, aber jetzt ist es endgültig vorbei? Er würde sie doch für völlig verrückt halten. Sie klickte sich, um sich abzulenken, wieder und wieder durch die Fotos, die auf ihrer Kamera gespeichert waren. Immer wieder blieb sie bei dem Foto hängen, dass der Kutscher am Tag zuvor von ihr und Max gemacht hatte. Da war noch alles gut gewesen.

Ricarda seufzte und legte die Kamera auf den Tisch. Sie beschloss, an diesem verkorksten Tag doch noch etwas Sinnvolles zu tun, anstatt sich nur im Selbstmitleid zu wälzen. Sie stand auf und holte den Katalog, den sie vor ein paar Tagen in der Galerie Jobst mitgenommen hatte. Er war aus schwerem, hochwertigem Papier, cremefarben und dick. »Lois König. Alle Werke« stand tief eingeprägt auf dem Titelblatt. Innen war jedes Gemälde von Lois abgedruckt, mit Angaben zu den Maßen, wer es gekauft hatte oder in welchem Museum es hing, zum Titel und dem Jahr, in dem es entstanden war.

Ricarda blätterte sich langsam durch die Seiten, aber sah nicht wirklich, worauf sie da blickte. Ihre Gedanken kreisten, mal tauchte Max' Gesicht auf, dann wieder das von Jimmy. Sie sah auf ihr Handy. Keine Nachrichten, von niemandem.

Sie blätterte wieder um. Der Titel des abgebildeten Gemäldes stach ihr ins Auge. Das Bild, das ausschließlich einen roten Kreis zeigte, durch den eine schwarze Bahn verlief, trug den Titel »Es ist so schön bei dir«. Sie dachte an das, was die Galeristin gesagt hatte. »Er nimmt immer alte Liedtitel für seine Bilder ... Künstler eben.« Wie entschied sich Lois für diese Titel? Nach dem Zufallsprinzip? Das nächste Bild, auf dem aggressive Zickzacklinien in Grün quer über die Leinwand verliefen, hieß »Que sera, sera«. Immerhin dieses Lied kannte Ricarda sogar, sie summte es vor sich hin. »Que sera, sera, whatever will be, will be, the future's not ours to see ...«

Einer Eingebung folgend nahm sie ihr Handy und tippte den nächsten Titel ein: »In the still of the night«. Sofort ertönte ein schmelzendes, schmachtendes Tanzlied, das nach Milchbar und raschelnden Petticoats klang. Sie suchte auch nach den nächsten Liedern, spielte eins nach dem anderen ab. Irgendwann stutzte sie; eine Gemeinsamkeit fiel ihr auf. Es waren nicht alles nur einfach alte Lieder, wie die Galeristin gesagt hat. Es waren ... Nein, das konnte kein Zufall sein. Wann immer zu dem Liedtitel auf dem Display auch das Erscheinungsjahr angezeigt wurde, war es dasselbe: 1956. Egal, welches Bild von Lois sie auswählte, diese Gemeinsamkeit blieb.

»Unglaublich«, murmelte Ricarda. »Das sind nicht irgendwelche Lieder, das sind Lieder aus dem Jahr, in dem Lilli hier war.« Sie sah auf. Das war ein Hinweis, ein richtiger Hinweis. Dieses Jahr bedeutete Lois so viel, dass er jedes einzelne Bild in den letzten sechs Jahrzehnten mit diesem Datum verbunden hatte – mit diesem Sommer 1956.

Ganz automatisch griff Ricardas Hand nach ihrem Handy, um Max anzurufen und ihm diese Neuigkeit mitzuteilen. Aber dann kamen ihr Zweifel, und sie legte es wieder vor sich auf den Tisch. Sie konnte ihn nicht einfach anrufen und mit ihm über Lilli und Lois reden, als wäre nichts geschehen. Wieder sah sie zum Forsthaus. In diesem Moment schob sich eine Wolke vor die Sonne. Das Tal wirkte, als hätte jemand das Licht ausgeknipst. Ich würde aber gerne mit ihm darüber reden, dachte Ricarda, nicht nur darüber – überhaupt einfach mit ihm reden. Sie fühlte sie plötzlich unendlich allein.

Schließlich bekam sie doch Hunger und ging hinunter in die Küche. Zu ihrer Erleichterung wirkte das Haus völlig verlassen. Sie öffnete den Kühlschrank auf der Suche nach etwas, worauf sie Appetit hatte.

»Hallo, Ricarda, schön, Sie zu sehen.«

Ricarda zuckte zusammen. Sie hatte überhaupt nicht bemerkt, dass Paul Grigol in die Küche gekommen war.

Er lächelte ihr zu. »Entschuldigen Sie, ich wollte Sie nicht erschrecken.«

»Schon gut, mein Puls beruhigt sich sicher gleich wieder.« Ricarda schnitt eine Grimasse. »Was tun Sie überhaupt hier? Normalerweise sind Sie doch den ganzen Tag auf geheimnisvollen Ausflügen.«

Paul Grigol lachte ein kullerndes, tiefes Lachen. »Stimmt. Heute hatte ich aber bisher den ganzen Tag am Schreibtisch zu tun. Wissen Sie, ich schreibe ein neues Buch.« Er musterte sie. »Aber jetzt, wo ich ein paar Seiten zu Papier gebracht habe, wäre mir tatsächlich nach ein bisschen Tapetenwechsel. Was sagen Sie – hätten Sie Lust, mich auf einen meiner geheimen Ausflüge zu begleiten? Ich verspreche Ihnen auch, es gibt etwas Gutes zu essen, und wir nehmen meinen schicken Oldtimer, der dort draußen steht.«

Ricarda grinste. »Na ja, dann kann ich ja kaum Nein sagen.«

»Das will ich meinen! Und Sie werden es bestimmt nicht bereuen.«

Sie fuhren mit offenem Verdeck. Ricarda genoss es, mit wehenden Haaren über die Landstraßen zu fahren. Es war ihr, als würde die Luft auch ein bisschen von ihren trüben Gedanken wegpusten und ihren Kopf frei machen.

»Ich hoffe, Sie haben nichts gegen einen kurzen Boxenstopp?«, sagte Paul plötzlich und stoppte den Wagen vor einer kleinen Bäckerei. »Hier gibt es die besten Zwetschgendatschi von ganz Berchtesgaden. Haben Sie Lust?«

»Ich weiß nicht einmal, was das ist.«

»Oh, dann werde ich Ihnen erst recht einen mitbringen. Warten Sie hier.«

Ricarda sah dem fülligen alten Mann nach, wie er hinüber zur Bäckerei ging. Ein seltsamer Mensch, er lebte nur für seine Geschichte und seine Forschungen – aber nett war er mit seiner altertümlichen Höflichkeit, die sie sonst nur aus alten Filmen kannte.

Kurz darauf kam er mit einer Papiertüte zurück.

»So, und jetzt, wo wir so gut ausgestattet sind, zeige ich Ihnen meinen Lieblingsplatz.«

Sie fuhren ein Stück den Berg hinauf bis zu einem Wanderparkplatz. »Sind Sie bereit für einen kleinen Spaziergang? Dieser Weg hier ist auch mit meinen alten Knochen zu schaffen – wahrscheinlich mag ich ihn deswegen so gerne.«

Ricarda verstand schnell, was er meinte. Es war ein Höhenwanderweg ohne jede Steigung. Gemütlich spazierten sie zwischen den grünen Wiesen entlang und hatten dabei einen wunderbaren Blick auf das Dorf und die verstreuten Bauern-höfe. Die Nachmittagssonne tauchte das Tal in ein goldenes Licht. Nachdem sie eine Weile stumm gegangen waren, lie-ßen sie sich auf einer Holzbank nieder, die am Wegesrand stand und von der aus man einen herrlichen Blick hatte. Ri-carda atmete tief durch. Hier in den Bergen spürte sie einen gewissen Frieden, der ihr seit Jimmys plötzlichem Auftau-chen abhandengekommen war.

»Wissen Sie, wo wir hier sind?«, fragte Paul nach einer Weile, in der sie einfach nur so dagesessen hatten.

»Auf einem Höhenwanderweg, nicht wahr?«

»Ja, das ist es heute. Aber früher war es ein Soleleitungs-weg. Die Sole, salzhaltiges Wasser, das tief aus dem Gestein gespült wurde, konnte hier über ausgehöhlte Baumstämme den ganzen Weg entlang bis zur Saline geleitet werden. Dort hat man es zu Salz verarbeitet.« Er sah sie an. »Es gab eine Zeit, da nannte man Salz das weiße Gold. So kostbar war es. Kein Tropfen durfte verloren gehen von dem Salzwasser. Dieser Weg, an dem wir sitzen, hat den Vorfahren der Men-schen im Tal viel bedeutet …«

Ricarda lächelte. Sie hätte ihm stundenlang zuhören können. Seine tiefe freundliche Stimme hatte etwas von ei-nem Märchenerzähler.

»Sie kennen sich anscheinend aus mit Berchtesgaden«, sagte sie.

»Nun …« Er lachte leise. »Haben Sie sich nie gefragt, wo ich hinfahre, wenn ich den ganzen Tag unterwegs bin?«

»Na ja, wie gesagt: Ich dachte, Sie unternehmen geheimnisvolle Ausflüge.«

»Dann will ich das Geheimnis lüften: Ich fahre in eine andere Welt. In die Welt der Bergmänner, tief unten im Fels, wo es kein Licht gibt. Nur endlose Stollen, weit in den Berg hineingegraben, uralt und dunkel. Sie erzählen so viel über die Menschen hier in Berchtesgaden, in diesem abgeschiedenen Fleckchen Erde. Von dem harten Leben, das die Bergmänner hatten, von ihrem Mut. Von den Bergmandln.«

»Was ist das denn?«

»Zwerge«, raunte er.

Ricarda lachte. »Sie nehmen mich auf den Arm.«

»Nur ein bisschen. Die Bergmandl waren wohl wirklich Ausgangspunkt für viele Märchen um Zwerge. Sie waren so klein, und man sah sie praktisch nie bei Tage. Frühmorgens gingen sie in die Stollen, und spätabends kamen sie wieder an die Erdoberfläche. Man verwechselte nur im Laufe der Geschichte Ursache und Wirkung.«

Ricarda sah ihn fragend an.

»Es waren keine Zwerge, die in die Stollen gingen. Sondern die Stollen machten aus den Menschen Zwerge. Die Stollen waren so eng, dass man oft Kleinwüchsige hineinschickte – oder Kinder. Ohne Sonnenlicht, mit schlechtem Essen, und bei der Anstrengung verkümmerten sie. Der Berg gab ihnen keine Chance, gesund und groß zu werden. Aber in der Erinnerung leben sie fort als geheimnisvolle kleine Bergmandl.«

Er sah versonnen in die Landschaft, auf die Berge, die sich

vor ihnen und um sie herum ausbreiteten. Irgendwo sang ein Vogel ganz klar und laut.

»Ach, Ricarda, entschuldigen Sie das Geschwätz eines alten Mannes. Berchtesgaden fasziniert mich einfach. Diese uralten Berge, die schroffen Felsen, die klaren Bäche und verschwiegenen Wälder und die alten Stollen … Das hier, diese Landschaft und dieses Tal, ist etwas Besonderes. Und die Geschichten, die hier noch auszugraben sind, die sind für einen Historiker wie mich einfach unwiderstehlich.« Er klatschte in die Hände. »Aber ich rede und rede, und Sie haben sicher Hunger. Wir sollten uns also dringend unserem Zwetschgendatschi widmen.« Mit großer Geste öffnete er die Bäckereitüte und bot Ricarda ein Stück an.

Sie nahm es und biss hinein. Paul hatte nicht zu viel versprochen – die Zwetschgen schmeckten säuerlich-saftig, die Streusel darauf buttrig und süß.

»Und?« Er sah sie erwartungsvoll an.

»Lecker.«

Er nickte zufrieden und lehnte sich zurück. »Was für ein schöner Ausklang des Nachmittags, hier mit Ihnen zu sitzen, bei diesem herrlichen Ausblick und meinem Lieblingskuchen.« Er sah sie prüfend an. »Und Sie, geht es Ihnen wieder etwas besser?«

Ricarda wurde rot. Offensichtlich hatte er ihre niedergeschlagene Miene und ihre rot geränderten Augen sehr wohl gesehen.

»Ach, es ist heute einfach nicht mein Tag.«

»Hat das etwas mit dem jungen Mann zu tun, den Sie

heute Morgen stehen ließen und der dann kurz darauf wütend davongebraust ist?«

Sie grinste wider Willen. »Sie haben mich beobachtet? Ich dachte, alle würden noch schlafen.«

»Ja, das ist das Alter – senile Bettflucht nennt man das wohl. Ich schlafe schlecht und wache sehr früh auf, und wenn ich dabei aus dem Fenster schaue und sehe, wie Sie wütend einen Mann anfunkeln, dann denke ich mir meinen Teil.«

»Und was haben Sie gedacht?«

»Dass Sie das toll gemacht haben. Glauben Sie einem alten Mann: Er war nicht der Richtige für Sie. Das sehe ich auf einen Kilometer Entfernung und ohne meine Brille.« Er zwinkerte ihr zu.

»Und wer ist der Richtige?«

»Tja. Die Leute glauben immer, es wäre schwer zu erkennen, wer denn der Eine oder die Eine ist. Ich glaube aber, es ist ganz einfach. Fragen Sie sich, bei wem Sie stundenlang sitzen können, ohne ein einziges Mal auf die Uhr oder auf das Handy zu schauen. Wenn etwas wirklich Schlimmes oder etwas wirklich Schönes in Ihrem Leben passiert, wem würden Sie ganz automatisch zuerst davon erzählen wollen? Bei wem fühlen Sie sich, als seien Sie angekommen? Das ist der Richtige.« Er sah versonnen ins Tal. »Und oft ist dieser Mensch nicht der, der am aufregendsten ist oder am schönsten. Ich bin mir zum Beispiel sicher, dass meine Frau sich einen ganz anderen Mann als mich vorgestellt hat. Sie war immer ein großer Fan von James Dean.« Er lachte leise. »Und sind wir doch ehrlich, dem sehe ich nicht ähnlich.«

»Wo ist Ihre Frau gerade?«

Paul sah hinauf in den Himmel, über den ein paar Wolken zogen, zwischen denen sich die Sonne hindurchstahl. »Dort irgendwo, denke ich.«

»Das tut mir leid.«

»Oh nein, das muss es nicht. Unsere gemeinsamen Jahre waren so schön, das ist die Hauptsache.«

Ricarda schwieg lange. Irgendwann begann sie: »Darf ich Sie etwas fragen?«

»Natürlich.«

»Warum sind Sie Historiker geworden? Ich meine, was ist so faszinierend an dem, was vorbei ist?«

»Die Geschichte ist gar nicht vorbei. Sie hat Auswirkungen auf das Heute, sogar auf das Morgen. Wir müssen uns unserer Geschichte stellen, um uns zu verstehen und zu wissen, wer wir sind.«

»Ich bin gerade dabei, die Geschichte meiner Großmutter zu erforschen. Das Paket, wissen Sie.«

»Das Paket, das Sie oben in den Bergen abgeben sollen? Oh ja, das kommt mir wie eine sehr spannende Geschichte vor.«

»Ich glaube, der Empfänger, Lois König, hat meine Großmutter geliebt. Er hat alle seine Bilder nach Liedern aus dem Jahr benannt, in dem sie sich kennengelernt haben müssen.«

»Und hat Ihre Großmutter auch ihn geliebt?«

»Ich weiß es nicht. Aber wenn, dann müssen sie ein sehr ungleiches Paar gewesen sein. Sie kennen Lilli nicht … Sie ist sehr, na ja, elegant und reich. Und er war damals noch kein berühmter Maler, sondern ein Bauernsohn hier aus dem Tal.«

Paul nickte. »Es waren zwei Königskinder«, sagte er langsam, »die hatten einander so lieb. Sie konnten zueinander nicht kommen, das Wasser war viel zu tief.«

»Was ist das?«, fragte Ricarda.

»Ein altes Lied.«

»Geht es gut aus?«

»Nein.«

Ricarda sah über das Tal. Die Worte hallten in ihrem Kopf nach. Es waren zwei Königskinder, die hatten einander so lieb …

In der Ferne sah sie das Forsthaus.

Berchtesgaden, Sommer 1956

Als der schwarze Mercedes schließlich Salzburg verließ und Richtung Berchtesgaden fuhr, war es Nacht geworden. Der Mond stand am Himmel und goss sein Licht auf die Landschaft. Lilli saß im Fond des Wagens und lehnte ihren Kopf an die kühle Fensterscheibe.

Draußen lag die Landschaft so friedlich vor ihr. Sie sah genauso aus wie vor ein paar Stunden, als sie auf derselben Straße gefahren waren. Eigenartig, dachte Lilli, dass alles so gleich ist und doch nicht. Sie hatte das Gefühl, hinter den Vorhang gesehen zu haben, erkannt zu haben, wie alles wirklich war. Sie betrachtete die große, Respekt einflößende Gestalt ihres Vaters. Normalerweise fühlte sie immer, wenn sie ihn ansah, Stolz und Liebe. Jetzt, im Dunkel des Wagens, fühlte sie nichts.

Die regelmäßigen Geräusche des Wagens, der über die nächtliche Landstraße dahinfuhr, wirkte beinahe hypnotisch. »Du bist so still, mein Engel. Ist dir nicht gut?«, fragte Theo.

»Sie war heute wirklich unhöflich«, klagte Vera. »Mit niemandem wollte sie sich unterhalten, dabei waren alle so freundlich zu ihr beim Empfang im *Goldenen Hirschen* nach der Oper. Aber sie saß nur mit Leichenbittermiene da, als wäre der Abend eine Qual.«

Lilli blieb stumm.

»Engel!« Ihr Vater drehte sich kurz zu ihr um, bevor er den Blick wieder auf die Straße richtete. »Ist alles in Ordnung mit dir?«

»Natürlich«, zwang sich Lilli zu antworten. »Ich habe nur Kopfschmerzen.«

Als sie durch das Dorf fuhren, waren noch Menschen auf der Straße unterwegs.

»Was soll denn das?«, knurrte Theo. Musik drang durch die Autofensterscheiben. Um die riesige Linde in der Mitte des Dorfs fand ein Fest statt. Lampions und Fackeln erhellten die Dunkelheit, Leute tanzten. Ob Lois irgendwo in der Menge war? Ihr Herz pochte. Sie musste ihn sehen, unbedingt, musste mit ihm reden.

Als sie beim Hotel ankamen, stieg sie schweigend aus und ging mit ihren Eltern durch die Lobby zum Aufzug. Kurz bevor sie ihn erreichten, blieb sie stehen.

»Geht schon mal vor«, sagte sie. »Ich gehe noch schnell in die Bibliothek und sehe nach, ob ich ein Buch finde.«

»In Ordnung. Gute Nacht, Engel«, sagte Theo. »Ich hoffe, morgen geht es dir besser. Vermutlich fehlt dir nur ein bisschen Schlaf.«

Sie nickte und beobachtete, wie der Lift kam, die Tür sich öffnete und ihre Eltern einstiegen. Als die Tür sich hinter ihnen geschlossen hatte und sie sicher sein konnte, dass der Lift nach oben fuhr, drehte sie sich um und lief eilig durch die Lobby. Ihre Pfennigabsätze hallten auf dem Marmorboden in einem schnellen Rhythmus. Der Nachtportier öffnete ihr die Tür nach draußen mit einer Verbeugung. Sie nahm ihn kaum wahr und drehte sich nicht um. Als sie das Hotel hinter sich gelassen hatte, zog sie die Schuhe aus und rannte, so wie sie war, im Seidenkleid und mit ihrem kostbaren Schmuck, barfuß die Dorfstraße entlang.

Auf der Wiese war ein einfacher Tanzboden aus Brettern aufgebaut, auf dem sich die Paare zu den Melodien der Musiker drehten, die auf Akkordeon und Mundharmonika spielten. Das ganze Dorf schien hier versammelt zu sein. Lilli schob sich durch die Menge, kein Gesicht, das sie sah, kam ihr bekannt vor. Und erst recht gehörte keines davon Lois, oder wenigstens Sophie. Die Menschen machten dem Mädchen in dem teuren Kleid und dem Schmuck, mit der sorgfältigen Frisur und dem Make-up Platz und musterten sie dabei neugierig. Sie stach aus der Menge heraus. Die einzige Frau, die kein Dirndl trug, die die Haare nicht geflochten hatte. Lilli achtete kaum auf die Blicke um sie herum. Die Feiernden erschienen ihr wie ein Meer aus fremden Gesichtern, ein Nebel, der durch das flackernde Licht der Fackeln, die die Wiese erhellten, noch undurchsichtiger wurde.

»Lois«, rief sie, »Lois?« Sie drehte sich um sich selbst, immer noch barfuß. Das Gras unter ihren Füßen war kühl vom Abend. Ein Stück entfernt brannte ein großes Feuer, um das sich einige versammelt hatten, redeten, tranken, aßen. Manche tanzten auch. Sie wirkten wie dunkle Schatten gegen das helle Feuer. Ein Mann warf ein neues Holzscheit ins Feuer, glühende Funken stieben in den dunklen Nachthimmel. Lilli blieb stehen. Sie fühlte sich plötzlich schrecklich fehl am Platz. Was wollte sie hier? Vielleicht war Lois gar nicht da und sie hier nur unter den Bauern, die sie angafften. Ich muss aussehen wie eine Verrückte, dachte Lilli. Vielleicht bin ich das auch.

»Lilli!«

Sie wandte den Kopf. Woher war die Stimme gekommen? Plötzlich sah sie ihn, dort oben auf dem Tanzboden. Sie rannte zu ihm. In dem flackernden Licht des Feuers schienen seine grünen Augen zu leuchten. Er streckte ihr die Hand entgegen. Sie ergriff sie, raffte ihren Rock und stieg die Holztreppe zum Tanzparkett hinauf. »Lilli«, sagte er noch einmal. Er starrte sie nur an, als könnte er kaum glauben, dass sie wirklich und leibhaftig vor ihm stand. Dann lachte er plötzlich, schlang seine Arme um sie und wirbelte sie herum. Die anderen tanzenden Paare machten ihnen Platz.

»Lois, ich war so dumm«, flüsterte sie. »Kannst du mir verzeihen?«

»Natürlich kann ich das.«

Sie sah ihm ins Gesicht. Ihre blauen Augen spiegelten seine Freude. »Ich habe dich so vermisst«, sagte sie.

Später saßen sie unter der riesigen, ausladenden Linde, an den breiten Stamm gelehnt.

»Du bist barfuß«, sagte Lois und sah auf Lillis Füße, die inzwischen dreckig von Erde und Staub waren.

»Ja.« Sie lächelte. »Ich glaube, das war ich schon seit Jahren nicht mehr. Es ist schön.«

In den Ästen über ihnen leuchteten die Lampions und tauchten den Platz unter dem Baum in ein fast unwirkliches flackerndes Licht. Der Nachtwind säuselte in den Blättern. Lilli lehnte ihren Kopf an den Stamm und schloss für einen Moment die Augen. Diesen Augenblick einfangen, ihn nie vergessen. Er sollte ewig dauern, wünschte sie sich. Ich will einfach für immer mit ihm unter diesem Baum sitzen, beschützt vor der Wirklichkeit.

»Warum bist du heute Abend hierhergekommen?«, fragte Lois.

»Ich wollte dich sehen.«

»War es nur das?«

Sie zögerte. »Nein, nicht nur. Ich habe heute Abend etwas erfahren, das ich nie hätte erfahren sollen.«

Lois sah sie fragend an.

Sie holte tief Luft. »Meine Ehe ist gekauft, Lois. Mein Verlobter hat mir keinen Antrag gemacht, weil er mich liebt, sondern weil mein Vater ihm viel Geld dafür bezahlt.«

»Wieso tut er das?«

Lilli schüttelte verzweifelt den Kopf. »Weil es perfekt ist. Geld trifft Adel. Und Carl war schon lange derjenige, den mein Vater als Nachfolger aufgebaut hat. Wenn der nun die Erbin heiratet – das ist doch perfekt. So wie mein Vater es sich wünscht. Alles bleibt zusammen, alles geht reibungslos. Es geht dabei nur um die Firma und die Familie – nicht um mich.«

Lois sah sie hilflos an. Sie wischte sich über die Augen, dann lächelte sie.

»Lass uns nicht mehr darüber reden, zumindest heute

Abend nicht. Lass uns einfach zusammen sein, hier unter diesem Blätterdach. Es ist ein perfekter Moment.«

Er nahm ihre Hand, und ihre Finger schlangen sich ineinander. Eine Weile saßen sie nur so da und schwiegen, in einer Verbundenheit, die Lilli noch nie mit einem Menschen gefühlt hatte.

»Wir sollten etwas tun, das bleibt«, sagte sie irgendwann. »Irgendetwas, das uns keiner mehr nehmen kann.« Nachdem sie ein wenig überlegt hatte, sah sie auf. »Hast du ein Messer?«

Lois nickte. Er griff in seine Hemdtasche und zog ein kleines Fahrtenmesser hervor, mit einem hübsch geschnitzten Hirschhorngriff. »Das hat mir mein Großvater geschenkt«, sagte er. »Jeder von uns Jungen im Dorf hat so eines.«

Lilli nahm es und klappte es auf. Die Klinge war scharf und glänzte silbern im Licht. Sie streckte ihre Hand aus und zog die Klinge über ihre Handfläche. Sofort entstand ein feiner Schnitt, aus dem Blut quoll.

»Lilli, was machst du denn da?«

Sie lächelte. »Und jetzt du.« Er sah sie an, dann nickte er und streckte seine Hand aus. Sie zog die Klinge darüber. Dann schlang sie ihre Finger um seine. »Jetzt habe ich immer ein bisschen von dir bei mir und du etwas von mir bei dir. Daran kann niemand mehr etwas ändern.«

Sie küssten sich.

Ein Wind kam auf, die Blätter rauschten noch lauter als zuvor.

»Diese Linde ist tausend Jahre alt«, sagte Lois nach einer Weile. »Seit tausend langen Jahren steht sie hier auf dieser Wiese.«

Lilli sah hinauf zu den knorrigen, dicken Ästen, die in unzählige kleine Zweige übergingen.

»Unglaublich«, flüsterte sie. »Tausend Jahre. Es ist schwer, sich so eine lange Zeit vorzustellen.«

Lois stand auf. »Ich habe eine Idee«, sagte er. Das Messer lag aufgeklappt im Gras, er hob es auf, dann half er Lilli hoch.

Er setzte das Messer an der alten dicken Rinde des Baumes an und ritzte zweimal den Buchstaben L hinein, ineinander verschlungen.

»Das ist der Beweis – der Beweis, dass es uns gibt.« Er zog sie an sich. Lilli legte ihre Fingerspitzen in die frischen Schnitte im Holz.

»In tausend Jahren, Lilli, liebe ich dich noch. Das verspreche ich dir.« Er küsste sie. Lange standen sie so, eng umschlungen, und lauschten dem Atem des anderen.

9

Pünktlich um drei am nächsten Nachmittag betrat Ricarda das Café Huber in der Nähe der Kirche.

Es war ein altmodisches Café mit Sonnenterrasse, weißen Tischdecken, einer Glasvitrine mit einer kleinen Kuchenauswahl, unaufdringlicher Musik aus den Lautsprechern und einem Schild, auf dem »Draußen nur Kännchen« stand. Gerade nieselte es, darum waren nur drinnen Tische belegt.

Ricarda sah sich suchend um. Sie wusste nicht, wie Lois' Schwester aussah. An einem Tisch saßen vier ältere Damen und unterhielten sich, an einem anderen las ein Mann Zeitung. Eine Frau und zwei Kinder aßen an einem Fensterplatz Kuchen.

»Ja, bitte?« Eine Frau in schwarzem Rock und weißer Bluse sprach sie an.

»Ich bin hier verabredet«, sagte Ricarda. »Mit Sophie König. Zumindest ist das ihr Mädchenname – ich weiß nicht, ob sie noch so heißt.«

»Sophie wartet schon auf Sie.« Die Frau führte sie zu einem kleinen Tisch in einer hübschen Ecke des Raums neben einer großen Vase, auf der golden umrahmte Blumen aufgedruckt waren und in der ein Strauß leicht angestaubter getrockneter Rosen stand.

Die Frau, die bereits an dem Tisch saß, sah auf.

»Sophie König?«, fragte Ricarda.

Die Frau lächelte und nickte. Sie gaben sich die Hand. Sophie war eine elegante Erscheinung, aber auf eine ganz andere Art, als Lilli es war. Sie trug eine klar geschnittene dunkle Hose zu einer cremefarbenen Bluse mit Stehkragen, die sie modern aussehen ließ, ungeachtet ihres Alters. Eine goldene Uhr mit breitem Band schloss sich um ihr Handgelenk, ihre Haare hatte sie kupferrot gefärbt. Kein Grau war zu sehen, dabei musste sie deutlich über siebzig sein.

»Möchten Sie etwas trinken?«, fragte die Bedienung Ricarda.

»Einen Milchkaffee, bitte.«

Nachdem die Kellnerin gegangen war, wandte sich Sophie Ricarda zu und kam gleich zum Punkt. Offensichtlich war sie kein Mensch, der lange um den heißen Brei redete. »Max sagte, Sie möchten mit mir über Lois und Lilli reden?«

Ricarda nickte. Zum ersten Mal hatte jemand Lois und Lilli ganz selbstverständlich in einem Atemzug genannt. Sie war gespannt, was diese Frau ihr zu erzählen hatte.

»Ich habe meinen Bruder schon länger nicht mehr gesehen. Und den Namen Lilli habe ich schon seit Ewigkeiten nicht mehr gehört«, sagte Sophie. »Aber fragen Sie, was Sie möchten.« Sie nippte an ihrer Teetasse und sah Ricarda aufmerksam an.

Ricarda wusste nicht, wo sie anfangen sollte. »Ich bin die Enkelin von Lilli Beekmann«, begann sie schließlich. »Sie hat mich mit einem seltsamen Auftrag hierhergeschickt. Ich soll ein Paket bei Ihrem Bruder abgeben.«

»Lieber Gott, Sie sehen ihr wirklich überhaupt nicht ähnlich«, platzte Sophie spontan heraus. Sie musterte Ricarda eindringlich.

»Also kennen Sie meine Großmutter persönlich?«

»Ja, aber erzählen Sie erst einmal zu Ende.«

»Es gibt leider nicht viel zu erzählen. Ich habe versucht, Lois das Paket zu geben, aber er hat – nun ja, sehr ungehalten auf Besuch reagiert, um es harmlos auszudrücken.« Sie schnitt eine Grimasse. »Und ich kann Lilli selbst nicht fragen, was das alles soll. Sie … es geht ihr gerade sehr schlecht. Und Ihr Bruder scheint kein Mensch zu sein, der überhaupt irgendjemandem etwas erzählen will.«

Sie erzählte von den Warnschüssen, die Lois abgegeben hatte, und seinem Wutanfall.

»Ach, Lois …« Sophie schwieg einige Augenblicke. Sie trank von ihrem Tee. »Mein Bruder ist kein normaler Mensch. Das hat er aufgehört zu sein nach diesem einen Sommer.«

»Dem Sommer 1956?«

»So viel haben Sie also schon herausbekommen, bravo!«

»Nun ja, die Liedtitel, die er seinen Bildern gibt, die Zeitungsartikel, die belegen, dass meine Großmutter in diesem Jahr hier Urlaub machte, das Foto von Lilli bei den Festspielen …«

»Sie waren fleißig, wie ich sehe.« Sophie schob ihre Tasse Tee etwas von sich und seufzte.

»Dieser Sommer 1956 war perfekt. Das Wetter war wochenlang schön, die Bauern im Dorf waren zufrieden mit der Heuernte, wir Kinder waren den ganzen Tag von früh bis spät draußen. Wissen Sie, damals lebten die meisten Leute hier im Tal noch von der Landwirtschaft. Viele haben dazu noch Fremdenzimmer vermietet, aber unsere Eltern nicht. Sie waren Vollblutbauern, ziemlich arm, aber sehr tüchtig. Heu ernten, Gemüse anpflanzen, Obst eindünsten, das war ihre Welt und unsere auch. Lois und ich sind sehr glücklich aufgewachsen.«

Ricarda hörte erstaunt zu. Sie brachte diesen schlecht gelaunten, knurrigen Einsiedler kaum mit diesem Kindheitsidyll zusammen – und auch nicht die schicke Dame vor ihr.

Sophie schien ihr diese Frage von der Nasenspitze abzulesen. »Ich bin nach München gegangen und Anwältin geworden, weil ich im Gegensatz zu meinen Eltern noch etwas anderes vom Leben sehen wollte als nur das Tal und die Natur hier«, sagte sie. »Es waren die späten Sechziger. Eine spannende Zeit damals, um jung zu sein und in einer Stadt wie München zu leben. Ich habe es geliebt. Und ich lebe dort immer noch gerne. Bäuerin wollte ich nie werden, egal, wie schön meine Kindheit hier war.«

Sie sah hinüber zu dem Kaffeekränzchen der vier alten Damen. »Aber immer, wenn ich hierherfahre, meine Freunde von früher besuche, die alten Plätze sehe, die sich zum Glück oft nur wenig verändert haben, dann weiß ich: Ich wohne zwar in München, aber hier sind meine Wurzeln, hier ist mein Anfang – und ich nehme an, auch mein Ende. Verstehen Sie?«

»Vor ein paar Wochen hätte ich es noch nicht verstanden«, antwortete Ricarda, »aber in den letzten Tagen habe ich viel über das Verwurzeltsein nachgedacht.«

Sophie nickte. »Mit Lois ist es eine ganz andere Geschichte. Er wollte zwar nicht den Hof unserer Eltern übernehmen, sondern Maler werden, aber dieses Tal hier, das gehörte schon immer viel stärker zu ihm als zu mir. Ich hatte erwartet, dass er hierbleibt. Dass er allerdings dort oben in die Einöde zieht und niemanden mehr sehen will, das hätte niemand geglaubt, der ihn schon als Junge kannte. Er war immer fröhlich und gesellig.«

»Was ist passiert?«

»Lilli ist passiert.«

»Meine Großmutter ist schuld daran, dass er dort oben wohnt?«

Sophie seufzte. »Ach, das ist schwierig zu beantworten. Warum wird jemand, wie er wird? Wer hat Schuld – alle oder keiner? Es ist eine verworrene Geschichte, ein Echo durch all die Jahre, so fühlt es sich für mich an. Man weiß nicht, wo fängt es an, wo hört es auf. Aber Lilli ist der Dreh- und Angelpunkt.«

Sie machte eine kurze Pause, um ihre Gedanken zu sortieren.

»Ich habe Lilli damals kennengelernt, als mein Bruder mich bat, mit ihr und ihm zusammen einen Tag in den Bergen wandern zu gehen. Zu zweit hätten sie niemals die Erlaubnis von Lillis Vater, also Ihrem Urgroßvater, bekommen. Lois schien es unglaublich wichtig zu sein, also habe ich mich überreden lassen.« Sie lächelte. »Wir Kinder aus dem Dorf waren alle gute Bergsteiger. Die Jungen sowieso und auch die meisten Mädchen. In diesem Tal aufzuwachsen heißt, mit den Bergen aufzuwachsen. Damals war ich erst fünfzehn, aber ich hatte schon viele Bergtouren hinter mir. Wir gingen also zu dritt wandern, an einem Dienstag Anfang August, ich weiß es noch wie heute. Das Wetter war perfekt – sonnig, aber nicht zu heiß.«

»Wo waren Sie denn genau wandern?«

»Auf dem Hochkalter. Lois hatte sich das überlegt, es ist ein einfacher Weg, den auch ein Anfänger schaffen kann. Lilli hatte ihm erzählt, unbedingt zu einem Gipfelkreuz aufsteigen zu wollen, und die Schärtenspitze auf dem Hochkalter war vermutlich das einzige Gipfelkreuz, das für sie zu erreichen war.« Sophie sah an Ricarda vorbei, sie war in ihren Erinnerungen ganz versunken. »Wir gingen morgens los. Ich weiß noch, dass wir Ihrer Großmutter die Wanderschuhe unserer Mutti ausgeliehen haben, weil sie keine hatte. Sie war ja so ein feines Mädchen aus der Großstadt, mit teuren Kleidern und schicken Schuhen, ganz anders als wir.«

Sie schloss ihre gepflegten Hände um die Teetasse. Ihre Fingernägel waren in einem modernen Nudeton lackiert, und sie trug mehrere Ringe.

»Wissen Sie, manchmal habe ich schon gedacht, dass Lilli damals mein erster Hinweis darauf war, dass es außerhalb des Tals noch eine andere Welt gab. Und dass ich diese Welt entdecken wollte. Wenn man es so sieht, dann hatte Ihre Großmutter viel mit meinem weiteren Leben zu tun. Mit unser beider Leben, Lois' und meinem.«

Sie schwieg kurz, dann fuhr sie fort zu erzählen: »Wir verstanden uns gut, ich hatte Lilli sofort gern. Sie wirkte auf

mich etwas eingeschüchtert, was ich auf ihre Eltern zurück-
führte. Wir haben ihren Vater kurz begrüßt und uns vorgestellt, als wir Lilli am Hotel abholten. Darf ich offen sprechen?«

Ricarda nickte. »Natürlich. Ich habe meinen Urgroßvater
nicht mehr kennengelernt. Ich finde es spannend, etwas über
ihn zu erfahren.«

»Er hatte etwas Hartes, Zielstrebiges an sich. Riesig, mit
buschigen Augenbrauen und einem scharfkantigen Gesicht.
Natürlich sehr gut gekleidet in Anzug und Hut. Ich sehe ihn
noch vor mir stehen, und innerlich klopfte mein Herz, weil
er Lois und mich so grimmig musterte. Für ihn waren wir,
das habe ich ganz deutlich gefühlt, Menschen einer anderen
Klasse. Wissen Sie, in den Fünfzigerjahren hatte man für die
Schicht, aus der jemand kam, noch viel mehr Gefühl als
heute. Es hatte große Bedeutung. Und Ihr Urgroßvater war
ein sehr reicher Mann.« Sie räusperte sich. »Wir stellten uns
ihm vor. Er hatte seine riesige Hand auf Lillis zarte Schulter
gelegt, wie eine Pranke lag sie da und schien sie durch ihr
bloßes Gewicht kleiner zu machen. Wir mussten ihm versprechen, gut auf seine Tochter aufzupassen, aber schließlich
erlaubte er ihr, mit uns zu gehen. Lilli war glücklich und
dankbar. Sie kam mir neben ihm vor wie ein gehegtes und
gepflegtes Porzellanpüppchen.« Sie schüttelte den Kopf. »Ich
will wirklich nicht schlecht über Ihre Familie sprechen, aber
wann immer ich die Redewendung ›Gefangen im goldenen
Käfig‹ höre, denke ich an Lilli und an diesen Morgen, als wir
sie beim Hotel abholten.« Sie zuckte die Achseln. »Jedenfalls
wanderten wir also los. Ich weiß noch, dass ich das Gefühl

hatte, mit jedem Meter, den wir zwischen uns und das Hotel und damit Lillis Vater brachten, war sie freier. Sie wurde vom Porzellanpüppchen mit jedem Höhenmeter mehr zum ganz normalen Mädchen. Wir hatten uns viel zu erzählen und viel zu lachen.«

Ricarda dachte an die ernste, steife, oft so reservierte Lilli, die sie heute kannte, und es rührte sie, wie anders Sophie sie beschrieb. Offensichtlich hatte es eine Zeit gegeben, in der eine andere Lilli existiert hatte, auch wenn es vielleicht nur diese paar Wochen in Berchtesgaden gewesen waren.

»Wir brauchten natürlich mit Lilli länger für den Weg als sonst. Als wir auf der Hütte auf dem Hochkalter ankamen, war es schon Mittag. Waren Sie schon einmal dort oben?«

Ricarda schüttelte den Kopf.

»Das sollten Sie nachholen. Heute gibt es dort auf der Blaueishütte den besten Käsekuchen weit und breit. Damals war es aber nur eine kleine Schutzhütte, darum hatten wir von Mutti Brote bekommen, die Lois den ganzen Weg hinaufgeschleppt hat.« Sie unterbrach sich. »Ich langweile Sie wahrscheinlich mit diesen ganzen Nebensächlichkeiten.«

»Nein, ich bin ja froh, dass mir endlich jemand aus erster Hand von Lilli und Lois berichten kann. Da interessiert mich praktisch alles.«

»Gut. Nun ja, dort oben aßen wir unseren Proviant und machten Pause. Aber Lilli wollte ja zu einem Gipfelkreuz …«

»Also sind Sie weiter hinauf?«

»Ich nicht, nur Lois und Lilli. Ich habe gesagt, dass ich keine Lust habe, aber das war nicht unbedingt wahr.« Sie lächelte. »Ich hatte nur ganz deutlich das Gefühl, dass die beiden allein sein wollten. Und es war der perfekte Moment – niemand außer uns war da, niemand bekam mit, dass sie zu zweit loszogen. Also wartete ich an unserem Rastplatz auf sie. Sie brauchten lange, und Lilli verletzte sich beim Aufstieg am Bein.« Sie nippte an ihrem Tee. »Aber als sie wiederkamen … ich weiß, es klingt verrückt – aber ich hatte den Eindruck, dass sie beide anders waren, als sie vom Gipfel herunterstiegen. Lilli humpelte zwar, und Lois hatte wahrscheinlich ganz schön Angst davor, von ihrem Vater wegen der Verletzung in die Mangel genommen zu werden. Aber es war alles nicht so wichtig. Etwas an ihnen leuchtete.«

»Wie meinen Sie das?«

Sophie lehnte sich vor und legte ihre Hand auf Ricardas Hand. »Wissen Sie, Ricarda, ich habe nie wieder eine so große Liebe zwischen zwei Menschen gesehen wie zwischen Lilli und Lois. Nie wieder in meinem Leben.«

Sie lehnte sich zurück. »Ich finde, das sollten Sie wissen. Und er war nie mehr derselbe, nachdem sie weg war.«

Nachdem sie ihren Kaffee ausgetrunken und sich von Sophie verabschiedet hatte, beschloss Ricarda, zu Fuß zur Pension zurückzugehen.

Es war ein langer Spaziergang, vom Dorf durch den Wald bis zum Seeufer, aber sie wollte ihren Kopf frei bekommen. Der Weg, der zwischen Tannen und Felsen entlangführte, war schön und zu ihrer Erleichterung einsam. Sie begegnete kaum einem Wanderer. Als das Wasser des Sees zwischen den Bäumen auftauchte, nahm sie einen der Trampelpfade zum Ufer und setzte sich dort auf einen Felsen am Wasser.

Es hatte aufgehört zu nieseln, das Wetter schien sich zu bessern, und die himmelblauen Flecken zwischen den Wolken wurden größer. Der See lag heute verlassen da; bei dem verregneten Tagesanfang hatte es keine Badegäste hierhergezogen. Er gehört heute nur mir, dachte Ricarda. Sie sah zum Forsthaus hinüber, vor dem sie aus der Ferne den Land Rover erkannte. Max war also zu Hause. Ob sie ihn anrufen und ihm von dem Treffen mit Sophie erzählen sollte? Vielleicht später, wenn sie herausgefunden hatte, wie sie das Gespräch anfangen und ob und wie sie Jimmy dabei erwähnen sollte. Ricardas Blick wanderte weiter hinauf zum Hochkalter, der sich über dem See erhob. Dort oben, wo ihre Großmutter vor sechzig Jahren mit Lois zusammen gewesen war.

Sie hörte immer und immer wieder Sophies Worte in ihrem Kopf. »Ich habe nie eine so große Liebe zwischen zwei Menschen gesehen.«

Schließlich ging sie weiter und folgte dabei dem Pfad am Ufer entlang. Nach einer Weile kam sie zu dem kleinen Holzhäuschen des Fährmanns, das sie schon so oft von Weitem gesehen hatte. Das motorbetriebene hölzerne Fährboot dümpelte am Steg, der Fährmann selbst, ein bierbäuchiger Mann in weißem T-Shirt und Shorts, saß auf einem Klappstuhl auf dem Steg und angelte. Ein kleines Radio dudelte neben ihm, während er immer wieder die Angel auswarf.

»Haben Sie schon etwas gefangen?«, sprach Ricarda ihn an.

Der Mann drehte sich um, musterte sie kurz und schüttelte dann den Kopf. »Heute erst zwei.« Er deutete auf den Eimer neben sich. »Die Fische haben wohl ihren schüchternen Tag.«

Ricarda kam neugierig näher und beugte sich über den Eimer. Darin schwammen zwei große, silbrig schimmernde Forellen im Wasser. Ab und zu schlug eine mit der Schwanzflosse aus und erzeugte ein plätscherndes Geräusch.

»Dabei ist der See voll davon«, sagte der Fährmann. »An manchen Tagen angle ich hintereinander vier oder fünf.«

»Und was machen Sie damit?«

»Meine Frau räuchert sie zu Hause«, erzählte der Mann gut gelaunt. »Manche verkaufen wir auch.«

Ricarda sah zu dem Holzhäuschen in ihrem Rücken hinüber. Es war wirklich winzig, aber hübsch, wie es da am Ufer lag, den Wald im Rücken.

»Also wohnen Sie nicht hier?«

Der Mann lachte. »Oh Gott, nein! Darin gibt es einen einzigen Raum. Das reicht gerade mal für ein Bett und ein Regal, damit ich meinen Mittagsschlaf machen kann und einen Unterstand habe, wenn es gewittert.«

»Sieht gemütlich aus.« Ricarda entdeckte sogar einen Blumentopf mit den obligatorischen Geranien auf der Fensterbank. Vor der Tür zum Häuschen lag eine Fußmatte. »Petri Heil« stand darauf, und ein Fisch war zu sehen, der zwinkerte. Er legte die Angel beiseite und stand auf. »Kommen Sie, Sie können ruhig reingucken! Das alte Fährmannshäuschen interessiert viele, die hier vorbeikommen, und ich zeig es gern. Hat schon meinem Opa gehört, wissen Sie?«

Ricarda trat auf die Fischfußmatte und steckte den Kopf durch die offene Tür. Der Raum war tatsächlich sehr klein.

Ein schmales Tagesbett stand darin, darüber hing ein kitschiges gerahmtes Gemälde, das Rehe auf einer Waldlichtung zeigte. Daneben ein Foto, das den Fährmann mit einer blonden Frau mittleren Alters zeigte. Beide lachten glücklich.

»Ist das Ihre Frau?«, fragte Ricarda.

Der Mann nickte stolz. »Das ist meine Evi.«

Auf dem Bücherregal über dem Bett standen einige Anglerbücher, ein abgegriffener Roman und ein Pilzlexikon.

Es gab außerdem einen kleinen Schreibtisch vor dem Fenster, auf dem eine alte hölzerne Zigarrenkiste stand.

»Meine Fundkiste«, erklärte der Fährmann. »Darin sammle ich alles, was ich Ungewöhnliches im und am See finde. Bei vierzig Jahren Dienst kommt da einiges zusammen.«

»Vierzig Jahre?« Ricarda hätte denn Mann jünger geschätzt. Vielleicht hielt die Arbeit an der frischen Luft seine Haut so glatt.

»Ja. Eigentlich bin ich Bergmann, aber das war nichts für mich, dort unten im Dunkeln. Ich will an der Sonne sein, an der Luft, angeln und so weiter. Als mein Vater starb, hab ich den Job hier übernommen.« Er strahlte. »Das war mein großes Glück im Leben. Und meine Evi natürlich.«

Er sah sie schmunzelnd an.

»Na, Fräulein, wollen Sie meine Fundstücke mal sehen?«

»Klar, warum nicht?« Ricarda nickte, fragte sich allerdings, was daran Interessantes sein konnte. Was konnte der Fährmann in diesem abgelegenen Bergsee schon gefunden haben? Einen vergessenen Badeschlappen oder ein paar ins

Wasser gefallene Pfennige aus vergangenen Jahrzehnten, dachte sie.

Der Mann ging hinüber zum Schreibtisch und öffnete feierlich die Zigarrenkiste. Eine wirre Sammlung von völlig verschiedenen Gegenständen kam zum Vorschein: ein alter Schlüsselbund, ein altertümlicher Babyschuh aus Leder, eine stehengebliebene Taschenuhr, sogar ein verrostetes Militärabzeichen aus dem Zweiten Weltkrieg.

»Der Hitler war ja leider dauernd in Berchtesgaden auf seinem Berghof und hat auch noch viele seiner grauenvollen Kumpane mitgebracht, darum findet man hier immer wieder solches Zeug«, sagte er. »Es gibt sogar das Gerücht, die Nazis hätten hier in Berchtesgaden irgendwo eine Menge Gold vergraben.«

Ricarda riss die Augen auf. »Ach, wirklich?«

»Ja.« Der Fährmann hob in scherzhafter Verzweiflung die Hände. »Aber leider habe ich noch nichts davon entdeckt ... allerdings, etwas Goldenes habe ich trotzdem einmal gefunden. Das Prunkstück meiner Sammlung, wenn Sie so wollen.«

Er schob ein paar alte Münzen beiseite. »Ich verstecke ihn immer, damit ihn mir keiner klaut. Und ich zeige ihn sicher nicht jedem, aber Sie wirken so nett.«

Er hielt einen Ring hoch. Zwischen seinen großen, breiten Händen sah er unglaublich filigran aus. Der Ring glänzte golden; ein großer lavendelfarbener Stein krönte ihn. »Ist er nicht wunderschön? Ich will ihn Evi zu unserer goldenen Hochzeit schenken.«

»Der ist ja wunderschön! Wo haben Sie ihn gefunden?«

»Etwa dort drüben, vor dem bewaldeten Uferstück.« Er zeigte in die Richtung. »Ich kann mich noch genau erinnern – es war im Juli vor ein paar Jahren. Ich fuhr frühmorgens mit dem Boot dort entlang – normalerweise komme ich in diesen Teil des Sees nicht, weil dort das Wasser so flach und der Grund so sandig ist. Ich will nicht mit dem Boot aufsitzen, wissen Sie. Aber an dem Tag bin ich einer besonders großen Forelle nachgefahren. Ein solcher Brocken« – er zeigte eine ziemlich fabulöse Größe mit den Händen –, »und dann war die Forelle plötzlich weg, wie vom Erdboden verschluckt. Ich hab mich geärgert und wollte gerade vorsichtig das Boot wenden, als ich es im Wasser golden glitzern sah.« Er grinste. »Das war eine Aufregung! Ich bin schier kopfüber ins Wasser gefallen, weil ich mich so weit vorgebeugt habe, um besser zu sehen. Da lag der Ring, einfach auf dem hellen Sand, als hätte ihn jemand für mich abgelegt. Ich habe ihn hochgeholt, was gar nicht so leicht war, weil man aufpassen muss, dass der Sand nicht aufwirbelt und den Ring verschluckt.« Er betrachtete das Schmuckstück glücklich. »Ich habe natürlich rumgefragt, wem er gehört, aber keiner hat sich gemeldet. Es ist der schönste Ring, den ich je gesehen habe. Und er ist doch sicher auch einiges wert, denken Sie nicht?«

»Bestimmt. Darf ich mal?« Ricarda streckte ihre Hand aus. Zögernd legte der Fährmann den Ring in ihre Handfläche. Ricarda betrachtete ihn. Sie war keine Schmuckexpertin, aber sogar sie konnte sehen, wie teuer der Ring wohl einmal gewesen sein musste. Das war kein Glasstein, er war bestimmt echt und so kunstvoll geschliffen, dass sich das Licht tausendfach darin brach.

»Ihre Finger sehen aus, als würde er passen«, bemerkte der Fährmann. »Evi hat dickere Finger, für sie werde ich ihn ändern lassen müssen.«

Ricarda steckte sich den Ring probehalber auf den Ringfinger. Er passte tatsächlich perfekt. »Es ist seltsam ...«, begann sie langsam, dann schüttelte sie den Kopf. »Nein, vergessen Sie es.« Sie streckte die Hand aus und betrachtete den Ring daran. Ich habe das Gefühl, dass er mir vertraut ist, hatte sie sagen wollen. Es war nichts Bestimmtes, nur ein eigenartiges Bauchgefühl, dass dieser Ring etwas mit ihr zu tun hatte, dass es eine Verbindung gab. Nein, jetzt spinnst du wirklich, Ricarda, rief sie sich selbst zur Ordnung. Das war nur ein Ring, ein hübscher, wertvoller Ring, den ein Mann Hunderte Kilometer entfernt von Köln in einem Bergsee gefunden hatte. Es konnte keine Verbindung geben.

Sie zog ihn vom Finger und reichte ihn vorsichtig dem Mann zurück.

»Ihre Frau wird sich bestimmt sehr darüber freuen.«

Sie wandte sich ab. »Ich muss jetzt weiter. Vielen Dank, es war schön bei Ihnen.«

Sie nickte ihm zu und stolperte beinahe fluchtartig aus dem Häuschen.

Als sie wieder in der Pension ankam, war Mitzi gerade mit Unterstützung von Stefan, Sabine und Paul dabei, Lampions im Garten aufzuhängen und blau-weiße Girlanden zu platzieren. Am Abend war ein Fest geplant, mit Berchtesgadener

Musik und einer Menge bayerischer Spezialitäten, für die Mitzi schon seit zwei Tagen in der Küche stand.

»Oh, hallo, Ricarda, du kommst gerade richtig.« Mitzi stieg mit Pauls Hilfe von einer kleinen Haushaltsleiter herab. »Wir müssen noch die Feuerschale aufstellen und genügend Holz holen.« Sie hatte richtige Apfelbäckchen vor lauter Vorfreude. »Hach, ich liebe es, Feste zu feiern«, sagte sie.

Ricarda, die seit ihrer Begegnung mit dem Fährmann in Gedanken versunken gewesen war, musste lachen. »Du hast wirklich Energie für vier, Mitzi.« Sie half Stefan dabei, die schwere Metallfeuerschale heranzuschleppen und auf der Terrasse aufzustellen. Mit Holzscheiten und Zeitungspapier schichteten sie genug Brennmaterial hinein. »Eine richtige alpenländische Nacht braucht nämlich auch ein Feuer«, verkündete Mitzi, die jeden Handgriff überwachte. »Dort fehlt noch ein bisschen geknüllte Zeitung, Ricarda.«

Sie sah auf die Uhr. »Um halb sieben kommen die Musiker, eine halbe Stunde später die Gäste. Übrigens, Ricarda, ich habe auch Max eingeladen. Ich hoffe, das ist dir recht.«

Ricarda fing Pauls Blick auf. Er zwinkerte ihr zu. Sie spürte, wie ihr Herz plötzlich klopfte. Heute Abend musste sie endlich mit ihm reden, das mit Jimmy klarstellen.

In den nächsten zwei Stunden war sie allerdings abgelenkt. Sie setzte mit Mitzi eine Bowle an, schleppte Geschirrstapel nach draußen, wo Mitzi an langen Tischen ein Büfett auf der Terrasse aufbaute, und ordnete eine Menge Weißbiergläser auf dem Getränketisch an.

»Und wo ist das Bier?«, fragte sie, als sie ihr Werk zufrieden betrachtete.

»Das kommt in einem Fass.« Mitzi grinste. »So, wie es sein muss.«

Pünktlich um halb sieben trafen die Musiker ein, die Mitzi gut zu kennen schienen. »Was machen sie denn für Musik?«, fragte Ricarda, die sich vergeblich nach Gitarren oder einem Keyboard umsah.

»Richtige Berchtesgadener Musik. Warte noch ein bisschen, dann hörst du es.«

Tatsächlich packten die Musiker bald Akkordeons und Trompeten aus. Einer hatte sogar ein Horn dabei. Ricarda traute ihren Augen kaum. »Und was ist das?«, fragte sie und zeigte auf ein flaches, größeres Instrument, das mit Saiten bespannt und mit Blumen bemalt war. »Eine Zither«, erklärte die Frau, die es hielt. Sie zupfte an ein paar Saiten, und ein fremder, zarter Klang ertönte.

Mitzi trug das Essen auf. Es gab auf Holzbrettern angerichteten Käse und Rauchfleisch, Obazda in kleinen Schüsseln, aufgefächerte Rettichscheiben und Körbe voller Brotscheiben mit brauner Kruste, dazu Jagdwürste, Senf, Leberwurst und selbst gemachten körnigen Hüttenkäse.

Inzwischen war auch das kleine Weißbierfass geliefert worden, das nun am Kopfende des Büfetts thronte.

»Das sieht alles toll aus«, lobte Sabine. »Gibt es denn später auch einen Nachtisch?«

»Germknödel und Auszogne – ich konnte mich nicht entscheiden.«

»Auszogne?« Sabine riss die Augen auf.

Mitzi lachte. »Das sind nur Schmalzkringel. Die musst du später auf jeden Fall probieren.«

Nach und nach trudelten nun die Gäste ein, und schnell füllte sich die Terrasse und der Garten.

Mitzi klimperte an ihr Glas, bis alle Aufmerksamkeit ihr galt.

Sie strahlte. »Grüß euch Gott – wie schön, dass ihr alle da seid bei meinem Berchtesgadener Sommerfest«, sagte sie. »Lasst uns feiern, wie man hier bei uns in den Bergen feiert. Meine Gäste sollen das schließlich auch einmal erleben – ich zähle also auf eure Mithilfe. Bringt ihnen bei, wie wir hier tanzen und wie man eine Weißbierschaumkrone hinbekommt und dass es Radi und nicht Rettich heißt, na, und so weiter.« Sie zwinkerte. Ein Lachen ging durch die Menge. Sie räusperte sich. »Es gibt einen schönen Satz über Berchtesgaden: Wen Gott liebt, den lässt er fallen in dieses Land. In diesem Sinne – wir haben alle Glück gehabt. Auf euer Wohl!«

Sie hob ihr Bierglas, die anderen taten es ihr nach. »Auf dich, Mitzi!«

Dann schlug die Wirtin mit zwei erstaunlich kräftigen Schlägen den Zapfen ins Fass. »O'zapft is!«

Für die nächste Stunde war Ricarda damit beschäftigt, all den Annis und Leopolds und Josefs die Hand zu geben, denen sie von Mitzi vorgestellt wurde, und ab und zu darauf zu achten, dass das Büfett rechtzeitig wieder aufgefüllt wurde. In Jeans und T-Shirt fiel sie ziemlich aus dem trachtenlastigen Rahmen – sogar Sabine und Stefan überraschten mit frisch gekauftem Dirndl und Lederhose.

Während Ricarda Hände schüttelte und Small Talk machte, hielt sie immer wieder nach Max Ausschau.

Wo bleibt er nur?, fragte sie sich nervös. Was, wenn er meinetwegen vielleicht nicht kommt?

»Ricarda, bist du so lieb und füllst die Schüsseln mit dem Obazdn nach?«, fragte Mitzi in diesem Augenblick im Vorbeigehen.

Ricarda ging hinüber zum Büfett, nahm die leer gegessenen Schüsseln mit in die Küche, spülte sie aus und füllte sie schließlich neu mit der leckeren Mischung aus Käse, Butter, Paprika, Kümmel und Zwiebeln. Sie sortierte die frisch gefüllten Schüsselchen auf ein Tablett und balancierte es zwischen den Gästen hindurch. Genau in diesem Moment fiel ihr Auge auf einen großen, blonden Mann in ein paar Metern Entfernung, der ihr den Rücken zudrehte. Max, kein Zweifel. Ricarda beeilte sich, alles auf dem Büfett zu verteilen, und ging dann durch die Menge auf den jungen Förster zu. Ihr Herz klopfte.

Max stand bei einem älteren Paar. Ricarda kamen beide bekannt vor. Einen Augenblick später fiel es ihr wie Schuppen von den Augen – sie hatte sie schon auf den Familienfotos auf Max' Kaminsims gesehen. Es mussten seine Eltern sein. Plötzlich fiel ihr auch die Ähnlichkeit zwischen dem Herrn und Max auf. Die gleichen freundlichen Augen, dachte sie. Sie blieb wie angewurzelt stehen. Wenn sie vorher schon nervös gewesen war, ihn wiederzusehen, war sie es jetzt, wo seine Eltern dabei waren, noch viel mehr. Fast war sie schon entschlossen, unauffällig den Rückzug anzutreten und zwischen den anderen Gästen zu verschwinden, als Max sich plötzlich umdrehte.

»Ricarda!« Er sah sie verblüfft an.

»Das ist also die Frau mit dem Paket?«, fragte sein Vater sofort. Ricarda trat zögernd näher.

»Ricarda, das sind meine Eltern.« Seine Mutter schüttelte Ricarda die Hand, dann der Vater.

»Wir haben schon einiges von Ihnen gehört«, sagte Max' Mutter mit einer leisen, etwas erschöpften Stimme.

»Ja, Max war mir in den letzten Tagen eine große Hilfe.« Sie lächelte. »Max …« Sie wollte unbedingt mit ihm allein reden. »Willst du tanzen?«, hörte sie sich zu ihrem eigenen Entsetzen sagen.

Er sah sie überrascht an. Dann nickte er aber. »Klar.« Er folgte Ricarda auf die Terrasse. Dort tanzten schon einige Paare zu der bayerischen Musik, die in Ricardas Ohren merkwürdig klang.

»Ich wusste gar nicht, dass du dich so für Volkstanz begeisterst«, bemerkte Max süffisant.

Sie schnitt eine Grimasse. Er legte eine Hand um ihre Taille, die andere hielt ihre Hand in einer Tanzposition, die in Ricarda schwache Erinnerungen an den Tanzkurs weckten, den sie als Jugendliche widerwillig besucht hatte. Sie fingen etwas ungelenk an zu tanzen.

»Wo ist dein Freund, deine alte große Liebe?«, fragte Max, und sie hörte dabei seine unterdrückte Anspannung.

»Weg.«

»Wirklich? Das war dann aber eine kurze Wiedervereinigung.«

Ricarda blieb stehen. »Nicht einmal zwölf Stunden«, sagte sie ernst. »Und im Nachhinein waren selbst die zu lang.« Er sagte nichts; sie tanzten weiter, aber er sah ihr nicht in die

Augen, sondern über ihren Kopf hinweg ins Tal und zu den Bergen. Ricarda wusste, dass die Sache mit Jimmy ihn verletzt hatte – und sie wusste, dass er versuchte, das zu verbergen, und es ihm nicht gelang. Plötzlich war ihr alles egal. »Max, es war ein Riesenfehler. Ich war so dumm, dass ich mich noch einmal von ihm habe einwickeln lassen, dass ich ihn geküsst habe, na ja, einfach alles. Er war herablassend zu dir, und ich habe nichts dagegen gesagt.« Sie atmete tief durch. »Tut mir leid. Alles.«

»Ich verstehe nicht, was du an dem gefunden hast, und wie er dich so schnell noch einmal von sich überzeugen konnte, verstehe ich auch nicht.«

Sie verzog den Mund. »Da sind wir uns einig ... im Nachhinein.«

»Ricarda ...«

»Max ...«

Sie sprachen beide nicht weiter, wieder tanzten sie eine Weile schweigend.

»Und er ist wirklich weg?«, murmelte Max schließlich nahe an ihrem Ohr.

»Ja, und so bleibt es auch.«

Er löste sich ein wenig von ihr und sah sie an. Vorsichtig lächelte er. Da war es wieder – das, was zwischen ihnen in der Luft lag und das Ricarda ganz flattrig machte.

»Ich habe mich heute übrigens mit Sophie getroffen. Danke, dass du das arrangiert hast«, sagte sie.

»Und, hat es etwas genützt?«

»Absolut. Ich weiß jetzt sicher, dass Lilli und Lois ein Paar waren. Und nicht nur irgendein Paar. Es war die ganz große

Liebe, sagt Sophie. Etwas Besonderes. Und dazu passt auch meine andere Entdeckung ...«, sie erzählte von den Titeln, die er seinen Bildern gab.

Die Musik wechselte zu einem etwas langsameren Takt. Sie gingen zu einer Art improvisiertem Stehblues über.

»Die ganz große Liebe, was?«, sagte Max nach einer Weile und sah Ricarda an.

»Ja.«

Sie lächelten beide. Die Musik kam Ricarda nun doch gar nicht mehr so seltsam vor.

Später saßen sie nebeneinander im Gras am Rand der Terrasse, wo sie allein waren, und sahen hinunter ins nächtliche Tal. In einigen der Höfe im Tal brannte noch Licht, das golden zu ihnen hinauffunkelte.

»An dem Abend, an dem du mit diesem Kerl vor dem *Goldenen Fuchs* herumgeknutscht hast ... ich war übrigens wegen ihm dort«, sagte Max.

Ricarda sah überrascht auf. »Wieso das?«

»Der Koch, der dort arbeitet, ist ein Freund von mir. Er war es, der mich damals wegen dem Hirsch angerufen und den Unfall gemeldet hat. Als er den VW-Bus wiedererkannte, auf dem Parkplatz vor dem Restaurant, hat er mir Bescheid gesagt.« Er schluckte. »Eigentlich wollte ich diesem Idioten mal gehörig die Meinung geigen, aber als ich ihn mit dir sah ... Na ja, da habe ich lieber den Mund gehalten. Aber er war es, das mit dem Hirsch.«

Ricarda nickte. »Ich weiß. Ich habe am nächsten Morgen die Delle in seinem Bus entdeckt. Er hat sich lustig gemacht, als ich ihn zur Rede gestellt habe. Er meinte, ich hätte mich verändert.« Sie blickte Max direkt an. »Und er hat recht. Ich glaube, ich habe mich tatsächlich verändert.«

»Ist das gut oder schlecht?«

Sie lächelte. »Ich glaube, es ist sehr gut.«

Er legte den Arm um sie. Die riesigen Berge standen schwarz gegen den Nachthimmel, über ihnen funkelten die Sterne, und von Zeit zu Zeit stieben Funken aus Mitzis alpenländischer Feuerschale in den Himmel.

Berchtesgaden, Sommer 1956

Der See lang wie verwunschen da. Ein Haubentaucher zog in einigen Metern Abstand zum Ufer ein paar träge Bahnen, in der Luft lagen die Hitze des Spätsommers und das Summen der Bienen. Eine Decke war auf dem warmen Waldboden ausgebreitet. Irgendwo rief ein Vogel. Lilli saß seit einer halben Stunde regungslos und hatte allmählich das Gefühl, ihre Beine seien eingeschlafen.

»Du musst mich wohl leider tragen, wenn wir hier fertig sind«, neckte sie Lois. »Ich spüre nämlich nicht einmal mehr meine Zehen.«

»Keine Sorge, ich brauche nicht mehr lange.« Lois sah kurz auf, konzentrierte sich dann aber sofort wieder auf seinen Malblock, den er auf den Knien hielt. Vor ihm stand ein Wasserglas mit klarem Seewasser, neben ihm lag sein Aquarellkasten.

»Ich will dich malen«, hatte er vor einigen Tagen gesagt. »Hier an unserem geheimen Platz – ein Bild nur für uns. Was sagst du?«

Sie hatte eigens ihr gelbes Lieblingskleid angezogen, sich sorgfältig die Lippen nachgezogen und sich die Haare frisiert.

Nun saß sie am See in der Pose, die Lois ihr gezeigt hatte. Die Sonne schien warm auf ihre Haut, ihre Füße waren nackt. Inzwischen liebte sie das Gefühl, die Erde, das Gras, den Sand, das Wasser unter den Füßen zu spüren, die Freiheit, nach der es sich anfühlte.

Sie sprachen nicht viel, während Lois malte. Lilli sah ihm lächelnd zu, wie er konzentriert ihre Konturen mit dem Pinsel nachzog, wie er sie forschend betrachtete, um jeden ihrer Gesichtszüge einzufangen. Es ist wirklich seine Leidenschaft, dachte sie, er muss einfach Maler werden, er muss. Die Kunsthochschule hatte sich immer noch nicht gemeldet. Sie wünschte sich glühend eine Zusage für ihn.

Wieder sah er auf. Seine aufmerksamen Blicke schienen sie zu streicheln. Er sah sie, Lilli, er sah nicht Lilli Beekmann, nicht ihre Familie, nicht ihren Vater, nicht das Geld und ihr Erbe. Er sah nur sie.

Dieser Platz am See war in den letzten Tagen zu ihrem geheimen, besonderen Ort geworden. An diesen abgelegenen Teil des Ufers verirrte sich kaum ein Mensch, und wenn doch, dann bildeten die Tannen eine schützende Wand. Der sonnenbeschienene Flecken Gras, den sie zwischen sich und dem Ufer noch ließen, war gerade groß genug für zwei. Davor im Wasser bildeten einige kleinere Felsen winzige Inseln; das kristallklare Wasser glitzerte im Sonnenlicht und blendete Lilli beinahe.

Es war der schönste Platz, den sie sich denken konnte. Von hier aus hatte man auf den Hochkalter einen herrlichen Blick. Lilli sah hinauf zu der zerklüfteten Bergspitze, vorsichtig, ohne den Kopf allzu sehr zu drehen. Das Glück, das sie dort oben mit Lois zum ersten Mal empfunden hatte, das empfand sie seit Tagen an jedem einzelnen Nachmittag, den sie hier mit ihm verbrachte. Die gestohlenen Stunden ... Zu ihrer Überraschung fiel es Lilli leicht, immer eine neue Ausflucht zu finden, um für ein paar Stunden dem Hotel zu entkommen. Vera, die sonst so aufmerksam auf ihre Tochter sah, war inzwischen von ihren neuen Freundinnen im Hotel und den vielen Tennisstunden vollkommen abgelenkt. Sie nickte nur, wenn Lilli sagte, sie habe Migräne und müsse sich hinlegen oder einen Spaziergang machen, oder dass sie sich mit Sophie im Dorf treffe oder in die Kirche gehe. Jeden Nachmittag rannte sie dann, kaum war sie außer Sichtweite des Hotels, den schmalen Pfad durch den Wald zum See, wo Lois meist schon auf sie wartete.

Und dann waren sie einfach nur beisammen. Manchmal erzählten sie sich etwas, manchmal schwiegen sie, lagen nebeneinander umschlungen und genossen die Gegenwart des anderen. Sie war in diesen Momenten so glücklich, wie sie es sich nie hätte träumen lassen.

Der Wald schien eine Mauer zu bilden zwischen der Realität und dem Hotel, in dem ihre Eltern waren und in dem das Telefon stand, das pünktlich um halb zehn Uhr am Abend läutete, und in dem der Brief in der Jackentasche ihres Vaters steckte. Der Brief ... Lilli schob den Gedanken daran weit weg. Hier war ihr besonderer Platz, nichts durfte ihn stören.

»Ein schönes Leben muss das sein, hier am See ... jeden Tag mit dem Boot unterwegs.« Lilli seufzte und sah wieder zu Lois.

Er erwiderte ihren Blick. Noch nie hat mich ein Mann so angesehen, dachte sie, noch nie habe ich mich so schön gefühlt. Ihre Freundinnen beneideten sie um ihre blonden Haare, Carl hatte ihr ein paarmal gesagt, sie sei hübsch. »Mein blonder Engel« nannte sie ihr Vater manchmal. Aber Lois sah tiefer. Er sieht mich als Ganzes, als Mensch, als das, was ich bin, und findet mich schön, dachte sie. Wie könnte ich ihn nicht lieben?

Lois unterbrach ihre Gedanken. »Jetzt brauche ich nur noch die Konturen deines Gesichts. Kannst du noch sitzen?«

Sie nickte.

»Gut, dann sieh mich weiter so an, und bleib vollkommen still.«

Schweigen senkte sich wieder über sie. Die nachmittägliche Ruhe am See war so absolut, dass Lilli sogar das Geräusch des Pinsels hören konnte, der über das Papier glitt. Ab und an knackte ein Ast im Wald. Der Haubentaucher tauchte leise plätschernd unter und wieder auf.

Irgendwann lächelte Lois. »Ich glaube, es ist fertig. Willst du es sehen?«

Sie nickte und stand auf. Tatsächlich waren ihr die Arme und Beine taub geworden. Sie schüttelte sie aus. Dann ging sie hinüber zu Lois auf seinem Schemel und sah ihm über die Schulter.

»Gefällt es dir?« Lois sah sie erwartungsvoll an.

Lilli riss überrascht die Augen auf. Das auf dem Papier war sie, ganz ohne Zweifel. Das gelbe Kleid, ihre Haare, ihr Gesicht. Er hatte ihr Lächeln eingefangen, jeder Pinselstrich war so zärtlich. Sie konnte die Liebe fühlen, mit der er sie beim Malen angesehen hatte, und ihre eigenen Gefühle spiegelten sich in dem gemalten Blick so intensiv wider, dass ihr der Atem stockte. Jeder, der dieses Bild sah, musste sehen, dass zwischen ihnen etwas passiert war.

Sie schlang ihre Arme um ihn. »Du bist ein wunderbarer Maler«, flüsterte sie. »Und du wirst wahnsinnig erfolgreich sein, da bin ich mir sicher.«

Er lachte. »Ich hoffe, die Jury der Kunsthochschule ist deiner Meinung.« Vorsichtig legte er den Malblock ins Gras, dann stand er auf und zog sie an sich. »Und was machen wir jetzt?«, fragte er.

»Jetzt sollten wir unbedingt schwimmen gehen.« Lilli sah ihn spitzbübisch an. »Beim Modellsitzen ist mir ganz schön heiß geworden, und außerdem muss ich meine eingeschlafenen Arme und Beine ein bisschen bewegen.«

Sie streifte sich das Kleid über den Kopf, darunter trug sie einen Badeanzug. In ein paar Schritten war sie am Ufer. Sie schrie auf, als das Wasser ihre Haut berührte.

»Oh Gott, ist das kalt!«

Lois war schon dabei, sich die Hose und das Hemd auszuziehen. In Unterwäsche folgte er ihr ins Wasser.

»Na los, am besten denkt man gar nicht lange nach«, rief er ihr zu und streckte seine Hand nach ihrer aus. »Eins, zwei, drei!«

Bei drei stürzten sie sich Hand in Hand gemeinsam in das kristallklare Wasser. Als Lilli auftauchte, prustete sie und strich sich über die Haare. Das kalte Wasser floss ihnen über Nacken und Gesicht. Lois neben ihr schüttelte sich wie ein Hund.

»Los, wir müssen schwimmen, damit uns warm wird.«

»Gut, Lois König – wer zuerst dort drüben am Felsen ist.« Lilli zeigte auf einen der großen Findlinge im Wasser.

»Du bist ganz schön mutig. Habe ich dir schon erzählt, dass ich der schnellste Schwimmer im ganzen Dorf bin?«

»Ach ja? Ich nehme die Herausforderung an!« Sie grinste spitzbübisch. Ein paar Augenblicke später tobten sie übermütig im See.

Danach ließen sie sich auf der Decke von der Sonne trocknen. Lilli hatte den Kopf auf Lois' nackte Brust gelegt. Zum ersten Mal waren sie sich so nahe.

»Lilli, ich will, dass es immer so ist«, sagte Lois.

»Dass wir für immer so liegen bleiben? Ich fürchte, wir werden ganz schön hungrig und durstig sein nach einer Weile.«

»Nein, ich meine es ernst. Ich meine, dass ich will, dass wir zusammen sind. Nicht nur für jetzt, nicht nur für die paar Stunden und Tage, die wir noch haben. Sondern für immer.«

Lillis richtete sich auf. »Das will ich auch, aber in ein paar Tagen werden wir abreisen. Wie soll ich das verhindern?«

»Lass uns fliehen. Wir laufen einfach weg, über die österreichische Grenze.«

Lilli schwieg.

»Willst du wirklich zurück nach Köln? Du weißt, was dort passieren wird. Du weißt, was dein Vater will.«

»Nein, das will ich nicht.« Sie sah hinaus auf den See. »Aber mein Vater würde mich finden, egal, wo ich bin. Er ist … Ich weiß nicht, wie ich es sagen soll. Er hat viel Macht.«

»Das hat er vielleicht. Aber die Wälder hier sind einsam und groß und die Berge auch. Und ich kenne mich aus, ich weiß, wo wir uns verstecken könnten.«

Sie lächelte. »Wirklich?«

Lois drehte sich auf die Seite und stützte seinen Kopf auf den Ellbogen. »Ja. Ich habe schon darüber nachgedacht. Zuerst gehen wir für eine Weile über die Grenze, leben in ein paar Schutzhütten, die ich kenne, jeden Tag in einer anderen. Sie werden dir gefallen, klein und gemütlich.« Er ließ seine Fingerspitzen über ihren nackten Oberarm gleiten. »Dann bekomme ich hoffentlich die Zusage von der Hochschule, und wir gehen gemeinsam nach München. Du kennst dich mit dem Stadtleben aus, das ist ein Vorteil für mich als Junge vom Land.«

Sie musste lachen. »Soso.«

»Ja. Und später kommen wir hierher zurück nach Berchtesgaden. Meiner Familie gehört ein einsamer Berghof, weit oben. Dorthin kommt kaum ein Mensch, aber es ist wunderschön.« Er grinste. »Gut, das Dach ist ein bisschen undicht und der Schuppen schief, und vielleicht brauchen wir auch das ein oder andere neue Fenster, aber das kriege ich hin. Ich kann mit Hammer und Nägeln und so weiter umgehen. Darum bräuchtest du dir also keine Sorgen zu machen.«

Sie drehte sich auf die Seite, ihm zugewandt. »Und wovon werden wir leben?«

»Ich werde malen und damit Geld verdienen. Außerdem können wir einen Garten anlegen, mit allem, was dort oben eben wächst. Zwei oder drei Kühe dazu, vielleicht eine Ziege und Hühner.«

»Und was machen wir im Winter?«

»Wir machen ein warmes Feuer im Ofen und eine heiße Milch mit Honig und schauen zu, wie draußen die Flocken fallen, bis wir beinahe eingeschneit sind. Nur wir beide.« Er lächelte. »Na ja, wir beide – und vielleicht das ein oder andere Kind mit der Zeit. Würde dir das gefallen?«

Lilli legte ihre Hand an seine Wange. »Ich würde es lieben«, sagte sie. »Ich würde jedes Leben lieben, solange es an deiner Seite ist.«

»Dann tun wir es.« Er küsste sie auf die Stirn. »Lauf mit mir zusammen weg.«

Lilli schloss die Augen. Alles hinter sich lassen, aussteigen aus ihrem Leben, in dem andere über sie bestimmten. Ja, dachte sie, das will ich. Ich habe mich noch nie so frei gefühlt wie an Lois' Seite.

»Mein Vater ist heute über Nacht in München«, sagte sie. »Und meine Mutter ist beschäftigt.«

»Dann lass es uns heute tun. Heute Nacht.«

Sie sah ihn an und verlor sich für einen Moment in seinen grünen Augen. Dann nickte sie. »Heute Nacht.«

Er strich ihr über die Haare, fuhr mit seinen Fingern die Züge ihres Gesichts nach, ihre Augenbrauen, die Wangenknochen, den Schwung ihrer Lippen. »Du bist meine Liebe, Lilli«, sagte er leise. »Du bist die, für die ich hier bin. Das wusste ich in der Sekunde, in der ich dich zum ersten Mal gesehen habe.«

Sie schlang ihre Arme um seinen Nacken, zog ihn zu sich hinunter. Er bedeckte ihr Gesicht mit Küssen, ihren Hals, ihre Schlüsselbeine, ihre Schultern.

Ich habe nicht gewusst, dass es so ist, dachte sie. Dass Liebe sich so anfühlt. Ich dachte, ich sei in Carl verliebt, aber ich hatte ja keine Ahnung.

Sie streifte sich selbst die Träger ihres Badeanzugs von den Schultern. In diesem Moment war sie ein ganz anderes Wesen, voller Empfindungen und Liebe und Leidenschaft und völlig ohne Scham. Ihre Hände glitten über seine Haut, und ihre Fingerspitzen zeichneten seinen Körper nach. Ich weiß nicht mehr, wo ich aufhöre und er anfängt, dachte Lilli. Dann hörte sie auf zu denken.

Als die Tannen schon lange Schatten warfen und sich die Geräusche des Waldes veränderten, lagen sie immer noch da.

»Geht es dir gut?«, fragte Lois und strich über Lillis Rücken.

»Mir ging es noch nie besser.« Sie lächelte und setzte sich auf. Sie hatte keine Faser am Leib, aber das machte ihr nichts aus. Die Abendsonne vergoldete ihre und Lois' Haut. Der See war jetzt, im Vorabendlicht, dunkler geworden, fast schwarz. Auf der Wasseroberfläche spiegelten sich die Gipfel der Berge. Lilli sah in den Himmel über ihnen. Er war blau mit einem goldenen Schimmer. Bald würde das Gold zu Rosa werden. Lilli streckte ihre Hand aus. An ihrem Finger funkelte der Verlobungsring, Carls Ring. Der Amethyst funkelte violett; der komplizierte Schliff, das polierte Gold, er sah so unglaublich teuer aus. Und so kalt, dachte sie. So bedeutungslos.

»Warum trage ich ihn noch?«, murmelte sie. »Er hat mir in Wirklichkeit nie etwas bedeutet.«

Sie zog den Ring vom Finger, zum ersten Mal, seit Carl ihn ihr angesteckt hatte. Kurz wog sie ihn in der Hand, dann holte sie ohne zu zögern aus und warf ihn in den See. Mit einem leisen Platschen versank er im dunklen, kalten Wasser. Dort, wo er hingehört, dachte sie.

Sie sah Lois an und lächelte.

»Ich freue mich auf jeden einzelnen Tag mit dir«, sagte sie. »Von heute an und für den Rest meines Lebens. Und denke bloß nicht, ich brauche von dir einen neuen, teuren Ring dafür.« Sie nahm seine Hand, »ich brauche nur dich.«

Er legte seinen Arm um sie. »Du hast mich«, sagte er. Sie lehnte ihren Kopf an seine Schulter und schloss die Augen, spürte seine Wärme. Endlich fühlte sie sich absolut frei.

Als die Sonne hinter dem Gipfel des Hochkalters versank, zogen sie sich an. Lois riss das Blatt mit Lillis Bild vom Zeichenblock. »Nimm es. Es erinnert dich immer an heute.« Er küsste sie. »An den ersten Tag vom Rest unseres Lebens.«

»Malst du jedes Jahr an dieser Stelle ein Bild von mir? Bis ich alt und grau bin – und alle hängen wir in unserem Haus auf.«

»Natürlich. Solange ich einen Pinsel halten kann und meine Augen gut genug sind.«

Lilli lachte. »Gut, abgemacht.«

Sie nahm das Bild, rollte es zusammen und steckte es sich unter ihr Kleid. Niemand sollte es außer ihr sehen. Es gehörte nur ihnen, es war der Anfang.

»Bleibt es dabei – heute Nacht bei der Linde?«

Lilli nickte.

»Bis später.« Zum Abschied küsste er sie noch einmal lange.

»Bis später.«

Den ganzen Weg zurück durch den abendlichen Wald zum Hotel konnte Lilli nur an das neue Leben denken, das vor ihr lag, und daran, wie sehr sie sich darauf freute.

10

Der nächste Tag begann erst, als es beinahe schon Mittag war, mit einem Katerfrühstück für die Pensionsgäste und die Freunde, die sich bereit erklärt hatten, Mitzi beim Aufräumen zu helfen. Unverwüstlich gut gelaunt und wach hatte Mitzi in der Stube den Tisch mit Marmelade, Honig, Käse und den Überbleibseln des gestrigen Büfetts gedeckt und servierte dazu auch noch frisches Rührei. Als Ricarda als Letzte gähnend die Treppe hinuntertapste, hielt Mitzi gerade die schwere gusseiserne Pfanne in der Hand und kippte das restliche Ei darin auf einen noch leeren Teller.

»Guten Morgen, du Schlafmütze.« Mitzi lächelte ihr entgegen. »Du kommst gerade recht – wir haben von allem noch etwas für dich übrig gelassen.«

Ricarda lächelte verschlafen in die Runde. »Guten Morgen. Wie könnt ihr alle so frisch aussehen? Ich fühle mich, als hätte mich ein Laster überrollt, so spät ist es gestern geworden.«

»Ja, und der Abend war für dich natürlich auch sehr anstrengend, wo du doch so viel getanzt hast«, bemerkte Mitzi mit unschuldigem Blick.

Ricarda lachte. »Dir entgeht wirklich gar nichts, selbst wenn du hundert Gäste zu betreuen hast.«

Tatsächlich hatte sie gestern noch die halbe Nacht mit Max getanzt.

»Es war so ein schönes Fest«, sagte Sabine. »Danke, Mitzi, es war toll, bei so etwas einmal dabei sein zu können.«

»Ja, und diese ›Auszogenen‹, davon musst du uns unbedingt das Rezept geben«, fügte Stefan hinzu.

Eine Weile sprachen sie über den gestrigen Abend. Das Essen und die Stimmung wurden gelobt, und natürlich das Weißbier, die verschiedenen Dirndl der Frauen – Ricarda beteiligte sich kaum. Sie stocherte in ihrem Rührei, aber war eigentlich noch zu müde, um etwas zu essen. Immer wieder dachte sie an den gestrigen Abend, an die Gespräche mit Max, wie er sie angesehen hatte, an die ersten Berührungen. Jimmy hatte sie schon bei ihrem ersten Date einfach gepackt und geküsst. Ihr gefiel es, dass es mit Max so anders war, vorsichtiger, irgendwie spannender. Zum Abschied hatte er sie gestern Nacht auf die Wange geküsst, aber das hatte mindestens genauso viel bedeutet.

Sie spürte, wie ihr Herz klopfte, wenn sie an ihn dachte. Diese Gefühle hatten sich entwickelt, ohne dass sie es richtig bemerkt hatte, aber jetzt waren sie da, ganz eindeutig.

Irgendwann stand Mitzi auf. »Ich habe noch gar nicht nach der Post gesehen«, murmelte sie. »Die muss schon längst da sein.«

Sie ging nach draußen, während die anderen gut gelaunt das Frühstück beendeten und sich noch eine letzte Tasse Kaffee einschenkten, bevor der Tag und das große Aufräumen so richtig starten würden.

Mitzi kam zurück mit ein paar Briefen und einem kleinen Päckchen. Sie sah alles durch und legte das meiste auf den Stapel für sich. Nur einen Brief hielt sie noch in der Hand.

»Ricarda, hier ist Post für dich«, sagte sie etwas erstaunt. »Es steht aber nur dein Name darauf, mehr nicht.«

Sie reichte den weißen Briefumschlag an Ricarda weiter. Tatsächlich, keine Briefmarke, kein Poststempel. Jemand musste ihn selbst abgegeben haben. Ricarda befühlte den Umschlag. Es war etwas Schweres, Längliches darin.

»Merkwürdig«, murmelte sie, »wer soll schon hier für mich etwas einwerfen?« Kurz überlegte sie, ob der Brief von Max stammte. Aber sie hatte schon bei einigen Gelegenheiten seine Handschrift gesehen, und diese hier sah anders aus.

Sie nahm das unbenutzte Buttermesser, das neben ihrem Teller lag, und schlitzte den Umschlag auf. Als sie ihn umdrehte, fiel mit einem metallischen Geräusch ein Schlüssel heraus. Es war kein gewöhnlicher Schlüssel, er war alt und verschnörkelt. Außerdem steckte ein Blatt Papier in dem Umschlag. Ricarda zog es heraus und faltete es auf. Die anderen waren inzwischen wieder in Gespräche vertieft.

Ricarda las, was dort in der fremden Handschrift geschrieben stand:

Liebe Ricarda, nach unserem Gespräch im Café habe ich lange mit mir gerungen, ob ich Ihnen diesen Brief nun schreiben soll oder nicht. Wie Sie sehen, habe ich mich schließlich dafür entschieden. Ich habe vor vielen Jahren meinem Bruder ein Versprechen gegeben, niemals jemandem davon zu erzählen, und ich halte mich auch weiterhin daran. Aber gleichzeitig glaube ich, Sie sollten nun, wo Sie die halbe Wahrheit wissen, auch die ganze kennen. Das ist also der Zwiespalt, in dem ich stecke. Sie wissen, ich bin Anwältin und kenne mich mit Argumentationen aus. Diese hier ist nicht ganz sauber, aber ich denke, es ist die beste, die ich finden kann: Wenn ich Ihnen nur das Handwerkszeug gebe und Sie selbst den Rest herausfinden, habe ich mein Versprechen zumindest zum Großteil gehalten und nichts verraten. Ich hoffe, mein Bruder wird mir verzeihen. Der Schlüssel im Umschlag passt zum Schloss in der Sakristei der Dorfkirche. In der Sakristei werden auch die Kirchenbücher aufbewahrt. Sie sind das, was Sie interessieren sollte. Mehr kann ich nicht sagen, aber ich denke, Sie werden schon die richtigen Schlüsse ziehen. Es war schön, Sie kennengelernt zu haben.

Ihre Sophie König.

Die richtigen Schlüsse, die ganze Geschichte … Ricarda nahm den alten Schlüssel nachdenklich in die Hand. Er fühlte sich rau und verrostet an. Es gab also noch einen Teil, von dem sie bisher gar nichts ahnte. Die Geschichte endete nicht damit, dass Lois und Lilli sich geliebt hatten, sie ging noch weiter. Plötzlich fühlte sie sich kein bisschen mehr müde. Sie aß schnell den Rest des Rühreis, der noch auf ihrem Teller lag, und trank in großen Schlucken ihren inzwischen lauwarmen Kaffee aus.

»Tut mir leid, ich muss los.« Sie nickte der Runde zu, die sie erstaunt ansah.

»Was ist denn los? Stand etwas Wichtiges in dem Brief?«, fragte Mitzi.

»Das weiß ich noch nicht so richtig.«

Ricarda steckte Schlüssel und Brief zurück in den Umschlag und nahm ihn mit hinauf in ihr Zimmer. Dort putzte sie sich eilig die Zähne, band ihre Haare zu einem Pferdeschwanz und schlüpfte achtlos in Jeans und ein Oberteil. In Gedanken war sie schon in der kleinen Dorfkirche. Sie zog ein Paar Turnschuhe an und griff nach ihrem Handy, auf dem sie Max' Nummer wählte.

Zu ihrer Überraschung ging er sofort ans Telefon und klang überhaupt nicht müde. Im Hintergrund war das unverkennbare Geräusch des altersschwachen Motors seines Land Rovers zu hören.

»Bist du gerade unterwegs?«, fragte sie.

»Ja, ich war im Wald, ein bisschen nach dem Rechten sehen. Was ist denn los? Du klingst so atemlos.«

»Heute Morgen war ein Brief für mich in Mitzis Briefkasten – von Sophie. Sie schickt mir den Schlüssel zur Sakristei in der Kirche und macht Andeutungen«, sie las ihm den Brief vor.

»Die Kirchenbücher?«, fragte Max verständnislos. »Was soll denn in den Kirchenbüchern über deine Großmutter stehen?«

»Keine Ahnung. Ich nehme jetzt den Bus ins Dorf und sehe nach. Kommst du mit?«

»Klar. Ich beeile mich. Wir treffen uns vor der Kirche.«

»Danke. Bis gleich.« Sie legte auf und fühlte, wie ihr Puls raste. Sie war des Rätsels Lösung nahe, das fühlte sie.

Als Ricarda ankam, parkte Max' Land Rover schon vor dem Eingang zum Kirchhof. Er selbst war nirgends zu sehen.

»Max?«, rief Ricarda. Plötzlich hörte sie Schritte. Er kam von einer abgelegenen Seite des Friedhofs auf sie zu.

Während er auf sie zulief, erkannte sie für einen Moment wieder diese Traurigkeit in seinem Gesicht, aber der Ausdruck war verschwunden, als er vor ihr stand. Sie umarmten sich zur Begrüßung.

»Zeig mal den Schlüssel«, sagte er.

Sie hielt ihn hoch.

»Warum hat Sophie einen alten Schlüssel zur Sakristei?«, fragte Max. »Das macht gar keinen Sinn, sie wohnt doch schon seit Jahrzehnten nicht mehr hier.«

»Ich weiß es nicht. Anscheinend haben die Königs gleich mehrere Geheimnisse. Und ich brenne darauf, sie zu lüften.« Ricarda grinste. »Spätestens jetzt komme ich mir wirklich vor wie Miss Holmes und Förster Watson.«

Sie gingen zur Kirche hinüber, die jetzt, am Mittag, einsam und verlassen dastand. Kein Tourist verirrte sich zu dieser Zeit hierher, alle saßen in den Restaurants und auf den Almhütten beim Mittagessen.

Sie gingen bis ans Ende der Kirche, wo eine alte Holztür zur Sakristei führte. Die Tür besaß ein eisernes Schloss, genauso verrostet wie der Schlüssel in Ricardas Hand. Sie steckte ihn in das Schlüsselloch und versuchte, ihn zu drehen. Zuerst ließ er sich nicht bewegen, aber schließlich sprang die Tür mit einem Quietschen auf.

Der Raum dahinter war winzig und roch nach dem Staub vergangener Jahrhunderte. Einige Messgewänder hingen hier, ein paar Fotos an der Wand, einige waren Aufnahmen der Kirche, einige zeigten Gruppen von Erstkommunionskindern in weißen Kleidern und weißen Kränzchen oder glücklich lächelnde Brautpaare vor dem Kirchenportal. In einer Kiste stapelten sich Kerzen. Ricarda sah sich um. »Siehst du hier etwas, das aussieht wie ein Kirchenbuch?«, fragte sie.

Max schüttelte den Kopf. »Nein ... aber vielleicht ...« Er ging auf den Schrank zu, der im hintersten Winkel der Sakristei stand, und öffnete die beiden Flügel. Dahinter kamen wurmstichige Regale zum Vorschein, gefüllt mit einigem Krimskrams. Auf dem untersten Regal stand eine Kiste. Max zog sie heraus und nahm den Deckel ab.

»Hier«, er zeigte darauf. »Zumindest sind das alte Bücher.«

Er trug die Kiste hinüber zu dem kleinen Schreibtisch, der unter dem einzigen Fenster der Sakristei stand.

Er nahm die drei dicken Bücher heraus, die darin gestapelt waren. Sie waren alle in Leder gebunden, das an vielen Stellen abgegriffen aussah.

»Zum Glück bist du dabei«, stöhnte Ricarda. »Bis ich diese Wälzer allein durchgesehen hätte, wären ja Jahre vergangen – abgesehen davon, dass ich nicht einmal weiß, wonach ich genau suchen soll.«

»Ach ja, nur deswegen bin ich hier?«

Ricarda grinste. »Nein, nicht nur.«

Sie schlug den ersten Band probeweise auf. Er begann im Jahr 1824, und die Einträge waren in schnörkeliger altdeutscher Schrift geschrieben, die sie kaum entziffern konnte.

»Kannst du so etwas lesen?«, fragte sie Max.

»Nein. Meine Oma konnte das noch«, sagte er. »Sie hat mir mal ein paar Buchstaben beigebracht, aber das nützt nicht viel.«

Ricarda blätterte ein paar Seiten um, immer waren es Listen in der schwer lesbaren Schrift; Namen, Daten, Anmerkungen. »Eigentlich glaube ich nicht, dass wir hier lange suchen müssen. Das, was ich finden soll, wird wohl kaum im 19. Jahrhundert stattgefunden haben. Wir brauchen das mit den 1950er-Jahren.«

Ricarda klappte das Buch wieder zu und legte es zurück in den Karton. Beim nächsten Versuch entschied sie sich für das Buch, dessen Einband am neuesten aussah. Zwar stieg ihr auch hier ein etwas modriger Geruch in die Nase, und das Papier war leicht angegilbt, aber immerhin konnte sie die Schrift lesen. Die ersten Einträge stammten aus dem Jahr 1923. Ricarda blätterte weiter. Aus der Zeit des Zweiten Weltkriegs stammten lange Listen von Gefallenen, hinter deren Namen ein schwarzes Kreuz gemalt war. »Schau dir das an, diese hier wurden alle kaum älter als zwanzig«, murmelte Ricarda. »Der Krieg muss grauenvoll gewesen sein. Lilli hat kaum darüber gesprochen, aber ihr Bruder kam bei einer Bombardierung von Köln ums Leben. Er und so viele andere – viel zu jung gestorben.«

Über Max' Gesicht legte sich wieder die Traurigkeit, die

sie vorhin schon gesehen hatte. Er trug etwas mit sich herum, sie wusste nur nicht, was es war. Allerdings ist das hier auch nicht der richtige Augenblick, danach zu fragen, dachte sie.

Stattdessen blätterte sie weiter zu den 1950er-Jahren – genauer zum Jahr 1956, dem Jahr, das sie seit Tagen verfolgte. Mit dem Finger fuhr sie die Einträge entlang, bis sie zum Monat August kam. Aber sie fand nichts, was mit Lois oder Lilli in Zusammenhang stehen konnte. Ein paar Sterbeeintragungen, eine Hochzeit, eine Geburt, mehr war in diesen Sommerwochen damals im Tal nicht passiert. Enttäuscht fuhr sie die Zeilen der restlichen Monate entlang, aber auch hier Fehlanzeige.

»Was soll ich hier bitte entdecken?« Sie sah zu Max auf, der ihr über die Schulter sah. »Hätte Sophie sich nicht ein bisschen klarer ausdrücken können? Oder übersehe ich etwas?«

Das Jahr 1957 begann, groß überschrieben in dicken Zahlen. Da war Lilli schon längst wieder in Köln und frisch verheiratet, Lois auf der Kunsthochschule in München.

»Wo ist das, was Sophie mir zeigen will? Was sie mir nicht verraten darf?« Ricarda seufzte und ließ den Blick eher halbherzig über die folgenden Einträge und Listen schweifen. Todesfälle, Hochzeiten, Geburten wechselten sich ab, alle festgehalten in einer recht eckigen Schrift und schwarzer Tinte. Plötzlich stutzte sie.

Eine Stelle ganz am Ende der Buchseite war merkwürdig. Die Schrift unterschied sich von der obigen – derjenige, der diesen Eintrag geschrieben hatte, hatte ebenfalls schwarze

Tinte benutzt, aber es war definitiv ein anderer als der, der den Rest des Kirchenbuchs führte.

»Das hier.« Sie tippte aufgeregt darauf. »27. Juni 1957« stand dort. Und daneben nur ein Name: »Hannah.«

»Was ist damit?«

»Das ist ein Geburtseintrag, oder nicht? Ein Sternchen ist das Symbol für den Geburtstag.«

Max nickte.

»Ja, und?«

Ricardas Herz klopfte. »Das ist nicht irgendein Geburtstag. Das ist der Geburtstag meiner Mutter. Und ihr Name.«

Max starrte sie an. »Warum hat irgendjemand den Geburtstag deiner Mutter hier ins Kirchenbuch eingetragen?«

»Nicht irgendjemand«, sagte Ricarda langsam und beugte sich tiefer über das Papier. »Ich glaube, ich kenne diese Schrift.« Sie überlegte. Diese steile, spitze Schrift. Die Gedanken in ihrem Kopf rasten. Plötzlich fiel es ihr ein, wo sie sie schon einmal gesehen hatte: in den Briefen von Lois, die ihr die Galeristin damals in der Galerie Jobst gezeigt hatte.

»Das ist Lois' Schrift«, sagte sie. »Er hat die Geburt meiner Mutter eingetragen. Und dafür gibt es nur eine Erklärung.« Ricarda ließ sich im Stuhl zurücksinken.

»Max, ich glaube … ich glaube, Lois ist mein Großvater.«

»Das erklärt einfach alles«, sagte Ricarda. Sie saßen inzwischen auf einer Bank neben der Kirche. Nach ihrer Entdeckung war sie kaum fähig gewesen, einen klaren Gedanken zu fassen. Max hatte die Kirchenbücher in den Schrank geräumt, Ricarda aus der Sakristei geschoben und die Tür hinter ihnen abgeschlossen. »Komm an die frische Luft, das hilft«, hatte er gesagt.

Jetzt saß sie hier und sortierte ihre Gedanken. Das Puzzle ist vollständig, dachte sie. Auch wenn es ein Schock ist.

»Es erklärt Lillis Geheimniskrämerei, warum sie nie über früher sprechen wollte, warum meine Mutter so anders ist als alle in der Familie. Sie und ich, wir sehen niemandem ähnlich. Bei uns haben wohl die König-Gene durchgeschlagen. Lilli muss ihr Leben lang Lois vor sich gesehen haben, sobald sie meine Mutter ansah. Dieser Sommer 1956 und die Liebe zu Lois haben sie auf diese Art ihr ganzes Leben lang begleitet.«

Sie starrte hinauf zu den Bergen. »Ob mein Großvater wusste, dass meine Mutter gar nicht sein Kind war?«

Sie schüttelte den Kopf und fuhr sich durchs Haar.

»Das ist einfach unglaublich. Der wütende Mann dort oben – das ist mein Opa!« Sie war immer noch weiß um die Nase. »Glaubst du, dass er das wusste? Dass ich seine Enkelin bin?«

»Vielleicht.« Max sah sie forschend an.

»Was willst du jetzt tun, wo du die Wahrheit weißt?«

»Keine Ahnung. Ich glaube, ich muss das erst einmal sacken lassen. Und dann … muss ich nicht auch meiner Mutter sagen, was ich herausgefunden habe? Es geht immerhin um ihren Vater.« Sie stützte den Kopf in die Hände. »Ich komme gerade gar nicht meinen eigenen Gedanken hinterher.«

»Sollen wir zu mir fahren? Sepp wartet auf seine Flasche, und vielleicht ist das ja ein ganz guter Platz zum Nachdenken.«

Ricarda nickte. Er schien immer mit Leichtigkeit zu spüren, was sie brauchte.

»Ja, das wäre gut.«

Außerdem hatte sie gerade keine Lust, von Mitzi und den anderen mit Fragen überfallen zu werden. Schließlich hatte sie selbst noch nicht auf alles eine Antwort.

Im Forsthaus fühlte sie sich wie immer sofort wohl. Eigenartig, dachte sie, dass ein einzelnes Haus, ein kleiner Flecken hier im Tal, so eine Wirkung auf mich hat. Und das, obwohl ich es gerade mal eine Woche kenne.

Sie setzte sich auf die Bank vor dem Haus und blickte über den See. Die rot getigerte Katze leistete ihr Gesellschaft, bis Max kam und zwei Flaschen Limonade brachte.

Ricarda trank dankbar einen Schluck.

»Na, geht es dir wieder besser?«

»Ja.« Sie lächelte ihn an, aber gleich darauf wurde ihr Gesicht wieder ernst. »Trotzdem, es ist verrückt. Der Mann, den ich bis heute Nachmittag für meinen Großvater gehalten habe, war nie mit mir verwandt.«

»Hattest du ein gutes Verhältnis zu ihm?«

Ricarda schüttelte den Kopf. »Eigentlich gar keines. Er ist gestorben, als ich fünf war.« Sie zuckte die Achseln. »Meine Mutter sagt immer, er war so ein richtiger Geschäftsmann, hat sich nur um die Firma gekümmert, war viel unterwegs. Er hatte schon mit seinen Kindern nicht viel zu schaffen, dann erst recht nicht mit seinem Enkelkind.«

»Denkst du, deine Mutter weiß, dass er nicht ihr leiblicher Vater war?«

»Nein. Wenn sie es wüsste, wüsste ich es auch. Zwischen mir und meiner Mutter gibt es keine Geheimnisse, sie ist ganz anders als Lilli … nicht so verschwiegen.«

»Waren deine Großeltern glücklich verheiratet?«

»Das weiß ich nicht. Wahrscheinlich nicht. Sie haben sich ja so selten gesehen, und meine Großmutter hat auch nie viel über ihn gesprochen, nachdem er gestorben war. Kein Wunder, jetzt, wo ich weiß, wie sehr sie Lois geliebt hat.«

»Aber warum hat sie dann nicht ihn geheiratet?«

»Das ist eine gute Frage.«

Sie schwiegen eine Weile.

Irgendwann beschlossen sie, Sepp zu füttern. »Ein Rehkitz hilft in allen Lebenslagen«, scherzte Ricarda.

Nachdem Sepp seine Milch getrunken hatte, blieben sie noch eine Weile im Stall sitzen, nebeneinander im duftenden Heu, die buckelige Wand des Stalls im Rücken.

»Ich glaube, Lilli ging es gar nicht nur um das Paket. Vielleicht hat sie mich hierhergeschickt, um das alles herauszufinden. Um meine Geschichte zu erfahren, ohne dass sie sie mir erzählen muss.«

»Und – bereust du es, dass du nach Berchtesgaden gekommen bist?«

Sie sah ihn an. »Nein«, sagte sie gedehnt und grinste. »Aus mehreren Gründen nicht.«

»Ach ja?« Er grinste ebenfalls. Sie sahen sich an. Die Spannung zwischen ihnen war beinahe mit den Händen greifbar. Und dann beugte sich Max endlich vor und küsste sie. Seine Hände legten sich um ihr Gesicht, sie konnte seine Wärme fühlen, seine Lippen, seinen Duft. Es war ein perfekter Moment. Und Ricarda stellte überrascht fest, dass ihr Herz noch nie so sehr geklopft hatte.

»Ein Kuss im Heu!« Ricarda lachte leise, als ihre Lippen sich wieder trennten. »Das hatte ich auf jeden Fall noch nie.« Sie fuhr ihm spielerisch durchs Haar. »Aber ich habe ja auch noch nie einen Förster geküsst.«

Er sah sie ernst an. »Ricarda …« Er räusperte sich. »Bevor das mit uns noch irgendwie weitergeht, muss ich dir, glaube ich, endlich etwas erzählen.«

Sie sah ihn an. Die Leichtigkeit, die eben noch geherrscht hatte, war verflogen. In seinen Augen sah sie den Ausdruck, den sie immer wieder an ihm gesehen hatte. Dieser ernste, traurige Blick, der so gar nicht zu ihm passte.

»Was meinst du?«

Er sah sie unschlüssig an. In seinem Gesicht kämpften widerstreitende Gefühle – offensichtlich rang er mit sich, ihr tatsächlich das anzuvertrauen, was er sagen wollte.

»Sag es mir«, sagte Ricarda leise. »Ich hatte schon die ganze Zeit das Gefühl, dass da noch etwas ist.«

Schließlich sprang er abrupt auf. »Komm mit«, er streckte ihr die Hand hin und half ihr auf. »Ich zeige es dir.«

Auf der Fahrt ins Dorf redeten sie nicht. Ricarda sah ab und zu Max an, der angespannt wirkte. Er parkte den Wagen abermals vor der Kirche. Nachdem sie ausgestiegen waren, schlug Max zielstrebig den Weg zum Friedhofstor ein. Ricarda folgte ihm.

Das rosa Abendlicht tauchte den Friedhof in eine fast unwirkliche stille Schönheit.

»Was machen wir denn schon wieder hier?«, fragte Ricarda verwirrt.

Statt einer Antwort nahm Max ihre Hand und ging mit ihr über den schmalen Kiesweg zwischen den Gräbern. Die Steinchen knirschten unter ihren Schritten. Max ging auf ein schmales gepflegtes Grab zu. Margeriten und rote Begonien wuchsen darauf, außerdem hatte jemand gerade erst eine Vase mit einem Wiesenblumenstrauß daraufgestellt. Die Blumen waren noch frisch. Es war deutlich zu sehen, dass sich um dieses Grab liebevoll gekümmert wurde.

Max blieb vor dem Grab stehen. »Das hier«, sagte er, »das ist es, was du über mich wissen musst.«

Ricardas Augen wanderten zur Plakette, die am hölzernen Grabkreuz angebracht war. »Verena Brandner« stand darauf. Und dann die Lebensdaten. Sie war fünfundzwanzig Jahre alt geworden.

»Wer ist das?«, fragte Ricarda.

»Meine Verlobte«, sagte Max leise. »Sie ist vor zwei Jahren gestorben.«

»Oh Gott … Das tut mir leid.« Ricarda sah ihn bestürzt an. »Wie ist das passiert?«

Max schluckte. »Es war meine Schuld. Nur meine. Darum musst du es auch wissen, damit du entscheiden kannst, ob du wirklich mit mir zusammen sein willst.«

Er machte eine Pause, bevor er weitersprach. »Vor zwei Jahren hatte ich mein Revier direkt am Watzmann. Ich hatte mich nach dem Studium darauf beworben, weil … ich glaube, ich fand es spannend, dort oben am Berg zu sein, in dieser Wildnis. Und das war es auch. Ich war dort oben oft auf Höhenstreife unterwegs und kannte mich gut am Berg aus.«

Ricarda hörte ihm zu. Sie verstand noch nicht so recht, was das mit seiner Verlobten zu tun hatte. Er schien die Frage von ihrem Gesicht abzulesen.

»Verena war sportlich, sehr ehrgeizig, schwamm und tanzte, aber vom Bergsteigen hatte sie keine Ahnung. Ich habe ihr immer vom Watzmann vorgeschwärmt, von dem Gefühl, dort hinaufzusteigen, auf dem Gipfel zu stehen. Was für ein Adrenalinrausch es ist, die Ostwand hinaufzuklettern – solche Dinge habe ich ihr ständig erzählt. Kein Wunder, dass sie dann auch irgendwann unbedingt einmal mit hinauf wollte. Zum Geburtstag hat sie sich eine Bergtour gewünscht. Gemeinsam auf den Watzmann. Und ich habe es ihr nicht ausgeredet.« Er schüttelte den Kopf. »Ich glaube, mir ist damals das viele Bergsteigen zu Kopf gestiegen. Ich habe mir nichts mehr dabei gedacht, es zu sehr auf die leichte Schulter genommen.«

Er schluckte. Ricarda wollte ihn nicht drängen. Sie spürte, wie schwer es ihm fiel, ihr das alles zu erzählen.

»Am sechsten September sind wir frühmorgens los. Es war so schön an diesem Morgen, dass ich nicht nachgeschaut habe, wie sich das Wetter im Laufe des Tages entwickeln würde. So unvorsichtig war ich inzwischen geworden. Die ersten Etappen an der Ostwand waren auch noch gut, wir kamen voran. Verena war allerdings schnell aus der Puste, sie war das Klettern und steile Bergsteigen ja nicht gewöhnt. Sie hat noch Witze darüber gerissen, dass sie außer Atem war. Und so habe ich es auch nicht ernst genommen. Ich habe an

dem Tag so viele Fehler gemacht – wie ein blutiger Anfänger.«
Max' Blick lag in weiter Ferne.

»Und was ist dann passiert?«, fragte Ricarda nach einer
Weile vorsichtig.

»Wir waren fast oben, noch eine halbe Stunde höchstens.
Die Wand hat da eine steile Stelle, und seit einiger Zeit konnten wir wegen des Gipfels nicht mehr sehen, was sich auf der
anderen Seite des Bergs zusammenbraute. Erst als die Wolken über den Watzmann quollen, habe ich erkannt, dass das
Wetter umschlug. In den Bergen geht das schnell. Verena war
ein Stück hinter mir, sie kämpfte mit ihrer Kondition, wollte
es aber unbedingt schaffen. Ich drängte sie, sich zu beeilen,
weil der Himmel in rasendem Tempo immer dunkler wurde.
Es würde nicht mehr lange dauern, bis es gewitterte, das war
mir klar.«

Ricarda erinnerte sich an das Unwetter an ihrem ersten
Tag hier in Berchtesgaden. Dass so ein Wolkenbruch über
einen hereinbrach, während man an einer steilen Bergwand
hing, das stellte sie sich wirklich furchteinflößend vor.

Max' Blick wanderte hinüber zum Watzmann, diesem
Koloss, der dort ganz friedlich und unschuldig in der Abendsonne lag. »Verena konnte nicht schneller, sie war mit ihren
Kräften am Ende, auch wenn sie es nicht zugeben wollte.
Aber ich sah es. Plötzlich donnerte es, ein gewaltiges Kra-
chen über uns. Das Gewitter war da, ein paar Sekunden später prasselte der Regen und machte den Felsen sofort rut-
schig. Sie rief irgendetwas, aber ich habe es wegen des Regens
und des Gewitters nicht verstanden. Ich drehte mich zu ihr
um, sie war nur vier oder fünf Meter unter mir, eigentlich

ganz nah. Und da machte der Donner eine Pause, und ich hörte ein ganz schreckliches Geräusch: einen Schrei. Ich weiß nicht, wie es passiert ist, wahrscheinlich hat sie einfach auf dem rutschigen Felsen den Halt verloren. Es ging so unglaublich schnell. Eine Sekunde klettert meine Verlobte noch hinter mir, und in der nächsten sehe ich sie fallen. Ich sehe es genau vor mir, ihre langen Haare im Wind, die rote Windjacke und ihr Gesicht. Sie hatte den Mund geöffnet und schrie, die Augen aufgerissen. Das werde ich nie mehr vergessen. Dann war alles still.«

Über Max' Wange lief eine einzelne Träne. Immer noch sah er Ricarda nicht an, sondern starrte auf den Watzmann. Sie schlang ihren Arm um seinen, nahm seine Hand.

»Max, das war ein schrecklicher Unfall. Du konntest doch nichts dafür, du hast es nicht mit Absicht gemacht.«

»Nein, aber es hätte nicht passieren dürfen. Ich hätte besser aufpassen müssen, ich war so unvorsichtig und so eingebildet zu glauben, dass uns nichts passieren könnte, dass ich so ein guter Bergführer sei, dass ich einfach jeden hinauf auf den Watzmann mitnehmen könnte. Sie hat sich auf mich verlassen. Und deshalb …« Er wischte sich wütend über die Augen. »Deshalb stehe ich jetzt hier, und sie liegt dort.«

Er senkte den Kopf. »Als ich nach Hause kam ohne sie, das war schrecklich. Zu zweit am Morgen los, abends kam ich allein zurück.«

»Hat dir jemals jemand Vorwürfe gemacht?«

Max schüttelte den Kopf. »Nein. Auch nicht ihre Eltern. Sie machen mir keine Vorwürfe, aber ich mache mir welche.«

»Warst du deswegen nie mehr über der Baumgrenze?«

Er nickte. »Ich kann das nicht. Dabei war ich früher so gern in den Bergen. Einen Sonnenaufgang auf einem der Berchtesgadener Gipfel zu erleben, das ist etwas ganz Besonderes. Aber nach Verena war ich nie mehr bergsteigen, es geht einfach nicht.«

Ricarda lehnte ihren Kopf an seine Schulter.

»Das Foto, das ich am Anfang bei dir gesehen habe, das mit der Frau darauf …«

»Ja, das war sie. Ich kann es nicht ertragen, ihr Foto bei mir stehen zu haben. Aber wegwerfen kann ich es auch nicht, also liegt es da in diesem Karton, und ich weiß nicht, was ich damit tun soll.«

Ricarda drückte seine Hand und sah auf das Grab vor ihnen. »Ich kenne zwar Verena nicht, aber ich kann mir nicht vorstellen, dass sie gewollt hätte, dass du dich vor Schuld zerfleischst und leidest. Sie hätte sicher gewollt, dass du weiterlebst.«

Max sah sie an. »Und du willst mich in deinem Leben immer noch haben? Auch wenn du jetzt weißt, was ich mit mir herumschleppe? Du bist seit Verena die erste Frau …« Er brach ab.

Sie sah ihn fest an. »Ich helfe dir sogar beim Schleppen, wenn du mich lässt.«

Auf Max' Gesicht breitete sich langsam ein Lächeln aus. Er legte seinen Arm um sie, und eine Weile standen sie schweigend vor Verenas Grab.

»Lass uns gehen«, sagte Max irgendwann. Während sie zurück zum Friedhofstor gingen, hüllte das Rosa des Himmels sie ein.

Es war schon lange dunkel, als sie in Max' Schlafzimmer unter dem Dach des Forsthauses lagen. Die hölzernen Balken der schräg zulaufenden Dachseiten bildeten ein hohes Zelt über ihnen, beschützt und gemütlich. Ricarda hätte ewig so daliegen können, auf Max' riesiger, weicher Matratze. Er zeichnete mit dem Finger die Linie ihres Rückens nach. Sie spürte, wie sich die feinen Härchen ihrer Haut aufrichteten, und lächelte.

»Das war schön, Förster Leitmayr«, sagte sie.

»Wirklich?«

»Sogar sehr schön.«

Er ließ sich neben sie in die Kissen fallen. »Ach ja, ich fand es auch okay«, sagte er betont lässig.

»Blödmann!« Ricarda schnappte lachend nach einem Kissen, das ihr zwischen die Finger kam, und warf es nach ihm.

Er lachte auch, drehte sich auf die Seite und betrachtete ihr Gesicht. »Du bist perfekt«, sagte er.

»Quatsch.«

»Doch, für mich bist du es.« Er küsste sie. Dann stützte er seinen Kopf auf den angewinkelten Arm.

»Weißt du, was mir gerade auffällt?«

»Nein, was?«

»Du bist zu einem Viertel Berchtesgadenerin.«

Ricarda grinste. »Stimmt. Es gibt im Dorf ja sogar eine Kirchenbank mit dem Namen König. Ich muss also wirklich dazugehören.«

»Eure Bank ist nur eine Reihe hinter unserer.«

Ricarda kuschelte sich an ihn. Die Haut auf seiner nackten Brust fühlte sich warm und glatt an. »Ach ja? Dann ist es Schicksal«, murmelte sie träge.

Sie dachte an die alte Frau in der Kirche, die sie vor einigen Tagen so erschreckt hatte. Manche Seelen sind füreinander bestimmt, das hatte sie gesagt. Vorherbestimmt, Seelenverwandte, die ganz große Liebe … Bei Lilli und Lois war es so gewesen. Und bei Max und mir?, dachte sie. Warten wir es ab. Sie fühlte sich jedenfalls so glücklich wie noch nie.

Viel später, als Max schon schlief, streifte sich Ricarda eines seiner Flanellhemden über und schlich aus dem Schlafzimmer. Auf Zehenspitzen ging sie die knarrende alte Holztreppe nach unten. Das Wohnzimmer lag im Mondschein vor ihr. Sie angelte nach ihrer Handtasche, die sie vor Stunden achtlos auf das Sofa geworfen hatte, dann öffnete sie leise die Tür zur Terrasse und ging barfuß nach draußen. Dort setzte sie sich auf die Holzbank, auf der sie heute Nachmittag schon mit Max gesessen hatte. Dieses Mal war sie ganz allein, nicht einmal die rot getigerte Katze war zu sehen. Die Nacht war warm und die nächtlichen Geräusche ganz leise. Auch der See lag spiegelglatt vor ihr, in keinem der Höfe, die sie von hier aus sehen konnte, brannte noch Licht. Es war spät in der Nacht, alles schlief.

Ricarda kramte ihr Handy aus der Tasche hervor und hielt es unschlüssig in der Hand. Als sie über das Display strich, leuchtete es auf und blendete sie beinahe in der Dunkelheit. Bald war es drei Uhr nachts. Bei ihren Eltern in New York war jetzt neun Uhr am Abend. Sie waren sicher noch nicht im Bett; es war eigentlich die perfekte Uhrzeit, um anzurufen. Ricarda tippte zögernd auf die Nummer ihrer Mutter. Du musst es ihr sagen, dachte sie, es ist immerhin ihre Familie; es ist ihr Vater, und sie hat ein Recht darauf, es zu wissen. Das Freizeichen ertönte. Ricarda biss sich nervös auf die Lippen. Hannah nahm nicht ab. Nach ein paar Mal Klingeln sprang die Mailbox an.

»Hier ist die Mailbox von Hannah. Leider habe ich momentan keine Zeit, ans Telefon zu gehen, aber hinterlasse mir gern eine Nachricht.« Piep.

Ricarda holte Luft.

»Hallo, Mama …«, doch in diesem Moment verließ sie der Mut. Sie stockte, dann sprach sie eine belanglose Nachricht auf die Mailbox und tippte dann auf »Auflegen«.

Danach ließ sie das Handy sinken. Sie atmete aus und lehnte sich an die Hauswand. Vor ihr breitete sich friedlich das Tal bei Nacht aus. Die Tannen um den See standen schwarz gegen den Himmel. Nein, sie war noch nicht so weit. Zuerst musste sie noch etwas erledigen.

Berchtesgaden, Sommer 1956

Die Lobby war menschenleer, als Lilli zurück ins Hotel kam. Das Klirren von Geschirr und die Stimmen der Hotelgäste beim Abendessen drangen bis nach draußen. Nur der Portier stand hinter der Rezeption, aber er drehte Lilli den Rücken zu und war damit beschäftigt, Schlüssel am Schlüsselbrett zu sortieren. Ungesehen ging sie so hinüber zu den Aufzügen. Ein Paar, das sie nicht kannte, stieg vor ihr aus, sodass die Kabine leer war. Nachdem sich die Tür hinter ihr geschlossen hatte und sich der Aufzug in Bewegung setzte, atmete sie tief durch und lehnte sich gegen die verspiegelte Kabinenwand. Nur noch ein oder zwei Stunden, dann würde sie sich mit Lois bei der Linde treffen, bei ihrer Linde. Es musste ihr nur noch gelingen, ein paar Sachen zusammenzupacken. Zu ihrem Erstaunen fühlte sie keine Angst, auch keine Trauer, von ihren Eltern Abschied nehmen zu müssen. Ihr ganzes bisheriges Leben lang waren ihre Eltern, vor allem ihr Vater, für sie das Wichtigste gewesen. Aber der Brief hatte alles verändert. Es fiel ihr nicht mehr schwer, zu gehen und alles hinter sich zu lassen. Ganz im Gegenteil: Sie fühlte sich, als würde sie schweben, wenn sie daran dachte, dass es bald so weit war.

Der Lift hatte den zweiten Stock erreicht, die Tür ging auf. Der lange Flur lag vollkommen still und verlassen vor ihr. Sie war genau zur richtigen Zeit zurückgekommen. Lillis Schritte wurden von dem dicken roten Teppich gedämpft, der jedes Geräusch schluckte. Auch hinter den Türen, an denen sie vorbeikam, war kein Laut zu hören. Sie legte probehalber das Ohr an die Tür zur Suite ihrer Eltern. Nein, Vera war unten beim Abendessen und vermutete Lilli mit Migräne in ihrem Zimmer. Wenn sie Verdacht geschöpft hätte, hätte sie das schon vor Stunden getan. Lilli steckte ihren Zimmerschlüssel ins Schloss und öffnete die Tür. Ihr Zimmer lag im abendlichen Dämmerlicht, die Vorhänge waren halb zugezogen. Lilli legte ihren Schlüssel auf die kleine Kommode, die am Eingang des Zimmers stand, und knipste die kleine Leuchte an, die darauf stand. Mehr Licht brauchte sie nicht. Sie wollte so wenig Aufmerksamkeit wie möglich auf sich lenken.

»Dann wollen wir mal«, murmelte sie. Sie ging eilig zu ihrem großen Kleiderschrank hinüber und öffnete ihn. Reihenweise hingen dort ihre Kleider, standen ihre Schuhe, die zwei Regale füllten, stapelten sich die feinen Kaschmirpullover und Seidennachthemden.

Sie würde nur einen kleinen Teil davon mitnehmen können, nur das Nötigste, aber das war nicht schlimm. Wie eine Raupe, die ihren Kokon zurücklässt, dachte sie, so lasse ich alles hier, was ich nicht brauche: die prächtigen Seidenkleider, die teuren Schuhe mit ihren dünnen Absätzen, die mir auf der Flucht durch die Berge und Wälder sowieso nichts nützen. Ich schlüpfe aus meinem alten Leben und in ein vollkommen neues. Sie würde nur ihren kleinen Koffer, in dem sie auf der Anreise Bücher und Schreibzeug transportiert hatte, mit dem Nötigsten füllen. Er war das einzige Gepäckstück, das sie zur Verfügung hatte – die anderen Koffer waren vom Personal in die Kofferkammer gebracht worden.

Aber auch das machte nichts; ein Handkoffer war genau das Richtige für heute. Sie drehte sich um, um zum Bett hinüberzugehen und ihn unter dem Staubvolant hervorzuholen. Im nächsten Moment prallte sie zurück. Für einen Moment setzte ihr Herz vor Schreck aus. Sie war nicht allein.

»Vater!«, keuchte Lilli. »Was machst du hier?«

Ihr Vater saß aufrecht in einem Sessel, der in der dunkelsten Zimmerecke stand. Regungslos sah er sie an. »Dasselbe könnte ich dich fragen.« In seinem Blick lag Kälte. Er sah hinüber zu ihrem offenen Kleiderschrank. »Es erstaunt mich, dass du dich umziehen willst. Mutti sagte mir, du lägst mit Migräne im Bett, aber du scheinst mir überraschend gesund zu sein.«

Er stand auf und schlenderte langsam zu ihr hinüber. »Sie sagte mir auch, du hättest in den letzten Tagen ständig Migräne gehabt. Ist es also eine Wunderheilung? Oder sollte ich etwa den Verdacht hegen, dass du dich herumtreibst?« Er baute sich vor ihr auf. »Also, rede … wo warst du?«

»Ich war … draußen.«

»Ach ja? Das ist eine recht vage Angabe, Lilli.« Er packte sie am Arm. »Warst du allein – draußen?«

Seine dunklen Augen fixierten sie, schienen ihre Stirn zu durchbohren und ihre Gedanken zu lesen. Sie dachte daran, dass viele Arbeiter Angst vor ihrem Vater hatten. Zum ersten Mal verstand sie, warum.

»Du willst nicht antworten?« Immer noch war seine Stimme auf eine unheimliche Art ruhig. Seine Finger, die sich immer fester in ihren Arm gruben, straften sie Lügen. Sie sah ihn entsetzt an und schwieg.

»Gut. Ich weiß die Wahrheit ohnehin. Du warst mit diesem Jungen zusammen, diesem Bauern, der im Tanzsaal dazu da ist, die sitzengebliebenen Herzchen aufzufordern.« Plötzlich schüttelte er sie. »Ich wusste sofort, dass der Kerl nur Ärger machen wird. Niemals hätte ich dir diese Wanderung erlauben dürfen, ich war einfach zu nachgiebig.«

In seinen Augen loderte eine unbändige Wut.

»Du wirst ihn nie wiedersehen, hörst du, Lilli. Du wirst ihn vergessen, und du wirst Carl heiraten, so, wie du es versprochen hast. So, wie es vereinbart ist.«

Bei diesem Satz legte sich ein Schalter in Lilli um. Sie straffte die Schultern und schaute ihrem Vater fest in die Augen.

»Richtig, Vater, vereinbart. Das ist meine Ehe, eine Vereinbarung – zwischen Carl und dir.«

»Was redest du da?«

»Ich habe den Brief gefunden, den Carl dir geschrieben hat. In dem er dich anbettelt, einen Vorschuss von dem Lohn zu bekommen, den du ihm dafür auszahlst, dass er mich heiratet.« Sie befreite entschlossen ihren Arm aus seinem Griff. Nun standen sie sich gegenüber, beide bebend vor Zorn.

»Du hast mich verkauft. Das ist keine Hochzeit, das ist ein Geschäft, und ich bin die Ware.«

Theo starrte sie an. Dann lachte er plötzlich.

»Na und?«, fragte er. Wieder lachte er freudlos. »Was ist daran das Problem? Ich habe dir einen guten Mann gesucht, so, wie das ein Vater tun sollte, dem die Zukunft seiner Tochter am Herzen liegt. Denkst du, ich warte, bis du in irgendeiner romantischen Laune einen dahergelaufenen Mann anschleppst, so wie diesen lächerlichen Bauernjungen, den du offensichtlich anhimmelst?« Er schüttelte den Kopf. »Nein, natürlich nicht. Du erbst das Unternehmen, mein Lebenswerk. Und darum brauchst du einen Mann an deiner Seite, der dieser Verantwortung gewachsen ist. Jemand, der würdig ist, mein Nachfolger zu werden. Und das ist Carl. Selbstverständlich werdet ihr heiraten.« Er lächelte ein Lächeln, das Lilli unheimlich war, weil etwas Kaltes, Berechnendes darin lag. Wann habe ich dieses Lächeln schon an ihm gesehen?, dachte sie. Richtig, beim Schachspiel.

»Man muss vorausschauend handeln, meine liebe Lilli. Es geht nicht um das Glück des Einzelnen, um das, was man in einer Minute will und in der anderen nicht mehr. Es geht um das Wohl der Familie. Das ist es, dem man alles andere unterordnet – so habe ich dich erzogen. Ich hätte Carl noch mehr bezahlt als diese läppischen dreißigtausend Mark, dafür, dass die Zukunft unserer Familie gesichert ist.« Er schlenderte zum Schreibtisch hinüber, auf dem Papier und Lillis Füller lagen, den er ihr einmal geschenkt hatte, teuer, mit einem polierten Schaft aus Mahagoniholz und goldenem Verschluss. Er drehte ihn spielerisch in den Fingern.

»Alle gewinnen dabei. Die Firma, unsere Familie und auch Carls Familie. Sie haben zwar den Adelstitel und das

Ansehen, aber Geld haben sie seit dem Krieg nicht mehr. Carl hatte ein paar Schulden, während des Studiums hat er ein paar dumme Entscheidungen getroffen, die er bereut. Nun kann er sie begleichen und ein guter, verantwortungsvoller Ehemann für dich werden. Genauso, wie du ihm eine gute Ehefrau sein wirst.«

»Aber ich bin nicht deine Schachfigur, Vater!«, rief Lilli. »Das hier ist kein Spielbrett, ich bin nicht die schwarze Dame, die du in der Hand hast und mit der du nach Belieben ziehen kannst, so, wie es dir passt.«

Er musterte sie. »Ach wirklich, bist du das nicht? Das Leben ist wie ein Schachspiel, Lilli, und je früher du das erkennst, desto besser wird es dir bekommen. Jeder spielt seine Züge, und diejenigen, die sie am längsten im Voraus planen, die am intelligentesten vorausschauen, die ihre Figuren am besten platzieren, werden gewinnen. So wie ich. Du weißt, was für ein guter Spieler ich bin.« Er neigte den Kopf. »Wobei ich nicht leugnen will, dass du besser wirst. Du bist gut, aber ebenbürtig, mein Engel, bist du nicht.«

Er näherte sich ihr und hob mit dem Finger ihr Kinn an, sodass sie ihn direkt ansah. »Du kannst wüten, aber das Spiel wirst du trotzdem mitspielen. Die Heirat mit Carl wird stattfinden – je früher, desto besser. Wenn ich es mir richtig überlege, werden wir gar nicht mehr bis Dezember warten, so, wie sich die Dinge hier entwickelt haben. Und du wirst ein gutes Leben mit ihm führen, eines, das unserer Familie dient, mit ein paar Kindern als Nachfolgern und viel Glanz für dich und uns.«

»Ich liebe Carl nicht.« Sie spuckte die Worte geradezu aus. »Ich liebe Lois.«

»Liebe? Du hast doch gar keine Ahnung, wovon du da redest. Ein paar romantische Gefühle, ein hübsches Gesicht, ein abenteuerlustiger Bauernjunge, und schon denken kleine Mädchen, es sei Liebe. Gefühle sind flüchtig, nichts, worauf man bauen kann. In ein paar Wochen sieht alles wieder ganz anders aus«

»Niemals!« Lilli schrie beinahe. »Das mit uns, das ist etwas, das du niemals verstehen wirst. Du hast ein Händlerherz, du weißt wahrscheinlich nicht einmal, was Liebe ist.«

Die Ohrfeige traf sie hart, ihre Wange brannte. Sie starrte ihren Vater fassungslos an. Eine Wut kroch in ihr hoch, wie sie sie noch nie gefühlt hatte.

»Gib mir Ohrfeigen, so viele du willst«, zischte sie, »du kannst mich nicht zwingen.«

»Das habe ich auch gar nicht vor«, erwiderte Theo gelassen. »Ich gehe davon aus, dass du von selbst zur Besinnung kommst.«

»Was willst du damit sagen?«

»Ich habe Erkundigungen über deinen bayerischen Kavalier eingezogen.« Wieder drehte er ihren Füller spielerisch zwischen den Fingern. »Er will also Künstler werden. Sein ganz großer Traum … Hat sich in München an der Kunsthochschule beworben.«

»Worauf willst du hinaus?«

»Nun, wenn deine Liebe zu ihm so groß und ewig ist, dann liegt dir doch sicher sein großer Traum am Herzen, seine Karriere, das, was er erreichen kann.« Er lächelte. »Und, mein Engel, du weißt, wie viel Einfluss ich habe. In den letzten Wochen habe ich mir in München ein sehr tragfähiges Netz an Bekannten aufgebaut. Ein Wort von mir in das richtige Ohr, und dein kleiner Künstler kann seinen Studienplatz begraben, genauso wie seine Karriere.«

Lilli starrte ihn an. Das ist sein Ernst, dachte sie, ich sehe es in seinem Blick. Er wird Lois zerstören, sosehr er nur kann, ohne jeden Skrupel. Und er kann viel.

»Du kannst ihm das Leben ermöglichen, von dem er träumt. Du musst nur ganz einfach mit mir nach Köln kommen, dein Brautkleid anziehen und das tun, was du ohnehin schon versprochen hast. Und du wirst nie wieder Kontakt zu ihm aufnehmen. Keine Briefe, keine Telefonate, nichts. Es ist ganz leicht. Und dann können wir alle diese unerfreuliche Episode vergessen.«

Ihre Blicke bohrten sich ineinander. Lilli dachte an Lois, an seinen Gesichtsausdruck heute, als er sie gemalt hatte. An seine Leidenschaft, die er dabei hatte. Das Malen war seine Berufung, sein Innerstes, sie hatte es genau gesehen.

Lilli senkte den Blick.

»Na, siehst du.« Ihr Vater tätschelte ihr die Wange. »Ich wusste doch, dass du vernünftig bist. Eine echte Beekmann.« Er ging um sie herum in Richtung Tür. Als er sie beinahe erreichte, drehte er sich noch einmal ganz ruhig um. »Du wirst nun tatsächlich packen, allerdings die großen Koffer. Ich werde die Zimmermädchen schicken; wir reisen heute Nacht noch ab. Du wirst mir sicher zustimmen, dass es das Beste ist.«

Als er das Zimmer verließ, lag auf dem Boden der Füller. Er war zerbrochen; königsblaue Tinte zerlief auf dem Boden.

...

Lilli betrachtete sich im Spiegel. Sie war leichenblass, ihre Augen gerötet. Sie sah sich in ihrem Zimmer um. All ihre Schränke waren leer, ihre Sachen in den Koffern verstaut, die gerade von einem Pagen in den Kofferraum der schwarzen Limousine geladen wurden. Sie griff nach ihren weißen Reisehandschuhen, fein und teuer. Mit zitternden Händen zog sie diese an.

»Mein Engel, bist du so weit?« Theo stand im Rahmen der Tür und lächelte. »Wir können abfahren.«

Sie sah noch einmal in den Spiegel. Ihre Haare saßen perfekt. Niemand hätte ahnen können, dass noch vor ein paar Stunden Lois' Hände liebevoll hindurchgefahren waren. Sie schob den Ärmel ihres Kleides hoch. Dort, wo ihr Vater sie gepackt hatte, zeichnete sich ein blauer Fleck ab. Sie strich den Ärmel wieder nach unten. Dann griff sie nach ihrem Handkoffer, der neben ihr auf der Kommode stand. Lois' Bild war darin, das Bild, das er von ihr gemalt hatte. War das wirklich erst heute Nachmittag gewesen? Es kam ihr vor, als lägen Ewigkeiten dazwischen.

»Lilli?« Ihr Vater steckte noch einmal den Kopf ins Zimmer. Sein Gesicht war glatt. Nichts wies darauf hin, was sich zwischen ihnen an diesem Abend abgespielt hatte. Es schien Lilli beinahe wie ein böser Traum. Aber es war kein Traum. Sie wusste es.

Mit dem kleinen Koffer in der Hand ging sie aus dem Zimmer, den Flur entlang zum Aufzug, durch die Lobby und hinaus in die warme tintenschwarze Augustnacht. Der Wagen parkte in der Auffahrt, noch schwärzer als die Nacht, glänzend und elegant. Sie erkannte die Silhouette ihrer Mutter auf dem Beifahrersitz.

Als der Kies unter ihren feinen Sandaletten knirschte, sah Lilli noch einmal zurück. Sie sah zum Hotel, zu dem Balkon mit der Steinbalustrade, auf dem sie an ihrem ersten Abend gestanden und die Aussicht bewundert hatte. Sie sah hinauf zu den Bergen, die sich gegen den Nachthimmel erhoben. Sie atmete die laue Luft ein.

»Lilli.« Theo gab ihr einen Wink. »Wir fahren.« Folgsam öffnete sie die Tür. Während sie in das Dunkel des Wagens stieg, sah sie hinauf in den Himmel. So, wie sie an ihrem allerersten Tag hier hinauf in den Himmel geschaut hatte, an dem ein Vogel frei seine Kreise zog.

Über ihr funkelten tausend Sterne. Sie hätte schreien mögen, aber sie tat es nicht.

II

Am nächsten Morgen wachte Ricarda von dem Duft nach Kaffee und frischen Brötchen auf. Max' Bettseite war leer. Sie stand auf, schlüpfte in das Flanellhemd, das sie sich schon in der Nacht geborgt hatte, und ging barfuß nach unten.

In der Küche stand Max und briet Spiegeleier.

»Wow, ein Morgen bei dir fängt ja gut an.« Ricarda betrachtete begeistert den gedeckten Frühstückstisch.

»Ich kann vermutlich nicht mit Mitzis Künsten mithalten, aber ich gebe mein Bestes.« Max musterte sie grinsend. »Guten Morgen. Das solltest du öfter tragen.« Sie lachte, stellte sich hinter ihn und schlang ihre Arme um seinen Bauch. Er drehte sich halb zu ihr um und gab ihr einen Kuss.

»Schön, dass du hier bist.«

Beim Frühstück redeten sie über die Berge, nicht über Lilli oder Lois. Sie waren einfach nur zusammen, bei warmen Brötchen, Kaffee und Spiegeleiern.

Max erzählte von seinem Revier, von den Plänen, die er hatte, von dem, was im Herbst gemacht werden musste. Ricarda betrachtete ihn, während er sprach. Wieso dachte ich eigentlich am Anfang, er sei nicht mein Typ?, fragte sie sich.

Er hat das freundlichste Gesicht der Welt, die wärmsten Augen. Das ist es, worum es geht. Sie dachte an das, was Paul Grigol ihr vor einigen Tagen gesagt hatte. Wohin würde sie gehen wollen, wenn sie am glücklichsten oder am traurigsten war? Zu ihm, dachte sie. Ich fühle mich bei ihm so wohl, ich bin ich selbst, ohne mich zu verstellen. Wie hatte sie, als sie ihn kennenlernte, so blind sein können? Sie griff über den Tisch nach seiner Hand.

»Hörst du mir eigentlich zu?«, fragte Max.

»Nein, entschuldige«, gab Ricarda lächelnd zu. »Ich muss viel zu sehr darüber nachdenken, was mir alles an dir gefällt.«

»Und bekommst du ein paar Punkte zusammen?«

»Einige.« Sie grinste. Dann ging sie um den Tisch herum, setzte sich auf seinen Schoß und küsste ihn. Der Kaffee wurde kalt, aber das war egal.

»Was hast du heute vor?«, fragte er. Sie saßen aneinandergekuschelt auf dem tannengrünen Sofa und sahen durch die Fenster zu, wie die Sonne langsam kräftiger wurde. Max musste bald los in den Wald. Sein Handy hatte schon ein paarmal geklingelt, immer war jemand anderes dran gewesen, der eine wichtige Frage an den Förster hatte.

»Ich gehe zu Lois.«

»Tut mir leid, dass ich dieses Mal nicht mitkommen kann. Meine Waldarbeiter brauchen mich heute dringend.«

»Ehrlich gesagt, ich glaube, es ist sowieso besser, wenn ich allein hingehe. Das ist etwas zwischen ihm und mir. Und dieses Mal werde ich ihn garantiert dazu bringen, Lillis Paket anzunehmen.« Sie schnitt eine Grimasse. »Wie soll ich ihn eigentlich begrüßen? ›Hallo, Opa‹? Letztes Mal habe ich ihn immerhin noch gesiezt.« Sie zuckte die Achseln und schnitt eine Grimasse. »Na ja, ich habe ja auf dem Weg zu ihm genug Zeit, mir eine passende Rede zu überlegen.«

»Apropos Weg …« Max stand plötzlich abrupt auf. »Ich habe noch etwas für dich.« Er ging hinaus in den Flur und kam kurz darauf mit einer Schachtel zurück, um die eine Schleife gebunden war.

»Ein Geschenk?«, fragte Ricarda neugierig.

»Sagen wir: eine Notwendigkeit und Investition in die Zukunft.«

»Du machst es ja spannend.« Sie nahm die Schachtel entgegen und löste die Schleife.

Als sie den Deckel abhob und den Inhalt sah, prustete sie los.

»Wo hast du denn die her?« Sie nahm das Paar Wanderschuhe aus dem Karton und hielt sie in die Höhe.

»Es müssen ja nicht gleich die klassischen in Tannengrün sein.« Max grinste. »Ich habe sie vor ein paar Tagen im Laden gesehen und wusste, das sind die richtigen für eine großstädtische Wanderanfängerin.« Die Wanderstiefel waren regenbogenbunt.

Ricarda schüttelte lachend den Kopf. »Du bist verrückt.« Sie probierte die Schuhe an. Sie passten perfekt. Sie küsste ihn. »Danke.«

Es war früher Nachmittag, als sie sich zu Lois aufmachte. Dieses Mal war das Wetter nicht so sommerlich. Über den Himmel flogen die Wolken, nur ab und zu ließen sie eine hellblaue Lücke, durch die ein paar Sonnenstrahlen fielen. Der Weg durch den Wald kam Ricarda nicht so steil vor, wie sie ihn in Erinnerung hatte, aber vielleicht lag es auch daran, dass sie in Gedanken versunken war. Während sie ging, spielten sich in ihrem Kopf die vergangenen Tage noch einmal ab wie ein Film. Ihre Flucht vor dem um sich schießenden Lois, das Zeitungsarchiv, das alte Hotel, in dem sie Lillis Zimmer gefunden hatte, die Fahrt nach Salzburg zusammen mit Max und die Kammer voller Fotos, Lillis Gesicht, blass und erstarrt, der Eintrag im Kirchenbuch. »Ich habe nie mehr in meinem Leben so eine große Liebe zwischen zwei Menschen gesehen«, hörte sie Sophies Stimme in ihrem Kopf widerhallen. »So eine Liebe.«

Und wohin hatte diese Liebe geführt? Zu einer eleganten Frau in der Kölner Oberschicht, erstarrt in Verschwiegenheit. Zu einem Familiengeheimnis und zu einem einsamen Mann auf dem Berg.

Plötzlich packte Ricarda die Wut. Wut auf Lois, der sich jahrzehntelang dort oben verschanzt hatte, Wut auf Lilli, die nie ein Sterbenswörtchen über ihre Lippen gebracht hatte, Wut auf diese ganze Geheimnistuerei. Die Wut trieb sie nahezu von selbst den Berg hinauf.

So war sie beinahe verwundert, als sie plötzlich vor dem alten Berghof stand. Jetzt, bei dem trüben Wetter, wirkte er noch verlassener, noch unheimlicher. Hier wohnt also mein Großvater, dachte sie, unglaublich. Obwohl der Himmel zunehmend dunkler wurde und die Wolken dicker, brannte im Haus nirgends Licht. Ob Lois wieder irgendwo hinter einem der Fenster saß und sie beobachtete wie beim letzten Mal?

Aber es gab einen großen Unterschied. Dieses Mal hatte sie keine Angst, dieses Mal hatte sie nur Wut im Gepäck.

Zielstrebig ging sie auf das Haus zu und trommelte an die Tür.

»Lois!«, schrie sie. »Ich weiß alles. Hörst du, alles! Mit mir redet zwar keiner, weder du noch meine Großmutter, aber ich habe es trotzdem herausgefunden.«

Im Haus blieb es still, aber Ricarda hatte das unbestimmte Gefühl, dass der alte Mann auf der anderen Seite der Tür angespannt zuhörte.

Sie wartete, aber niemand öffnete.

»Lois!«, schrie sie. »Ich weiß, dass du da bist. Lilli wollte zwar, dass ich das Paket persönlich überreiche, aber offensichtlich ist das ja nicht möglich. Ich lege es vor deine Tür. Tu damit, was du willst.«

Sie zerrte das Paket aus dem Rucksack. Inzwischen sah es vollkommen lädiert aus. Das Papier war zerknittert, die Schleife halb aufgegangen.

»Ach ja, es sah einmal viel schöner aus! Keiner packt ein Paket perfekter ein als Lilli. Das wüsstest du, wenn du mir beim ersten Mal aufgemacht hättest. Oder wenn ihr vielleicht einfach geheiratet hättet!«

Damit machte sie auf dem Absatz kehrt und ging über die Wiese davon. Sie drehte sich nicht um, aber sie war sich sicher, dass er ihr nachsah.

Erst als Ricarda außer Sichtweite war, öffnete sich die Haustür leise.

Am späten Nachmittag, Ricarda war schon wieder zurück

in der Pension, brach ein Gewitter über das Tal herein von einer Heftigkeit, wie Ricarda es noch nie erlebt hatte. Der Regen prasselte unaufhörlich in großen Tropfen, während Blitze zuckten und der Donner so laut krachte, dass die Runde, die sich in der Stube eingefunden hatte, ab und zu zusammenzuckte. Ricarda, Max, Mitzi und Paul, der aufgrund des Wetters heute früher als sonst von seinem Ausflug zurückgekommen war, spielten die dritte Runde Karten. Die Lichter brannten, im Kachelofen knackten die Holzscheite, und vor jedem von ihnen stand eine dampfende Tasse Jägerpunsch, ein Getränk, das Mitzi nach streng gehütetem Geheimrezept gebraut hatte und das einen verräterischen Duft nach Rum verströmte.

Ricarda hatte gerade die Karten für eine neue Runde gemischt, als ein polterndes Geräusch sie innehalten ließ.

»War das auch ein Donnern?«, fragte sie irritiert.

Wieder dasselbe Geräusch.

»Vielleicht hat der Sturm draußen etwas umgeworfen.«

»Nein, ich glaube, da ist jemand an der Haustür.« Max sprang auf und ging in Richtung Flur.

»Wer kann denn das jetzt sein? Bei diesem Wetter jagt man doch keinen Hund raus«, murmelte Mitzi.

Gespannt warteten sie. Einen Augenblick später kam Max mit einem vollkommen durchnässten Mann in einem dunklen abgetragenen Lodenmantel zurück. Seine halblangen grauen Haare hingen in tropfenden Strähnen wild ins Gesicht, seine wettergegerbte, sonnengebräunte Haut war von Falten durchzogen – Falten, die nicht nur sein Alter verrieten, sondern auch einen verbitterten Zug um den Mund hinterlassen hatten. Aber die Augen ... Ricarda starrte ihn an. Die Augen waren so klar und grün, als wäre er ein junger Mann. Aber vor allem: Sie waren so grün wie ihre eigenen.

Alle starrten den Mann an. »Lois!«, stieß Ricarda hervor.

Kurz war es ganz still im Raum. Dann stürzte Mitzi auf den Überraschungsgast zu. »Um Gottes willen, du bist ja klatschnass. Willst du dir den Tod holen? Wieso bist du bei diesem Wetter überhaupt los?« Während sie ihn mit ihren Fragen überschüttete, zerrte sie ihn aus seinem Mantel und hängte ihn an den Kamin, um ihn zu trocknen. Dann zauberte sie von irgendwoher eine Wolldecke und legte sie ihm um.

»Setz dich!« Sie schob ihn auf den Tisch zu und drückte ihn beinahe mit Gewalt auf einen Stuhl. »Warte, ich bringe dir eine Tasse von meinem speziellen Punsch, das wird dich aufwärmen.« Mitzi verschwand in der Küche und war Sekunden später mit einer großzügig gefüllten dampfenden Tasse zurück, die sie vor Lois abstellte.

Ihr unverhoffter Besucher hatte immer noch kein Wort gesagt. Er sah nur die ganze Zeit Ricarda an. Es war, als könne er seinen Blick gar nicht abwenden, so fasziniert musterte er sie.

»Du hast meine Augen«, stieß er hervor. Seine Stimme klang rau, als hätte er sie seit längerer Zeit nicht mehr benutzt. Dann lachte er plötzlich. »Meine Augen, schaut es euch an.«

Max sah beunruhigt zu Ricarda, unsicher, wie sie auf die Situation reagierte. Mitzi blickte irritiert von einem zum anderen, während sich Paul in seinem Stuhl zurücklehnte und entspannt an seinem Punsch nippte. Ricarda lächelte vorsichtig.

»Stimmt«, sagte sie schließlich. »Ich habe mich immer gefragt, wo meine Mutter und ich diese Augenfarbe herhaben. Keiner in der Familie hat grüne Augen.«

Mitzi starrte sie an. Offensichtlich verstand sie langsam.

»Ich habe hier etwas für dich«, sagte Lois und zog eine Art Platte unter seinem Hemd hervor. Zumindest dachte Ricarda im ersten Moment, es sei eine Platte. Auf den zweiten Blick erkannte sie: Es war ein gerahmtes Bild. Er musste es die ganze Zeit schützend an sich gepresst getragen haben, denn es hatte keinen Tropfen Regen abbekommen. Er legte es auf den Tisch.

»Für den Fall, dass du dich gefragt hast, was in dem Paket deiner Großmutter war.«

Ricarda starrte auf das Bild. Das war es also.

»Hast du das gemalt?«, fragte sie.

Lois nickte.

Das Bild sah vollkommen anders aus als die abstrakten und schrillen Malereien, die sie in der Galerie und im Katalog gesehen hatte. Es war ein zartes Gemälde, von ganz leichter Hand gemalt. Nichts daran war abstrakt, im Gegenteil, es fing eine Szene ganz genau ein: den See, den Wald, die Berge – Ricarda erkannte sofort die Landschaft unten am See, die sie in den letzten Tagen selbst so oft gesehen hatte. Aber was wirklich ihre Aufmerksamkeit fesselte, war das Mädchen. Sie bildete das Zentrum. In einem gelben Kleid saß sie am Seeufer, die Füße beinahe im Wasser, und drehte sich zum Betrachter um. Nein, dachte Ricarda, nicht zum Betrachter – sie dreht sich zum Maler um. Sie lächelt ihn an. Es war eindeutig Lilli – und auch wieder nicht. Sie wirkte anders, als Ricarda sie kannte, freier, lebendiger, glücklich. Aber das war es nicht, was ihr den Atem verschlug. Es war ihr Blick. In diesem Blick lagen eine Liebe und eine Vertrautheit, die man durch all die Jahre noch erkennen konnte. Sophie hatte recht gehabt – was zwischen Lois und Lilli war, musste einzigartig gewesen sein.

Ricarda räusperte sich und sah zu Lois.

»Wann hast du das gemalt?«, fragte sie.

»An unserem letzten gemeinsamen Tag. An unserem geheimen Platz am See.«

»Sie sieht unglaublich lebendig und glücklich aus.«

»Na ja, ich dachte auch, dass sie das war. Glücklich, meine ich. Mit mir. Jeden Tag hat sie sich fortgeschlichen, um mich zu sehen. Ihre Eltern waren … Vor allem ihr Vater …« Er brachte den Satz nicht zu Ende.

»Wolltet ihr zusammenbleiben?« Ricarda konnte sich plötzlich nicht mehr vorstellen, dass es nicht so gewesen war. Nicht, nachdem sie den Blick dieses Mädchens, das Lilli gewesen war, gesehen hatte. Und nicht, nachdem Lois durch das Gewitter zu ihnen gekommen war.

Jetzt nickte er mit gesenktem Blick. Was passiert war, schien ihn nach so vielen Jahrzehnten immer noch genauso zu schmerzen wie damals.

»Wir wollten weglaufen, noch in dieser Nacht. An dem Nachmittag, an dem ich sie gemalt habe, haben wir das geplant.« Er schüttelte den Kopf. »Wir wollten zusammen auf dem Berghof leben, nach meinem Studium. Sie fand das schön, das weiß ich. Natürlich wäre es ein ganz anderes Leben für sie gewesen als das, das sie kannte, aber sie wollte einfach nur mit mir zusammen sein. Zumindest hat sie das gesagt. Und ich hatte ihr geglaubt.«

Er legte die Hände um seine Punschtasse und wärmte sich daran.

»Als wir uns an dem Abend verabschiedet haben, haben wir ›Bis später‹ gesagt.« Er lachte bitter. »Ich habe sie nie wiedergesehen. Ich habe in der Nacht unter der Linde gewartet, aber sie ist nie gekommen. Sie hatte es sich anders überlegt.«

Ricarda schüttelte den Kopf. »Ich glaube nicht, dass sie freiwillig gegangen ist. Hast du nie nach ihr gesucht?«

Lois hob den Kopf und sah sie direkt an. In seinen grünen Augen loderte Wut. »Natürlich habe ich sie gesucht«, knurrte er. »Ich habe jeden gefragt, der im Hotel arbeitet. Sie haben mir nur gesagt, dass nachts die ganze Familie abgereist ist. Das war alles, was ich erfahren habe. Danach – nichts.«

»Aber das spricht doch dafür, dass ihre Eltern eure Fluchtpläne entdeckt haben. Darum die überstürzte Abreise«, warf Max ein.

»Ja, Junge. Das dachte ich auch.« Seine Augenbrauen bildeten eine steile Kurve des Schmerzes. »Aber wenn sie mich wirklich geliebt hätte, dann hätte sie doch versucht, mir eine Nachricht zukommen zu lassen, ans Telefon zu gehen – irgendetwas. Meine Briefe an sie kamen ungeöffnet zurück, wenn ich am Telefon nach Lilli fragte, wurde wieder aufgelegt.« Er starrte Ricarda an. »Weißt du, woher ich von ihrer Hochzeit erfahren habe? Aus den verdammten Zeitungen. Dort stand es: ›Beekmanns Tochter hat geheiratet‹. Ende September, sechs Wochen, nachdem sie mit mir hatte weglaufen und ein neues Leben beginnen wollen. Ich glaube, der Tag, an dem diese Meldung in den Zeitungen stand, war der schwärzeste meines Lebens. Zuerst habe ich mich in die Arbeit gestürzt. Irgendwann habe ich beschlossen, dass es so nicht weitergehen konnte. Ich musste nach Köln, anders ging es nicht. Die Fahrt war viel länger, als sie heute ist, eine halbe Weltreise, und als ich endlich dort war, musste ich mich durchfragen. Aber die Beekmanns kannte ja jeder. Schließlich stand ich vor der Villa ihrer Eltern, diesem weißen Prachtbau. Irgendwann kam das Hausmädchen heraus, und ich habe sie nach Lilli gefragt. »Sie wohnt mit ihrem Mann in der Goethestraße«, sagte sie zu mir. Ich höre diesen Satz heute noch. Er machte mich so hilflos und so wütend. Sie sollte nicht mit ihrem Mann in diesem Reichenviertel wohnen, sie sollte bei mir sein, in Berchtesgaden, in unserem neuen Leben in den Bergen. Ich stand den ganzen Nachmittag, bis mein Zug wieder fuhr, vor dieser Backsteinvilla, in der sie mit ihm wohnte. Alles war so furchtbar adrett, die Hecken in Form gestutzt, der Gehsteig gefegt. Irgendwann habe ich sie am Fenster gesehen, nur ganz kurz, und ich bin mir sicher, dass sie mich nicht gesehen hat. Ich habe die ganze Zeit versucht, den Mut aufzubringen zu klingeln. Einfach zu klingeln. Aber ich konnte es nicht. Sie hatte sich entschieden. Sie hatte uns verraten und diesen Mann geheiratet. Diesen Mann, der Geld dafür bekommen hat, dass er sie zur Frau nahm.«

»Wie bitte?« Ricarda starrte ihn an.

Lois nickte. »Es ist wahr. Dein Urgroßvater wollte unbedingt, dass alles zusammenbleibt. Das Erbe und die Geschäftsleitung. Dafür hat er Geld bezahlt.«

Ricarda schüttelte den Kopf. »Meine Großmutter ist stolz. Niemals hätte sie jemanden freiwillig geheiratet, der sie nur wegen des Geldes will.«

»Aber sie hat es gemacht. Sie hat am Ende ihn genommen.«

Ricarda musste das erst einmal verdauen. Dieser Großvater, der Mann, den sie bis gestern für ihren Großvater gehalten hatte … Sie war plötzlich sehr froh, dass er es nicht war.

»Und Hannah?«

Er stieß ein hartes Lachen aus. »Hannah … Von ihrer Geburt habe ich auch aus den Zeitungen erfahren. Ich kann rechnen. Ich wusste, dass es mein Kind war.«

»Da hast du ihren Geburtstag in das Kirchenbuch eingetragen. Weil sie eigentlich hier hatte aufwachsen sollen.«

Überrascht sah er auf. »Das weißt du?«

Ricarda nickte.

»Dann warst du ja ganz schön gründlich.«

»Na ja, ich hatte Hilfe.« Sie sah zu Max und lächelte ihn an.

»Aber Lois, Großvater, wie auch immer ich dich nennen soll …« Sie sah ihn eindringlich an. »Ich weiß nicht, warum sie zum Schluss Carl geheiratet hat, aber sie hat dich nie vergessen. Du bedeutest ihr immer noch viel. Warum sonst hätte sie mich mit diesem Bild hierhergeschickt? Sie hat es aufgehoben, es war kostbar für sie.«

»Warum hat sie dann nie mehr Kontakt aufgenommen? Später hätte sie das doch tun können.«

»Weil …«, plötzlich fiel es Ricarda wie Schuppen von den Augen. »Sie hat es versucht! Sie war mit mir zusammen hier in Berchtesgaden, kurz nachdem Carl gestorben war. Und ihr Vater war auch tot. Wahrscheinlich dachte sie, nun könnte sie dich wiedersehen. Vielleicht hat sie mich sogar mitgenommen, um mich dir vorzustellen. Aber sie war feige gewesen, so wie du damals in Köln. Vielleicht hat sie gedacht, es sei zu spät.«

Lois starrte sie an. »Sie war wirklich hier?«

Ricarda nickte.

Eine Träne lief in den Bart des alten Mannes. »Sie war hier«, murmelte er. »Sie war hier. Und ich war nur auf dem anderen Berg, gar nicht weit weg.«

Eine Zeit lang schwiegen alle.

»Wohnst du dort oben in den Bergen und kommst nie zu den anderen ins Tal vor lauter Wut, weil du nicht mit Lilli leben konntest?«

Er antwortete nicht sofort. Aber er streckte seinen Arm aus und legte seine raue Hand auf die von Ricarda. »Ich wohne dort oben, weil ich eine Welt ohne Lilli nicht haben will«, sagte er leise. »Ich weiß nicht, ob du das verstehst. Die meisten würden wahrscheinlich sagen, dass alles so lange her ist. Aber das mit Lilli und mir …«

Ich habe nie eine größere Liebe zwischen zwei Menschen gesehen, erinnerte sich Ricarda an Sophies Worte.

Lois hob den Kopf. »Sag mir, wie geht es ihr? Wie geht es meiner Lilli?«

Ricarda schluckte. Dann sagte sie ihm die Wahrheit.

»Ich will sie sehen«, sagte Lois. »Noch ein letztes Mal.«

Ricarda nickte.

Lois blieb lange bei ihnen in Mitzis Gaststube. Max brachte ihn schließlich nach Hause. Als Ruhe im Haus eingekehrt war und Mitzi nur noch ein wenig in der Küche werkelte, nahm Ricarda ihr Handy und ging hinaus auf die Terrasse. Wie schon gestern Nacht wählte sie die Nummer ihrer Mutter. Aber dieses Mal war sie bereit.

»Mein Schatz, wie schön, dass du anrufst«, sagte Hannah zur Begrüßung. »Wie ist es in Berchtesgaden?«

»Mama, es ist besser, du setzt dich. Es gibt viel zu erzählen ...«

12

Die Sonne ging langsam über dem Tal und den Bergen auf und vertrieb die bläuliche Morgendämmerung. Eine tiefe, friedliche Stille lag über allem.

Ricarda setzte einen Fuß vor den anderen. Ihre neuen Wanderstiefel taten einen guten Dienst. Zusätzlich hangelte sie sich an den in den Felsen eingelassenen Metallseilen entlang. Schau bloß nicht zurück, auf gar keinen Fall zurückschauen, sagte sie sich die ganze Zeit in ihrem Kopf vor. Sie wusste, dass es lächerlich war. Es war keine steil abfallende Felswand, auf der sie hier kletterte, sondern eher ein Geröllfeld, das mehr oder weniger sanft zur Schärtenspitze anstieg.

Trotzdem war sie froh, als das Gipfelkreuz in Sicht kam.

Mit einem letzten kräftigen Schwung war sie oben und stellte sich neben den blonden hünenhaften Mann, der schon neben dem Gipfelkreuz stand und in die Ferne sah.

»Na«, sagte sie nur.

Max lächelte nur und zog sie an sich.

»Unglaublich, diese Aussicht«, sagte Ricarda und kuschelte sich in seinen Arm. Das Tal weit unten lag im Morgenlicht, Frühnebel stieg hier und da aus den dunklen Tannenwäldern am Fuß des Hochkalters. Langsam erwachte die Welt. Die Gipfel der Berge ringsum glühten im Licht der gerade aufgehenden Sonne. Ricarda legte den Kopf in den Nacken und sah hinauf in den zartblauen, ewig weiten, unendlichen Himmel über ihnen.

Max umfasste sie fester. Seine Hand tastete nach ihrer.

»Danke, dass du mich hierzu überredet hast«, sagte er.

Sie lehnte sich gegen ihn. »Über die Baumgrenze«, flüsterte sie. »Du hast es geschafft.«

»Ja. Und es ist genauso wunderschön wie früher. Ich weiß, es klingt verrückt, aber ich habe das Gefühl, sie ist hier irgendwo. Verena, meine ich. Hier in den Bergen.«

Ricarda dachte an die Momente der letzten Tage, in denen sie den Eindruck gehabt hatte, die Geister der Vergangenheit seien ganz nah. In denen sie die junge Lilli förmlich neben sich gespürt und gesehen hatte.

Sie schüttelte den Kopf. »Nein, das ist nicht verrückt. Es ist alles möglich, glaube ich. In Berchtesgaden noch mehr als anderswo.«

»Sag mal …« Er schluckte und sah hinüber auf die Berge. »Es gibt da eine Frage, die ich dir schon die ganze Zeit stellen will und dann auch wieder nicht, weil ich Angst vor der Antwort habe.«

Ricarda lächelte. »Wann ich zurück nach Köln fahre?«

»Ja.«

Sie schwieg kurz, prüfte, ob das, was sie sich überlegt hatte, immer noch das war, was sie wollte. Ja, dachte sie, es ist genau das, was ich will. Es ist das Richtige.

»Na ja«, sagte sie gedehnt, »in ein paar Tagen werde ich wohl fahren.«

»Okay.« Er schluckte.

»Ich muss schließlich noch ein paar Dinge regeln.« Sie grinste ihn spitzbübisch an. »Ich bin zwar ans Umziehen gewohnt, aber ein bisschen was muss man schließlich vorher immer planen. Postadresse ummelden, Umzugskartons packen, solche Dinge eben.«

»Soso, solche Dinge eben …« Vorsichtig breitete sich ein Lächeln auf Max' Gesicht aus.

»Na ja, und dann brauche ich natürlich wieder ein Zugticket hierher und ein Umzugsunternehmen, das Zeit hat, meine tausend Kartons hierherzufahren …«

»Hm. Aber wo tust du die tausend Kartons hin? Wenn du sie alle in dein Zimmer bei Mitzi quetschst, wird es ganz schön eng.«

Sie drehte sich zu ihm um und lächelte. »Na ja, ich dachte, im Forsthaus gibt es genug Platz für zwei.«

»Wirklich?«

»Ja. Ich will hierbleiben. Hier bei dir, in diesem Tal, bei meinem neuen Großvater – als Viertelberchtesgadenerin. In Köln hält mich nicht mehr viel, und fotografieren kann ich schließlich überall.« Nach einer Pause fügte sie hinzu: »Wenn du es auch willst.«

Kurz schwieg Max, dann lachte er auf. Seine Augen leuchteten vor Freude. »Ob ich will? Natürlich will ich!« Er schlang seine Arme um sie und hob sie hoch. Die Sonne schien nun genau auf die Schärtenspitze und vergoldete alles.

Sie küssten sich. Über ihnen lag blau und klar der unendliche Berchtesgadener Himmel.

»Willkommen zu Hause, Ricarda.«

Epilog

Sie saß wie jeden Tag auf dem eleganten cremefarbenen Sessel am Fenster. Der Grünfink war heute wiedergekommen und pickte eifrig die Körner auf, die sie für ihn ausgelegt hatte. Aber heute sah sie ihn nicht. Ihr Blick war nach innen gerichtet, ihre Augen geschlossen. Sie wusste, dass ihr nicht mehr viel Zeit blieb. Die letzten Wochen hatten ihre Gedanken ganz in Watte gelegt, seit drei Tagen war sie nun wieder aufgetaucht, klar. Aber der Arzt hatte ihr gesagt, dass es bald wieder passieren würde und sie irgendwann gar nicht mehr zurück in die Gegenwart finden würde. Sie versuchte, sich zu konzentrieren. Das fiel ihr ebenfalls immer schwerer. Alles, was sie zu fassen bekam, waren verschwommene Bilder. Ein See, Berge, ein gelbes Sommerkleid. War sie das? Grüne Augen. Sie fühlte eine Wärme in sich, als sie an diese Augen dachte, eine ganz ungeheure Wärme. Liebe, dachte sie, Liebe. Tausend Jahre. Warum fiel ihr jetzt eine Linde ein. Eine Linde, deren tausend kleine Blätter rauschten.

Sie schloss müde die Augen. Tausend Jahre und immer. Es entglitt ihr, sie fühlte es, es würde ihr immer mehr entgleiten.

Plötzlich klopfte es an die Tür. Lilli öffnete ihre stahlblauen Augen, die immer noch schön waren. Sie drehte den Kopf zur Tür, beobachtete, wie sie sich langsam öffnete.

»Oma!« Eine junge Frau stand im Türrahmen, braun gebrannt, so lebendig. »Ich habe dir jemanden mitgebracht.«

Hinter ihr trat zögernd ein Mann ins Zimmer. Er war alt, über die Jahre hatte sich seine Haut in Falten gelegt, wettergegerbt war sein Gesicht, in dem ein unbestimmbarer Ausdruck lag. Aber diese Augen, diese grünen Augen. Sie begegnete seinem Blick. Für einen Moment waren die Jahrzehnte aufgehoben, für einen Moment waren sie wieder jung. Nichts trennte sie; dieses warme Gefühl, diese Liebe erfüllte sie, als sie ihn sah. Tausend Jahre. Lillis Blick, eben noch verschleiert, wurde glasklar. »Lois«, sagte sie, und ihr Gesicht leuchtete. »Endlich.«